Ein grausames Verbrechen erschüttert die friedliche Region Terra Alta: Ein altes Unternehmerpaar, der wichtigste Arbeitgeber dieser Gegend, wird grausam ermordet. Unter den Ermittlern der Polizei befindet sich Melchor Marín, ein sympathischer, aber introvertierter Einzelgänger mit einer geheimnisvollen Vergangenheit.

Nach wilden Jugendjahren in Barcelona landete Melchor im Knast, wo er »Die Elenden« von Victor Hugo las und sich nach der Ermordung seiner Mutter schwor, Polizist zu werden. Bei einem Anti-Terror-Einsatz wurde er zum Helden, aber auch zum Sicherheitsrisiko für die Polizei. Nach seiner Versetzung in die beschauliche Terra Alta führte er ein ruhiges Leben mit Frau und Tochter. Doch der schreckliche Mord ändert alles.

Javier Cercas erzählt diese packende Geschichte im Spannungsfeld zwischen den islamistischen Attentaten 2017 in Barcelona, der Unabhängigkeitsbewegung Kataloniens und den Schatten des spanischen Bürgerkriegs.

Javier Cercas, geboren 1962 in Ibahernando in der spanischen Extremadura, lebt als Schriftsteller, Publizist und Universitätsdozent in Girona. Mit seinem Roman »Soldaten von Salamis« wurde er international bekannt. Heute ist sein Werk in mehr als 30 Sprachen übersetzt. Für »Der falsche Überlebende« (S. Fischer 2017) erhielt er u. a. den Prix du livre européen 2016. 2021 erschien »Terra Alta« (Premio Planeta), der erste Band der gleichnamigen Trilogie, die mit »Die Erpressung« (2022) und »Blaubarts Burg« (2023) fortgesetzt wird.

Susanne Lange, geboren 1964 in Berlin, lebt als freie Übersetzerin bei Barcelona und in Berlin. Sie überträgt lateinamerikanische und spanische Literatur von Cervantes bis Juan Gabriel Vásquez und Javier Marías. Zuletzt wurde sie mit dem Johann-Heinrich-Voß-Preis der Deutschen Akademie für Sprache und Dichtung ausgezeichnet.

Weitere Informationen finden Sie auf www.fischerverlage.de

JAVIER CERCAS

TERRA ALTA

Geschichte einer Rache

Roman

Aus dem Spanischen
von Susanne Lange

FISCHER Taschenbuch

Die Übersetzung dieses Buches wurde durch die Acción Cultural
Española, AC/E, gefördert.

Aus Verantwortung für die Umwelt hat sich der S. Fischer Verlag
zu einer nachhaltigen Buchproduktion verpflichtet. Der bewusste
Umgang mit unseren Ressourcen, der Schutz unseres Klimas und der
Natur gehören zu unseren obersten Unternehmenszielen.

Gemeinsam mit unseren Partnern und Lieferanten setzen wir uns für
eine klimaneutrale Buchproduktion ein, die den Erwerb von Klima-
zertifikaten zur Kompensation des CO_2-Ausstoßes einschließt.

Weitere Informationen finden Sie unter:
www.klimaneutralerverlag.de

Erschienen bei FISCHER Taschenbuch
Frankfurt am Main, August 2023

Die Originalausgabe erschien 2019
unter dem Titel »Terra Alta«
bei Editorial Planeta, S. A., Barcelona
© Javier Cercas 2019

Für die deutschsprachige Ausgabe:
© 2021 S. Fischer Verlag GmbH,
Hedderichstraße 114, D-60596 Frankfurt am Main

Die Auszüge aus dem Roman »Die Elenden« von Victor Hugo
wurden von Susanne Lange übersetzt.

Satz: Dörlemann Satz, Lemförde
Druck und Bindung: GGP Media GmbH, Pößneck
Printed in Germany
ISBN 978-3-596-70933-5

*Für Raül Cercas y Mercè Mas,
mein Terra Alta*

ERSTER TEIL

1

Melchor ist noch im Büro und sehnt sich mit gärender Ungeduld nach dem Ende der Nachtschicht, da klingelt das Telefon. Es ist der Kollege an der Pforte des Polizeireviers: Zwei Tote im Landhaus der Adells, meldet er.

»Die von Gráficas Adell?«, fragt Melchor.

»Ebendie«, antwortet der Polizist. »Weißt du, wo sie wohnen?«

»An der Landstraße nach Vilalba dels Arcs, oder?«

»Genau.«

»Ist jemand von uns vor Ort?«

»Ruiz und Mayol. Sie haben eben angerufen.«

»Ich fahre hin.«

Bisher war die Nacht so ruhig wie immer verlaufen. In diesen frühen Morgenstunden ist fast niemand auf dem Revier, und als Melchor das Licht ausschaltet, das Büro abschließt, die verlassene Treppe hinuntergeht und dabei in sein Sakko schlüpft, kann man die Ruhe fast mit Händen fassen, und ihm kommt seine erste Zeit in Terra Alta in den Sinn, als er noch nach dem Lärm der Stadt süchtig gewesen war, das ländliche Schweigen ihn um den Schlaf gebracht und er mit Romanen und Tabletten gegen die hellwachen Nächte angekämpft hatte. Sein Gedächtnis holt ein vergessenes Bild zurück: das des Mannes, der er vor vier Jahren gewesen ist, bei seiner Ankunft in Terra Alta. Ebenso bringt es ihm eine Erkenntnis: dass dieser Mann und er zwei verschiedene Menschen sind, einander so entgegengesetzt wie ein Gesetzesbrecher und ein Gesetzeshüter, wie Jean Valjean und Monsieur Madeleine, der aufgespaltene, widersprüchliche Protagonist aus *Die Elenden,* sein Lieblingsroman.

Im Erdgeschoss nimmt sich Melchor aus der Waffenkammer seine Walther P99, 9 mm, und eine Schachtel Munition und denkt, dass er allzu lange schon nicht mehr *Die Elenden* gelesen hat und dass er an diesem Morgen wohl oder übel auf das gemeinsame Frühstück mit Frau und Tochter wird verzichten müssen.

In der Garage steigt er in einen Opel Corsa, verlässt das Revier in Richtung des benachbarten Spielplatzes und ruft Sargento Blai an.

»Bete, dass es wichtig ist, Sauspanier«, knurrt der Polizist, die Stimme triefend von Schlaf. »Sonst häng ich dich an den Eiern auf.«

»Zwei Leichen im Landhaus der Adells«, sagt Melchor.

»Der Adells? Welcher Adells?«

»Die von Gráficas Adell.«

»Erzähl keinen Scheiß.«

»Kein Scheiß«, sagt Melchor. »Eben hat eine Streife angerufen. Ruiz und Mayol sind schon da. Ich bin unterwegs.«

Sargento Blai, plötzlich hellwach, legt mit Anweisungen los.

»Erzähl mir nicht, was ich zu tun habe«, unterbricht ihn Melchor. »Nur eins: Soll ich Salom und die Kriminaltechniker anrufen?«

»Nein, das übernehme ich«, sagt Sargento Blai. »Gott und die Welt muss benachrichtigt werden. Du sicherst den Tatort, sperr alles rund ums Haus ab ...«

»Keine Sorge, Sargento«, unterbricht Melchor wieder. »In fünf Minuten bin ich da.«

»Gib mir eine halbe Stunde«, sagt Sargento Blai und murmelt wie zu sich selbst: »Die Adells, verdammte Scheiße. Das gibt einen Mordsskandal.«

Ohne die Sirene einzuschalten oder das Blaulicht auf das Dach des Opel Corsa zu setzen, rast Melchor durch Gandesas Straßen, zu dieser Zeit fast so verlassen wie die Treppen und Gänge des Reviers. Doch nur fast. Ab und an begegnet ihm ein Fahrradfahrer in Fahrradkluft, ein Jogger im Jogginganzug, ein Wagen, von dem man nicht weiß, ob er von einer langen Samstagnacht zurückkehrt oder einen langen Sonntag beginnt. Es wird Tag in Terra Alta. Ein aschgrauer Himmel läutet einen Morgen ohne Sonne ein, beim Hotel Piqué biegt Melchor links ab und verlässt Gandesa über die Landstraße Richtung Vilalba dels Arcs. Dort dreht er auf und nimmt wenige Minuten später einen unbefestigten Weg, der nach hundert Metern auf ein Landhaus trifft. Es ist von einer hohen Steinmauer umgeben, die oben mit Scherben gespickt und fast ganz von Efeu überwachsen ist. Das breite, braune Metalltor ist nur angelehnt, und davor steht ein Streifenwagen, dessen Blaulicht in der Morgendämmerung blinkt. Neben dem Wagen versucht Ruiz gerade eine ältere Frau mit Indio-Zügen zu trösten, die auf einer Steinbank sitzt und weint.

Melchor steigt aus und fragt, was passiert ist.

»Ich weiß es nicht«, antwortet der Streifenpolizist und deutet auf die Frau. »Das ist die Köchin des Hauses. Sie hat uns angerufen. Sie sagt, drinnen sind zwei Tote.«

Die Frau zittert am ganzen Leib, ist in Tränen aufgelöst und presst im Schoß die Hände zusammen. Melchor versucht sie zu beruhigen und stellt ihr die gleiche Frage, die er Ruiz gestellt hat, doch die Antwort ist nur ein entsetzter Blick und unverständliches Gestammel.

»Und Mayol?«, fragt Melchor.

»Drinnen«, antwortet Ruiz.

Melchor weist ihn an, den Eingang abzusperren und zu bewachen, sich um die Frau zu kümmern und auf die anderen zu warten. Dann betritt er das Anwesen, dessen Tor von zwei Kameras überwacht wird, und nimmt mit raschem Schritt den Weg durch einen gepflegten Garten – auf der Wiese wachsen Weiden, Maulbeer- und Kirschbäume, Rosen, Fingerhut, Margeriten, Pfingstrosen, Lilien, Geranien, Veilchen und Jasmin –, nach einer Biegung präsentiert sich ihm die Fassade des dreistöckigen alten Hauses, die große Holztür, das Gitterwerk der Balkone und das ausgebaute Dachgeschoss mit Fenstern, die ein Stuckgesims verbindet. Am Türpfosten lehnt Mayol, die Knie leicht gebeugt, die Pistole mit beiden Händen gepackt – das Dunkelblau seiner Uniform hebt sich vom dunklen Ocker der Fassade ab –, er hat ihn schon gesehen und winkt ihn heran.

Melchor zieht die Pistole, ihm fällt das Schnörkelmuster eines Autoreifens auf dem Weg auf, der sich vor der angelehnten Haustür nun zu einem Platz weitet.

»Bist du schon reingegangen?«, fragt er Mayol und lehnt sich gegen den anderen Türpfosten.

»Nein«, entgegnet Mayol.

»Ist jemand drinnen?«

»Ich weiß nicht.«

Melchor sieht sich das Türschloss an, es ist nicht aufgebrochen. Dann sieht er sich Mayol an: Er schwitzt, Angst in den Augen.

»Halt dich hinter mir«, sagt er.

Mit einem Tritt öffnet Melchor die Tür und geht ins Haus. Mit höchster Vorsicht inspiziert er, hinter ihm Mayol, das düstere Erdgeschoss: eine Diele mit Garderobe, eine große Truhe, Glasschränke mit Büchern, Sesseln, ein Aufzug, ein Bad, zwei Schlafzimmer mit Kleiderschränken, unberührten Betten und Waschgeschirr aus Keramik, eine gut gefüllte Vorratskammer. Dann geht er über eine Steintreppe in den ersten Stock und steht in einem großen Wohnzimmer, das einzig von einer Deckenlampe erleuchtet wird. Was er dort sieht, überflutet ihn ein paar ewige Sekunden lang mit dem übermächtigen Gefühl des Unwirklichen, aus dem ihn schließlich das röchelnde Stöhnen Mayols reißt, der sich übergibt.

»Mein Gott!«, stammelt der Streifenpolizist und gibt immer noch einen widerlichen Brei von sich, Galle und Reste von Essen. »Was ist hier passiert?«

Zum ersten Mal, seit er in Terra Alta ist, befindet Melchor sich am Tatort eines Mordes. Früher war er oft an solchen Tatorten gewesen, kann sich aber nicht erinnern, dergleichen je gesehen zu haben.

Zwei blutige, rotviolette Fleischbündel sitzen einander gegenüber auf einem Sofa und einem Sessel, vollgesogen mit einer klumpigen Flüssigkeit – einer Mischung aus Blut, Eingeweiden, Knorpeln, Haut –, die auch die Wände, den Boden, sogar den Kaminabzug bespritzt hat. In der Luft schwebt der mächtige Geruch nach Blut, gemartertem Fleisch und Qual, dazu eine merkwürdige Stimmung, als bewahrten die Wände noch die Leidensschreie, die sie miterlebt haben. Doch zugleich spürt Melchor in der Atmosphäre des Zimmers – und das verstört ihn vielleicht am meisten – eine Art Jubel oder Euphorie, mit Worten nicht zu fassen, doch müsste er sie beschreiben, dann vielleicht als fröhlichen Nachklang eines makabren Karnevals, eines wahnsinnigen Rituals, eines freudigen Menschenopfers.

Überwältigt geht Melchor auf diese zweifache Schreckensmasse zu, versucht dabei, nicht auf Beweise zu treten (auf dem Boden liegen zwei blutgetränkte Stofffetzen, die zweifellos als Knebel gedient haben), und als er das Sofa erreicht, erkennt er auf den ersten Blick, dass die beiden blutigen Bündel die gründlich gefolterten und verstümmelten Körper eines Mannes und einer Frau sind. Ihnen wurden Augen, Fingernägel, Zähne und Ohren ausgerissen, die Brustwarzen abgeschnitten, sie wurden aufgeschlitzt und ausgeweidet. Ansonsten sieht man am hellgrauen Haar und den schlaffen, knochigen Gliedern (oder was davon übrig ist), dass es sich um zwei alte Menschen handelt.

Melchor hat das Gefühl, als könnte er sich von diesem Anblick im diffusen Licht der Deckenlampe ganze Stunden lang nicht mehr losreißen.

»Sind es die Adells?«, fragt er.

Mayol, der ein paar Meter entfernt stehen geblieben ist, kommt heran und lässt sich die Frage wiederholen.

»Ich glaube schon«, antwortet er.

Melchor hat die Adells auf Fotos in der Lokalpresse und in Prospekten gesehen, aber niemals persönlich, und erkennt bei diesem Gemetzel nicht das Geringste wieder.

»Bleib hier, niemand soll etwas anfassen«, sagt er zu Mayol. »Sargento Blai muss jeden Augenblick kommen. Ich sehe mich um.«

Das Landhaus ist riesig, hat unzählige Zimmer und wirkt auf eine Art umgebaut, die Melchor nach Architekturzeitschrift aussieht: Die Grundstruktur ist beibehalten, der Rest modernisiert. Zwischen dem ersten und dem zweiten Stock entdeckt Melchor in einem Zimmerchen, früher vielleicht eine Speisekammer, ein Schaltpult mit mehreren toten Bildschirmen. Es ist das Zimmer für die Alarmanlagen, allesamt ausgeschaltet.

Er geht hinauf in den zweiten Stock und tritt in einen rechteckigen Saal, von dem sechs Türen abgehen, zwei davon weit geöffnet. Hinter der ersten befindet sich ein Schlafzimmer mit allen Spuren einer brachialen Durchsuchung: Vom Doppelbett wurden Laken, Kopfkissen, Bettdecke und Matratze fortgerissen, sie liegen aufgeschlitzt auf einem Haufen in der Ecke. Nachttische, Kommoden und Schränke wurden durchwühlt oder gleich ganz entleert; auf dem Boden sieht man umgestürzte Stühle und Sessel, Bettzeug, Kleider und Unterwäsche sowie Plastik-, Glas- und Metallsplitter, die Überreste – wie Melchor nach näherer Betrachtung feststellt – zerstörter Handys ohne SIM-Karte. Man sieht Arzneifläschchen, Salben, Schminke, Schuhe, Pantoffeln, Magazine, Zeitungen, Prospekte, Scherben von Tassen und Gläsern, leere Schmuckkassetten. Ein kostbares Kruzifix aus Holz und Elfenbein, ein Herz-Jesu-Ölbild und mehrere Familienfotos im Silberrahmen wurden von den Wänden gerissen und auf die bunten Bodenfliesen geworfen. Melchor geht davon aus, dass es das Schlafzimmer der beiden Alten ist, und fragt sich angesichts der Verwüstung, ob die Mörder gewöhnliche Diebe waren oder etwas Bestimmtes gesucht und vielleicht gefunden haben. Oder auch nicht.

Er geht in das andere offene Zimmer und entdeckt einen weiteren Leichnam, den einer strohblonden Frau mit blasser Haut und groben Knochen, sie sitzt neben dem zerwühlten Bett auf dem Boden, lehnt an der Wand zum Nachbarzimmer, der Kopf auf die Schulter gesunken. Die Tote trägt ein cremefarbenes Nachthemd und einen blauen Morgenrock, die Augen sind aufgerissen, als hätte sie den Teufel gesehen, auf der Stirn ein Loch von der Größe einer Zehn-Cent-Münze, aus dem lotrecht eine getrocknete Blutspur zu Nase und Mund führt. Melchor inspiziert die übrigen vier Zimmer – ein Wohnzimmer und drei Schlafzimmer –, findet aber nichts Auffälliges. Dann geht er in den dritten Stock und untersucht den Dachboden, merkt aber gleich, dass die Eindringlinge nicht bis dahin gekommen sind, und als er aus dem Fenster blickt und unten bereits fünf Wagen vor der Tür stehen sieht, geht er hinunter.

Sargento Blai und Caporal Salom starren gerade auf die beiden Leichen im ersten Stock, als Melchor zu ihnen tritt. Drei Kollegen von der Spurensicherung kehren ihnen den Rücken zu und packen schweigend Ausrüstung und Instrumente aus. Als Blai Melchor sieht, fragt er:

»Gibt es noch mehr Tote?«

Der Sargento ist gerade fünfundvierzig geworden, wirkt aber jünger. Er trägt enge Jeans und ein gestreiftes T-Shirt, das Bizeps und Brustmuskulatur betont; unter dem haarlosen Schädeldach mustern blaue Augen, hell und durchdringend, das Gemetzel mit einer Mischung aus Unglauben und Ekel.

»Einen«, entgegnet Melchor. »Eine Frau. Sie wurde erschossen, aber nicht gefoltert.«

»Das muss die rumänische Hausangestellte sein«, vermutet Blai. »Die Köchin sagt, sie hat im Haus geschlafen.«

»Das Schlafzimmer der beiden Alten wurde auf den Kopf gestellt«, fährt Melchor fort. »Zumindest glaube ich, dass es ihr Schlafzimmer ist. Auf dem Boden liegen die Überreste von Handys, sorgfältig zertrümmert. Habt ihr die Reifenspuren draußen gesehen?«

Sargento Blai nickt, die Augen starr auf die Adells gerichtet.

»Das ist das Einzige, was mich wundert«, sagt Melchor. »Alles Übrige riecht nach Profi.«

»Oder nach Psychopath«, sagt Blai. »Um nicht zu sagen, nach Satanist. Wem sonst könnte so was einfallen?«

»Genau das war auch mein erster Gedanke«, sagt Melchor. »Ein Ritual. Aber das glaube ich nicht mehr.«

»Wieso?«, fragt Blai.

Melchor zuckt mit den Schultern.

»Sie haben die Tür nicht aufgebrochen«, antwortet er. »Haben Kameras und Alarmanlage ausgeschaltet. Die Handys zertrümmert und die SIM-Karten mitgenommen, damit wir die Anrufe der beiden Alten nicht überprüfen können. Und sie haben sie in aller Gründlichkeit gefoltert. Da waren Experten am Werk. Es könnte ein Raubüberfall gewesen sein, womöglich haben sie Schmuck und Geld mitgenommen, obwohl ich keinen Safe gesehen habe. Doch passt so ein Gemetzel zu Raub? Vielleicht haben sie etwas gesucht und sie deshalb gefoltert.«

»Vielleicht«, sagt Sargento Blai. »Aber es können Profis und zugleich Psychopathen gewesen sein. Und das Ganze ein Ritual. Was meinst du, Salom?«

Der Caporal ist wie hypnotisiert von den Leichen, scheint seinen Augen noch immer nicht zu trauen. Die übliche Ruhe ist ihm abhandengekommen. Er ist blass, seine Züge sind leicht verzerrt, und er atmet durch den Mund; ein winziges Zittern erfasst die Oberlippe. Er hat einen buschigen Bart, einen beleibten Körper und eine altmodische Brille; all das lässt ihn viel älter wirken als Blai, der bloß zwei Jahre jünger ist.

»Fürs Erste würde ich auch nicht auf Profis tippen«, antwortet er. »Womöglich hast du recht, und es waren ein paar Durchgeknallte.«

»Hast du sie gekannt?«, fragt Blai.

»Die beiden Alten?«, fragt Salom zurück und deutet vage in Richtung der verstümmelten Körper. »Natürlich. Ich bin mit der Tochter und dem Schwiegersohn befreundet. Seit Ewigkeiten.« An Melchor gewandt, fügt er hinzu: »Deine Frau kennt sie auch.«

Schweigen tritt ein, und Salom bekommt endlich das Lippenzucken unter Kontrolle. Sargento Blai seufzt resigniert.

»Gut, ich rufe in Tortosa an. Allein können wir das nicht stemmen.«

Während der Sargento mit der regionalen Ermittlungseinheit in Tortosa telefoniert, betrachten Melchor und Salom noch einen Moment lang das Massaker.

»Weißt du, woran ich denken muss?«, fragt Melchor.

Salom fasst sich allmählich. Zumindest wirkt es so.

»Woran?«, fragt er.

»An das, was du mir damals gesagt hast, als ich hergekommen bin.«

»Was habe ich gesagt?«

»Dass in Terra Alta niemals etwas passiert.«

Mit Hilfe zweier Kollegen des Ermittlungsteams hat Melchor gerade festgestellt, dass alle Alarmanlagen und Überwachungskameras im Haus vor eineinhalb Tagen ausgeschaltet wurden, Freitagnacht, zehn Uhr achtundvierzig, da blickt ein Streifenpolizist in die ehemalige Speisekammer, die nun eine kleine Sicherheitszentrale ist.

»Subinspector Gomà aus Tortosa ist da«, teilte er Melchor mit. »Barrera und Blai sagen, du sollst herunterkommen.«

Es ist neun Uhr morgens, und im Landhaus der Adells ist bereits die komplette Ermittlungseinheit von Terra Alta versammelt, die Sargento Blai leitet, ja das halbe Revier, sogar sein Leiter, Subinspector Barrera. Schon seit zwei Stunden wimmelt es in dem abgesperrten Haus von Beamten in Uniform und in Zivil, die jede Ecke inspizieren, Informationen austauschen, Notizen und Fotos machen, filmen, Fingerabdrücke suchen oder dort Nummerntafeln aufstellen, wo sie Beweise gefunden haben oder gefunden zu haben glauben, wobei sie versuchen, den Tatort möglichst unberührt zu lassen, jedoch nützliche Ermittlungsspuren zu sichern oder zu entwirren. Am Tor halten zwei Uniformierte schon seit einer Weile die Neugierigen und Journalisten zurück, die sich in immer größerer Zahl dort drängen. Der Tag verheißt feuchte Hitze, am grauen Morgenhimmel sind bauchige Wolken aufgetaucht, die von Regen künden.

Im ersten Stock reden Subinspector Barrera und Sargento Blai im Wohnzimmer mit einem Mann, Subinspector Gomà, wie Melchor vermutet, der neue Leiter der Ermittlungseinheit in Tortosa. Neben ihm eine dünne Frau um die dreißig mit harten Zügen und dunklem, kurzem Kraushaar, ein iPad in der Hand, unter dem Schlüsselbein ein Tattoo: ein rotes Herz durchbohrt von einem Pfeil. Sargento Pires. Melchor kennt sie von einer Besprechung in Tortosa, aber das Tattoo war ihm damals nicht aufgefallen, vielleicht ist es neu. Die vier Vorgesetzten sehen sich die beiden gefolterten Leichen an, während um sie herum mehrere Kriminaltechniker im weißen Overall mit Handschuhen, blauen Schuhüberziehern und grünem Mundschutz hantieren, in die Arbeit vertieft, wortlos oder flüsternd. Melchor hält sich ein paar Schritte abseits, denn sicher wollen Subinspector Barrera und Sargento Blai den Neuankömmlingen Zeit lassen, den makabren Anblick zu verarbeiten, und er fragt sich, ob auch sie diese Toten stundenlang betrachten könnten. Sargento Blai erläutert gerade ausführlich, welchen Qualen die Körper der Adells vermutlich ausgesetzt waren, als läge das nicht auf der Hand, und bemerkt auf einmal Melchor. Er stellt ihn Subinspector Gomà vor, der ihm mit einer Mischung aus Neugier und Argwohn die Hand drückt.

»Sie sind der Ermittler, der als Erster hier war?«

»Ja«, sagt Melchor. »Ich hatte Nachtdienst, als die Meldung eintraf.«

»Erzählen Sie, was Sie wissen.«

Während Melchor redet, wenden sie sich von den Leichen ab und gehen in die Mitte des Zimmers, die anderen folgen. Sargento Pires macht Notizen auf dem iPad, und Sargento Blai präzisiert oder erläutert hier und da Melchors Bericht, widerspricht ihm aber nicht. Als Melchor schweigt, denkt Subinspector Gomà kurz nach und weist dann Barrera und Blai an, zwei Männer an der Haustür zu postieren und das restliche Team im Erdgeschoss zu versammeln.

Fünf Minuten später hat sich im Wohnzimmer unten ein Kreis von Polizisten um Gomà und Barrera gebildet, und Gomà wendet sich an alle, doch besonders an die Spurensicherung. Der Subinspector verspricht, sich kurz zu fassen. Man könne die Bedeutung des Falls gar nicht hoch genug einschätzen, ebenso wenig das erwartbare Echo in den Medien. Für alle stehe viel auf dem Spiel. Es warteten arbeitsreiche Tage auf sie, allein könnten sie das nicht bewältigen, und noch am Vormittag werde Verstärkung aus Tortosa eintreffen. Es sei zwingend geboten, den Tatort so wenig wie möglich zu verunreinigen, und je weniger Leute außer der Spurensicherung in die oberen Stockwerke gingen, desto besser. Die Kriminaltechniker sollten sich über das Haus verteilen und es bis in den letzten Winkel untersuchen, Millimeter für Millimeter, damit ihnen kein einziger Beweis entgehe, so winzig er auch sei, so belanglos er auch erscheine. Er deutet auf Sargento Pires und sagt, sie leite die Ermittlung, führe Protokoll und brauche einen Kriminaltechniker aus Terra Alta, der die Beweise bündele und an sie weitergebe. Gomà wirft Sargento Blai einen fragenden Blick zu.

»Sirvent?« Blai deutet auf einen Polizisten im Overall, von dem nur ein ovales Gesicht mit Eichhörnchenaugen zu sehen ist. »Übernimmst du das?«

Sirvent ist einverstanden. Befriedigt blickt Subinspector Gomà in die Runde, als wollte er alle Mitarbeiter scannen. Er ist ein Mann mittlerer Größe mit kalten Augen und grauem Haar, penibel gekämmt, der Scheitel auf der linken Seite; er trägt einen Anzug aus beigefarbenem Jeansstoff, ein weißes Hemd und eine braune Krawatte; die kleine rechteckige Brille ohne Rahmen verleiht ihm einen intellektuellen Anstrich.

»Das ist alles«, schließt der Subinspector. »Noch einmal:

Jedes Detail zählt. Wenn Sie Zweifel haben, fragen Sie. Alles klar?« Allgemeines Nicken. »Dann los.«

Die Gruppe verteilt sich murmelnd im Landhaus, doch Gomà hält Melchor zurück.

»Sagen Sie«, fragt Gomà, als sie mit Barrera, Pires und Blai allein geblieben sind. »Warum glauben Sie, dass hier Profis am Werk waren?«

»Weil sie keine Fehler begangen haben«, antwortet Melchor. »Zumindest nicht auf den ersten Blick. Da sind bloß die Reifenspuren.«

»Continental«, schaltet sich Blai ein. »Aber ich glaube nicht, dass wir den Wagentyp ermitteln können.«

»Vielleicht war es gar kein Fehler«, wendet Gomà ein. »Ich meine«, schickt er rasch hinterher, »der Fehler ist allzu offensichtlich, um einer zu sein. Vielleicht haben sie ihn vorsätzlich begangen, um uns auf eine falsche Fährte zu locken.«

Auf die Vermutung des Subinspector folgt Schweigen. Sargento Blai bricht es.

»Ich bin mir nicht so sicher, dass es Profis waren«, widerspricht er.

»Ich auch nicht.« Barrera springt ihm zur Seite. »Außerdem gibt es überall Spuren.«

»Ich wette, die meisten stammen von den Opfern«, sagt Melchor. »Oder von ihrer Familie.«

»Apropos Familie«, schaltet sich Gomà ein. »Haben wir sie benachrichtigt?«

»Noch nicht«, sagt Blai.

»Worauf warten wir?«, fragt Gomà. »Sobald sie Bescheid

wissen, nehmen Sie ihnen die Fingerabdrücke ab. Dann die von allen, die in den letzten beiden Tagen im Haus waren. So können wir sie von denen der Mörder unterscheiden. Wenn sie denn welche hinterlassen haben.«

Sargento Pires notiert die Anordnungen des Subinspector auf dem iPad, und Sargento Blai blickt sich suchend nach jemandem um, findet ihn nicht und verlässt den Raum. Wortlos begibt sich Gomà nach oben, Melchor soll ihn begleiten, auch Barrera und Pires folgen. Als sie ins Zimmer mit den Leichen treten, betrachtet Gomà sie kurz und deutet dann auf eine breiige Lache auf dem Boden.

»Kann mir jemand das hier erklären?«, fragt er.

»Der Streifenpolizist, der bei mir war, hat sich übergeben«, antwortet Melchor.

»Da war er nicht der Einzige«, bemerkt Barrera. »Wir anderen waren bloß etwas diskreter.«

Gomà mustert leicht spöttisch seinen Kollegen, der verärgert den Blick abwendet.

»Man hätte mich warnen sollen«, klagt Barrera und streicht sich über den Bauch. »Ich hatte gerade gefrühstückt und habe mir die Seele aus dem Leib gekotzt.«

Der Revierleiter von Terra Alta ordnet an, die Pfütze wegzuwischen, nimmt den Befehl jedoch zurück, bevor ihn Gomà daran erinnert, dass nichts im Raum verändert werden darf, bevor die Spurensicherung mit ihrer Arbeit fertig ist. Sargento Blai stößt wieder zu ihnen.

»Ich werde eine Ermittlungsgruppe bilden«, kündigt Gomà an. »Wir stellen, abgesehen von Sargento Pires, fünf Leute. Ihr steuert zwei weitere bei.«

»So viele du brauchst«, sagt Barrera.

Gomà deutet auf Melchor.

»Der Junge hier ist einer von ihnen«, sagt er. »Und ich will noch einen, der die Gegend gut kennt, der hier lebt.«

»Da habe ich Ihren Mann«, sagt Sargento Blai. »Er ist ein Freund der Familie.«

»Der Adells?«

»Ja.«

»Er soll herkommen.«

»Ich habe ihn gerade losgeschickt, damit er ihnen die Nachricht überbringt.«

»Er soll zurückkommen.«

Blai entfernt sich, telefoniert und kommt gleich wieder. Kurz darauf erscheint Salom. Gomà reicht ihm die Hand, deutet auf die Leichen der beiden Alten und fragt, ob er sie kenne.

»Jeder in Terra Alta kennt sie«, sagt Salom. »Die Gegend ist nicht groß.«

»Persönlich, meine ich.«

»Ja«, sagt Salom. »Ich bin in Gandesa geboren und habe fast immer hier gelebt, ebenso wie die beiden. Das heißt, wie er, sie ist nicht von hier, obwohl sie schon seit einer Ewigkeit in Terra Alta gelebt hat. Aber vor allem kenne ich die Tochter und den Schwiegersohn. Den Schwiegersohn vor allem. Wir sind gut befreundet.«

»Mehr Kinder hatten sie nicht?«

»Nein. Es gibt auch keine näheren Verwandten. Soweit ich weiß.«

Gomà fragt, ob die Familie Adell tatsächlich die wohlhabendste der Gegend sei. Salom nickt.

»Der alte Mann war ein Topunternehmer«, sagt er. »Halb Gandesa gehört ihm. Und Gráficas Adell natürlich.«

»Sie stellen Papiererzeugnisse her«, schaltet sich Barrera ein. »Verpackungen für Muffins, Papptabletts für Konditoreien, Pralinenschachteln, Kartons, Eierschachteln, Förmchen für Mandelgebäck. Und dergleichen mehr. Es ist das umsatzstärkste Unternehmen in Terra Alta.«

»Die Stammfabrik befindet sich im Gewerbegebiet La Plana Parc, am Stadtrand von Gandesa«, fügt Salom hinzu. »Und es gibt Niederlassungen in Osteuropa und Lateinamerika.«

»Wer hat all das geleitet?«, fragt Gomà.

»Wer das Sagen hatte?«, fragt Salom zurück. Gomà nickt. »Der Alte«, antwortet der Caporal. »Es gibt noch einen Geschäftsführer, der schon immer dabei war, eine Schlüsselfigur, die alles kontrolliert. Und der Schwiegersohn ist Vorstandsvorsitzender.«

»Der Schwiegersohn ist Ihr Freund«, sagt Gomà.

»Ja«, erwidert Salom. »Albert Ferrer heißt er. Aber das Sagen hatte der Alte. Er hat immer noch alle wichtigen Entscheidungen getroffen.«

»Wie alt war er?«, fragt Gomà.

»Ich weiß nicht«, sagt Salom. »Wohl mindestens neunzig, nehme ich an.«

Der Subinspector hebt die Brauen, verzieht den Mund und wiegt den Kopf, beeindruckt von der Zahl. Dann dreht er sich zu den beiden Leichen um, als müsste er sich vergewissern, dass sie noch da sind. Sargento Pires tut es ihm nach. Sie macht nun keine Notizen mehr, sondern mustert Gomà erwartungsvoll. Ein paar Schritte von der Gruppe entfernt unterhalten sich Barrera und Blai. Melchors Blick fällt wieder auf das Tattoo an Pires' Schlüsselbein, er sieht dort auch einen Schriftzug, kann ihn jedoch nicht entziffern.

»Ich will einen vollständigen Bericht über das gesamte Familienunternehmen«, ordnet Gomà an. Er wendet sich an Pires, die wieder notiert. »Bis zur Nachmittagsbesprechung. Die ist um wie viel Uhr?«

»Um fünf«, antwortet sie, ohne den Blick vom iPad zu heben.

»Klappt das bis dahin?«, fragt Gomà. Pires bejaht, und der Subinspector deutet auf Melchor und Salom und fügt hinzu: »Sie beide möchte ich auch dabeihaben. Auf dem Revier, meine ich.«

Melchor und Salom nicken.

»Noch etwas«, fährt Gomà fort und wendet sich an Salom. »Die Adells hatten wohl viele Feinde, nicht wahr?« Die Frage scheint den Caporal zu verblüffen. Der Subinspector erklärt: »Leute, die sie nicht mochten. Leute, die sie gehasst haben.«

»Eher weniger, scheint mir«, antwortet Salom. »Weshalb glauben Sie das?«

»So ist das gewöhnlich bei reichen Leuten«, erklärt Gomà. »Je reicher, desto mehr Feinde.«

»Bei den Adells bezweifle ich das«, sagt Salom mit skeptischer Miene. »Zumindest nicht hier in Terra Alta. Bedenken Sie, wie vielen sie hier Arbeit verschafft haben, der halbe Landkreis arbeitet für sie. Außerdem waren sie sehr religiös. Sie sind dem Opus Dei beigetreten, aber ganz diskret. So waren sie, diskret. Und schlicht. Auf jeden sind sie zugegangen, haben den Leuten geholfen. Nein, ich glaube, hier hat man sie eher gemocht. Und ihre Familie ebenso.«

Barrera und Blai stützen diese Ansicht mit eigenen Informationen und Eindrücken, die Sargento Pires ebenfalls auf dem iPad notiert oder zusammenfasst. Als der Meinungsaustausch ins Stocken kommt, sagt Salom:

»Dann sollte ich wohl besser die Familie benachrichtigen.«

»Ja, gehen Sie«, ermutigt ihn Gomà. »Und vergessen Sie nicht, allen die Fingerabdrücke abzunehmen. Blai, haben Sie den Untersuchungsrichter angerufen?«

»Gleich nachdem ich mit Ihnen gesprochen hatte«, antwortet Blai. »Wir sollen Bescheid sagen, sobald wir fertig sind.«

»Dann tun Sie das jetzt.«

Sargento Blai geht in eine von der Spurensicherung freigegebene Ecke, wo er ungestört telefonieren kann. Ein Streifenpolizist kommt herein und sucht Subinspector Barrera, der ihn anhört, sich entschuldigt und mit ihm den Raum verlässt. Gomà gibt Pires weitere Anweisungen, und Melchor nutzt den Moment, um sich zurückzuziehen und mit der Arbeit fortzufahren. Doch Gomà hält ihn erneut zurück.

»Warten Sie«, sagt er. »Ich brauche Sie noch.«

Melchor wartet. Unterdessen kommen zwei Kriminaltechniker aus Tortosa mit ihren Köfferchen ins Zimmer, erstarren ein paar Sekunden beim Anblick der Leichen und sprechen dann mit Sirvent, während sie Overalls, Handschuhe, Schuhüberzieher und Masken anlegen. Neben Melchor pinselt eine Kollegin von der Spurensicherung bereits seit ein paar Minuten über eine Anrichte, auf der Suche nach Fingerabdrücken. Pires' Handy klingelt, und Gomà gibt ihr ein Zeichen, den Anruf anzunehmen.

»Einen Moment«, entschuldigt sich die Sargento. »Es ist López, von der Presse.«

Gomà nimmt Melchor beim Arm und führt ihn in eine Zimmerecke, gleich neben der Treppe zum zweiten Stock.

»Barrera und Blai haben mir erzählt, wer du bist«, sagt er und geht unvermittelt zum Du über.

Gomà lässt seinen Arm los. Hinter den Brillengläsern sind die kalten Augen nun eisig und forschend. Melchor ahnt, was der Subinspector meint, antwortet aber nicht, sondern hält nur dem Blick stand.

»Ich habe viel von dir gehört«, verrät ihm Gomà. »Wie lange liegen die Attentate schon zurück? Vier Jahre, fünf?«

Melchor antwortet, vier.

»War eine beachtliche Leistung«, fährt der Subinspector fort und wiegt wieder den Kopf. »Man muss schon ein ganzer Kerl sein, um so was zu tun. Glückwunsch.« Er nimmt die Brille ab, behaucht die Gläser, reinigt sie mit einem Taschentuchzipfel und relativiert: »Aber so gut ist nicht alles, was man über dich erzählt. Das weißt du, nicht wahr?«

Das weiß Melchor natürlich, denn seit seiner Ankunft in Terra Alta haben viele Legenden über ihn die Runde gemacht, die meisten davon unwahr. Kurz denkt er an die wahren und will Gomà schon antworten, das wisse er, und hinzufügen, er sei aber nicht mehr der Gleiche, habe sich in den vier Jahren verändert, habe jetzt Frau und Tochter und ein anderes Leben. Aber da er dem Subinspector gegenüber bestimmt nicht die richtigen Worten finden wird und außerdem keine Schwierigkeiten bekommen will, schweigt er.

Gomà lässt ein paar Sekunden verstreichen und setzt die Brille wieder auf.

»Ich will nur sagen, mach dir keine falschen Vorstellungen«, erklärt er und sieht Melchor in die Augen. »Das hier ist Teamarbeit, manch einer vergisst das. Ich nicht. Ich habe das immer im Hinterkopf. Ich hoffe, du auch, zumindest solange du mit mir arbeitest. Du weißt, du sollst mir bei dem Fall zur Hand gehen, ich habe dich ausgewählt. Das heißt, ich vertraue dir. Man kann dir vertrauen, hat man mir gesagt, ich hoffe, du enttäuschst mich nicht. Jedenfalls möchte ich, dass du einfach einer mehr im Team bist. Nichts weiter. Einer mehr. Ist das klar?«

Melchor nickt.

»Es ist wichtig, dass du das verstehst«, beharrt Gomà. »Wenn nicht, sag es gleich. Dann ziehe ich dich von dem Fall ab und Schluss. Das ist am besten. Für dich und für mich. Und für den Fall.«

Melchor nickt wieder. Ein befriedigtes Lächeln lässt die Zähne des Subinspector hervorblitzen.

»Hervorragend«, sagt er. »Ich freue mich, dass wir uns verstehen.«

Sargento Pires hat ihr Telefonat bereits beendet und wartet in diskreter Distanz auf das Ende des vertraulichen Gesprächs. Jetzt tritt sie zu den beiden, und sobald Gomà sie in Hörweite weiß, kehrt er vom Du zum Sie zurück.

»Wenn Sie Nachtdienst hatten, haben Sie sicher noch nicht geschlafen«, sagt er.

»Nein«, bestätigt Melchor.

»Warten Sie, bis der Richter da ist«, ordnet Gomà an. »Erzählen Sie ihm, was Sie mir erzählt haben. Dann gehen Sie etwas essen und ruhen sich ein wenig aus. Am Nachmittag brauche ich Sie frisch.«

Die Abordnung des Gerichts erscheint kurz vor elf im Landhaus. Ein Streifenpolizist kündigt ihr Eintreffen an, und Gomà und Barrera empfangen sie im Garten, zusammen mit Blai und Pires. Melchor und Salom beobachten sie von der Haustür aus. Die Gruppe besteht aus Gerichtsmediziner, Gerichtssekretär und Richter, ein beleibter, pausbäckiger und fast kahler Mann mit Hosenträgern, der nach einem kurzen Gespräch mit Gomà der Gruppe voran zum Tatort geht. Als sie an Melchor und Salom vorbeikommen, macht ihnen Gomà ein Zeichen, dass sie sich anschließen sollen. Sie folgen ihnen und sehen im Zimmer mit den Leichen, wie unterschiedlich die Neuankömmlinge auf das Grauenhafte reagieren, das sie dort erwartet: Während der Richter – der vom Treppensteigen noch außer Atem ist und sich mit einem weißen Taschentuch den Schweiß aus dem Gesicht wischt – alles reglos mustert, die Augen weit aufgerissen, der Mund verzerrt, und sein Sekretär ganz ähnlich reagiert, bereitet sich der Gerichtsmediziner mit der Seelenruhe des Profis auf die Arbeit vor, untersucht die Gräueltat, als wäre er weniger Forensiker als Mathematiker und hätte vor sich nicht zwei massakrierte Körper, sondern eine biquadratische Gleichung.

»Du liebe Scheiße«, ruft der Richter schließlich. »Was zum Teufel ist das!«

Gleich darauf, Richter und Sekretär haben sich noch kaum von dem Schrecken erholt, beginnt die Leichenschau. Versehen mit blauen Handschuhen und einem grauen Kittel, beginnt der Forensiker, die Überreste der Adells zu untersuchen, und der Richter, der sich noch immer die Schläfen mit dem Taschentuch wischt, bittet Gomà, ihm in allen Einzelheiten zu erzählen, was man weiß.

»Das überlasse ich lieber ihm.« Gomà deutet auf Melchor. »Er war als Erster hier.«

Der Richter bemerkt Melchor. Die beiden Männer haben regelmäßig bei Gericht miteinander zu tun, aber Melchor ist sich nicht sicher, ob der Richter seinen Namen kennt.

»Dann schieß los, mein Lieber«, sagt der Richter. »Ich bin ganz Ohr.«

Kaum hat er den Schlüssel im Schloss gedreht, hört Melchor aus der Wohnung einen Schrei. Sekunden später hat er seine Tochter auf dem Arm, sie hängt an seinem Hals, küsst ihn und keucht, als hätte sie einen Hundertmeterlauf hinter sich. Ohne ein Wort der Begrüßung versucht Cosette, etwas zu erklären, was Melchor nicht versteht, bis er begreift, dass sie wissen will, ob sie eine Freundin besuchen darf.

»Bittebitte, Papa!«

Sie sind nun in der Küche. Melchor wirft seiner Frau einen fragenden Blick zu.

»Wir haben auf dem Markt Elisa Climent getroffen«, sagt Olga. »Sie und ihre Mutter haben sie zum Spielen eingeladen.«

Melchor täuscht Überraschung vor.

»Wirklich?«, fragt er.

»Ja!«, ruft Cosette. »Darf ich hin, Papi?«

Nun täuscht Melchor Zweifel vor.

»Na, ich weiß nicht recht, Kleines«, sagt er.

»Bittebitte, Papi!«, fleht Cosette und windet sich in seinen Armen. »Bittebittebitte!«

Melchor entschlüpft ein Lachen.

»In Ordnung«, sagt er schließlich, und im Überschwang der Dankbarkeit pflanzt ihm Cosette einen Kuss auf die Wange. »Aber unter einer Bedingung.«

Cosette legt den Kopf zurück und mustert ihn beunruhigt.

»Was denn?«, fragt sie.

»Dass du mir einen Kuss gibst.«

Cosette lächelt, ein strahlendes Lächeln, das ihr ganzes Gesicht erhellt.

»Aber ich hab dir schon einen gegeben!«

»Noch einen.«

Cosette küsst ihn.

»Einen noch dickeren«, sagt Melchor.

Cosette presst mit aller Kraft den Mund gegen die Wange des Vaters.

»Noch dicker«, sagt Melchor.

Cosette verzieht ärgerlich den Mund.

»Mama, schau dir Papa an!«, protestiert sie.

Melchor setzt seine Tochter ab und gibt ihr einen Klaps. Auf dem Küchentisch stehen zwei Teller mit Nudelresten, ein leeres Glas, ein halbes Glas Rotwein und eine halbe Flasche Wasser.

»Ihr habt schon Mittag gegessen?«, fragt er.

»Natürlich«, entgegnet Olga. »Wir wussten nicht, wann du kommst, und Elisa und ihre Mutter müssen gleich da sein. Aber wir haben dir etwas übrig gelassen.«

»Zum Glück«, sagt Melchor. »Wenn es nichts zu essen gibt …«, er geht in die Knie, stößt ein Raubtiergebrüll aus, fletscht die Zähne, streckt Cosette drohend die Arme entgegen und krümmt seine Finger zu Krallen, »dann fresse ich euch beide auf.«

Cosette kreischt und versteckt sich erschrocken, aber lachend hinter der Mutter. Auch Melchor lacht, entzückt darüber, was für einen Schreck er seiner Tochter eingejagt hat, die neben den Beinen seiner Frau vorsichtig ein Auge hervorblitzen lässt.

»Du musst umfallen vor Hunger und Müdigkeit«, sagt Olga.

»So ungefähr«, sagt Melchor und richtet sich auf. »Na, dann lasst mich mal duschen.«

Während er sich unter dem Wasserstrahl einseift, klingelt es, und als er im Pyjama in die Küche zurückkehrt, ist Cosette fort, und auf dem Tisch erwartet ihn ein dampfender Teller Makkaroni Bolognese und eine eisgekühlte Cola-Dose.

»Wie entsetzlich, das mit den Adells!«, sagt Olga als Erstes.

»Woher weißt du davon?«, fragt Melchor.

»Wie soll ich nicht davon wissen? Das Dorf ist ein Bienenstock, die Nachricht verbreitet sich überall. Seit der Ebroschlacht war nicht mehr so viel von Terra Alta die Rede. Wisst ihr schon, wer es gewesen sein kann?«

»Keine Ahnung.«

»Ihr habt keinerlei Spur?«

»Nicht eine. Aber keine Sorge. Wir kriegen sie.«

Olga sitzt seitlich vor ihm, mit dem Rücken an der Wand, die Beine übereinandergeschlagen, und erzählt, was sie am Vormittag im Radio gehört hat, während sie Schluck für Schluck ihr Weinglas austrinkt. Sie trägt eine weiße Bluse und verschlissene Jeans, ihr Haar ist glatt und dunkel, nicht sehr lang, im Nacken mit einer Klammer hochgesteckt. Melchor hört ihr zu und spült hin und wieder die Makkaroni mit großen Schlucken Cola hinunter, er mag es, wie gut sie sich ausdrückt, staunt immer noch, dass er so eine Frau für sich allein hat: hübsch, gebildet, fürsorglich.

Mit seinen fast dreißig Jahren hat Melchor oft das Gefühl, dass sein Leben, seit er Olga kennengelernt hat, nicht mehr das ist, zu dem er verurteilt zu sein schien, hat das Gefühl, dass er sich seit seiner Ankunft in Terra Alta ein fremdes Leben anmaßt, ein leuchtendes, unendlich viel besseres als das ihm zustehende armselige, für das ihn seine Mutter eigentlich geboren hat. Manchmal suchen ihn Albträume aus dem anderen Leben heim, dann wacht er durchnässt im Morgengrauen auf und sieht nach einem kurzen, benommenen Panikanfall mit unbeschreiblicher Erleichterung, dass er hier ist, in seinem Haus in Gandesa, dass seine Frau neben ihm schläft und seine Tochter gleich am anderen Ende des Gangs. Zurück in der Wirklichkeit, streichelt er dann Olgas Körper, steht auf, geht in Cosettes Zimmer, betrachtet sie einen Moment lang beim Schlafen, geht ins Esszimmer, macht die Tür hinter sich zu, läuft hin und her, gestikuliert wie ein Wahnsinniger und schreit stumm in die Stille des Morgens hinaus, dass er der glücklichste Mensch auf Erden ist.

Melchor lässt Olga erzählen, mal nickt er, mal versucht er, das Grausame der Vorfälle im Landhaus – oder wie die Journalisten sie darstellen – zu bemänteln, abzuschwächen oder zu verschleiern, und schließlich fragt er, ob sie die Adells gekannt habe.

»Natürlich«, entgegnet Olga. Sie hält das Weinglas am Stiel und dreht es langsam, konzentriert. »Vor allem ihre Tochter, Rosa heißt sie, sie ist viel älter als du. In meinem Alter. Wir sind zusammen in die Schule gegangen, wir waren fast Nachbarinnen. Auch ihren Mann kenne ich.«

»Er ist mit Salom befreundet«, sagt Melchor.

»Ja, sehr gut sogar.« Olga blickt auf als Zeichen der Zustimmung, ihr Glas dreht sich nicht mehr. »Sie sind verschieden wie Tag und Nacht, haben aber während des Studiums in Barcelona zusammengewohnt und sind Freunde geworden. Ich hatte vor allem Kontakt zu ihr. Unsere Väter waren ebenfalls befreundet. Das heißt, damals, als wir kleine Mädchen waren, später haben sie sich nicht mehr gesehen. Mein Vater hat erzählt, Adell sei Waisenkind gewesen, sein Vater wurde anscheinend im Krieg getötet, und er musste sich allein durchschlagen.« Olga führt das Glas an die Lippen und nimmt einen weiteren Schluck. »Als Junge hat er sich sein Geld damit verdient, Granatsplitter in den Bergen zu sammeln, nach dem Krieg war das Land von Granatsplittern übersät. Dann ist Adell Schrotthändler geworden, und in den Sechzigern oder Siebzigern hat er zum Spottpreis ein Unternehmen für Papierverarbeitung gekauft, das bankrottgegangen war. Das war der Grundstein seines Vermögens. Natürlich kam das nicht von heute auf morgen, das war kein glücklicher Zufall. Er hat wie ein Verrückter geschuftet, Tag und Nacht, samstags, sonntags und an Feiertagen. Er war ein ehrgeiziger Mann, wollte vorankommen, etwas darstellen, hat mein Vater immer gesagt. Er hat auch gesagt, dass er gerissen war. So hat er Gráficas Adell zum mächtigsten Unternehmen in der Gegend gemacht. Niemand hat ihm etwas geschenkt.«

»Warum hatten er und dein Vater später keinen Kontakt mehr?«

Olga zuckt mit den Schultern.

»Ich weiß nicht, mein Vater hat es mir nie erklärt. Ich weiß bloß, dass er sehr speziell war. Du hast sicher gehört, dass er erzkatholisch gewesen ist.« Melchor nickt, während er Makkaroni auf die Gabel spießt. »Das mag wohl stimmen, aber mein Vater hat auch erzählt, dass Adell damals, als sie noch befreundet waren, immer gesagt hat: ›Sieh mal, Miquel, wenn ich an einem Tag niemandem eins ausgewischt habe, bin ich nicht glücklich.‹«

Olga lächelt – über Adells Satz oder die Erinnerung an ihren Vater –, und ein feines Netz von Fältchen sprießt an den Mundwinkeln hervor. Melchor kaut und muss daran denken, wie er seine Frau kennengelernt hat, kurz nach seiner Ankunft in Terra Alta, und ein Schauer läuft ihm kalt den Rücken hinunter wie ein aufwallendes Begehren.

»Aber die Leute hier hatten sie gern, oder?«, fragt er. »Die Adells, meine ich.«

»Wer hat das gesagt?«

»Salom.«

Olga neigt den Kopf und senkt zweifelnd die Lider.

»Zumindest geben sie vielen Leuten Arbeit«, beharrt Melchor.

»Ja, aber was für Arbeit?«, fragt Olga, entflechtet ihre Beine, blickt Melchor ins Gesicht und stellt ihr Glas zur Seite, als dürfte sich nichts zwischen sie schieben. »Sie zahlen ein miserables Gehalt, denn sie haben sich mit den anderen Unternehmern im Umkreis abgesprochen. Ihre Fabriken haben nicht einmal einen Betriebsrat. Wer in Terra Alta bleiben will, muss sich mit dem jämmerlichen Lohn abfinden, den sie zahlen. Das weißt du besser als ich. Wie viele ausländische Arbeiter kommen in Terra Alta inzwischen auf einen Arbeiter von hier?«

»Drei oder vier«, antwortet Melchor. »Die meisten Rumänen und viele von ihnen illegal.«

»Das heißt«, erklärt Olga, »arme Kerle, die bereit sind, für dreimal so wenig Lohn zu arbeiten wie die hiesigen.«

»Aber die hiesigen machen sich trotzdem nicht davon.«

»Natürlich nicht. In Terra Alta sind wir konservativ, das habe ich dir schon tausendmal gesagt. Wer hier geboren ist, will nicht weg, wir wollen hier leben. Und wenn wir fortgehen, kehren wir zurück, wie Salom oder ich. Oder wie die Adells, die überall leben könnten, aber immer noch hier sind. Natürlich sind die Adells reich. Doch das spielt keine Rolle, wir sind wie sie. Das hier ist eine arme Gegend, man kommt mit wenig aus.«

Olga steht auf, schenkt sich noch etwas Wein nach und trinkt ihn, gegen die Kühlschranktür gelehnt, mit einem Schluck aus.

»Sieh mal, Melchor«, fährt sie fort. »Die Adells sind wie ein Baum, der einen breiten Schatten wirft, aber nichts um sich herum wachsen lässt. Sie kontrollieren alles. Haben überall in Terra Alta Eigentum, halb Gandesa gehört ihnen, das heißt, sie geben den Leuten Arbeit in ihren Unternehmen, verkaufen ihnen die Wohnungen, in denen sie leben, sogar die Möbel, mit denen sie sie füllen, wem, meinst du, gehört das Möbelgeschäft Muebles Terra Alta? Adell war jedenfalls ein Dorfbonze. Damit mache ich ihn nicht schlecht, ich beschreibe ihn nur.«

»Du sagst also, mehr als einer freut sich über das, was geschehen ist?«

»Nein, ich sage, was ich sage. Und was ich sage, ist die Wahrheit. Salom weiß das so gut wie ich. Sprich mit den Arbeitern von Gráficas Adell, und du wirst sehen. Bestimmt sagen sie nicht, dass er ein gemeiner Hund war oder sie persönlich schlecht behandelt hätte, denn das hat er sicher nicht getan. Eher im Gegenteil, alle Welt sagt, dass er ein äußerst sympathischer alter Mann gewesen ist. Aber ich wette, am Ende geben sie zu, dass er sie ausgebeutet hat.« Olga deutet mit dem leeren Glas auf Melchors leeren Teller. »Willst du noch Pasta?«

Melchor schüttelt den Kopf, und Olga fragt, ob sie einen Kaffee machen soll. Melchor verneint wieder.

»Ich will nur ein wenig schlafen«, sagt er und deutet auf die Wanduhr in Form eines Apfels, die halb drei anzeigt. »Um fünf muss ich auf dem Revier sein.«

Gemeinsam räumen sie den Tisch ab und stellen Teller, Besteck und Weinglas ins Spülbecken. Olga bückt sich, um die Cola-Dose in eine Tüte zu stecken, in der sich bereits ein Tetrapak und zwei Plastikflaschen befinden. Als sie sich wieder aufrichtet, umfasst Melchor ihre Taille und küsst sie auf den Hals, sucht ihren Mund, findet ihn. Olga weicht zurück und sagt:

»Na komm, sei brav und geh schlafen.«

Melchor lächelt, nimmt ihre Hand und führt sie sich zwischen die Beine.

»Man schläft doch viel besser, wenn man ordentlich gevögelt hat.«

»Mensch, Bulle«, lacht Olga. »Immer gleich losschießen.«

2

Er hieß Melchor, weil seine Mutter, nachdem er blutbeschmiert aus ihrem Leib gekommen war, bei seinem Anblick freudig schluchzend ausgerufen hatte, er sehe aus wie einer der Heiligen Drei Könige. Seine Mutter hieß Rosario und war Nutte. In ihrer Jugend hatte sie in den Bordellen rund um Barcelona angeschafft, im *Riviera*, im *Sinaloa* oder dem *Saratoga* in Castelldefels oder im *Calipso* in Cabrera de Mar. Sie war eine schöne Frau gewesen, von einer wilden Schönheit, eindringlich und urwüchsig, aber ihr Reiz überlebte weder die verheerenden Verwüstungen ihres Berufs noch die zersetzenden des Alters, und als Melchor heranwuchs, prostituierte sie sich schon zum Schleuderpreis im Freien. Sie schämte sich, ihren Lebensunterhalt damit zu verdienen, mit Männern ins Bett zu steigen, hatte es Melchor jedoch nie verheimlicht, auch wenn ihm das lieber gewesen wäre. Manchmal brachte sie Kunden mit nach Hause, die Melchor zwar selten zu Gesicht bekam, weil sie das wohlweislich zu verhindern wusste, doch als Kind hatte er das Ratespiel für sich erfunden, welcher von ihnen sein Vater war. Es bestand darin, die nächtlichen Geräusche zu identifizieren, die in sein Zimmer drangen, während er zu schlafen vorgab, und Mutmaßungen anzustellen: War sein Vater der Mann, der mit dem festen Schritt des Besitzers den Flur heraufstampfte, oder war es der, der fast auf Zehenspitzen ging und nicht bemerkt werden wollte? War es der Alte, der früh am Morgen hustete und Schleim auswarf wie ein Kranker ohne Zukunft oder ein Kettenraucher? War es der, dessen Schluchzer eines Nachts durch die Wand gedrungen waren, die ihn vom Schlafzimmer seiner Mutter trennte, oder der, den er eines Nachts hinter der angelehnten Esszimmertür eine Geschichte über Totengespenster hatte erzählen hören? Vielleicht war es der Mann in der Lederjacke, den er mehrmals flüchtig von hinten gesehen hatte und der die Wohnung immer im Morgengrauen verließ? Oft füllte Melchor seine wachen Nächte mit diesem unlösbaren Ratespiel, und jahrelang fragte er sich bei jedem Mann, der ihm auf der Straße begegnete, ob er es gewesen war, der sich mit seiner Mutter zusammengetan und ihn unwissentlich gezeugt hatte.

Melchor und seine Mutter lebten in einer winzigen Wohnung im Viertel Sant Roc in Badalona, einer Arbeitervorstadt von Barcelona. Das Haus befand sich in einem Vergnügungsviertel, und Melchors deutlichste Erinnerung an Kindheit und Jugend war der Lärm rundherum, niemals abreißend und so allgegenwärtig, dass er sich nicht vom Grundgeräusch der Wirklichkeit trennen ließ, als gäbe es sie gar nicht ohne röhrende Auspuffe und Auto-, Bus- und Motorradhupen, ohne betrunkene Schreie oder Flüche, ohne die Streitigkeiten der Randalierer, ohne die seismischen Bässe der Musik in Bars und Nachtclubs. Melchors

Mutter wusste, dass Sant Roc Gift für ihren Sohn war, aber sie wusste auch, es war ihr Viertel, und sie wollte nicht woanders leben (oder konnte es sich nicht vorstellen). Deshalb leistete sie sich für ihn von Anfang an eine Privatschule, weit entfernt: das Maristenkolleg. Sie hatte es sich in den Kopf gesetzt, dass Melchor etwas lernen sollte, und während seiner Kindheit und Jugend wiederholte sie ihm immer wieder diesen Satz:

»Wenn du so elend wie ich enden willst, dann lern nicht.«

Melchor schien diesen sarkastischen Rat zu beherzigen. Zwar war er anfangs ein braver, schüchterner Schüler, der passable Noten bekam, aber mit zwölf oder dreizehn, fast zur gleichen Zeit, als seine Mutter den prekären Schutz der Animierlokale verließ und sich auf die freie Wildbahn vorwagte, wurde aus Melchor ein dickköpfiger, widerspenstiger Schüler, der sich leicht auf Streit einließ (oder ihn vom Zaun brach) und oft im Unterricht fehlte. Nie fügte er sich wirklich in die Schule ein, gab nie sein Leben in Sant Roc auf.

Mit dreizehn fing er an, Alkohol zu trinken, Zigaretten zu rauchen und Drogen zu nehmen. Mit vierzehn warf man ihn von der Schule, weil er während des Unterrichts einem Lehrer einen Faustschlag versetzt hatte. Mit fünfzehn stand er zum ersten Mal vor Gericht. Den Vormundschaftsrichter, einen geduldigen Mann in den Sechzigern, abgestumpft vom jahrzehntelangen Umgang mit jugendlichen Straftätern, versuchten Melchors Mutter und der Pflichtverteidiger zu überzeugen, den Halbwüchsigen nicht zu bestrafen, mit dem scheinheiligen Argument, er sei zum ersten Mal straffällig geworden, und mit dem doppelten Versprechen, er werde aufhören, Kokain zu nehmen und zu verkaufen, und eine Töpferlehre machen.

Der Richter wollte ihm, da es der erste Ausrutscher war, eine Chance geben und ließ sich täuschen. Doch Melchor erfüllte keines der Versprechen und fand sich in den folgenden zwei Jahren weitere zwei Male vor dem Vormundschaftsgericht wieder, einmal, weil er mit dem Türsteher eines Clubs in Sant Boi in Streit geraten war (wobei er beileibe keine schlechte Figur gemacht hatte), und ein anderes Mal, weil er einer Frau auf den Ramblas die Handtasche gestohlen hatte. Die erste Straftat brachte ihm nur drei Wochen in einem Jugendheim in L'Hospitalet ein, doch die zweite musste er mit fünf Monaten Haft bezahlen. Seine Mutter besuchte ihn täglich, und an dem Nachmittag, an dem er freikam, wartete sie am Tor der Anstalt auf ihn. Am Abend fragte sie nach dem Essen, was er für Pläne habe. Melchor zuckte mit den Schultern.

»Wieso?«

Sie entgegnete, ohne zu zögern:

»Wenn du weitermachen willst wie bisher, will ich dich nicht im Haus haben.«

Seine Mutter war vierundfünfzig und stammte aus einem Dorf bei Jaén, von dem Melchor oft gehört, das er aber nur ein einziges Mal besucht hatte. Es hieß Escañuela. Dort hatte Melchor inmitten einer Handvoll schneeweißer Häuschen und stramm aufgereihter Olivenbäume zum ersten und letzten Mal zwei alte Leute gesehen, runzlig wie

Rosinen, die seine Großeltern waren. Jetzt, ein Jahrzehnt später, musste er an sie denken, als er seine Mutter in ihrem zerschlissenen Bademantel musterte, nun auch zu einer alten Frau geworden – das schlaffe Fleisch, die trockene, welke Haut, die erloschenen Augen –, und er empfand für sie das gleiche Bedauern, den gleichen Mangel an Wärme, die er für seine Großeltern empfunden hatte. Dieses Gefühl machte ihn einen Moment lang wütend. Dann stand er wortlos vom Tisch auf, ging in sein Zimmer und packte den Koffer, den seine Mutter gerade ausgepackt hatte. Als er damit hinausging, wartete sie im Flur. Sie fragte:

»Du gehst?«

»Nein«, entgegnete Melchor. »Du wirfst mich raus.«

Sie nickte mehrmals schwach und brach in Tränen aus. So standen sie beide ein paar Sekunden, nur Zentimeter voneinander entfernt, sie weinend, er als stummer Zeuge. Niemals hatte er Tränen in den Augen seiner Mutter gesehen, und das Schweigen zog sich endlos in die Länge.

»Geh nicht, Melchor«, sagte sie schließlich mit erstickter Stimme. »Du bist das Einzige, was ich habe.«

Er ging nicht, änderte aber auch nicht sein Leben. Im Gegenteil. Durch Vermittlung eines Panamaers, den er im Jugendheim kennengelernt hatte, fing Melchor an, für ein kolumbianisches Kartell zu arbeiten, das über den Hafen von Barcelona Kokain einschmuggelte. Anfangs übernahm er untergeordnete Aufgaben, vertrieb vor allem Drogen in Badalona, Santa Coloma, Sant Andreu und anderen Vororten und Vierteln rund um Barcelona, ebenso kontrollierte er die Dealer. Nach und nach machte er sich unentbehrlich und gewann die Zuneigung seiner Chefs, die ihm nun ausgefallenere Aufgaben anvertrauten. Jetzt verdiente er mehr Geld, als er ausgeben konnte, machte jede Nacht durch, schlief mit zahllosen Frauen, trank Whisky und nahm jede Menge Kokain. Er lernte auch zu schießen. Ein ehemaliger deutscher Söldner brachte es ihm im Auftrag der Kolumbianer bei, er hieß Hans oder nannte sich so. Unter seiner Anleitung übte er mehrere Wochen lang bei einem Schützenverein in Montjuïc. Sie sprachen wenig, doch entwickelte sich eine Art Freundschaft zwischen ihnen.

»Du schießt gut«, beglückwünschte ihn Hans in seinem perfekten, kehligen Spanisch an dem Tag, an dem sie sich verabschiedeten und in einer Bar um die Ecke etwas tranken. »Aber sie werden dich bezahlen, damit du auf Menschen schießt, nicht auf Zielscheiben. Und auf einen Menschen schießen ist nicht das Gleiche wie auf eine Zielscheibe.«

Melchor fragte, ob es schwieriger sei.

»Es ist anders«, entgegnete Hans. »Je nachdem, einfacher. Wenn du auf einen Menschen schießt, musst du nicht genau zielen, du musst nur kaltblütig genug sein, ihm so nah wie möglich zu kommen.«

Kurz nach Beendigung der Schützenausbildung fuhr Melchor als Leibwächter zweier Kartellbosse nach Marseille, Genua und Algeciras. Die letzte Lektion des Söldners musste er nicht anwenden, doch er bekam eine klarere Vorstellung von Umfang und Tragweite eines Geschäfts, das seine Arme nicht nur in mehrere lateinamerikanische Länder ausstreckte, sondern auch in europäische Städte.

Nach der Reise kam es zu einem Vorfall, der das rückhaltlose Vertrauen erschütterte, das die Kolumbianer bisher in Melchor gehabt hatten.

Es geschah an einem Februarmorgen auf einer Autobahn im Umland von Barcelona. Melchor war zum Flughafen El Prat gefahren, um einen der Chefs abzuholen, der sich Nelson nannte und früh am Morgen aus Cali gekommen war, mit Zwischenlandung in Paris. Er sollte ihn zu seinem Haus in Cerdanyola fahren. Nelson hatte seine kolumbianische Familie besucht, vor der Rückreise war es zu einer lautstarken Auseinandersetzung mit seiner Frau gekommen, und den ganzen Transatlantikflug über hatte er kein Auge schließen können, war nervös, betrunken und am Boden zerstört gelandet, fiel jedoch sofort in bleischweren Schlaf, sobald er im Rücksitz des Audi versunken war, den Melchor fuhr. Um seinen Schlaf nicht zu stören, schaltete Melchor die Musik aus und versuchte, inmitten der dichten Autoschlangen, die zur Stoßzeit Barcelona bestürmten oder verließen, so sanft wie möglich zu fahren. Draußen herrschte eisige Kälte, und über der Stadt hing ein Wolkengebirge in Form eines Gehirns.

Auf einmal bemerkte Melchor auf der Höhe von Rubí, vielleicht auch Sant Cugat, inmitten morgendlicher Nebelfetzen neben einer Ampel eine Gruppe von Frauen. Es waren vier Prostituierte. Sie drängten sich um eine Tonne, aus der flackernd rot-blaue Flammen züngelten. Aus der Distanz glaubte Melchor, eine von ihnen zu erkennen: im Profil, mit blonder Perücke (zumindest hielt er sie für eine), weißen Schaftstiefeln, engen Shorts und schwarzem

Top; das Alter, wie bei ihren Gefährtinnen, schwer zu bestimmen. Melchor bekam einen Knoten in der Kehle, und die Angst ließ seine Knie weich werden, als er abschätzte, dass er die Ampel knapp bei Rot erreichen, bremsen und entsetzliche Sekunden neben diesen Frauen würde verbringen müssen. Er überlegte nicht erst, beschleunigte so jäh, dass Nelsons Kopf nach hinten geschleudert wurde, schlängelte sich in Höchstgeschwindigkeit durch die Autokolonnen, fuhr bei Gelb über die Ampel und entfernte sich schnellstens von dem verfrorenen Prostituiertengrüppchen, während ihn der Kolumbianer anschrie und beschimpfte, verblüfft und benommen nach dem heftigen Stoß, und eine Erklärung verlangte, die Melchor wirr improvisierte und die der andere nicht glaubte.

Das war alles gewesen, kaum mehr als ein kleiner Zwischenfall, aber für die pathologisch misstrauischen Kolumbianer hatte die Episode ein beunruhigendes Gewicht. Melchor erfuhr niemals, ob die Prostituierte an der Ampel tatsächlich seine Mutter gewesen war, er hatte sie nie danach gefragt, doch der Argwohn des Kolumbianers und die Paranoia, mit der sich das Kartell vor dem tödlichen Gift der Verräter und Spione zu schützen glaubte, auch vor der Unbesonnenheit, dem Ungeschick oder der Nachlässigkeit seiner Leute, hatte in einem einzigen Augenblick das Vertrauen zunichtegemacht, das seine Chefs in ihn gesetzt hatten, und es hätte ihn das Leben kosten können.

Anfang März jedoch zerschlug die Polizei das Kartell. Melchor wurde gleich zu Anfang der Operation festgenommen, die mit mathematischer Präzision simultan an verschiedenen Schauplätzen durchgeführt worden war. Sie schnappten ihn frühmorgens im Gewerbegiet Zona Franca, in einem Lager, das die Organisation für die Drogen benutzte und das zu einer Mausefalle wurde, als es eine Unzahl von Beamten der Policía Nacional umstellte, bis an die Zähne bewaffnet. Minuten später brach eine Schießerei los, während der Melchor versuchte, zwei der Kolumbianer aus der Falle zu befreien, jedoch nur erreichte, dass einer von ihnen – der Älteste: ein ehemaliger Guerillero des ELN mit Namen Óscar Puente – eine Kugel ins Auge bekam, die ihn sofort tötete, wonach der andere, vor Schreck gelähmt, vom Blut seines toten Gefährten bespritzt und wild schreiend, Melchor zwang, sich mit ihm zu ergeben. Das war das Ende des Fluchtversuchs.

Am nächsten Tag berichteten alle Zeitungen und Radio- wie Fernsehnachrichten, dass die Policía Nacional eine Ladung von über einer Tonne Kokain in den Häfen von Barcelona und Algeciras sichergestellt hatte und dass die Drogen aus Panama, Kolumbien und Bolivien in drei Containern nach Spanien gekommen waren, zwischen legaler Ware versteckt. Ebenso wurde berichtet, dass man in vier Städten sechsundzwanzig Personen festgenommen hatte, auch den Direktor von Barcelonas Frachthafen, den Vizedirektor von Algeciras' Frachthafen und den Eigentümer eines Transport- und Logistikkonzerns für den Seeverkehr, der an mehreren Mittelmeerhäfen tätig war und beschuldigt wurde, sein Unternehmen als Deckmantel für die Einfuhr des Rauschgifts zur Verfügung gestellt zu haben.

Melchor wurde sofort nach Madrid überführt, ebenso seine Gefährten im Unglück. Er verbrachte mehrere Nächte auf dem Revier in der Calle Leganitos, wo ihn ein Richter des Nationalen Gerichtshofs vernahm, bevor er ihn als Untersuchungshäftling in das Gefängnis Soto del Real überwies. Dort verbrachte er mehrere Monate und wartete auf den Prozess. Noch am Tag seiner Einweisung wurde er brutal zusammengeschlagen, im Auftrag der Kolumbianer oder ihrer Anhänger. Melchor erfuhr nie, warum man ihn verprügelt hatte, ging aber davon aus, dass es vorsichtshalber geschehen war: für den Fall, dass der Schlag gegen das Kartell mit dem Verdacht zu tun hatte, den sie gegen ihn hegten (Melchor wusste, wenn der Verdacht mehr als ein Verdacht gewesen wäre, hätte man ihn nicht zusammengeschlagen, man hätte ihn gepfählt). Seine Mutter besuchte ihn zum ersten Mal im Gefängnis, sobald er die Krankenstation verlassen hatte. Sein Gesicht war von blauen Flecken übersät, er trug eine Klappe über dem Auge und hinkte an einer Krücke. Als Rosario ihn in den Besucherraum kommen sah, war ihr erster Gedanke, dass er immer noch ein Kind war; ihr zweiter, dass man ihn gebrochen hatte. Da sie wusste, dass ihr Sohn lügen würde, fragte sie nicht, was geschehen war, sondern nur, wie es ihm gehe. Melchor log auch da: Es gehe ihm gut.

»Hervorragend«, entgegnete die Mutter, die all die Jahre lang an einem bemühten Sarkasmus gefeilt hatte, denn sie war überzeugt, dass sie nur so zu ihrem Sohn durchdrang. »Das höre ich gern. Man muss die Dinge immer von der guten Seite sehen.«

»Ich wusste nicht, dass das Gefängnis eine gute Seite hat«, sagte Melchor mit all der ironischen Schroffheit, deren er fähig war.

»Natürlich hat es die«, sagte seine Mutter. »Hier bekommst du wenigstens keine Kugel in den Kopf. Ganz zu schweigen davon, dass du nicht mehr trinkst oder Drogen nimmst.«

»Da sei dir nicht so sicher«, warf Melchor ein. »Wie es aussieht, gibt es hier von allem.«

»Hervorragend«, wiederholte seine Mutter, und ihr wurde klar, dass ihre ersten Eindrücke falsch gewesen waren: Ihr Sohn war kein Kind mehr, und weder Vernehmungen noch Gefängnis oder Prügel hatten ihn gebrochen. »Mach weiter so, und du wirst sehen, in zwei Jahren bist du tot. Oder früher.«

Sie wechselten das Thema. Schließlich sagte seine Mutter, sie habe einen Anwalt für ihn engagiert. Melchor hatte gerade den abgelehnt, den ihm die Kolumbianer hatten aufdrängen wollen, theoretisch, um ihm zu helfen, praktisch, um ihn zu kontrollieren und möglichst viele Delikte auf ihn abzuwälzen.

»Und wer bezahlt den?«, fragte er. »Ich bin pleite. Man hat meine Konten eingefroren.«

»Ich bezahle ihn«, sagte seine Mutter.

Der Anwalt hieß Domingo Vivales, und als Melchor ihn zwei Tage später sah – hinter dem Gitter und der doppelt verstärkten Trennscheibe im selben Besucherraum mit den mausgrauen Wänden und dem Gestank nach Desinfektionsmittel, in dem er zum ersten Mal seinen Namen gehört hatte –, dachte er, dass seine Mutter verrückt geworden war oder sich einen Scherz mit ihm erlaubt hatte. Vivales erwies sich als ein Mann mit mürrischem Gesicht und dem massigen Leib eines Lkw-Fahrers, ungekämmt und unrasiert, der einen grauen Trenchcoat trug, einen zerknitterten Anzug und ein Hemd voller Flecken, die Krawatte locker gebunden. Obwohl ihm diese Erscheinung eines drittklassigen Winkeladvokaten wenig Vertrauen einflößte, beschloss Melchor, ihn anzuhören.

»Ich verschwende ungern meine Zeit und möchte auch nicht, dass meine Mandanten die ihre verschwenden«, schickte Vivales voraus. »Also kommen wir gleich zur Sache.«

Der Anwalt machte ihm zuallererst klar, dass der Ausgang seines Verfahrens prinzipiell sehr ungewiss sei. Dann zählte er auf, wegen welcher Vergehen ihm der Prozess gemacht wurde und was ihm der Staatsanwalt zur Last legte, und stellte fest, dass ihm am Ende des Verfahrens zwölf bis fünfzehn Jahre Haft blühen konnten. Bis dahin war Melchor wenig überrascht, das Überraschende kam anschließend. Vivales versicherte, er habe den Fall eingehend studiert und wenn Melchor ihn als Anwalt nehme und genau seinen Anweisungen folge, verspreche er, den Richter davon zu überzeugen, die vom Staatsanwalt geforderte Strafe auf die Hälfte, vielleicht auf noch weniger zu reduzieren. Wenn man die Haftminderung einrechnete – also eine frühzeitige Entlassung, worauf er durch Arbeit und gute Führung ein Anrecht habe –, könne Melchor schließlich nach einer Haft von zwei, drei Jahren freikommen.

»Mehr nicht«, schloss Vivales. »Ich habe alles unter Kontrolle. Aber du musst mir natürlich vertrauen. Wenn nicht, such dir besser einen anderen Anwalt.«

»Ich will, dass du mir einen anderen Anwalt suchst«, sagte Melchor zu seiner Mutter bei ihrem nächsten Besuch. »Das ist ein Windhund. Der zieht dir das Geld aus der Tasche.«

»Tut er nicht«, entgegnete die Mutter eisern. »Er ist ein guter Anwalt. Und ein guter Mensch. Das garantiere ich dir. Und er zieht mir gar nichts aus der Tasche.«

Melchor musterte sie und las in ihren Augen zwei Gewissheiten. Die erste, dass Vivales für seine Verteidigung nichts verlangte. Und er fragte sich, warum der Anwalt das tat und in welcher Beziehung er zu seiner Mutter stand oder gestanden hatte, ob er ein ehemaliger oder aktueller Freier war. Blitzartig kamen ihm der Mann in den Sinn, der mit dem Besitzerschritt den Flur heraufgestampft war, der Mann, der auf Zehenspitzen gegangen war, um nicht bemerkt zu werden, der Mann, der gehustet und Schleim ausgeworfen hatte wie ein Todkranker oder ein Kettenraucher, der Mann, der hinter der Trennwand untröstlich geschluchzt hatte, der Mann, der Geschichten von Totengespenstern erzählt hatte, der Mann, der frühmorgens in seiner Lederjacke abgezogen war, und was noch für Eindringlinge, die in der Kindheit seinen Dämmerschlaf gestört hatten, aber zu keinem von ihnen wollte das Gesicht des Winkeladvokaten passen, den er – das war die zweite Gewissheit, die Melchor in den Augen seiner Mutter las – unweigerlich als Verteidiger würde akzeptieren müssen, denn Rosario hatte nicht genügend Geld, um einen annehmbaren Anwalt zu bezahlen. In der verbleibenden Besuchszeit stellte Melchor seiner Mutter keine der Fragen, die er sich im Stillen gestellt hatte, aber beim Abschied bat er sie, Vivales zu sagen, er sei bereit, sich in seine Hände zu begeben.

Der Prozess (der Megaprozess, wie ihn die Presse nannte, die zur Übertreibung neigt: Es waren nicht mehr als sechsunddreißig Angeklagte) fand früher als vorgesehen statt. Bei Melchor waren die Anklagepunkte Mitgliedschaft in einer kriminellen Vereinigung, Rauschgifthandel und illegaler Waffenbesitz, und in den Wochen vor der Verhandlung kam Vivales fast täglich ins Gefängnis, um die Verteidigung seines Mandanten bis ins letzte Detail vorzubereiten. Dabei gewann er nach und nach Melchors Vertrauen und erreichte sogar mehr, als er ihm bei der ersten Begegnung versprochen hatte: Der Staatsanwalt hatte zweiundzwanzig Jahre Haft gefordert, verurteilt wurde Melchor zu vier, weniger als jeder der anderen Angeklagten. Vivales erreichte ebenfalls, dass Melchor die Strafe im Gefängnis Quatre Camins bei Barcelona absitzen konnte.

Nach Prozessende bedankte sich Melchor beim Anwalt für dessen Einsatz: ohne jeden Vorbehalt.

»Ich hatte dir doch gesagt, ich habe alles unter Kontrolle«, entgegnete Vivales knapp, dem Anschein nach nicht zufriedener, als er es bei einer Niederlage gewesen wäre. »Aber danke nicht mir. Danke deiner Mutter.« Und er machte sich den Schwung des Sieges zunutze und fügte hinzu, ohne seine Übellaunigkeit abzulegen: »Nimmst du einen Rat von mir an?«

Melchor antwortete mit einem angedeuteten Lächeln und einem Einsilbler:

»Nein.«

Das Gefängnis Quatre Camins war älter und kleiner als das Soto del Real, und Melchor war nach seiner Verlegung entschlossen, alles zu tun, um so schnell wie möglich hinauszukommen. Seine Mutter besuchte ihn jede Woche einmal, manchmal mehrmals. Vivales sah ebenfalls regelmäßig nach ihm, wie auch nach seinen zwei, drei Mandanten (mehr nicht), die ebenfalls in Quatre Camins saßen. Darauf beschränkten sich seine persönlichen Kontakte mit der Außenwelt, denn seit langem schon hatte er die Spur seiner alten Freunde aus dem Viertel verloren. Was die Innenwelt betraf, begriff er schnell, dass der lange Arm der Kolumbianer entweder nicht bis in dieses Gefängnis reichte oder seine ehemaligen Chefs ihn schließlich von ihrem Verdacht freigesprochen hatten. Dennoch waren seine ersten Tage in Quatre Camins nicht frei von Reibereien mit den anderen Häftlingen.

Eines Abends, er war erst seit kurzem im Gefängnis, begannen zwei Kerle, ihn beim Abendessen im Speisesaal auszufragen. Einer war dürr, eine wilde Narbe kreuzte sein Gesicht vom Backenknochen bis zum Kinn; der andere war klein, stämmig, mit Schlitzaugen. Zunächst antwortete Melchor bereitwillig auf ihre Fragen, aber als er merkte, dass sie ihn nur provozieren wollten, ignorierte er sie. Da regten sich die beiden künstlich über sein Schweigen auf, warfen ihm Unhöflichkeit vor, egoistischen Hochmut, sprachen über ihn, als säße er nicht vor ihnen, versuchten, ihn mit versteckten Anspielungen lächerlich zu machen. Bis auf einmal eine gleichgültige, müde Stimme den bösartigen zweistimmigen Monolog unterbrach.

»Julián, Manolito«, sagte sie mit französischem Akzent, »wenn ihr nicht endlich den Mund haltet, schneid ich euch die Eier ab.«

Die Stimme gehörte einem Mann, der links neben Melchor zu Abend aß. Er war wohl Mitte fünfzig, ein Albino und fast kahl. Er trug eine Jogginghose und ein geripptes Unterhemd, das den Buddhabauch und die fast femininen Brüste hervorhob und zwei wabbelige Riesenarme freiließ. Seine Haut war kalkweiß und gab ihm das Aussehen eines Pottwals. Die beiden Kerle verstummten und wandten sich zu dem Störenfried, der nicht einmal von seinem Teller aufblickte. Dann lachten sie betreten, machten eine versöhnliche Bemerkung, aßen schnell auf und verließen den Tisch.

»Sie hätten mich nicht verteidigen müssen«, sagte Melchor, als sie fort waren. »Das kann ich selbst.«

»Ich habe dich nicht verteidigt, Kleiner«, entgegnete der Mann, während er konzentriert seine Nachtischmandarine schälte. »Ich esse nur gern friedlich. Wer friedlich isst, der schläft friedlich. Und ich bin ein großer Schläfer.«

Der Franzose aß die Frucht auf, und ohne sich vorzustellen oder ihm die Hand zu geben, ging er fort. Er hieß Gilles, obwohl jeder im Gefängnis ihn »Franzose« nannte, abgesehen von den Beamten, bei denen er »Guille« hieß. Er saß seit fünf Jahren im Quatre Camins, und obwohl er dort keine Freunde hatte, flößte er allseits Respekt ein. Er machte nie Sport, arbeitete nicht in der Werkstatt, beteiligte sich fast nie an dem Veranstaltungsprogramm, das den Häftlingen im Gefängnis geboten wurde, aber es war allgemein bekannt, dass er beste Beziehungen zum Richter hatte, der den Strafvollzug überwachte, ebenso zur Gefängnisleitung, zu Beamten und Aufsehern. Außerdem genoss er Privilegien: Er schlief in einer Einzelzelle, hatte einen Computer, und seine einzige Arbeit bestand offensichtlich darin, sich um die Bibliothek zu kümmern. Er las viel. Als er eines Vormittags im Gefängnishof auf einer Sonnenbank saß, ein Buch in der Hand, hörte Melchor, wie ihm jemand zurief:

»Franzose, hör mit dem Lesen auf, dir trocknet noch das Gehirn aus!«

Die Bemerkung fand die Zustimmung der anderen. Der Franzose blickte vom Buch auf, fixierte den Spaßvogel und fragte:

»Weißt du, warum ich so viel lese, Quesada?«

»Warum?«, fragte der herausfordernd, im Rausch seines Erfolgs.

»Damit ich dich und dieses Scheißloch nicht mehr sehen muss, du Trottel.«

Einige Tage später geschah etwas, was Melchor an dieses nette Scharmützel erinnerte. Am Nachmittag sollte ein Schriftsteller einen Vortrag im Gefängnis halten. Der Alltag bot wenig Zerstreuung, weshalb Melchor, so wenig Interesse er auch an Büchern hatte, wie seine Gefährten der Veranstaltung beiwohnte.

Sie fand in der Bibliothek statt. Der angekündigte

Schriftsteller erschien in Begleitung des Gefängnisdirektors, eines Beamten, mehrerer Aufseher und einer Frau. Sie setzten sich auf Klappstühle nebeneinander, ihnen gegenüber mehrere Klappstuhlreihen mit Häftlingen. Melchor setzte sich in die zweite Reihe. Der Schriftsteller hieß Arturo Ventosa, und obwohl er über fünfzig war, kleidete er sich wie ein Zwanzigjähriger: gestreiftes T-Shirt, Jeans mit Rissen auf Kniehöhe, hinten tief hängend, Sneakers, umgedrehte Baseballmütze. Die Frau war schlank und rothaarig, sehr viel jünger als er, sie trug ein eng anliegendes blaues Kleid und Stöckelschuhe. Der Direktor ergriff zuerst das Wort. Er versicherte, es sei eine Ehre, solch einen Gast hier zu haben, bezeichnete ihn als einen der größten Romanciers im heutigen Spanien, betonte, er sei ein Intellektueller, der sich auf die Probleme seiner Zeit einlasse, »nicht einer von denen, die im Elfenbeinturm leben«. Nachdem er das gesagt hatte, stellte er die Frau vor – sie sei Dozentin und Literaturkritikerin – und überließ ihr das Wort. Die Dozentin, die während der Rede des Direktors mit dem Romancier getuschelt hatte, bedankte sich, entfaltete ein paar Blätter und begann ihren Vortrag.

Sie war eine attraktive Frau, und obwohl niemand ein Wort des Gesagten verstand, hörten die Häftlinge aufmerksam zu. Dann sprach der Romancier, dankte dem Direktor für die Einladung und der Kritikerin für ihre Worte, versuchte es mit einem Witz, über den nur Direktor und Kritikerin lachten, und erklärte dann, jeder Schriftsteller habe die Pflicht, sich mit den Bedürftigen und Verfolgten zu solidarisieren, deshalb sei er hier. Er verkündete, für ihn sei ein Schriftsteller ein Mensch wie jeder andere, weder besser noch schlechter, man müsse sich der Grenzen der Literatur bewusst sein, müsse diese überholte narzisstische Illusion vertreiben, dass sie irgendeinen Nutzen habe, denn die Literatur sei im Grunde bloß ein intellektuelles Spiel, eine Zerstreuung, die nichts lehren oder ändern könne. Er schloss mit der Bemerkung, er könne viel mehr von ihnen lernen als sie von ihm.

»Auch deshalb bin ich heute hier«, fügte er hinzu. »Ich bin gekommen, um zu lernen, nicht um zu lehren. Um zuzuhören, nicht um zu sprechen.«

Diese Schlussworte hatten Melchors Neugier geweckt, er hatte eindeutig eine falsche Note herausgehört, wie früher etwa aus dem Mund von windigen Dealern, die ihn übers Ohr hauen wollten. Die Literaturkritikerin neben dem Romancier deutete ein verschwörerisches Lächeln an. Melchor musterte aus den Augenwinkeln seine Gefährten, sah aber weder Verwirrung noch Sarkasmus oder Vorbehalte, sondern nur einen Haufen gelangweilter Blicke, die auf die Miene falscher Bescheidenheit im Gesicht des Schriftstellers zuliefen, der seine Rede mit der Aufforderung beendete:

»Also, ihr habt das Wort.«

Erst da fiel Melchors Blick auf den Franzosen, der die Szene mürrisch beobachtete. Sein Rumpf ergoss sich über den Bibliothekstisch, eine Wange zerfloss über der rechten Hand. Hinter ihm lugte ein Häftling mit Namen Morales hervor und mühte sich, den Blick der Literaturkritikerin auf sich zu ziehen, während er mit Hand und

Mund eine Fellatio andeutete. Der Direktor wollte sich aus der Klemme befreien, in die ihn der Romancier gebracht hatte, indem er mit Hilfe der Aufseher einen Dialog zwischen Gast und Häftlingen herzustellen versuchte. Die Improvisation scheiterte und hatte nur zur Folge, dass die Häftlinge die Anwesenheit des Romanciers nutzten, um öffentlich, inmitten von anschwellendem Geschrei, wirr durcheinander gegen den Gefängnisbetrieb zu protestieren und sich über ihre persönliche Lage zu beklagen, wie sie es untereinander tausendmal getan hatten.

Die Veranstaltung drohte, aus dem Ruder zu laufen, doch da hob der Franzose höflich die Hand, und der Direktor beeilte sich, den Radau zu ersticken.

»Schön, sehr schön«, sagte er erleichtert und schwer atmend, das Hemd von großen Schweißflecken gemustert. »Endlich werden wir über Literatur sprechen.« Er wandte sich dem Romancier zu und deutete auf den Franzosen: »Guille ist unser Bibliothekar. Ein echter Leser. Und selbst Schriftsteller. Er hat gerade in einem bedeutenden französischen Verlag seine Memoiren veröffentlicht, nicht wahr, Guille?«

»Kann ich jetzt reden oder nicht?«, fragte der Franzose.

»Aber natürlich«, antwortete der Direktor zuvorkommend.

Der Franzose ließ seinen Blick über die Bibliothek wandern, bis annehmbare Stille eingetreten war. Dann fing er an:

»Zunächst einmal möchte ich dem Herrn Romancier für seinen Besuch bei uns danken.« Der Schriftsteller antwortete auf diese Einleitung mit einer Geste ironisch übertriebener Dankbarkeit. »Dann wollte ich ihm sagen, dass ich einer Meinung mit ihm bin.«

»In welcher Hinsicht, Guille?«, hakte der Direktor ermunternd nach.

Der Franzose ignorierte die Frage.

»Diese Woche habe ich die beiden Romane gelesen, die Ihr Verlag uns netterweise geschickt hat«, fuhr er fort, ausschließlich an den Romancier gewandt. »Und ich will Ihnen meine Meinung dazu sagen. Der erste ... *Das Ruhen der Götter* ist der Titel, nicht wahr?«

»Ganz genau«, pflichtete der Direktor bei.

»Nun, der ist der letzte Dreck«, befand der Franzose.

Sein Urteil löste Lachen im Publikum aus. Links neben dem Romancier wurde die Literaturkritikerin steif, gab jedoch ihr Lächeln nicht auf. Der Direktor schaltete sich wieder ein, nun untröstlich:

»Bitte, Guille.«

»Nein, nein«, fuhr der Romancier dazwischen, umklammerte mit großmütiger Geste den Arm des Direktors, als wollte er ihn daran hindern, dem Franzosen das Wort abzuschneiden, was dieser wohl gar nicht beabsichtigt hatte. »Meinungsfreiheit geht über alles.«

Der Franzose wartete geduldig, bis wieder Ruhe im Saal herrschte.

»Wirklich der letzte Dreck«, wiederholte er dann, langsam wie zum Mitschreiben. »So viel zum ersten Roman. Und der zweite? Wie heißt der zweite?« Der Romancier, misstrauisch geworden, half ihm nicht bei der Antwort, auch nicht die Literaturkritikerin oder der Direktor. »Ist auch egal, der zweite ist noch schlimmer. Sie haben also ganz recht: Ihre Bücher können niemanden etwas lehren. Nicht das Geringste. Aber nicht etwa, weil Sie ein Mensch wie jeder andere wären. Nein, weil Sie genauso sind wie Ihre Bücher. Sie, Herr Romancier, sind nichts weiter als ein Scheißheuchler.«

Der Direktor schnaubte und wand sich auf dem Stuhl, doch seine diplomatischen Worthülsen hatten sich anscheinend erschöpft, und er sagte nichts. Der Gefängnisbeamte tat unbeeindruckt, als ginge ihn das Ganze nichts an; die Aufseher tauschten Blicke und wussten nicht, was für eine Miene aufsetzen; und bei der Literaturkritikerin zeigte sich nun ein Zucken an Oberlippe und linkem Auge, während Morales, hinter dem Franzosen lauernd, ihr weiterhin Zeichen machte. Die anderen Gefangenen hingegen warteten nach der ersten Erheiterungswelle mit echter Neugier, wie ihr Gefährte fortfahren würde.

»Und wissen Sie, warum Sie ein Heuchler sind?«, fuhr er fort. »Weil Sie nichts als Lügen von sich geben. Sie sind nicht hier, um uns zuzuhören oder sich mit uns zu solidarisieren oder sonst einen Dreck, den Sie da aufgetischt haben. Sie sind hier, um uns anzuglotzen, als wäre das ein Zoo und wir die Tiere, damit Sie dann glücklich nach Hause zurückkehren können, mit dem sauberen Gewissen eines Linken für die Galerie. Sagt man so ...?« Bevor jemand auf diese philologische Frage antworten konnte, schob er nach: »Ach ja, und weil Sie die Señorita flachgelegt haben.«

Morales tauchte wieder hinter dem Franzosen auf, nickte und lächelte von einem Ohr zum anderen. Der frustrierte Direktor blickte nicht vom Boden auf. Der Romancier hatte die Literaturkritikerin bei der Hand genommen und flüsterte ihr etwas ins Ohr, ein Versuch, sie zu trösten oder zu beruhigen. Der Franzose schickte hinterher:

»Mein herzliches Beileid, Señorita.«

Der Direktor hielt es nicht mehr aus.

»Das reicht jetzt, Guille.«

Protestgeschrei unterbrach die Unterbrechung des Direktors, während Morales hinter dem Franzosen den Kopf schüttelte, ohne sein laszives Lächeln abzulegen, wobei ungewiss blieb, ob es dem Direktor galt, dem Franzosen, dem Romancier oder der Literaturkritikerin, bei der sich das Zucken an Lippe und linkem Auge nun jeder Kontrolle entzog. Die Aufseher erstickten den Protest.

»Nur eines noch, Herr Direktor«, fuhr der Franzose unerschütterlich fort. »Wenn Sie mir gestatten.« Mit abfälliger Geste ließ ihn der kapitulierende Direktor gewähren. »Ich wollte dem Herrn Romancier noch in einem anderen Punkt recht geben. Wissen Sie, vor sechs Jahren, bevor ich hierherkam, war ich Inhaber eines Unternehmens mit hundertfünfzig Angestellten. Sie haben richtig gehört: hundertfünfzig. Was sagen Sie dazu? Unglaublich, nicht wahr? Aber so ist es. Und wissen Sie, warum Sie das für unglaublich halten? Weil Sie jetzt ein Ungeheuer in mir sehen, ein Tier, jemanden, der nichts mit Ihnen zu tun hat, und Sie können nicht glauben, dass ich vor sechs Jahren so war wie Sie. Was sage ich? Damals war ich zwanzigmal besser als Sie, der Sie nicht mal einen anständigen Roman hinbekommen, während von mir hundertfünfzig Leben abhingen, hundertfünfzig Familien! Sie können sich nicht vorstellen, was das bedeutet! Sie können nicht glauben, dass ich vor sechs Jahren eine Frau hatte, eine Familie und ein Leben wie viele andere, besser als viele ... Das können Sie nicht glauben, nicht wahr? Aber so ist es.« Der Franzose machte eine Pause, und zwei, drei Sekunden lang schien das Schweigen in der Bibliothek zu versteinern. »Bis ich eines Tages ausgerastet bin und alles zum Teufel geschickt habe«, fuhr er fort. »Kurzum, hier bin ich und werde hier schmoren, bis ich verrecke. Und wissen Sie noch etwas? Das Schlimmste ist, dass Sie, der Sie sich für so schlau und originell halten, keine Ausnahme sind. Sie sind die Regel. Ich meine, so wie Sie denken alle da draußen, nämlich dass wir hier drinnen anders sind als Sie, eine andere Spezies, schlimmer als Sie. Und das stimmt nicht. Wir sind wie Sie, Sie könnten gut und gern an meiner Stelle sein und ich an Ihrer. Also Glückwunsch, darin hatten Sie ebenfalls recht: Wir können Sie viel mehr lehren als Sie uns.«

Der letzte Satz hatte allgemeinen Jubel zur Folge, der die Veranstaltung besiegelte, während der Romancier mit der Literaturkritikerin aus dem Saal schlüpfte und die Häftlinge sich um den Direktor, den Gefängnisbeamten und die Aufseher scharten, um mehr Klagen oder Anliegen loszuwerden. Inmitten des Tumults musterte Melchor wieder den Franzosen, der begonnen hatte, die Bücher auf seinem Tisch zu ordnen, als wäre nichts geschehen, gleichgültig gegenüber dem Krawall, den er ausgelöst hatte.

Der Vorfall hinterließ bei Melchor den vagen Beigeschmack des Sieges und ein Gefühl der Verbundenheit mit dem Franzosen.

Zwei Tage später ging er wieder in die Bibliothek. Als der Franzose ihn kommen sah, blickte er vom Buch auf, das er im Neonlicht der Decke las, musterte ihn, vertiefte sich aber gleich wieder in die Lektüre. Niemand außer dem Bibliothekar war diesmal im Saal. Melchor sah sich ratlos die Regale an, meist halbleer, und trat dann zum Tisch des Franzosen.

»Ich würde gern dein Buch lesen«, stieß er hervor.

Es war das zweite Mal, dass er das Wort an ihn richtete, aber der Satz klang so, als würden sie sich seit einer Ewigkeit kennen. Der massige Franzose sah ihn erneut an, voller Argwohn.

»Was für ein Buch?«, fragte er.

»Das Buch, das du geschrieben hast. Deine Memoiren. Der Direktor hat vorgestern gesagt, dass ...«

»Wozu willst du das lesen?«

Melchor zuckte mit den Achseln. In den Augen des Franzosen hatte sich der Argwohn in Neugier verwandelt. Mit einem Ruck zog er eine Schublade auf, holte ein Buch hervor und legte es auf den Tisch. Melchor las den Titel, blätterte darin.

»Das ist auf Französisch«, sagte er.

»Auf was soll es sonst sein?«

»Aber ich kann kein Französisch.«

»Macht nichts«, sagte der Franzose. »Lies aufmerksam, und du wirst es verstehen. Das Französische und das Spanische sind im Grunde die gleiche Sprache: verhunztes Latein.«

Melchor verstand den Scherz nicht, falls es denn ein Scherz gewesen war, aber noch am selben Tag fing er an, das Buch zu lesen. Sehr bald stellte er fest, dass der Franzose unrecht gehabt hatte; und ebenso, dass er nicht ganz im Irrtum gewesen war: Melchor erfasste nicht den Sinn aller Wörter, aber doch von einigen, und die anderen leitete er sich aus dem Kontext ab. Das Spiel gefiel ihm, und auch wenn er damit das Buch nicht wirklich verstand, konnte er sich dennoch eine ungefähre Vorstellung von der Biographie des Franzosen machen, vor allem von dem Moment, in dem er ausgerastet war – so hatte er es dem Romancier gegenüber ausgedrückt –, als er seine Frau dabei überraschte, wie sie ihn mit einem Bekannten betrog, und beide mit dem Hammer erschlug, ein Vorfall, der ein ums andere Mal in dem Buch erzählt wurde, mit einer wahnhaften Intensität, die beim Leser das eindringliche Gefühl zurückließ, dass der Franzose das Ereignis seitdem wieder und wieder erlebte, in jedem Augenblick.

Als Melchor das Buch zu Ende gelesen hatte, wollte er es dem Franzosen zurückgeben.

»Es gehört dir«, sagte der Franzose. »Behalt es.«

Melchor nahm das Geschenk an und fragte:

»Stimmt das alles?«

»Was?«

»Was du in dem Buch erzählst.«

»Alles«, sagte der Franzose. »Ich habe keine Phantasie.«

Melchor nickte. Er wollte sagen, dass ihm das Buch gefallen hatte, zumindest das, was er davon verstanden hatte, aber den Franzosen schien seine Meinung nicht zu interessieren, und so hielt er seine Bemerkung für fehl am Platz.

»Ich will noch ein Buch lesen«, sagte er.

»Mit Phantasie oder ohne?«

Melchor dachte, dass sich der Bibliothekar über ihn lustig machte, nahm es aber nicht übel. Gleich darauf wies der Franzose mit einer vagen Geste auf die gesamte Bibliothek.

»Da hast du eine große Auswahl.«

Er suchte sich auf gut Glück zwei schmale Bücher aus, die ihn langweilten und die er nicht zu Ende las. Als er sie zurückgab, nahm der Franzose gerade ein äußerst dickes Buch in zwei Bänden in die Kartei auf, der Titel *Die Elenden*. Unweigerlich musste sich Melchor an die wiederholte Ermahnung seiner Mutter erinnern: »Wenn du so elend wie ich enden willst, dann lern nicht.«

»Hast du das gelesen?«, fragte er.

»Natürlich«, antwortete der Franzose. »Das ist ein berühmter Roman.«

»Ist er gut?«

»Hängt davon ab.«

»Wovon?«

»Von dir«, entgegnete der Franzose. »Die eine Hälfte des Buches liefert der Autor, die andere du.«

Am selben Vormittag fing er zu lesen an. Er tat es ohne Überzeugung, doch von der Bemerkung des Franzosen angestachelt las er ihn so, als würde nicht er den Roman lesen, sondern der Roman ihn, und als er nach hundert Seiten zu der Stelle kam, an der Jean Valjean nach seiner

Entlassung aus dem Gefängnis durch die Stadt D... irrt, auf der Suche nach einem Dach über dem Kopf, und niemand ihn aufnimmt, hungrig, steif vor Kälte, erschöpft und zerlumpt, da merkte er, dass ihm die Tränen über die Wangen liefen. Verwirrt, ohne zu wissen, wie ihm geschah, hörte er zu lesen auf und trocknete sie. Dann las er weiter:

»Zudem hatte ihm die Gesellschaft der Menschen nur Böses getan. Er hatte von ihr nichts als das zürnende Gesicht gesehen, das sie Gerechtigkeit nennt und dem zeigt, den sie schlägt. Die Menschen hatten ihn nur berührt, um ihn zu misshandeln. Jeder Umgang mit ihnen war wie ein Schlag gewesen. Niemals war ihm seit seiner Kindheit, der Mutter, der Schwester, ein freundliches Wort und ein wohlwollender Blick begegnet. Ein Leid gab das andere und brachte ihn nach und nach zu der Überzeugung, dass das Leben ein Krieg ist; und dass er in diesem Krieg der Besiegte war. Er hatte keine andere Waffe als den Hass. Er beschloss, ihn im Zuchthaus zu schärfen und bei seiner Entlassung mitzunehmen.«

Diese Worte machten ihn nervös, machten ihn wütend, elektrisierten ihn, er verschmolz mit Jean Valjean, diesem Sträfling, der niemals lachte, mürrisch, unglücklich, finster und in sich versunken: »Er machte den Eindruck, als betrachte er immerzu etwas Schreckliches.« Er identifizierte sich vollständig mit ihm: Jean Valjeans Wut war seine Wut, der Schmerz sein Schmerz, der Hass sein Hass. Diese Verschmelzung hielt jedoch nicht lange an. Nur ein paar Seiten später änderte Jean Valjean den Namen und wurde zu Monsieur Madeleine, dem fleißigen, tugendhaften, frommen, weisen, allseits geachteten Monsieur Madeleine, und Melchor empfand ihn auf einmal als eine fremde, ärgerliche Figur. Genau da erschien im Roman zum Glück (zum Glück für ihn) Javert, ein Polizist mit den Augen eines Raubvogels, einem Herz aus Holz und dem Gesicht eines Hundes aus der Brut einer Wölfin, ein Entwurzelter ohne Hoffnung und Zukunft, der Sohn eines Sträflings und einer Kartenlegerin, der seinen Halt, seine Hoffnung und seine Zukunft im unnachgiebigen Festhalten am Gesetz findet und zu Jean Valjeans unbeugsamem Verfolger wird, seinem Todfeind, seiner Nemesis.

Er war wie gebannt von Javert. Melchor verspürte für diesen Außenseiter, diese Randfigur etwas Komplexeres, Subtileres als das, was er für Jean Valjean empfunden hatte. Javert war im Roman der Böse, der Autor hatte ihn geschaffen, damit er die Verachtung des Lesers auf sich zog mit seiner unsympathischen Kantigkeit, seiner wahnhaften Gesetzestreue und seinem manchmal schon diabolischen Fanatismus. Das war eindeutig. Doch Melchor wusste auch, dass Javert, vielleicht dem Autor zum Trotz, noch ein anderes Gesicht hatte, und er spürte, dass in seiner sturen Verteidigung der Regeln, in seinem unbeugsamen Drang, das Böse zu bekämpfen und Gerechtigkeit zu schaffen, eiserne Großmut und Reinheit steckten, der idealistische, ritterliche und aufrichtige Eifer, die zu beschützen, die keinen anderen Schutz hatten als das Gesetz, das heroische Bewusstsein, dass jemand seinen Ruf und sein persönliches Wohl opfern musste, um das Gemeinwohl zu wahren. Gegenüber Monsieur Madeleines salbungsvoller, öffentlich ausgestellter Tugend personifizierte Javert die Tugend, die sich als Laster verkleidet, die insgeheime Tugend, die wahre.

Er beendete die Lektüre tief bewegt und mit der Gewissheit, dass er nicht mehr derselbe Mensch war, der den Roman zu lesen begonnen hatte, und niemals mehr sein würde. Als er das Buch diesmal in der Bibliothek zurückgab, fragte ihn der Franzose nach seiner Meinung. Noch immer unter dem Eindruck der Lektüre, brachte Melchor nur eine schroffe Antwort hervor, die tief aus seinem Bauch kam:

»Wahnsinn.«

Der Franzose antwortete mit einem gewaltigen Lachen. Melchor sah ihn zum ersten Mal lachen und staunte über die löchrige Mundhöhle und die gelben Raubtierzähne. Da Melchor sich nicht in der Lage fühlte, mehr über den Roman zu sagen, fügte er hinzu:

»Ich würde gern noch so ein Buch lesen.«

»So ein Buch gibt es kein zweites Mal«, entgegnete der Franzose.

Doch dann fing er an, über Romane zu reden. Er versicherte ihm, die aus dem neunzehnten Jahrhundert seien die besten, fast alle später geschriebenen uninteressant, und am Ende gab er Melchor einen Roman von Balzac, *Verlorene Illusionen,* und einen von Dickens, *Eine Geschichte zweier Städte.* Melchor las sie in zwei Wochen.

»Die sind gut«, sagte er dem Franzosen, als er sie zurückgab. »Aber sie sind nicht wie *Die Elenden.*«

»Ich sagte doch, es gibt keinen zweiten Roman wie *Die*

Elenden«, rief ihm der Franzose in Erinnerung. »Tatsächlich gleicht kein Roman dem anderen, und zwei Personen haben niemals den gleichen Roman gelesen. Auch *Die Elenden* ist nicht gleich *Die Elenden*. Lies ihn noch einmal, und du wirst sehen.«

Melchor wollte überprüfen, ob der Franzose recht hatte, und vertiefte sich erneut in den Roman. Er war bereits beim zweiten Band, als ihn eines Nachmittags ein Gefängnisbeamter beim Lesen in der Zelle unterbrach und sagte, der Direktor wolle ihn sprechen, er erwarte ihn in seinem Büro. Verwundert fragte Melchor nach dem Grund, und der Beamte antwortete wahrheitsgemäß, er wisse es nicht. Während er dem Beamten durch die Gänge folgte, hatte er eine böse Vorahnung, und als er im Büro Vivales mit verzerrtem Gesicht neben dem Direktor stehen sah, wusste er, dass tatsächlich etwas Schlimmes geschehen war.

Vivales überbrachte ihm die Nachricht selbst: Seine Mutter war tot. Zunächst reagierte Melchor nicht, stellte keine Fragen, machte den Mund nicht auf, und Anwalt wie Direktor – das bestätigten sie später – ahnten in dem Moment, dass eine Sicherung in seinem Kopf durchgebrannt und sein Geist weit weg war. Dennoch erzählte Vivales Melchor, was er wusste: Früh am Morgen hatte man den leblosen Körper seiner Mutter auf einem freien Gelände bei La Sagrera in Sant Andreu gefunden, alles deutete darauf hin, dass der Tod in der vergangenen Nacht eingetreten war, viel mehr wusste die Polizei noch nicht, man verfolgte mehrere Spuren, nicht viele, denn allem Anschein nach hatte man wenige gefunden. Vivales war noch nicht ans Ende seiner Erklärungen gelangt, als sich Melchors Gesicht zu einer merkwürdigen Grimasse verzog, als hätte ihn ein Insekt gestochen oder als durchliefe ihn von Kopf bis Fuß ein Beben, gleichzeitig stieß er eine Mischung aus Geheul, Wiehern und Schluchzen aus und stürzte sich mit Fußtritten und Fausthieben auf alles im Büro, Anwalt und Direktor eingeschlossen, die seinen Wutanfall nur mit Hilfe dreier Beamter und einer Injektion Haloperidol unter Kontrolle bekamen, die ihn schließlich auf eine Bahre streckte.

Was in den nächsten achtundvierzig Stunden geschah, verlor sich für Melchor auf immer in einem dumpfen chemischen Nebel. Die wenigen Erinnerungen waren wirr: Er erinnerte sich, dass man ihm auf der Krankenstation die Hand eingegipst hatte und er außerhalb des Gefängnisses Tag und Nacht von Vivales und zwei Polizisten beaufsichtigt worden war; er erinnerte sich, dass Vivales ihn daran zu hindern versucht hatte, den Leichnam seiner Mutter zu sehen, und er sich dennoch angesehen hatte, wie trotz der Bemühungen der Bestatter, die seine Mutter gewaschen, gesäubert und geschminkt hatten, im Tod ein nicht wiederzuerkennendes Schreckgespenst aus ihr geworden war, Schädel und Nase gebrochen, der Körper mit Blutergüssen übersät; er erinnerte sich, dass außer den beiden Polizisten und Vivales nur ein paar Kolleginnen und Nachbarn aus Sant Roc zur Beerdigung gekommen waren, von denen er die meisten nicht kannte, höchstens vom Sehen; er erinnerte sich, dass ihm am Abend nach der Beerdigung, als alles vorüber war und er schließlich ins Gefängnis zurückkehrte, die Häftlinge auf dem Gang ihr Beileid aussprachen und der Franzose zum ersten Mal in seine Zelle kam, ihm sagte, wie leid ihm der Tod seiner Mutter tue, und sich eine Weile schweigend neben ihn setzte.

»Jetzt bist du ein Mann, Junge«, sagte er beim Abschied. »Willkommen im Club.«

Nach der Ermordung seiner Mutter gab Melchor die Ausbildungskurse auf, an denen er teilgenommen hatte, und zeigte sich auch nicht mehr auf dem Gefängnissportplatz. Er verschloss sich in sich selbst, wurde dicker. Es gelang ihm nicht, seine Gedanken zu kontrollieren, also kontrollierten die Gedanken ihn, krankhafte, sture Gedanken, besessen von dem, was seiner Mutter zugestoßen war oder was er sich dazu vorstellte. Die einzigen beiden Tätigkeiten, die ihm scheinbar Erleichterung von dieser Obsession verschafften, nährten sie nur noch mehr: mit Vivales sprechen und *Die Elenden* lesen, in jener Zeit der Trauer nicht mehr nur ein Roman für ihn, sondern etwas anderes, wofür sich kein Name fand oder allzu viele, ein lebenswichtiges, philosophisches Vademecum, ein Orakel- oder Weisheitsbuch, ein Denkobjekt, das man hin und her wenden konnte wie ein unendlich intelligentes Kaleidoskop, ein Spiegel, eine Fackel. Melchor dachte oft an Monseigneur Myriel, den Bischof, der aus Jean Valjean Monsieur Madeleine macht, den frommen Mann, der überzeugt ist, dass das Universum eine gewaltige Krankheit darstellt, deren einzige Heilung die Gottesliebe ist, er dachte an den Bischof und sagte sich, dass das Universum tatsächlich eine Krankheit war, wie der Bischof glaubte, aber im Unterschied zum Bischof lebte er in einer Welt ohne Gott, und in dieser Welt gab es für die Krankheit des Universums keine Heilung. Selbstverständlich dachte er an Jean Valjean und an seine Gewissheit, dass das Leben ein Krieg und er in diesem Krieg der Besiegte war, dass er keine anderen Waffen, keinen anderen Antrieb hatte als Groll und Hass, und er spürte, dass er Jean Valjean war oder es keinen wesentlichen Unterschied zwischen ihnen gab. Aber vor allem dachte er an Javert, an Javerts wahnhafte Rechtschaffenheit, an Javerts Unbestechlichkeit und seine Verachtung für das Böse, an Javerts Gerechtigkeitssinn und daran, dass Javert den Mord an seiner Mutter niemals ungeahndet gelassen hätte.

So viel zu *Die Elenden*. Was Vivales anging, so besuchte der Anwalt Melchor nach dem Tod seiner Mutter nun öfter, doch ihre Gespräche, die mit der Zeit vielfältiger und persönlicher geworden waren, beschränkten sich nun fast auf ein einziges Thema: auf den Mord an der Mutter oder vielmehr auf das, was die Polizei darüber herausgefunden hatte. Melchor hatte den Eindruck, dass Vivales die Informationen dosierte, als hielte er ihn für unfähig, sie mit einem Mal zu verarbeiten, als wollte er sich seine Aufmerksamkeit sichern oder als müsste er sie seinen Kontaktpersonen bei Polizei und Gericht tröpfchenweise aus der Nase ziehen. Eines Nachmittags erzählte er ihm, er habe einen Blick in den Bericht des Forensikers werfen können, wonach seine Mutter mit Steinen erschlagen, aber nicht vergewaltigt worden sei. An einem anderen Nachmittag sagte er, seine Mutter habe in der Mordnacht in der Nähe des Barça-Stadions gearbeitet, wie in letzter Zeit anscheinend öfter. Eines Nachmittags versicherte er, die Ermittler hätten drei Augenzeugen identifiziert, zwei Frauen und einen Mann, und rekonstruierten nun dank ihrer Zeugenaussagen die Vorgänge: Seine Mutter hatte wohl tatsächlich in jener Nacht beim Barça-Stadion ihre Runde gemacht, ohne einen einzigen Kunden aufzugabeln, gegen halb zwei Uhr morgens war sie in ein Auto gestiegen, in dem vier Männer saßen, mit denen sie vorher über ihre Dienstleistungen verhandelt hatte, und seitdem hatte sie niemand mehr gesehen, bis Stunden später ihr Leichnam aufgetaucht war. An einem weiteren Nachmittag sagte er, leider erinnere sich keiner der drei Zeugen an das Kennzeichen des Wagens, in den die Mutter gestiegen war, und sie seien sich auch nicht über Marke und Farbe des Fahrzeugs einig. Die eine Frau erinnerte sich an einen braunen BMW, die andere an einen dunklen Volkswagen, der Mann an einen schwarzen Skoda. Eines anderen Nachmittags erzählte er, die Polizei habe herausgefunden, dass eine Kollegin bei seiner Mutter gewesen sei, als sie mit den verdächtigen Kunden verhandelt hatte und in den Wagen gestiegen war, aber diese Kollegin sei ebenfalls in jener Nacht verschwunden, und niemand wisse etwas über ihren Aufenthaltsort. Diese tröpfchenweise Verabreichung von Informationen zog sich über mehrere Wochen hin, bis Vivales eines Nachmittags ohne Neuigkeiten ins Sprechzimmer kam oder mit einer Nachricht, die keine war, da sie nichts Neues brachte. Tage später gestand er, dass es keinerlei belastbare Spur zu den Mördern gebe; kurz danach, dass die Ermittlung an einen toten Punkt gelangt sei und die Polizei den Fall zu den Akten legen würde.

Für Melchor war das eine eisige Dusche, und wochenlang weigerte er sich, mit Vivales zu sprechen. Er machte ihn nicht verantwortlich, beschuldigte ihn nicht, er wollte ihn bloß nicht sehen. Tatsächlich wollte er niemanden sehen. In dieser Zeit verließ er seine Zelle nur unter Zwang und verbrachte die Tage nackt auf dem Fußboden wie ein Fakir, mit dem Rücken an der Wand, und las *Die Elenden*.

Eineinhalb Monate später bat er den Anwalt um ein Treffen. Vivales kam am nächsten Tag, und als Melchor ins Sprechzimmer trat und ihn dort mit grimmigem Gesicht warten sah, in seiner ungepflegten Kluft, seinem Aussehen eines Quacksalbers vom Jahrmarkt und mit seiner absurden Geduld, da verkündete er ihm als Erstes eine unwiderrufliche Entscheidung.

»Ich will studieren«, sagte er. »Ich werde Polizist.«

3

»Guten Tag zusammen, ich glaube, es kennen sich eigentlich alle«, beginnt Subinspector Gomà, während er mit einem Taschentuch die zuvor behauchten Brillengläser putzt. »Also ersparen wir uns das Vorstellen. Und jeder soll bitte sein Handy stumm stellen und nur im Notfall drangehen.«

Melchor, gleich links neben Gomà am Kopfende, sieht ihn die saubere Brille aufsetzen und das Taschentuch wegstecken. Sie sitzen mit weiteren neun Personen um einen rechteckigen Tisch im Besprechungsraum von Terra Altas Revier. Abgesehen von Subinspector Barrera und Sargento Blai gehören sie alle – drei Frauen und sechs Männer – der Ermittlungsgruppe an, die Subinspector Gomà am Morgen für die Morde im Landhaus der Adells zusammengestellt hat. In diesem Sonderteam stammen nur Caporal Salom und Melchor nicht aus Tortosas regionaler Einsatz- und Ermittlungseinheit, beide gehören zu Terra Altas lokaler Ermittlungseinheit, geleitet von Sargento Blai. Melchor, der versucht hat, die durchwachte Nacht mit einer allzu kurzen Siesta auszugleichen, hat mit den meisten der Kollegen noch nie zusammengearbeitet und kennt sie höchstens von der einen oder anderen Besprechung. Alle Anwesenden schalten ihre Handys stumm. Es ist Viertel nach fünf, Sonntagnachmittag. Die Besprechung fängt mit Verspätung an, weil Subinspector Gomà und Sargento Pires gerade erst im Revier eingetroffen sind.

»Ich muss wohl ebenso wenig betonen, wie wichtig der Fall ist, mit dem wir es zu tun haben«, fährt Gomà mit seiner klangvollen, dozierenden Stimme fort. Er hat das Sakko nicht abgelegt, der Krawattenknoten wirkt frisch gebunden, das Haar frisch gekämmt, der Scheitel auf der Linken. Vor ihm liegt eine Aktenmappe aus blauer Pappe und ein aufgeschlagenes Moleskine-Notizbuch mit gekritzelten Notizen. Neben dem Subinspector sitzt Sargento Pires, die ihr Handy auf einen Stapel Papier gelegt hat, neben ihr iPad. »Sie werden wohl alle gemerkt haben, was für ein Aufsehen der Fall erregt und wie aufgewühlt die Menschen hier sind. Die Chefs sind nervös, der Kommissar hat mich gerade angerufen und gesagt, wir sollen keine Mittel scheuen und ihn auf dem Laufenden halten ... Nun ja, wir alle kennen die Journalisten und wissen, das Interesse verschwindet so schnell, wie es gekommen ist, und je nachdem, wie in den nächsten Tagen die Nachrichtenlage aussieht, wird sich in einer Woche womöglich keiner von ihnen mehr an die Adell-Morde erinnern. Aber jetzt sind wir in jeder Nachrichtensendung, im Fernsehen, im Radio, in jeder Zeitung. Jeder.« Der Subinspector macht eine Pause, bevor er mit seinen Erklärungen fortfährt: »Wie Sie ebenfalls wissen, ist bereits durchgesickert, dass die Adells gefoltert wurden, und es machen Berichte die Runde, die nach dem, was ich mit eigenen Augen gesehen habe, der

Wahrheit recht nahekommen. Das ließ sich wohl nicht vermeiden. Ich weiß nicht, wer da geplaudert hat, werde auch nicht nachforschen. Mir kommt es einzig darauf an, dass wir uns von dem Medientrubel abschotten. Ich will, dass wir diese Geschichten weder bestätigen noch abstreiten, dass wir taub sind dafür, was das Fernsehen sagt oder nicht sagt, ob es eine undichte Stelle gibt, die uns schadet und in welcher Hinsicht, für all die vermeintlichen Aussagen, die die Journalisten von vermeintlichen Zeugen aufnehmen, für den Schwall von Kommentaren, der sich über uns ergießen wird. Ich will, dass wir uns einzig und allein auf unsere Arbeit konzentrieren, dass wir unsere Informationen mit niemandem teilen, und wenn ich mit niemandem sage, meine ich mit niemandem, nicht einmal mit unseren Familien. Ich hoffe, ich habe mich klar ausgedrückt.«

Der Subinspector lässt einen strengen Blick über die Runde wandern und versucht, die Wirkung seiner Worte zu ermessen. Sieht man von Subinspector Barrera ab, dem Revierleiter von Terra Alta, sind alle Anwesenden jünger als fünfzig, manche noch nicht über dreißig, wie Melchor. Sieht man ebenfalls von Subinspector Barrera ab, der Uniform trägt, sind alle Anwesenden leger in Zivil gekleidet: Jeans, Sommerhemden oder -blusen, T-Shirts, Sneakers. Hinter Gomà blickt ein großes Fenster, durch das ein bleiernes Nachmittagslicht hereinfällt, auf einen verlassenen Spielplatz, dahinter ein leeres Grundstück, von Unkraut überwuchert, dann die ersten Häuser des Städtchens, neu gebaute Reihenhäuser. Obwohl der Sommer bald beginnt, ist es nach einem grauen Tagesanbruch immer noch grau, die Wolken haben keinen einzigen Tropfen Regen abgeladen, und seit Stunden bläst ein böiger Wind in Terra Alta, der an den Masten vor dem Revier die beiden Fahnen – eine spanische, eine katalanische – beutelt und hin und wieder Staub auf dem Spielplatz aufwirbelt.

»Vermutlich wissen Sie auch, dass der Richter Stillschweigen über die Ermittlungen verhängt hat«, fährt Gomà fort. »Das schützt uns besser vor undichten Stellen. Außerdem sollen alle Informationen bei Sargento Pires und mir zusammenlaufen. Ich stehe in ständigem Kontakt mit dem Richter, und sie wird die Ermittlung leiten und Protokoll führen, also müssen alle Beweise bei ihr eingehen, angefangen bei denen, die die Spurensicherung seit heute Morgen im Landhaus sammelt. Den Kontakt zur Presse übernimmt Sargento López, der in Tortosa bleibt und mit den Medien kommuniziert. Caporal Salom wird die Familie Adell auf dem Laufenden halten. Er ist mit dem Vorstandsvorsitzenden von Gráficas Adell gut befreundet, dem Mann von Rosa Adell, der einzigen Tochter der Ermordeten. Ist das richtig, Caporal?«, fragt der Subinspector und wendet sich an Salom, der nickt. »Wie haben sie auf die Nachricht reagiert?«

»Schlecht«, entgegnet Salom. »Vor allem Rosa. Die Familie steht unter Schock.«

»Haben Sie eine DNA-Probe von Rosa Adell genommen?«, fragt Subinspector Gomà.

»Ich wusste nicht, dass das nötig ist«, antwortet Salom.

»Ist es vielleicht nicht«, entgegnet Subinspector Gomà. »Aber vielleicht brauchen wir sie, um die Leichen zu identifizieren.«

»Ich hole es heute Abend nach, wenn Melchor und ich sie befragen.«

Gomà nickt und fügt hinzu, Rosa Adell und ihr Mann müssten so bald wie möglich das Adell-Landhaus überprüfen. Melchor hört links neben sich das Handy von Viñas vibrieren, einer Dreißigjährigen mit nicht zu übersehendem Schwangerschaftsbauch, die einen Seitenblick auf ihr Handy wirft und den Anruf ablehnt.

»Ich muss nicht erst erwähnen, dass die ersten Tage entscheidend sind«, fährt der Subinspector fort. »Und dass wir aufs Ganze gehen müssen, denn was wir jetzt nicht tun, ist schwerlich nachzuholen. Ich bitte Sie also, stehen Sie rund um die Uhr zur Verfügung. Die Kriminaltechniker habe ich bereits um dieses Opfer gebeten, alle arbeiten im Landhaus der Adells, auch während der nächsten Tage, das Haus soll bis auf weiteres abgesperrt bleiben. Und um dieses Opfer bitte ich auch Sie, Caporal Salom und Agente Marín, unsere Männer in Terra Alta.« Der Subinspector deutet auf die beiden: »Sie werden entscheidend für die Ermittlung sein. Unsere Augen und Ohren in Terra Alta. Bitte, denken Sie daran. Und da wir von Opfern sprechen«, Gomà blickt nun auf Subinspector Barrera und Sargento Blai ihm gegenüber, am anderen Ende des Tischs, »auch euch muss ich um eines bitten.«

»Wir stehen ganz zu deiner Verfügung«, versichert Barrera rasch. »Dazu leitest du ja den Einsatz.«

»Danke, Tomás«, sagt Gomà und fügt hinzu: »Bitten muss ich euch darum, dass ihr den Raum verlasst.«

Barrera und Blai blicken sich verwirrt an, der Subinspector mit offenem Mund, der Sargento, ohne seinen Ärger zu verbergen. Alle anderen außer Sargento Pires tauschen Blicke, ebenso verblüfft wie die beiden.

»Es tut mir leid«, versichert Gomà. »Ich hatte ja gesagt, dass es ein Opfer sein würde. Aber es ist zum Wohl der Ermittlung. Versteht mich nicht falsch. Ich misstraue euch nicht etwa, ich will nur strikt die Regeln einhalten, die ich mir auferlegt habe: Niemand, der an der Ermittlung nicht beteiligt ist, darf etwas über die Ermittlung erfahren. Und ihr seid nicht an der Ermittlung beteiligt, also solltet ihr besser nicht mehr wissen, als ihr bereits tut.«

Die beiden Vorgesetzten aus Terra Alta sehen sich kurz an, immer noch verblüfft. Melchor, der seit vier Jahren direkt unter Blai arbeitet, weiß, dass der Sargento diese Entscheidung nur als Affront betrachten kann. Barrera fragt:

»Bist du sicher, Miquel?«

»Ganz und gar«, entgegnet Gomà. »Und es wäre mir lieb, wenn wir das nicht jetzt diskutieren. Uns läuft die Zeit davon. Wenn du willst, sprechen wir später darüber.«

»Entschuldigen Sie, Subinspector«, protestiert der Sargento und bemüht sich nach Kräften, Gomà nicht mit einem hitzigen Blick zu durchbohren. »Ich bin nicht einverstanden.«

Bevor Blai seinen Protest begründen kann, schneidet ihm Barrera das Wort ab:

»Seien Sie still, Sargento.«

Nach Barreras Befehl wird Blais Körper steif – die Fäuste schließen sich, die Unterarme zittern, der Kiefer scheint sich gleich zu verrenken –, doch der Sargento gehorcht ohne Widerrede. Barrera steht auf, dreht sich zu Blai und befiehlt:

»Gehen wir.« Dann wendet er sich an Gomà: »Wenn du mich brauchst, ich bin in meinem Büro.«

Gomà dankt seinem Kollegen, und während Blai mit gesenktem Kopf hinter Barrera den Besprechungsraum verlässt, lockert Pires das unbehagliche Schweigen, indem sie jedem der Anwesenden fünf ausgedruckte Blätter reicht. Der Leiter von Tortosas Ermittlungseinheit zieht ein Exemplar der ausgeteilten Papiere aus seiner Aktenmappe und geht in seinem Moleskine Notizen durch.

»Gut«, sagt er dann, »kommen wir zur Sache. Was wissen wir bisher über den Fall?« Er fasst zusammen und wirft dabei ab und an einen Blick ins Notizbuch: »Heute Morgen gegen Viertel nach sechs hat die Köchin der Adells die Leichen von Señor und Señora Adell im Wohnzimmer gefunden. Die Köchin ist aus Ecuador und heißt María Fernanda Zambrano. Sie sagt, sie hat gestern das Landhaus gegen halb neun verlassen, nachdem sie das Abendessen zubereitet hatte. Sie will nichts Merkwürdiges gesehen, gehört oder bemerkt haben, alles sei wie immer gewesen, die Adells seien mit ihrer Hausangestellten allein geblieben, der Frau, die wir tot in ihrem Zimmer gefunden haben, mit einem Schuss in die Stirn. Sie hieß Jenica Arba. Señora Zambrano arbeitet seit acht Jahren für die Adells, sie wohnt mit Mann und Sohn in Gandesa. Jenica Arba war Rumänin, sie hat seit eineinhalb Jahren bei den Adells gearbeitet und lebte allein in El Pinell de Brai, aber sie hatte wohl in ihrem

Heimatland bei ihren Eltern eine Tochter, der sie regelmäßig Geld geschickt hat. Haben die beiden Frauen etwas mit den Verbrechen zu tun? Steckt eine von ihnen mit den Mördern unter einer Decke?« Der Subinspector schweigt, sucht etwas im Notizbuch, fährt fort: »Alle Alarmanlagen und Überwachungskameras im Haus sind am Freitag um 22 Uhr 48 ausgeschaltet worden. In dem Moment war das Haus voller Leute, denn jeden Freitagabend hat Francisco Adell mit seiner Frau, seiner Tochter und dem Vorstand von Gráficas Adell dort zu Abend gegessen. Für das Essen hatten sie einen Catering-Service kommen lassen mit Köchen, Kellnern und allem drum und dran. Man wird mit allen sprechen müssen, selbstverständlich auch mit den Gästen. Die beiden Hausangestellten waren ebenfalls da, sie kannten das Haus gut, konnten sich dort frei bewegen und hätten die Gelegenheit nutzen können, dass an dem Abend mehrere für das Ausschalten des Alarms in Frage kamen und der Verdacht auf alle Anwesenden fallen würde, nicht nur auf sie.« Der Subinspector wendet sich an einen Polizisten linker Hand mit pockennarbigem Gesicht, langem Haar, Spitzbart und bunt bedrucktem Hemd. »Was meinen Sie, Ramos?«

»Ich würde die Ecuadorianerin ausschließen«, sagt der Angesprochene. »Viñas und ich haben sie heute Mittag befragt, sie und ihren Mann. Die kommen um vor Angst, die können keiner Fliege was zuleide tun.«

»Keiner Fliege«, stimmt Viñas zu, blickt auf ihren Kollegen und streicht sich über den Babybauch.

»Die Rumänin würde ich dagegen nicht ausschließen«,

meldet sich Claver zu Wort, ein Mann mit militärischem Haarschnitt, das Gesicht von einem Dreitagebart überschattet, er schüttelt den Kopf und kritzelt mechanisch auf die Papiere, die Sargento Pires ausgeteilt hat. »Ich konnte ihre Eltern nicht ausfindig machen, anscheinend leben sie in einem kleinen Dorf in der Nähe von Timişoara, aber dafür habe ich mit ihren Nachbarn in El Pinell de Brai gesprochen. Die sagen, sie ist nett gewesen, nicht weiter aufgefallen, hat nicht mal Männer mit nach Hause gebracht, aber ...«

»Aber was?«, drängt Gomà.

»Sie hatte es satt, hier zu leben«, erklärt Claver und hört mit dem Kritzeln auf: »Sie wollte zurück nach Rumänien, sie brauchte Geld. Und Leute, die Geld brauchen, sind anfällig für gute Angebote, von wem sie auch kommen mögen und wie viel Risiko auch dabei sein mag. Also, ich würde sie nicht ausschließen.«

»Wir schließen die Köchin aus, aber nicht die Hausangestellte«, fasst der Subinspector zusammen. »Sie hat den Mördern womöglich geöffnet, die Türen wurden nicht aufgebrochen, weder die Haustür noch das Tor. Aber wenn die rumänische Hausangestellte den Mördern tatsächlich geöffnet hat, warum wurde sie dann umgebracht? Weil sie keine Zeugin hinterlassen wollten, die sie verraten könnte? Und warum in ihrem Schlafzimmer, nicht im Wohnzimmer wie die beiden Alten? Aber was, wenn nicht sie, sondern einer der beiden Alten den Mördern geöffnet hat? Wenn das Ehepaar seine Mörder gekannt hat? Das würde die unversehrten Türen erklären, aber nicht die ausgeschalteten Alarmanlagen und Überwachungskameras, oder?«

Melchor pflichtet Gomà im Stillen bei, sagt aber nichts, auch kein anderer in der Runde. Gomà zeigt keinerlei Freude über die schweigende Zustimmung, sondern verbarrikadiert sich hinter einer nachdenklichen Miene und blättert im Notizbuch, als suchte er darin die eindeutige Antwort auf seine Frage oder als wartete er auf einen Kommentar oder Einwand. Oder als wüsste er nicht, wie fortfahren. Alle im Raum haben den Blick starr auf ihn gerichtet, außer Salom, der Melchor gegenübersitzt und verstohlen auf sein Handy blickt.

»Mein Freund ruft gerade an«, bricht Salom das Schweigen. »Albert Ferrer, der Schwiegersohn der Adells.«

Gomà wacht aus seiner Versunkenheit auf, erlaubt ihm mit einer Geste, den Anruf anzunehmen, und der Caporal verlässt den Raum.

»Also, weiter«, sagt Gomà. »Was wissen wir über die Familie Adell?« Er blickt wieder in seine Notizen und scheint diesmal sofort zu finden, was er sucht. »Wir wissen, dass die beiden Opfer Francisco und Rosa Eigentümer und einzige Aktionäre von Gráficas Adell waren, das mächtigste Unternehmen in Terra Alta. Gráficas Adell hat zwei Fabriken in Spanien, beide in Terra Alta, und vier im Ausland, in Polen, Rumänien, Mexiko und Argentinien. Die spanischen Fabriken beschäftigen fast sechshundert Arbeiter, die ausländischen gut vierhundert. Wir reden von einem Unternehmen, das an die siebzig Millionen Euro Umsatz im Jahr macht. Und das ist nur ein

Teil des Adell'schen Vermögens. Tatsächlich gehört ihnen der halbe Landkreis. Sie haben noch etliche kleinere Unternehmen, jede Menge anderes Eigentum, Geschäfte, Grundstücke, Häuser, Wohnungen. Kurz und gut, das, was man ein Imperium nennt.« Der Subinspector wedelt mit den Papieren, die er aus der Aktenmappe gezogen und die Sargento Pires vorhin verteilt hat, und sagt: »Hier haben Sie einen vorläufigen Bericht darüber. Studieren Sie ihn genau. Und zwei von Ihnen sollen Millimeter für Millimeter die Konten der Adells und ihrer Unternehmen durchgehen.«

Sargento Pires schlägt für diese Aufgabe Rius vor, einen Mittdreißiger mit athletischem Körper, rasiertem Kopf und Hasenscharte, sowie Gómez, eine kleine Frau mit runden Brüsten, hervortretenden Augen und schwarzer Hornbrille. Beide sind Experten für Wirtschaftskriminalität, so dass Gomà keinen Einwand gegen die Wahl hat und ihnen aufträgt, zu überprüfen, ob in den letzten Wochen größere Summen auf den Konten der Adells eingegangen oder abgegangen sind, ob es seltsame Kontobewegungen gab, ungewöhnliche Operationen.

»Wir haben bereits einen richterlichen Beschluss dafür«, sagt er. »Sie können also morgen früh mit der Arbeit beginnen, sobald die Banken öffnen. Für Sie gilt das Gleiche wie für alle hier: Seien Sie äußerst sorgfältig, kein Detail ist trivial, alles kann wichtig sein.«

Rius und Gómez, die sich fast gegenübersitzen, nicken und sehen zuerst den Subinspector an, dann einander. Gomà blickt unruhig zur Tür, durch deren Glasscheibe man einen ungewöhnlich belebten Gang sieht, in dem jedoch keine Spur von Salom zu sehen ist.

»Wir warten noch kurz«, sagt er. »Vielleicht kommt der Caporal gleich wieder.«

Mehrere Minuten vergehen, in denen Melchor sich in die ausgeteilten Papiere vertieft. Manche Kollegen tun es ihm nach, andere nutzen die Gelegenheit, gehen auf die Toilette, vertreten sich die Beine oder flüstern miteinander. Subinspector Gomà geht seine Notizen durch, und Sargento Pires schreibt auf dem iPad. Nach einer Weile kommt Salom wieder.

»Rosa Adell geht es nicht gut«, sagt er als Antwort auf Gomàs fragenden Blick. »Mein Freund hat mich gebeten, die Befragung auf morgen Nachmittag zu verschieben, nachdem sie im Landhaus waren.« Der Caporal setzt sich wieder Melchor gegenüber neben Pires. »Ich habe gesagt, das geht in Ordnung. Mir scheint, wir bedrängen die Familie besser nicht.«

Der Subinspector akzeptiert die Verzögerung, indem er resigniert die Lider senkt. Sargento Pires fasst für den Caporal zusammen, was in seiner Abwesenheit gesagt wurde, und anschließend spricht Gomà wieder über die Adells, bittet jedoch Salom, ihn zu korrigieren, falls er etwas Falsches sagt.

»Sie haben eine einzige Tochter. Sie heißt Rosa, ist verheiratet und hat vier Töchter. Sie lebt bei Corbera d'Ebre, fünfzehn Minuten Fahrt von den Eltern entfernt. Sie wird gewiss die Alleinerbin sein, obwohl sie nicht Aktionärin der Unternehmen ist. Was die Position ihres Mannes als

Vorstandschef von Gráficas Adell angeht, so ist das wohl eher ein dekorativer Posten, nicht wahr, Salom?«

»Theoretisch nein«, antwortet der Caporal. »Doch in der Praxis hat alle wichtigen Entscheidungen der Alte selbst getroffen. Señor Adell, meine ich. Ansonsten hält der Geschäftsführer das Unternehmen am Laufen.«

»Josep Grau«, wirft Subinspector Gomà ein.

»Genau«, bestätigt Salom. »Ich kenne ihn nicht persönlich, habe aber viel von ihm gehört. Grau ist schon eine Ewigkeit im Unternehmen. Albert dagegen erst, seitdem er Rosa geheiratet hat. Er ist Ökonom. Mit Grau sprechen wir morgen.«

»Ich möchte, dass Sie mit dem gesamten Vorstand sprechen«, sagt Gomà. »Und mit den Angestellten, wenn nötig. Die Adells waren sittenstreng und sehr religiös, haben kaum am gesellschaftlichen Leben teilgenommen, aber er stammt aus Bot, irgendeinen Freund wird er im Ort doch gehabt haben.«

»Kaum einen, soweit ich weiß«, sagt Salom. »Weder im Ort noch anderswo. Und die wenigen Freunde, die er hatte, sind gestorben. Am nächsten stand ihm Grau, der Geschäftsführer. Aber wenn es sonst noch einen gibt, werden wir ihn finden und mit ihm reden.«

»Gut«, sagt der Subinspector. »Was ist mit Señora Adell?«

»Über sie weiß ich nicht viel«, gesteht Salom. »Sie war nicht aus Terra Alta, sondern aus Reus. Aber sie hat schon eine Ewigkeit hier gelebt. Ich erkundige mich auf alle Fälle.«

Gomà nickt.

»Fürs Erste konzentrieren Sie und Marín sich auf Familie und Vorstand«, sagt er zu Salom. »Und für Sie drei«, der Subinspector deutet auf Ramos, Viñas und Claver, »für Sie habe ich eine andere Aufgabe. Sargento Pires?«

Pires fährt durch ihr Lockenhaar und räuspert sich, den Blick starr auf das iPad gerichtet. Von seinem Platz aus kann Melchor den Ansatz der Tätowierung unter ihrem Schlüsselbein erkennen, vom Kragen des Polohemds fast verborgen.

»Wie ihr wisst, haben wir bislang noch keine Spur«, erklärt sie und blickt vom iPad auf. »Außer den Reifenspuren in der Auffahrt, wenn sie denn eine Spur sind. Wir haben festgestellt, dass es sich um Continental-Reifen handelt, aber solche haben natürlich abertausend Wagen. Die nächsten Nachbarn der Adells wohnen zwei Kilometer entfernt, ein Ehepaar, beide Ärzte, mit zwei Kindern.« Sie wendet sich an Rius, der rechts von ihr sitzt, zwischen Salom und Claver: »Du hast mit ihnen gesprochen. Hast du etwas herausgefunden?«

»Nicht das Geringste«, sagt Rius und schüttelt den Kopf. »Gestern Nacht waren sie zu Hause, haben aber nichts Außergewöhnliches gesehen oder gehört. Doch inzwischen haben sie ganz schön Angst bekommen.«

Sargento Pires zieht die Brauen hoch, für eine Sekunde werden ihre Züge weicher, aber sofort kehrt sie zur professionellen Kälte zurück.

»Im Landhaus gibt es eine Unmenge von Fingerabdrücken«, fährt sie fort. »Begreiflicherweise stammen die meisten von dem alten Ehepaar, der Hausangestellten und der Köchin.«

»Habt ihr auch die von Rosa Adell und ihrer Familie genommen?«, fragt Gomà.

»Ja, das habe ich«, antwortet Salom.

»Auch die von der Köchin haben wir«, sagt Viñas.

»Die sind alle bereits in den Ermittlungsakten«, stellt Pires fest.

»Du hast gesagt, die meisten Fingerabdrücke«, hakt Gómez ein. »Was ist mit den anderen?«

»Das müssen wir untersuchen«, antwortet Pires. »Momentan sind es sehr wenige. Sie können von Angehörigen stammen, von den Angestellten, die am Freitag bei ihnen zu Abend gegessen haben, vom Catering-Personal, das fürs Vorbereiten und Servieren zuständig war ... Die meisten Abdrücke scheinen gut erhalten zu sein, aber manche sind auch verwischt und womöglich nicht zu identifizieren.« Sie dreht sich zu Subinspector Gomà und erklärt: »Ich sagte schon, die Kriminaltechniker haben alle Hände voll zu tun.«

»Ich kann ihnen helfen, wenn wir hier fertig sind«, bietet sich Salom an. »Ich habe jahrelang mit ihnen zusammengearbeitet.«

»Einverstanden«, sagt Gomà. »Packen Sie mit an. Wer ist verantwortlich für die Beweisaufnahme?«

»Sirvent«, sagt Sargento Pires.

»Sprechen Sie mit ihm«, Gomà wendet sich an Salom. »Sagen Sie, morgen schicken wir mehr Leute aus Tortosa nach. Und wenn nötig fordern wir Verstärkung aus Barcelona an.«

Nach einer Pause macht er Pires ein Zeichen, dass sie

fortfahren soll, und sie konzentriert sich wieder auf ihr iPad, wischt mit dem Finger über den Bildschirm.

»Wie der Subinspector gerade erklärt hat«, fährt sie fort und blickt zu ihren Kollegen auf, »sind Überwachungskameras und Alarmanlagen im Haus am Freitagabend ausgeschaltet worden. Dafür hat jemand gesorgt. Jedenfalls waren sie zum Zeitpunkt der Morde nicht in Betrieb. Und noch etwas: Die nächste öffentliche Überwachungskamera befindet sich in Gandesa, nützt uns also nicht das Geringste. Das bedeutet, es gibt nur noch einen Weg, um herauszufinden, wer sich in der Nacht im Umkreis aufgehalten hat.«

»Die Handys«, sagt Viñas.

»Genau«, entgegnet Pires und wirft ihrer Kollegin einen flüchtigen Blick zu, die weiterhin die Linke auf ihren Bauch gelegt hat. »Man hat mir versprochen, dass wir heute Abend die vollständige Liste der Handys bekommen, die sich in der Nacht bei den beiden Sendemasten in der Nähe des Hauses eingewählt haben. Darunter auch die nicht benutzten Handys. Sobald wir die Liste haben, können wir die Mobilfunkanbieter um Namen und Adresse der Eigentümer bitten.«

»Dafür wird auch eine richterliche Verfügung nötig sein«, merkt Ramos an.

»Nein«, korrigiert Sargento Pires. »Eine richterliche Verfügung ist nur notwendig, wenn man Anrufe und SMS der Handys überprüfen möchte, für diese Angaben jedoch nicht. Wenn alles gut geht, wissen wir schon morgen, zu wem die Telefonnummern gehören, mit Namen und Adresse.«

»In dem Fall beginnen Sie gleich morgen, sie zu vernehmen«, sagt Subinspector Gomà, wieder an Ramos, Viñas und Claver gewandt. »Einen nach dem anderen.«

»Das könnten Hunderte sein«, warnt Viñas, reißt die Augen auf und hebt leicht erschrocken die Hand vom Bauch.

»Und wenn es Tausende wären«, bekräftigt der Subinspector. »Einen nach dem anderen. Und wenn wir die Verdächtigen herausgefiltert haben, besorgen wir uns die richterliche Verfügung, um an die Handydaten zu gelangen. Eines ist sicher: Der Mörder ist unter den Besitzern dieser Telefone. Oder die Mörder. Vorausgesetzt natürlich, dass sie nicht so umsichtig waren und das Haus der Adells ohne Handys betreten haben, was wiederum die Hypothese stützen würde, dass es Profis sind.«

»Das würde mich nicht wundern«, sagt Rius.

»Mich auch nicht«, pflichtet ihm Gómez bei. »Und wenn es Profis sind, dann wird die Sache kompliziert.«

Einige im Raum schließen sich der Profi-Hypothese an, andere stellen sie in Frage. Subinspector Gomà blickt auf Melchor, fragt sich vielleicht, warum er die Kollegen nicht seine Meinung wissen lässt, aber Melchor beschränkt sich weiterhin aufs Zuhören. Dann kommt Claver noch einmal auf die Handys zu sprechen:

»Fest steht, die Mörder wussten, dass Handys gefährlich für sie sind, denn sie haben die der Adells und der Hausangestellten zerstört. So etwas wissen Profis.«

»Das stimmt«, räumt Gomà ein. »Aber manch Amateur weiß das auch. Und begehen Profis etwa keine Fehler? Also Schritt für Schritt, gehen wir nicht gleich vom Schlimmsten aus.«

Gomà schweigt und scheint sich unschlüssig zu sein, wie er fortfahren soll. Sargento Pires beugt sich zu ihm und zeigt ihm etwas auf dem iPad, wobei Melchor das von einem schwarzen Pfeil durchbohrte rote Herz unter ihrem Schlüsselbein flüchtig in voller Größe sieht, wenn er auch nicht entziffern kann, was darauf geschrieben steht.

»Ja«, fährt der Subinspector fort. »Noch etwas. Der Gerichtsmediziner hat uns den vollständigen Bericht für übermorgen versprochen, spätestens für Mittwoch, aber ein paar Befunde gibt es schon. Der erste, dass die Adells zwischen zehn Uhr nachts und fünf Uhr morgens gestorben sind. Das hätten wir uns natürlich denken können. Wenn die Köchin, Señora Zambrano, gegen halb neun das Haus verlassen hat und gegen halb sieben zurückgekommen ist, müssen die Morde in dieser Zeitspanne geschehen sein. Der Gerichtsmediziner sagt, nach der Autopsie kann er den Zeitraum vielleicht etwas eingrenzen, viel jedoch nicht. Die zweite Erkenntnis könnte relevanter für uns sein, die Adells sind nämlich nicht sofort gestorben. Das heißt, die Mörder haben sie nicht getötet und dann ihre Leichen verstümmelt. Nein, sie haben sie zuerst gefoltert und dann getötet. Der Gerichtsmediziner hält es für wahrscheinlich, dass sie sich für die Folter Zeit genommen und die beiden so lange wie möglich am Leben gehalten haben, um ihr Leid zu maximieren. Gewiss werden auch Sie sich fragen: Wer will zwei alte Menschen so sehr leiden lassen? Und wozu? Aus reinem Sadismus? Waren die Verbrecher bloß Diebe, die aus unerfindlichem Grund den Kopf verloren und am Ende aus reiner Bosheit zwei alte Leute gefoltert haben, aus Wut oder einfach aus Vergnügen? Wir wissen, dass sie das Schlafzimmer der Adells auf den Kopf gestellt haben, wissen aber nicht, was oder ob sie etwas mitgenommen haben. Hoffen wir, Tochter und Schwiegersohn können uns dabei helfen, das aufzuklären. Oder haben die Mörder etwas ganz Bestimmtes gesucht und die Alten gefoltert, damit sie ihnen sagen, wo es ist? Und was haben sie in dem Fall gesucht? Haben ihnen die Alten gesagt, was sie wissen wollten? Haben sie gefunden, was sie gesucht haben, und es mitgenommen? Oder haben sie es nicht gefunden und sind mit leeren Händen abgezogen? War das Gesuchte im Haus oder außerhalb? Ach ja, und wurden die beiden Alten gleichzeitig gefoltert oder hintereinander? Wurde einer in Gegenwart des anderen gefoltert und nach dessen Tod der zweite? Das mit der Folter ist entsetzlich. Und ein Rätsel.«

»Wieso ein Rätsel?«, fragt Ramos. »Wenn die Mörder etwas gesucht haben und die Adells es ihnen nicht geben wollten, dann war die Folter ein Mittel, sie dazu zu zwingen. Zumindest werden die Mörder das gedacht haben.«

»Ich behaupte nicht das Gegenteil«, räumt der Subinspector ein. »Aber denken Sie daran, wie sie gefoltert wurden. Diese Leute haben unsäglich gelitten, bevor sie gestorben sind. Verträgt sich diese Grausamkeit mit einem Verhör?«

Ramos blickt Gomà an, zuckt mit den Schultern und

senkt die Lider, eine zweifache Geste der Skepsis, die bedeutet: Warum nicht?

»Und noch etwas muss man bedenken«, beharrt Gomà. »Soweit wir wissen, konnte man in Terra Alta die Adells gut leiden, sie scheinen nicht viele Feinde gehabt zu haben. Natürlich können die Mörder auch Auswärtige gewesen sein, aber ...«

»Vielleicht konnte man sie gar nicht so gut leiden«, unterbricht Melchor. »Vor allem ihn nicht.«

Er meldet sich in der Besprechung zum ersten Mal zu Wort, und obwohl er mehr gemurmelt als gesprochen hat, als wären seine Worte nur für Gomà gedacht, richten sich alle Augen auf ihn. Der Subinspector ermutigt ihn zu einer Erklärung. Melchor wiederholt laut das eben Gesagte.

»Manch einer denkt, dass Adell sich wie ein Dorftyrann aufgeführt hat«, fügt er hinzu. »Dass er alles an sich gerissen hat. Und manch einer denkt, dass er seine Arbeiter ausgebeutet hat und sein Schatten so groß war, dass er nichts um sich herum wachsen ließ.«

»Dass er alles an sich gerissen hat, keine Frage«, sagt Rius, hebt den Bericht über die Besitztümer der Adells hoch und lässt ihn auf den Tisch fallen.

»Wer glaubt, Adell war ein Dorftyrann?«, fragt Gomà. »Die für ihn arbeiten?«

»Ich habe das von Leuten hier gehört«, entgegnet Melchor, der sich sträubt, den Namen seiner Frau zu nennen. »Leute, die hier geboren und aufgewachsen sind. Aber ich glaube nicht, dass das nur die Meinung Einzelner ist.«

Ohne Zweifel in Gedanken an das, was Salom vor ein

paar Stunden im Haus der Adells gesagt hat (»Ich glaube, hier hat man sie eher gemocht«), wirft der Subinspector dem Caporal einen fragenden Blick zu. Der hat sich beim Zuhören am Kinn gekratzt, lehnt sich nun zurück, bevor er seine Meinung sagt, und schiebt mit dem Zeigefinger die Brille den Nasenrücken hinauf.

»Was Melchor sagt, ist richtig«, räumt Salom ein und sieht Gomà an. »Bestimmt gibt es in Terra Alta mehr als einen, mehr als zwei, die so über Adell denken. Kein Wunder, nicht wahr? Sie selbst haben heute Morgen gesagt, Subinspector, dass die Reichen gewöhnlich Feinde haben. Und Adell war steinreich. Außerdem weckt Erfolg immer Neid, erst recht der Erfolg eines Mannes wie Adell, praktisch aus dem Nichts gekommen und seit früher Kindheit Waise, sein Vater ist, glaube ich, ein Tagelöhner gewesen … Adell war das, was man einen Selfmademan nennt. Solche Leute werden in anderen Ländern bewundert, nur bei uns nicht. So ist das, machen wir uns nichts vor. Ich sage bloß, es mag zwar unmöglich sein, ein Vermögen wie das von Adell anzuhäufen, ohne sich Feinde, erniedrigte Konkurrenten oder fristlos entlassene Angestellte einzuhandeln, doch hier in Terra Alta überwiegt die Wertschätzung und die Dankbarkeit gegenüber einem Mann, der letztlich den Wohlstand in die Gegend gebracht und vielen Familien Arbeit gegeben hat. Aber wer weiß, vielleicht täusche ich mich.«

»Das müssen wir herausfinden«, sagt Gomà und wendet sich an alle. »Ob die Adells Feinde hatten und was für eine Art von Feinden. Wenn sie die Mörder waren, dann müssen es erbitterte Feinde gewesen sein, das steht fest. Hatten die Adells Feinde dieser Art? Waren es erklärte Feinde oder Feinde, die sich als Freunde ausgegeben und jahrelang ihren Groll haben wachsen lassen, insgeheim, bis sich ihnen eine Chance geboten hat? Haben die Adells den Mördern in der Nacht die Tür womöglich selbst geöffnet, weil sie sie für Freunde gehalten hatten? Haben ihre Feinde die Adells eigenhändig umgebracht oder den Mord in Auftrag gegeben? Wer auch immer die Adells umgebracht oder jemanden dafür engagiert hat, wollte er sie bestehlen? Oder wollte er etwas aus ihnen herausbekommen? Oder sich rächen? So, diese Hypothesen fallen mir momentan ein … Nun ja, eine gibt es noch.«

Der Subinspector macht eine strategische, fast theatralische Pause. Melchor neben ihm glaubt zu erraten, woran er denkt, sagt aber nichts. Die ganze Runde schweigt gespannt. Melchor sieht jenseits des Fensters eine zaghafte Sonne zwischen den Wolken hervorkommen, die Böen haben nachgelassen: Die spanische und die katalanische Fahne hängen schlaff am Mast, regen sich kaum. Gleich darauf peitscht sie erneut ein Windstoß, schüttelt sie wild und wirbelt Staub auf dem Spielplatz auf.

»Ein Ritualmord«, offenbart Gomà endlich. »Tatsächlich war es das Erste, woran ich beim Anblick der massakrierten Leichen gedacht habe. Natürlich, das mit dem Ritual klingt nach Hollywood, aber wir alle wissen, in der Wirklichkeit geht es manchmal zu wie im Film. Und manche ahmen die Filme gern nach. Jedenfalls waren die Adells sehr religiös, beide waren Mitglied beim Opus Dei. Das heißt natürlich nichts, aber ...« Er blickt ins Leere, seine Gesichtszüge entspannen sich, bis sie fast ein Lächeln andeuten. »Ich weiß nicht mehr, wer gesagt hat, dass Gott und der Teufel die zwei Seiten derselben Medaille sind, und wer sich viel mit Gott beschäftigt, beschäftigt sich am Ende auch mit dem Teufel ... Nun gut«, fügt er hinzu, vielleicht bereiten ihm die eigenen Worte Unbehagen, von seinen Lippen ist jeder Anflug eines Lächelns verschwunden. »Das ist nur eine Hypothese. Aber die muss man auch ausschließen. Oder bestätigen.«

Gomàs Erklärung wird mit Schweigen aufgenommen, die Mitglieder der Gruppe tauschen Blicke, die Melchor nicht deuten kann. Nach ein paar Sekunden sieht Gomà wieder in seine Aufzeichnungen, blättert im Notizbuch und fragt:

»Was noch, Pires?«

Sie hebt als Antwort nur die Brauen, breitet die Arme aus und zeigt die Handteller, eine doppelte oder dreifache Geste, die Melchor so übersetzt: »Von meiner Seite aus nichts weiter.« Gomà wendet sich an die Runde:

»Noch eine Frage, eine Bemerkung?« Er lässt einen erwartungsvollen Blick über die Gruppe wandern und fährt fort: »Sehr gut. Noch einmal das Wesentliche. Wir müssen rund um die Uhr zur Verfügung stehen. Müssen ständig im Gespräch miteinander bleiben. Müssen Informationen austauschen. Es ist entscheidend, dass wir die Daten abgleichen. Denken Sie daran, dass zwei Gehirne mehr denken als eines, und drei mehr als zwei. Denken Sie vor allem daran, dass wir ein Team sind. Nutzen wir die ersten Stunden, die ersten Tage. Konzentrieren wir uns auf das Finanzielle, auf die Befragung der Handybesitzer, die zur Zeit der Morde in der Nähe des Landhauses waren, auf die Familie und Adells Mitarbeiter. Ich weiß, vor morgen können wir noch nicht mit Vollgas loslegen, aber nutzen Sie den Nachmittag und Abend, um sich ganz in die Adells zu vertiefen: Außer den Papieren, die Ihnen die Sargento überreicht hat, gibt es jede Menge Information im Internet. Und sprechen Sie mit niemandem, bitte. Denken Sie daran, das ganze Land blickt auf uns, der Ruf unserer Polizei steht auf dem Spiel. Das war's. An die Arbeit.«

Nach der Besprechung bleiben Melchor und Salom ein paar Minuten im Gang stehen, tauschen Meinungen aus und teilen sich die Arbeit auf. Um sie herum herrscht für einen Sonntagnachmittag ungewohnte Hektik. Der dreifache Mord bei den Adells hat nicht nur ihre und Tortosas Ermittlungseinheit auf den Plan gerufen, sondern das gesamte Revier aufgescheucht. Melchor kann sich an keinen vergleichbaren Wirbel in dem Gebäude erinnern.

»Gut«, sagt Salom. »Ich sause ab zum Haus der Adells.«
»Soll ich dich begleiten?«
»Nein. Du hast keine Erfahrung mit der Spurensicherung. Und wenn wir morgen die leitenden Angestellten von Gráficas Adell befragen wollen, büffelst du besser den Bericht über die Familiengeschäfte.«

Sie verabschieden sich auf der Treppe, und während Salom im Kellergeschoss seinen Wagen holt, geht Melchor ins Büro, das er sich mit dem Caporal und weiteren neun Mitgliedern von Terra Altas Ermittlungseinheit teilt (Sargento Blai, der Chef der Gruppe, verfügt über ein eigenes Büro), ein riesiger Raum mit fünf Schreibtischen, fünf Computern und mehreren Karteischränken. Dort trifft er auf Corominas und Feliu, zwei Kollegen von der Spurensicherung, die sich unterhalten, Kaffee trinken und ihn hastig fragen, ob es etwas Neues gibt. Melchor verneint, und da er weiß, dass sie eigentlich noch im Landhaus der Adells sein und Spuren sammeln sollten, stellt er ihnen die gleiche Frage. Corominas, ein massiger Mann mit rundem Kopf und Boxernase, der mit seiner Beleibtheit kokettiert, antwortet, dort gebe es auch nichts Neues, sie seien zurück aufs Revier gefahren, um die bisher sichergestellten Beweisstücke in der Asservatenkammer zu verwahren.

»Wir machen grad einen kleinen Break«, sagt Feliu, eine Blondine, die wie eine Vorstadtnutte aussieht, mit hautengem Kleid und punkähnlichem Irokesenschnitt, sie hebt ihren Kaffeebecher hoch. »Da ist noch kein Ende abzusehen.«

Corominas pflichtet seiner Kollegin bei und fragt Melchor, ob er ebenfalls an einen Ritualmord glaube.

»Ich weiß nicht«, antwortet Melchor und setzt sich an seinen Tisch. »Warum fragst du?«

»Weil das Gerücht die Runde macht. Es heißt, die Toten sind hyperreligiös gewesen. Die beiden Alten, meine ich.«

»So heißt es«, entgegnet Melchor.

»Nun, ich sag dir eins«, verkündet Corominas, nun an Feliu gewandt. »Wenn das stimmt, würde es mich nicht die Spur wundern, wenn's ein Ritualmord wäre. Weißt du, warum?«

»Warum«, fragt sie.

»Weil uns die Religion in letzter Zeit die Leute verrückt macht«, entgegnet Corominas. »Kannst du mir glauben.«

Anschließend erzählt er die Geschichte eines Freundes, ein Gärtner aus Amposta, der letzten Sommer im Heiligen Land war. Melchor überlegt kurz, ob er in die Cafeteria hinuntergehen und sich einen Kaffee holen soll, aber ihm kommt der grausame Nachgeschmack in Erinnerung, den die Plörre aus dem Automaten im Mund hinterlässt, und er sieht davon ab und hört sich, während sein Computer hochfährt, Corominas' Erzählung an.

»Der war gar nicht der religiöse Typ«, erklärt sein Kollege, lehnt sich im Stuhl zurück und schlägt die Beine auf dem Tisch übereinander. »Im Gegenteil, der war zwar auf einem Jesuitengymnasium, aber eher antiklerikal. Er ist nur aus Neugier hingereist. Als Tourist.«

Corominas erzählt, sein Freund sei in Jerusalem in einem billigen Hotel im Zentrum abgestiegen und eines Abends, nachdem er schon drei Nächte dort geschlafen habe, von zwei Streifenpolizisten aufgegriffen worden, als er durch die Altstadt ging, in ein Laken des Hotels gewickelt, er habe Fragmente aus dem Deuteronomium rezitiert, die zweite Rede des Mose. Zum Glück ließen sie ihn gleich wieder frei, denn er machte den Behörden weis, er sei ein Seminarist auf Studienreise und alles nur ein belangloser Scherz gewesen, doch am nächsten Tag lieh er sich ein Fahrrad und verschwand, und eine Woche später fand man ihn auf einem Felsen in der Wüste Negev, überzeugt, er sei der Prophet Elija und ein feuriger Wagen mit feurigen Rossen werde ihn in einem Sturmwind zum Himmel entrücken. Man wies ihn in die psychiatrische Anstalt Kfar Shaul in Jerusalem ein, und er verbrachte den Rest seiner Ferien auf ein Bett hingestreckt, neben einem Nordamerikaner, der sich für Samson hielt und versucht hatte, die Klagemauer einzureißen. Auch eine Polin habe es da gegeben, die versicherte, sie liege in den Wehen und werde den Messias gebären. Am Ende der Ferien sei der Gärtner nach Hause zurückgekehrt.

»Und da ist er immer noch, quietschfidel«, schließt Corominas. »Kommt mal mit nach Amposta, dann stelle ich ihn euch vor, er wird euch die Geschichte selbst erzählen. Natürlich erzählt er nicht das, was geschehen ist, denn er erinnert sich an nichts, nur an das, was man ihm erzählt hat. Was ich gesagt habe: Die Religion macht uns die Leute verrückt.«

Feliu krümmt sich noch immer vor Lachen über die Geschichte des Gärtners aus Amposta (»Das Komische ist, der hat für mich schon immer wie ein Prophet ausgesehen, mit seinem Hungerleidergesicht samt Bärtchen«, fügt Corominas hinzu, um sich noch weiter in seinem Erfolg zu sonnen), als Sargento Blai in den Raum kommt. Die Polizistin hört sofort zu lachen auf, und Corominas nimmt die Füße vom Tisch, doch Blai bemerkt es gar nicht. Aufgebracht und unruhig fragt er Melchor bloß, ob die Besprechung mit Subinspector Gomà schon zu Ende ist. Melchor bejaht, und Blai fragt nach dem Caporal.

»Der hat sich gerade zum Haus der Adells aufgemacht«, sagt Melchor. »Er packt dort mit an.«

»Das ist auch bitter nötig«, sagt Feliu und wirft ihren leeren Kaffeebecher in den Papierkorb. »Da gibt's zu tun für eine ganze Woche. Machen wir uns ans Werk, Coro?«

»Los geht's«, sagt Corominas und steht mit knackenden Gelenken auf. »Mir scheint, heute Nacht schläft kein Schwein.«

Blai schenkt Feliu und Corominas keine Beachtung und fordert Melchor auf, ihn in sein Büro zu begleiten. Es ist nur durch eine Glasscheibe vom Raum der Ermittlungsbeamten getrennt, und als Melchor schließlich nachkommt, lehnt Blai an seinem mit Papieren überfüllten Schreibtisch und erwartet ihn mit verärgerter Miene.

»Ein Scheißkerl ist das«, sagt der Sargento, als Melchor die Tür hinter sich geschlossen hat.

»Wer?«, fragt Melchor, obwohl er die Antwort kennt.

»Gomà, wer sonst?«, erklärt Blai. »Du warst doch dabei. Er hat Barrera und mich einfach rausgeschmissen. Vor allen anderen. War nicht mal so nett, es uns unter vier Augen zu sagen. Ein echter Scheißkerl.«

Blai schnaubt vor Wut, ist wild wie ein Tier, das gerade in einen Käfig gesperrt wurde, umrundet den Tisch, setzt sich und fordert Melchor auf, Platz zu nehmen.

»Barrera ist ein Weichei, in ein paar Monaten geht er in Rente und will keine Schererein«, sagt Blai, ohne zu merken, dass Melchor seiner Aufforderung nicht gefolgt ist und immer noch steht. »Ich jedenfalls wäre geblieben und hätte ihm die Stirn geboten. Dabei hat man mich gewarnt.

›Hüte dich vor Gomà‹, haben sie mir gesagt, als er nach Tortosa gekommen ist. ›Der will nach oben. Kommt aus guter Familie und will auf Teufel komm raus Kommissar werden.‹ Arschloch. Da fällt uns in Terra Alta so ein schöner Fall in den Schoß, und ich bleibe außen vor, weil diese Schaufensterpuppe allen Ruhm für sich will. Verdammt. Und hast du gesehen, wie diese Pires gebuckelt hat? Wie Gomàs Schoßhündchen. Bestimmt hat er sie flachgelegt.«

Melchor muss an Sargento Pires' Tätowierung denken und fragt sich, ob Blai wirklich nur seinen Ärger loswerden will, doch er wappnet sich mit Geduld und lässt ihn wild weiterschimpfen, auf Subinspector Gomà, auf Sargento Pires, auf sein Pech. Zu seiner Linken liegt das Gemeinschaftsbüro der Ermittler hinter der Glasscheibe verlassen da. Hinter dem Sargento öffnet sich ein großes Fenster auf einen Außenbezirk, der sich in der abendlichen Einsamkeit des Junisonntags kaum von dem unterscheidet, den er eben vom Besprechungszimmer aus gesehen hat – Reihenhäuser, Häuser im Bau, leere Grundstücke, auf denen der Nordwind dicke Staubwolken aufwirbelt –, und weiter hinten der Himmel, abgeschnitten von den jäh aufsteigenden Umrissen der Berge, deren Hänge wogen wie ein Meer aus Bäumen, bebend und grün, mit Windrädern gesprenkelt, die mit ihren wild kreisenden Flügeln von fern wie riesige metallene Insekten aussehen. Rechts von ihm eine bunte Korkpinnwand mit Notizen, Fotos, Merkzetteln und Anzeigen; in einer Ecke verkündet gut sichtbar ein Aufkleber mit der katalanischen Estelada: »Catalonia is not Spain«. Melchor überlegt, wie er sich dem Sargento gegenüber verhalten soll, der ihm da seinen ganzen Ärger und sein gesamtes Arsenal an Beleidigungen entgegenschleudert, als dieser ganz unvermittelt wieder auf ihn aufmerksam wird.

»Du musst mir einen Gefallen tun«, sagt er.

Da ertönt in der Stille des Büros Melchors Handy, eine SMS ist eingetroffen.

»Das ist Salom«, erklärt er.

Die Nachricht enthält zwei Telefonnummern, eine Festnetz- und eine Mobilnummer, und einen Text ohne Großbuchstaben oder Akzente:

das sind die nummern von josep grau, geschäftsführer von graficas adell. ruf du ihn an, ich habs eilig. bitte ihn um ein gespräch morgen früh. wo er will, aber auf jeden fall vormittags. später kann ich nicht. ok?

Melchor antwortet: »Ok.«

»Was sagt er?«, fragt Sargento Blai.

»Nichts weiter«, antwortet Melchor.

»Siehst du? Genau darum möchte ich dich bitten.«

»Um was?«

»Dass du mich über den Fall Adell auf dem Laufenden hältst.«

»Unmöglich. Du hast Subinspector Gomà gehört: Außerhalb der Gruppe absolutes Schweigen.«

Blai windet sich auf seinem Stuhl, gestikuliert verzweifelt, schüttelt den Kopf.

»Komm mir nicht damit, Sauspanier«, gibt er zurück. »Du auch? Was ist Schlimmes dabei, wenn du mir erzählst, was ihr herausbekommt? Du weißt, ich schweige wie ein Grab.«

»Tut mir leid, Sargento, ich kann da nichts tun. Rede mit dem Subinspector.«

»Der kann mich mal, der Subinspector!«, schreit Blai und schlägt cholerisch mit der Hand auf das Papierchaos auf dem Schreibtisch. »Mit dir rede ich. Du kennst mich und weißt, in Terra Alta kenne ich jeden Stein und kann helfen. Und du weißt auch, was für eine Riesensauerei das von dem Scheißkerl war. Also bitte, verdammt. Wie viele Gefallen habe ich dir schon getan, seit du hergekommen bist, na? Wie viele?«

Melchor fallen ein paar Gefälligkeiten ein, die ihm Sargento Blai erwiesen hat, aber keine von dem Kaliber und der Art, wie er sie jetzt von ihm verlangt. Doch zumindest teilweise hat er recht, das kann er nicht leugnen: Blai ist alles andere als inkompetent, er kennt Terra Alta wie kaum ein anderer und hat viele Jahre Erfahrung auf dem Buckel, und dass der Subinspector ihn von der Ermittlung ausgeschlossen hat, ist ein Willkürakt, der dem Fall schadet, denn früher oder später kann er ihnen nützlich sein. Und sie werden es bereuen, nicht auf ihn gezählt zu haben. Außerdem hätte niemand größeres Interesse als der Sargento, diskret zu bleiben, zumindest in dieser Hinsicht.

»In Ordnung«, gibt Melchor nach. »Ich überleg es mir.«

Sargento Blais Miene ändert sich sofort:

»Danke, Sauspanier«, sagt er bewegt. Er steht auf und geht mit offenen Armen auf Melchor zu. »Ich wusste, ich kann dir vertrauen.«

»Ich habe bloß gesagt, dass ich es mir überlege«, stellt Melchor klar und versucht, die Euphorie zu dämpfen.

»Okay, okay«, entschuldigt sich Sargento Blai. Doch seines Triumphs gewiss, packt er ihn mit der Linken an der Schulter, drückt ihm mit der Rechten kräftig die Hand und blickt ihm in die Augen: »Keine Sorge, du wirst es nicht bereuen, das verspreche ich.« Und strahlend vor Dankbarkeit fügt er hinzu: »Eine Hand wäscht die andere.«

Zurück an seinem Schreibtisch, ruft Melchor die Mobilnummer an, die Salom ihm geschickt hat, aber das Handy ist ausgeschaltet; dann ruft er die Festnetznummer an, bei der es mehrere Sekunden klingelt, ohne dass jemand antwortet. Er sieht im Computer nach, ob Mails gekommen sind, und stellt fest, dass er keine neuen Nachrichten hat, als Sargento Blai mit dem Fingerknöchel gegen die Scheibe zwischen den Büros klopft, sich verabschiedet, mit kreisendem Zeigefinger zu verstehen gibt, dass sie sich morgen sprechen, und den Daumen hebt. Melchor, im Zweifel darüber, ob er dem Druck des Sargento besser nicht hätte nachgeben sollen, vertieft sich in den ausgeteilten Bericht über die Unternehmen der Adells und verbringt den Rest des Abends damit, sich ein Bild über die Familie und ihre Geschäfte zu machen, sucht im Internet nach zusätzlicher Information und ruft hin und wieder die beiden Nummern an, immer vergebens. Bis sich gegen halb zehn, als sein Magen zu knurren beginnt und die Lider schwer werden, da er in den letzten achtundvierzig Stunden kaum geschlafen hat, jemand unter der Handynummer meldet, die er den ganzen Abend über angerufen hat.

Melchor fragt nach Señor Josep Grau, Geschäftsführer von Gráficas Adell. Die Stimme, alt, kraftlos und heiser, antwortet, er sei Señor Grau, und Melchor stellt sich vor und fragt, ob sie sich morgen in aller Frühe kurz unterhalten könnten.

»Es geht um den Tod des Ehepaars Adell«, erklärt er.

»Das dachte ich mir«, sagt Grau. »Nein, ich habe nichts dagegen. Kommen Sie zu mir ins Büro.«

»Ich werde mit einem Kollegen kommen.«

»Kommen Sie, mit wem Sie wollen. Mein Büro ist im Verwaltungsteil des Unternehmens, neben der Fabrik, am Ende des Gewerbegebiets La Plana Parc. Sie können es nicht verfehlen. Ich werde ab acht Uhr dort sein.«

»Die Fabrik öffnet morgen?«, fragt Melchor.

»Natürlich«, entgegnet Grau. »Was würde es bringen, sie nicht zu öffnen?«

Melchor spürt, dass er auf seine Frage keine Antwort erwartet, und will sich schon verabschieden, als Grau noch etwas hinzufügt:

»Gibt es schon eine Spur von den Mördern?«

»Keine«, antwortet Melchor. »Und wenn es eine gäbe, dürfte ich es Ihnen nicht sagen.«

»Sagen Sie mir wenigstens, ob es wahr ist, was Radio und Fernsehen erzählen.«

»Was meinen Sie?«

»Dass Señor und Señora Adell erst gefoltert wurden.«

Melchor begreift, dass es keinen Sinn hat, zu lügen oder Unwissenheit vorzuschieben, weder vor dem Alten noch vor sonst jemandem.

»So ungefähr«, antwortet er.

Am anderen Ende tritt bleischweres Schweigen ein, und für einen Moment glaubt Melchor, Grau habe aufgelegt; dann hört er so etwas wie ein Schluchzen, darauf ein Quietschen, wie von einem verschobenen Stuhl.

»Ich verstehe«, sagt der Alte mit harter Stimme, ohne Gefühlsregung. »Gut, kommen Sie morgen zu mir. Ich tue mein Möglichstes, Ihnen zu helfen.«

Melchor legt auf und ruft Salom an, der sofort antwortet.

»Perfekt«, sagt der Caporal, als Melchor ihm von der Verabredung erzählt, die er mit dem Geschäftsführer getroffen hat. »Wir sehen uns am Eingang des Verwaltungsgebäudes morgen um neun.«

»Einverstanden. Wie laufen die Dinge bei euch?«

»Gut. Aber heute Nacht haben wir noch ein Stück Arbeit vor uns.«

Melchor bietet erneut seine Hilfe an, und Salom lehnt wieder ab.

»Geh schlafen«, rät er ihm. »Du musst vor Müdigkeit umfallen.«

»Ich habe eine Siesta gehalten.«

»Egal. Hör auf mich und geh schlafen. Wir sehen uns morgen früh bei Gráficas Adell. Und grüß mir deine Mädchen.«

Melchor bleibt einen Augenblick vor dem eingeschalteten Computer sitzen, reibt sich die erschöpften Augen und lauscht in die erneute Stille im fast verlassenen Revier. Dann schaltet er den Computer und das Licht im Büro aus und grüßt beim Verlassen des Gebäudes den Streifenpolizisten am Eingang, der ihm eine gute Nacht wünscht. Während er durch die spärlich beleuchteten Straßen in Richtung Dorfzentrum geht, fegt immer noch ein stürmischer Wind durch Terra Alta.

4

Monate nach dem Mord an seiner Mutter verkündete Melchor Domingo Vivales in einem Besucherraum des Gefängnisses Quatre Camins, dass er Polizist werden wolle. Die Miene des Anwalts verriet, dass er das für einen Scherz hielt. Er sah Melchor in die Augen: Es war kein Scherz.

»Ich habe mich informiert, es ist möglich«, erklärte Melchor, als er die Verblüffung im Gesicht des Anwalts sah. »Zuerst hole ich die mittlere Reife nach. Das kann ich von hier aus tun. Ich habe mit einer Gefängnisbeamtin gesprochen, und sie will mir helfen. Wenn ich draußen bin, werde ich zwei, drei Jahre warten müssen, bis mein Vorstrafenregister gelöscht ist, aber dann kann ich die Aufnahmeprüfung machen. Die ist nicht schwer. Die bestehe ich.«

Vivales hörte ihm mit aufgerissenen Augen zu.

»Wie findest du das?«, fragte Melchor.

»Gut.« Der Anwalt blinzelte mehrmals. »Hervorragend.«

»Wie schön, denn du musst die Anmeldegebühr für mich bezahlen«, fuhr Melchor fort, der seiner Lethargie der letzten Monate nun mit eiserner Willenskraft zu begegnen schien. »Außerdem brauche ich einen Computer. Was glaubst du, wie lange ich noch sitzen muss?«

»Wenn es wie bisher läuft, eineinhalb Jahre«, überschlug Vivales. »Vielleicht weniger.«

»Sobald ich rauskomme, suche ich mir Arbeit«, versprach Melchor. »Ich zahle dir alles zurück, bis auf den letzten Cent.«

Obwohl sie die erlaubte Besuchszeit bis zum Ende ausnutzten, brachte es Vivales nicht über sich, Melchor zu fragen, warum er diese abwegige Entscheidung getroffen hatte, aber er kannte ihn gut genug, um zu wissen, dass sie unumstößlich war. Und Melchor erwähnte mit keinem Wort *Die Elenden*. Noch in derselben Woche wurde ihm ein Computer in die Zelle gebracht, er schrieb sich in die Sekundarstufe II am IOC ein, dem Institut Obert de Catalunya, und nahm per Internet am Unterricht teil. Überrascht stellte er fest, dass ihm die Fächer gefielen, dass er gerne lernte, dass ihm dieses einsame Studieren gefiel. Er ging nicht mehr in die Lehrwerkstätten, sondern widmete sich ausschließlich seiner neuen Tätigkeit. Nach drei Monaten schrieb er sich mit dem Einverständnis seiner Bezugsbeamtin im Gefängnis und seines Tutors im IOC auch für die dritte Stufe ein, in der Absicht, alle Fächer der Sekundarstufe in einem einzigen Jahr abzuschließen und das Gefängnis mit dem Zeugnis in der Hand zu verlassen. Zum Erstaunen von Vivales, doch nicht seiner Bezugsbeamtin und seines Tutors, gelang es ihm. Er bekam die Noten am Abend vor seinem einundzwanzigsten Geburtstag. Am nächsten Morgen besuchte ihn Vivales.

»Deine Mutter wäre stolz auf dich«, sagte er.

Melchors Lippen verzogen sich zu einem winzigen Lächeln.

»Meine Mutter ist tot«, entgegnete er. »Und ich werde die Scheißkerle finden, die sie umgebracht haben.«

Die letzten Monate im Gefängnis verbrachte er damit, Romane aus dem 19. Jahrhundert zu lesen und erbittert Sport zu treiben. Vivales kam oft. Nach dem Tod der Mutter war er der einzige Besucher. Obwohl sie sich so häufig sahen, wusste Melchor fast nichts über den Anwalt, denn der sprach selten über sich, und Melchor fragte nicht nach. Er wusste nur, dass er Strafrechtler war und den Ruf hatte, ein gerissener Hund zu sein (erst spät erfuhr er, dass er gar nicht Vivales, sondern Perales hieß, denn gewieft, wie er war, nannte ihn alle Welt Vivales, und so unterschrieb er auch oft, was seinen juristischen Kniffen manchmal zuträglich war). Melchor wusste auch, dass er im Viertel Eixample wohnte, in der Carrer de Mallorca Ecke Cartagena, dass er gern Havannas rauchte und irischen Whiskey trank, dass er dreimal geschieden war und, soweit bekannt, keine Kinder hatte. Melchor war dankbar für seine bewährte Effizienz, für seine bewährte Gewohnheit, nur das zu versprechen, was er auch erfüllen konnte, aber ihn ärgerte, dass Vivales sich gern in seine Angelegenheiten mischte, und immer noch war da dieser verstörende Zweifel, in welchem Verhältnis er zu seiner Mutter gestanden hatte. Er wusste nicht, ob er zu ihren Kunden gehört hatte, wollte sich nicht vorstellen, dass er ihr Liebhaber gewesen war, wusste nicht mit Sicherheit, ob sie ihn für die Übernahme seiner Verteidigung bezahlt hatte (obwohl er auch das Gegenteil nicht mit Sicherheit wusste), und er begriff nicht, warum er ihn nach ihrem Tod immer noch als Anwalt vertrat und ihn so oft besuchte. Eines Tages fragte ihn Melchor bei einem der klaustrophobischen Gespräche im Besucherraum ganz rundherau danach.

»Willst du die Wahrheit wissen, oder ist dir eine Lüge lieber?«, fragte Vivales. »Ich warne dich, die Wahrheit wird dir nicht gefallen.«

Melchor bereute seine Unvorsichtigkeit sofort, hatte aber nicht den Mut zu einem Rückzieher oder wusste nicht, wie er ihn bewerkstelligen sollte. Während er eine kalte Faust im Magen spürte, log er: Er ziehe die Wahrheit vor. Vivales sah ihn mit Verachtung an, gefärbt von tiefem Mitleid.

»Weil du ein Hungerleider bist, Melchor«, antwortete er. »Und wenn ich dir nicht unter die Arme greife, wer sonst?«

Kurz nachdem er ihm diese unbestreitbare Wahrheit ohne Betäubung verabreicht hatte – was Melchor für einen Beweis seiner Aufrichtigkeit nahm, nicht als einen Versuch, ihn zu verletzen –, gelang es Vivales, ihn nach Barcelona ins Gefängnis Modelo im Stadtzentrum verlegen zu lassen, wo er in den Genuss des dritten Haftgrads kam, das heißt, er musste nur noch im Gefängnis schlafen. Ebenso beschaffte er ihm Arbeit in einem Copyshop in der Carrer Riera de Sant Miquel im Viertel Gràcia. Von da an verließ Melchor morgens das Gefängnis und kehrte abends zurück, nachdem er den ganzen Tag über fotokopiert hatte. Dieser Zustand relativer Freiheit währte nur kurz. Wegen guter Führung gab ihm der Bewährungsrichter die vollständige Freiheit.

An dem Tag, an dem er das Gefängnis verließ, erwartete ihn Vivales am Tor in der Carrer d'Entença, er lehnte an der Hauswand gegenüber und rauchte eine Partagás Serie D No. 4. Er kam frisch vom Friseur, hatte einen Trenchcoat über dem Arm und trug einen sauberen Anzug ohne Knitterfalten, ein blitzend neues Hemd und eine Krawatte mit einwandfrei gebundenem, fest sitzendem Knoten.

»Soll ich dich nach Hause bringen?«, fragte er mit triumphierendem Lächeln. Melchor stellte seine Tasche auf die Erde und drückte ihm die Hand. »Ich habe ein Willkommensgeschenk für dich«, fügte er hinzu.

In Vivales' Wagen durchquerten sie schweigend Barcelona, und Melchor kostete die ersten Minuten seiner unbeschränkten Freiheit aus. Das Viertel Sant Roc in Badalona hatte sich während seiner Abwesenheit kaum verändert, auch nicht die Straße und das Mietshaus, in dem sich seine Wohnung befand. Die jedoch schien eine andere zu sein, wie Melchor zumindest dachte, als er mit einem Knoten in der Kehle durch die Zimmer ging, in denen drei Gespenster wohnten, seine tote Mutter, seine vaterlose Kindheit und seine wilde Jugend, und entdeckte, dass Vivales neue Möbel gekauft, die Wände hatte streichen lassen und den Kühlschrank gefüllt hatte.

Als Melchor mit der Besichtigung fertig war, wies er in die Runde, auf die hergerichteten Zimmer, bereit, von ihm bewohnt zu werden.

»Das ist das Geschenk?«, fragte er.

Statt einer Antwort zog Vivales ein zusammengefaltetes Blatt Papier aus dem Sakko und gab es ihm. Melchor entfaltete und las es.

»Das ist die Bescheinigung, dass dein Vorstrafenregister gelöscht ist«, erklärte der Winkeladvokat. »Du bist sauber.«

Verwirrt blickte Melchor auf. Vivales zog an seiner Partagás und stieß eine dichte Rauchwolke aus. Melchor sah wieder auf das Papier. Dieses Dokument bedeutete, dass er nicht mehr die gesetzlich vorgeschriebenen drei Jahre nach Haftentlassung warten musste, bevor er sich um einen Platz bei der Polizei bewerben konnte. Er sah wieder Vivales an.

»Ist das echt?«, fragte er.

»Aber natürlich«, entgegnete Vivales. »Und ich bin der heilige José Calasanz, verdammt. Aber keine Sorge, alles ist unter Kontrolle. Niemand wird herausfinden, dass es eine Fälschung ist. Außerdem ist deine Akte aus den Polizeiarchiven verschwunden. Für die Polizei ist es so, als wärst du nie im Gefängnis gewesen.«

Immer noch verblüfft, schwenkte Melchor das Dokument:

»Woher ...?«

Vivales ließ ihn nicht ausreden.

»Noch etwas«, fuhr er fort. »Die katalanische Regionalregierung hat gerade dreißig Polizistenstellen bei ihren Mossos d'Esquadra ausgeschrieben. Die Prüfungen sind in drei Monaten. An deiner Stelle würde ich schon mal mit dem Büffeln anfangen.«

Melchor starrte Vivales immer noch an und wusste

nicht, was sagen. Der Anwalt zog wieder an der Partagás und stieß den Rauch aus.

»Gut, ich glaube, das ist alles, Junge«, sagte er. »Willkommen in der Freiheit.«

Als Melchor allein zurückblieb, fragte er sich zum ersten Mal im Leben, ob Vivales nicht doch sein Vater war.

Während der folgenden drei Monate bereitete er sich auf die Aufnahmeprüfungen am Institut de Seguretat Pública vor, der Polizeischule. Er vertiefte sich in die Grundgesetze, die Verkehrsvorschriften, ins Bürgerliche Gesetzbuch und ins Strafgesetzbuch, ins Statut von Katalonien und in die spanische Verfassung. Und tat Dinge, die er nie zuvor getan hatte, las etwa täglich Zeitung, weil man ihm gesagt hatte, dass die Prüfungen auch Fragen über aktuelle Nachrichten enthalten konnten. Er bestand ohne Glanz, wurde zugelassen und nahm neun Monate am Unterricht am Sitz der Polizeischule in Mollet del Vallès teil, außerhalb von Barcelona. Viele seiner Kameraden kamen von weit her und lebten im Wohnheim der Schule oder teilten sich eine Wohnung in der Gegend. Er kam jedoch von zu Hause, nur eine gute halbe Stunde mit dem Auto. Der tägliche Unterricht zwang ihn, die Stelle im Copyshop aufzugeben, aber bald fand er eine Stelle in einem Club in Badalona mit Namen *Scorpio's*, wo er vier Nächte in der Woche als Türsteher arbeitete. Er schlief wenig, doch der Unterricht gefiel ihm sehr. Er lernte in seiner knappen Freizeit. Da die meisten Schüler jünger waren und es für ihn kaum freie Momente gab, die er mit ihnen hätte verbringen können, aber auch, weil er schon immer zurückhaltend gewesen war, schloss Melchor in der Polizeischule keine Freundschaften. Er stach auch nicht hervor, höchstens durch seinen eleganten Schreibstil und sein Geschick bei den Schießübungen. Nach der ersten dieser Übungen sprach ihn der Ausbilder an:

»Wo hast du schießen gelernt?«, fragte er.

»Irgendwo.«

»Bist du Jäger?«

»So ungefähr.«

»Worauf willst du dich spezialisieren?«

»Auf die Ermittlung.«

»Wenn du magst, kann ich dich dem GEI empfehlen, dem Spezialeinsatzkommando. Das ist zwar nicht ungefährlich, aber dir wird nicht langweilig werden. Und es ist gut bezahlt.«

Melchor erwog das Angebot nicht einmal.

»Danke. Ich will lieber Ermittler werden.«

Neun Monate später wiederholte der Schießlehrer während der Abschlussfeier am Ende der Ausbildung noch einmal seinen Vorschlag und Melchor seine Ablehnung.

»Du musst es ja wissen, Marín«, sagte der Ausbilder bedauernd. »Aber hör auf mich und vernachlässige mir nicht deine Treffsicherheit. Die ist ein Goldschatz.«

Kurz darauf fing Melchor mit der praktischen Ausbildung als Streifenpolizist in Cornellà de Llobregat an, einer weiteren Arbeitervorstadt von Barcelona. Das Revier befand sich in der Carrer de la Travessera, in der Nähe der Carretera de Esplugues, und der Kollege, der ihn bei seinen ersten beruflichen Schritten führen und beraten sollte, war ein alter Polizist der Guardia Civil, der nun Mosso d'Esquadra war. Er hieß Vicente Bigara, war dreißig Jahre älter als Melchor, glaubte nicht an seinen Beruf und setzte sich über die Vorschriften hinweg; außerdem trank er, ging zu den Huren und rauchte wie ein Schlot.

»Leben und leben lassen« lautete sein Wahlspruch, den er beim geringsten Anlass wiederholte und nicht nur strikt auf seine Vorgesetzten und Kollegen anwandte, sondern vor allem auf die Delinquenten. »Wenn du denen nicht auf die Eier gehst«, sagte er Melchor am ersten Tag, »gehen sie dir nicht auf deine. Wenn doch, ein paar Ohrfeigen und ab ins Loch. Kapiert?«

Melchor sagte zu allem ja. Bigara schüttete sich aus vor Lachen über die brave Gesetzestreue Melchors, den er nie bei seinem Namen nannte. Für ihn war er der »Frischling«. Obwohl sie grundverschieden waren (oder gerade deswegen), verstanden sie sich hervorragend, gaben beruflich ein gutes Paar ab und hatten nie Probleme miteinander. Deshalb ärgerte sich Melchor, dass er nach der praktischen Ausbildung nicht in Cornellà bleiben durfte, sondern nach Nou Barris versetzt wurde, ein Einwandererviertel im Norden Barcelonas. Den Verdruss kompensierte er dadurch, dass er sich bei nächster Gelegenheit um eine Ermittlerstelle bewarb. Er bestand das Auswahlverfahren ohne Probleme und ging wieder drei Monate lang auf die Polizeischule. Diesmal nutzte er die Zeit gründlich, versuchte, so viel zu lernen wie nur möglich, und kaum war der Kurs zu Ende, traf er sich mit Bigara und sagte, er wolle ihn um einen Gefallen bitten.

»Immer raus damit«, sagte der alte Polizist.

»Du hast doch Freunde im Revier Sant Andreu.«

»Ich habe überall Freunde, Kleiner.«

»Du sollst mir die Kopie einer Akte beschaffen. Ein Mord, begangen vor vier Jahren in Sant Andreu.«

»Und warum fragst du nicht deine Vorgesetzten?«

»Weil das nicht geht. Niemand darf davon wissen, schon gar nicht meine Vorgesetzten. Ich will auf eigene Faust in dem Fall ermitteln.«

Bigara musterte ihn durch den Rauch seiner Zigarette. Sie saßen an einer Theke im *Bacarrà*, einem Stripteaselokal, das der alte Polizist oft besuchte, in der Nähe von Turó Parc. Bigara trank Whisky, Melchor Cola. Sie hatten einander gerade auf den neusten Stand gebracht, und Bigara hatte ihm zu seinem Aufstieg zum Ermittler gratuliert. Deshalb fragte er:

»Ist dir der Erfolg zu Kopf gestiegen, oder was?«

Da tat Melchor mit Bigara, was er mit niemandem sonst getan hatte: Er erzählte ihm von der Ermordung seiner Mutter, erzählte ihm, wo, wie und wann es passiert war, und sagte, dass es sich um die Akte dieses Falls handelte. Als Melchor zu Ende gesprochen hatte, drehte sich der alte Polizist auf dem Barhocker und betrachtete wortlos die Mädchen, die nackt oder halbnackt auf einem breiten Laufsteg im Scheinwerferlicht tanzten. Ein paar Sekunden lang schien er höchst aufmerksam ihren Verrenkungen zu folgen, dann drehte er sich wieder zur Theke, kippte den Whisky runter und bestellte noch einen.

»Zähl auf mich«, sagte er.

Eine Woche später verabredeten sie sich im selben Lokal, und Bigara überreichte ihm eine Mappe, die fünf ausgedruckte Blätter mit dem Stempel des Reviers von Sant Andreu enthielt.

»Sie haben sich nicht gerade überarbeitet«, bemerkte er, das Whiskyglas in der Hand, während Melchor begierig in der Akte blätterte; er fügte hinzu: »Was willst du tun?«

»Die Mörder meiner Mutter finden«, entgegnete Melchor, ohne ihn anzusehen.

»Und dann?«

»Dann sehen wir weiter.«

Der alte Polizist nickte, die Unterlippe über die Oberlippe geschoben, das Whiskyglas thronte auf dem Hügel seines Wanstes. Er war weniger beleibt als aufgeblasen, und im rot-blauen Stroboskoplicht bekamen sein weißes Gesicht und sein päpstliches Doppelkinn den melancholischen Anstrich eines Froschlurchs.

»Sei vorsichtig, Frischling«, empfahl er ihm.

Von da an ermittelte Melchor insgeheim im Mord an seiner Mutter. Er tat es in seiner Freizeit, hinter dem Rücken der Kollegen und Vorgesetzten, im Wissen, dass eine Ermittlung in einem Fall, der ihm nicht zugeteilt worden war und zudem ein Familienmitglied betraf, einen Verstoß darstellte. (»Aufgepasst, Kleiner«, hatte ihn Bigara mehrmals gewarnt. »Wenn sie dich erwischen, setzt es eine Mordsstrafe.«) Die Akte, die ihm Bigara verschafft hatte, enthielt den Bericht des Gerichtsmediziners, und Melchors erster Gedanke beim Lesen war, dass ihn Vivales damals im Gefängnis Quatre Camins nach dem Tod seiner Mutter durchweg getäuscht, die Tatsachen abgemildert hatte. Denn obwohl im Bericht stand, seine Mutter sei an einem kraniozerebralen Trauma gestorben, wie Vivales gesagt hatte, stand darin auch etwas, was er ihm unterschlagen hatte, nämlich dass der Tod erst eingetreten war, nachdem man sie mehrmals vergewaltigt hatte, anal und vaginal, mit Verletzungen an beiden Körperöffnungen. Abgesehen von dem erwähnten Bericht enthielt die Akte bloß drei Zeugenaussagen, mehr nicht, und Melchor wunderte sich, dass diese wenigen windigen Fakten Vivales Jahre zuvor Stoff für all die Gespräche im Besucherraum geboten und ihn selbst so viele unbegründete Hoffnungen hatten schöpfen lassen.

Nachdem er die Akte gelesen hatte, sprach Melchor mit dem Gerichtsmediziner und den drei erwähnten Zeugen. Der Gerichtsmediziner hatte den Fall vergessen, erinnerte sich aber beim Lesen seines Berichts wieder an ihn und konnte bloß hinzufügen, dass es sich um einen offenkundigen Fall exzessiver Grausamkeit gegenüber dem Opfer gehandelt hatte. Die besagten Zeugen waren zwei Prostituierte und ein Zuhälter und wiederholten alle drei exakt die Aussagen aus der alten Akte, und Melchor begriff, dass ihre Erinnerung eingefroren war und sie nicht das erzählten, woran sie sich erinnerten, sondern das, was sie damals erzählt hatten. Dennoch steuerten die beiden Frauen eine entscheidende Information bei, die zu Melchors Verblüffung nicht in der Akte stand: Die Prostituierte, die bei seiner Mutter gewesen war, als sie mit ihrem letzten Klienten verhandelt hatte, hieß Carmen Lucas.

Diese neue Erkenntnis änderte alles. Seitdem widmete sich Melchor in seiner freien Zeit ausschließlich der Suche nach Carmen Lucas, überzeugt, dass diese Frau etwas Wichtiges über den Tod seiner Mutter wusste und ebendarum nach dem Mord von der Bildfläche verschwunden war.

Er fand nicht die geringste Spur von ihr in den Polizeiarchiven, auch nicht im Internet, wollte aber nach den ersten Rückschlägen nicht aufgeben, redete mit allen Prostituierten, die zu Lebzeiten seiner Mutter rund um das Barça-Stadion angeschafft hatten, mit allen Zuhältern und Inhabern von Animierlokalen, mit allen Frauen, die damals von der Prostitution oder in ihrem Umfeld gelebt hatten, letztlich mit allen Bewohnern des nachtschwärmenden Barcelonas, eingeschlossen der Polizistenkollegen, die in Beziehung zu seiner Mutter hätten stehen und eine Vorstellung davon haben können, wo sich Carmen Lucas befand.

Während er sich in dieses unmögliche Unterfangen stürzte, ging er ab und an mit Vivales essen, der von seinen fieberhaften Nachforschungen wusste und den er immer wieder um Hilfe und Informationen bat, obwohl sich der Anwalt rundweg geweigert hatte, das aufgelaufene Verteidigerhonorar von ihm anzunehmen oder das Geld, das er ihm geliehen hatte, bis er finanziell auf eigenen Beinen stand. Im Revier Nou Barris erwarb er sich allmählich den paradoxen Ruf des intellektuellen Schlägers. Bei seinen Kollegen war er für dreierlei bekannt: für sein Talent, klare Berichte zu verfassen, knapp und präzise, und für sein

Geschick bei den Vernehmungen, da er sogar Verhaftete mürbe machte, die gegen ein erleichterndes Geständnis gewappnet zu sein schienen (»Das ist kein Geschick«, widersprach Melchor, »man muss sich bloß in sie hineinversetzen.«). Über den dritten Punkt wurde nicht geredet, niemand beglückwünschte ihn dazu, sondern alle sahen darüber hinweg, angefangen bei seinen direkten Vorgesetzten. Sie alle wussten, dass nach jeder Anzeige wegen Misshandlung, die eine Frau auf dem Revier machte, der Täter Prügel bekam, und alle wussten, obwohl der misshandelte Misshandler niemals Anzeige erstattete, dass Melchor dafür verantwortlich war.

An einem Freitag frühmorgens, er war gerade nach Hause gekommen, nachdem er sich die ganze Nacht über vergebens in mehreren Nachtclubs in Gavà nach Carmen Lucas erkundigt hatte, erhielt er einen Anruf, man habe Vicente Bigaras Leichnam im *Night Club Montcada* gefunden, am anderen Ende der Stadt. Als Melchor dort eintraf, standen zwei Streifenwagen vor dem Eingang, alle Lichter im Lokal waren eingeschaltet, die Musik verstummt, und eine Gruppe Mädchen flüsterte neben der verwaisten Theke miteinander. Bigaras Körper befand sich in einem der Zimmer, er lag rücklings in verrenkter Haltung auf dem zerwühlten Bett, Mund und Augen noch geöffnet, das Geschlecht entblößt. Im Gang und im Zimmer standen mehrere Personen, darunter ein sehr junges Mädchen, das im Arm einer Frau vor sich hin weinte, drei Streifenpolizisten und der Gerichtsmediziner, der den Leichnam untersuchte.

»Herzriss«, befand der Arzt, nachdem er fertig war. »Zu viele Jahre, zu viel Koks und zu viel Whisky.«

Melchor blieb im Zimmer, bis der Untersuchungsrichter den Leichnam freigab, er konnte den leblosen Körper des alten Polizisten nicht allein lassen, und am nächsten Tag begriff er, warum man ausgerechnet ihn angerufen hatte, als Bigara gestorben war: In der Leichenhalle tauchten weder seine Frau, von der er seit langem getrennt lebte, noch seine Kinder auf, die niemand hatte lokalisieren können, da der Kontakt zwischen ihnen abgebrochen war. Melchor begriff also, hätte nicht er sich um die bürokratischen Umstände des Todes gekümmert, hätte es niemand getan. Es gab keine Beerdigung, die diesen Namen verdient hatte, und bei der Einäscherung waren außer Melchor nur drei Polizisten in Zivil dabei, einer davon war im Bus aus Medinaceli gekommen, in der Provinz Soria, gerade noch rechtzeitig, um an dieser Farce einer Totenfeier teilzunehmen und Melchor zu fragen, woran sein Freund gestorben war. Als Melchor die Diagnose des Gerichtsmediziners wiederholte, samt dem Trio an Exzessen, die das Herz des Polizisten zum Stillstand gebracht hatten, sagte der Kollege aus Soria die einzigen Worte, die Melchor von diesen Stunden in Erinnerung bleiben sollten.

»Ja«, sagte er. »Und zu viel Einsamkeit.«

Kurz nach Vicente Bigaras Tod erhielt Melchor im Revier Besuch von einem Sargento der Innenrevision, einer dieser Menschen, deren Alter man sofort schätzen kann, groß, blass und mit länglichem Gesicht, der sich als Isaías Cabrera vorstellte und Melchor fragte, ob sie sich irgendwohin zurückziehen und unter vier Augen sprechen könnten. Sie standen im Büro der Ermittlungsgruppe, von Polizisten umgeben, die sofort verstanden oder vermuteten, wer der Eindringling war, allerdings nicht, was er dort wollte. Melchor brachte ihn in einen Vernehmungsraum, und als sie sich einander gegenübergesetzt hatten, zwischen ihnen der Tisch, redete der Sargento erst um den heißen Brei herum. Melchor hörte eine Weile zu, unterbrach ihn dann und fragte, was er wolle. Cabrera lächelte unbehaglich. Als müsste er über die Antwort nachdenken oder als suchte er sie in der Luft, ließ der Sargento den Blick über den spartanisch eingerichteten Raum mit den nackten Wänden wandern, nur mit einem Tisch und drei Stühlen möbliert; vom Boden stieg leichter Ammoniakgeruch auf.

»Wir haben Hinweise über dich erhalten«, erklärte Cabrera, die Hände im Schoß, unsichtbar für Melchor. »Was man sich so erzählt.«

»Ach ja?«, fragte Melchor. »Und was erzählt man sich so?«

»Zum Beispiel, dass du umhergehst und dich nach Dingen erkundigst, für die du nicht zuständig bist.« Cabrera machte eine Pause und fügte hinzu: »Aber das stimmt doch nicht, oder?«

Melchor hielt seinem Blick einen Augenblick stand. Der Sargento hatte helle, eng zusammenstehende Augen, forschend.

»Nein«, log er.

»Selbstverständlich nicht«, sagte Cabrera mit erleichterter Miene. »Darauf hätte ich gewettet. Denn wenn es stimmen würde, wäre das schwerwiegend. Das weißt du, nicht wahr?«

Melchor nickte.

»So schwerwiegend, dass wir eine Akte anlegen müssten«, fuhr Cabrera fort. »Und wenn so eine Akte angelegt wird, weiß man nie, auf was man alles stößt. Ich spreche aus eigener Erfahrung. Die Vergangenheit steckt voller Überraschungen. Du verstehst, was ich meine, nicht wahr?«

Eine Art Trägheit ließ Melchor wieder nicken. Schließlich setzte Cabrera erneut ein Lächeln auf, nahm die Hände aus dem Schoß und zeigte ihm die Handteller.

»Prima«, sagte er. »Ich freue mich, dass wir uns so gut verstehen. Ich will ehrlich sein: Ich wünschte, es wäre mit allen so.«

Offensichtlich befriedigt, stand der Sargento auf, gab ihm die Hand und verabschiedete sich, doch bevor er den Raum verließ, verharrte er eine Sekunde vor der geöffneten Tür, schloss sie dann und drehte sich zu Melchor um.

»Apropos Vergangenheit«, sagte er. Wieder hatte sich seine Miene verändert: Jetzt zeigte sie Ärger, fast Schmerz. »Du warst ein paar Jahre im Gefängnis, nicht wahr?«

Melchor blieb sitzen, bleischwer, als hätte man ihm den Boden unter den Füßen weggezogen, als fiele er gleich ins Leere. Cabrera lächelte wieder, zum ersten Mal wirkte sein Lächeln aufrichtig.

»Zieh nicht so ein Gesicht, Mann«, verlangte er vergnügt. »Das Vorstrafenregister, mit dem du dich für die Prüfungen an der Polizeischule eingeschrieben hast, war eine Fälschung. Eine gute Fälschung, zugegeben. Aber eine Fälschung. Deine Akte ist aus unseren Archiven verschwunden, aber nicht aus denen des Gerichts. Da ist sie immer noch. Hast du nicht gewusst, was?«

Cabrera forschte erfolglos nach einer Reaktion Melchors; in seinen Augen lag mehr Neugier als Vorwurf. Es lag auf der Hand, dass er sich jetzt in seinem Element fühlte.

»Siehst du, die Vergangenheit ist doch immer für Überraschungen gut«, sagte er, bevor er den Tonfall änderte. »Aber mach dir keine Sorgen. Was hältst du davon, wenn wir das geheim halten? Wir beide, meine ich.«

Melchor erwog das Angebot ein paar Sekunden. Er war nicht aufgestanden, sah Cabrera also von unten an, ohne sein Misstrauen zu verbergen.

»Im Tausch gegen was?«, fragte er.

Diesmal lachte Cabrera offen heraus.

»Sei nicht so misstrauisch, Mann«, entgegnete er, öffnete wieder die Tür und erklärte die Diskussion für beendet. »Im Tausch gegen nichts.«

Nachdem Cabrera fort war, blieb Melchor noch ein paar Minuten im Vernehmungsraum. Er fühlte sich überrumpelt, beunruhigt. Es überraschte ihn nicht, dass man ihn denunziert hatte, weil er auf eigene Faust und eigenes Risiko die Verantwortlichen für den Tod seiner Mutter suchte. Letztlich hatte er mit allzu vielen Leuten gesprochen, als dass seine Nachforschungen nicht an die falschen Ohren gelangt wären. Ihn überraschte jedoch, dass sie von seiner Haft wussten und vom gefälschten Vorstrafenregister für die Prüfungen an der Polizeischule. Wie hatten sie das herausgefunden? Wer hatte es ihnen gesagt? Denn er hatte es niemandem erzählt, und Kenntnis davon hatten seines Wissens nur Vivales und wer immer ihm geholfen hatte, das Dokument zu fälschen. Oder hatten sie es durch Zufall erfahren? Seine Unruhe hatte nicht so sehr mit der Akte zu tun, die sie über ihn anlegen würden, und mit den möglichen Konsequenzen, sondern mit der Gewissheit, dass seine Zukunft von nun an davon abhing, ob die Innenrevision Schweigen über diesen Betrug wahrte, mit dem er auf die Polizeischule gelangt war. Denn falls der anfängliche Betrug ans Licht kam, das lag ebenso auf der Hand, würde man ihn unverzüglich aus dem Polizeikorps werfen. Aus beidem folgte, dass er nun von den Launen der Innenrevision abhing – oder vielmehr von denen dieses unheilvollen Individuums, das ihm gerade indirekt gedroht hatte – und dass ihn das in eine heikle, unbequeme Lage brachte, vor allem, wenn er weiter im Mord an seiner Mutter ermitteln wollte.

Beim nächsten allwöchentlichen Mittagessen mit Vivales erzählte Melchor ihm von Cabreras Besuch, und auch der Anwalt konnte sich nicht vorstellen, wie oder durch wen dieser vor Jahren ausgeheckte Betrug, durch den Melchor sofort in den Polizeidienst eintreten konnte, durchgesickert war, doch er ermahnte ihn, wenigstens eine Zeitlang keinen Millimeter von seinen beruflichen Pflichten abzuweichen, keine weiteren Nachforschungen anzustellen, für die er nicht zuständig sei, und abzuwarten. Melchor folgte seinem Rat, jedoch bei weitem nicht so lange, wie Vivales ihm empfohlen hatte, und nach eineinhalb Monaten ohne Nachricht von Cabrera oder der Innenrevision machte er sich wieder an seine Ermittlungen auf gut Glück.

Vivales hatte ihn von Anfang an davon abbringen wollen, den Mördern seiner Mutter nachzuspüren, denn er hielt es für Zeitverschwendung, aus der eine selbstzerstörerische Obsession werden konnte. Aber Melchor gab die Hoffnung nie auf, dennoch dachte er in mehr als einer Nacht – während er durch Bars und Diskotheken irrte, durch Massagesalons, Bordelle, Callgirlclubs und Tanzbars, all die Straßen, Kreuzungen, Landstraßen und Feldwege abging, die Prostituierte jeder Art und Kategorie säumten, und dabei manchmal mit Leuten sprach, die sich an seine Mutter erinnerten, aber nie mit jemandem, der von Carmen Lucas gehört hatte –, dass die Redewendung »eine Nadel im Heuhaufen suchen« eigens für ihn geprägt worden war und er nur eine Spur von dieser ungreifbaren Frau finden würde, wenn ihm der Zufall ein kleines Wunder schenkte.

Schließlich machte er ihm das Geschenk, so dachte Melchor zumindest.

Es war Mitte August 2017, zwei Tage fehlten Melchor noch bis zu einer freien Woche. An dem Nachmittag entschloss er sich zu einer Runde beim Montjuïc-Friedhof, wo es täglich von drei, vier Dutzend Prostituierten wimmelte. Der Friedhof lag an einem Berghang im Osten der Stadt, mit Blick aufs Meer, war weit entfernt von Nou Barris, doch Melchor kannte den Ort aus den nostalgischen Erzählungen der Dealer, die damals, zu seiner Zeit beim kolumbianischen Kartell, davon geschwärmt hatten, dass dort Anfang des Jahrtausends, in den letzten billigen Häusern der Zona Franca, der größte Drogensupermarkt Spaniens, vielleicht Europas gewesen war. Tatsächlich waren die Prostituierten, die es noch rund um den Friedhof gab, alle oder fast alle rauschgiftsüchtig, sie waren die letzten Überbleibsel jener Dealer-Hochburg und die elendsten: Dort gab es zu jeder Tageszeit eine Fellatio für vier, fünf Euro, für zwei Zigaretten, für ein paar Züge an einem Koka-Joint.

Melchor hielt bei der ersten Frau, die er auf dem Weg hinauf zum Friedhof sah, und befragte sie, ohne den Wagen zu verlassen. Die Frau schob mehr als den halben Körper durch das offene Fenster, und nachdem sie ihm allerlei sexuelle Angebote gemacht und sich damit abgefunden hatte, dass er keines annehmen würde, zog sie ihn wieder heraus. Melchor hielt es für das Beste auszusteigen, und ehe er sich's versah, war er umringt von einem aufgeregten bunten Haufen Frauen, die schrien und halbnackt ihre unerwünschten Körper zur Schau stellten, mit Lumpen und Glasperlen geschmückt, ausgelaugt, massakriert, Trophäen eines verlorenen Krieges. Während der Chor auf ihn einredete und ebenso aufeinander, sah Melchor eine Frau mit ihrem Kunden eine kleine Böschung herunterkommen, die zu den Gleisen führte, über die Waren von der Zona Franca zum Hafen transportiert wurden. Der Mann lief mit gesenktem Kopf hastig zu seinem Wagen, sie jedoch ging, als sie die Straße erreichte, auf die Gruppe zu und fragte:

»Was ist mit Carmen Lucas?«

Sie war unbestreitbar dick, hatte schwarze Augen und schwarzes Haar, trug eine große Hornbrille, große Anker als Ohrringe, und ein Medaillon klemmte im Spalt zwischen den Brüsten. Die ganze Gruppe drehte sich zu ihr, während Melchor mit aufwallender Freude spürte, dass er gerade die sprichwörtliche Nadel gefunden hatte.

»Kennst du sie?«, fragte eine der Frauen, allem Anschein nach eine Transsexuelle.

»Der hübsche Kerl hier sucht sie«, sagte eine andere mit starkem andalusischen Akzent. Sie war die Jüngste und trug kaum mehr als Schuhe mit schwindelerregendem Absatz und eine Fahrradhose.

Die Frau erreichte die Gruppe und musterte Melchor.

»Was bist du für einer, Kleiner«, fragte sie. »Polyp?«

Melchor gab es zu, erklärte jedoch gleich, dass er Carmen Lucas nicht aus beruflichen Gründen suche, sondern aus persönlichen, sie sei eine Freundin seiner Mutter.

»Kennst du sie?«, fragte er.

Die Frauen blieben unbeeindruckt davon, dass Melchor Polizist war, hatten es wohl von Anfang an gewusst oder vermutet.

»Ich habe sie gekannt«, antwortete die Frau. »Habe sie aber eine Ewigkeit schon nicht gesehen. Niñata wurde sie genannt.«

»Weißt du, wo ich sie finden kann? Hast du eine Adresse, eine Telefonnummer?«

Die Frau musterte ihn immer noch zögerlich, und ohne die Phantasie bemühen zu müssen, ahnte Melchor, dass dieses verheerte Bündel Fleisch früher einmal ein schönes Geschöpf gewesen war.

»Ich weiß es nicht«, sagte die Frau. »Aber wenn du willst, blas ich dir einen, dass du die Sterne siehst, Kleiner.«

Das Angebot entfesselte neuen Aufruhr, neue Angebote, Schreie, Beleidigungen, Gelächter und Geschubse, so dass Melchor einen Moment lang den Eindruck hatte, ungewollt in einen Familienstreit geraten zu sein, eine eingeschlechtliche Familie, unglückselig und von blindwütiger Exzentrik (ihm jedoch nicht fremd). Er wollte der Frau seine Fragen wiederholen, als diese auf einmal ihren Arbeitstag für beendet erklärte und Melchor fragte, ob er sie nach Hause fahre.

Die Frau, die sich als Sara vorstellte, wies ihn an, Richtung Carrer Parlament zu fahren, und erzählte Melchor auf dem Weg dorthin unaufgefordert, sie arbeite seit fünf Jahren am Friedhofshang, vorher sei sie beim Barça-Stadion gewesen und in den Gassen des Raval, sie nehme täglich zwei Busse, um in den frühen Morgenstunden dort zu sein, und zwei weitere, um am Abend zurückzukehren, sie erzählte, sie sei von Crack abhängig gewesen, nehme aber seit langem schon keine Drogen mehr, erzählte von einer Stiftung, die Drogenabhängigen helfe und bei der sie sich jede Woche mit Kondomen versorge, Gesundheitschecks absolviere und mit den Sozialarbeitern plaudere.

»Park da drüben.« In der Paral·lel deutete sie auf eine Lücke am Gehweg, aus der gerade ein Auto fuhr. »Ich wohne gleich da.«

Er parkte und ging hinter ihr her, ohne Fragen zu stellen. Sie stiegen eine stinkende, dunkle Treppe in einem alten Haus hinauf, und Melchor war überrascht von der Sauberkeit und Ordnung, die in Saras Zimmer herrschte, das sie im dritten Stock gemietet hatte, ein Zimmer ohne Bad, aber mit Küche und Fenster und Balkon auf die Straße. Melchor wusste nicht, warum sie ihn mitgenommen hatte, doch er ahnte es, als sie in der Ecke neben dem ordentlich gemachten Bett in einem Stapel mit Papieren wühlte. Durch die offene Balkontür drangen das Abendlicht und der Straßenlärm.

»Hier ist er«, sagte Sara schließlich und schwenkte einen Umschlag. »Ich wusste, dass ich ihn hatte.«

Sie zog einen Brief aus dem Umschlag, las ihn und nickte zustimmend.

»Natürlich, sie hat geschrieben, weil sie mir Geld geschickt hat, das sie mir schuldete«, sagte sie. Sie gab Melchor den Umschlag und fügte hinzu, im Blick eine Art Klassenstolz: »So war Carmen.«

Melchor nahm den Umschlag. Bereits ohne Erstaunen stellte er fest, dass die Absenderin tatsächlich Carmen Lucas war, ihre Adresse Calle la Vereda, 95, El Llano de Molina.

»Kannst du damit etwas anfangen?«, fragte Sara.

Melchor nickte. Er wog den Umschlag in der Hand wie einen Schatz. Er merkte sich die Adresse und gab Sara den Umschlag zurück. Dann zog er sein Portemonnaie hervor und gab ihr zwanzig Euro. Die Frau wies sie nicht zurück.

»Bist du sicher, dass ich dir keinen blasen soll, Kleiner?«, fragte sie mit mütterlichem Lächeln. »Wenn du nicht zufrieden bist, bekommst du dein Geld zurück.«

El Llano de Molina ist eine kleine Gemeinde bei Molina de Segura, das fünfzehn Kilometer von Murcia entfernt ist und sechs Stunden Fahrt von Barcelona. Melchor fuhr fast die ganze Strecke auf der Mittelmeerautobahn, ließ Tarragona, Castellón und Valencia hinter sich und drang in eine immer kargere Landschaft vor, je weiter er Richtung Süden vorankam. Nicht weit von Molina de Segura entfernt verließ er die Autobahn, und je mehr er sich der Stadt näherte, desto üppiger war das Grün der Gemüsegärten, bewässert vom Río Segura. Melchor traf abends um halb sieben ein, als die Augustsonne noch eine Feuerkugel am Himmel war, fand sofort den Abzweig nach El Llano, und nachdem er ein paar Minuten durch das Dorf gefahren war, verlassene Gässchen hinauf und hinunter, die noch in der Benommenheit der Siesta lagen, fand er die gesuchte Adresse fast schon am Saum der Felder, daneben ein Schild: Camino del Caserío. Melchor stieg aus dem Wagen und klingelte an dem bescheidenen Haus mit den frisch getünchten Mauern, ein einstöckiger Neubau. Eine Frau öffnete. Melchor fragte nach Carmen Lucas.

»Das bin ich«, antwortete sie.

Sie war dunkelhaarig, braungebrannt, ihre Augen ruhig, sie trug ein gestreiftes Hauskleid, das ihre Kurven verbarg, und Gummilatschen. Melchor hätte ihr Alter auf den ersten Blick nicht schätzen können. Ungläubig fragte er noch einmal, ob sie wirklich Carmen Lucas sei. Die Frau bejahte wieder, diesmal zögerlicher. Er nannte seinen Namen und erwähnte den seiner Mutter. Kaum hatte sie ihn gehört, wurde sie wachsam, der ruhige Blick argwöhnisch.

»Sie haben nichts zu befürchten«, schickte Melchor eilig hinterher. »Ich komme aus Barcelona. Ich möchte nur kurz mit Ihnen reden.«

Die Frau musterte ihn eine Sekunde schweigend, und er hatte sofort das Gefühl, dass sie ebenso wie er, der sie seit so langem suchte, schon lange auf ihn gewartet hatte, im Innersten überzeugt, dass diese Vergangenheit für sie nicht vergangen war und früher oder später zurückkehren würde. Jedenfalls ließ ihn die Frau trotz des anfänglichen Argwohns eintreten. Melchor folgte ihr durch einen fast dunklen Hausflur und ein Esszimmer, bis sie in einen Hof voller Pflanzen traten, beschattet von einem Laubdach; der gefliese Boden war frisch gesprengt und verströmte Feuchtigkeit. Die Frau bot ihm einen Korbstuhl an und fragte, ob er etwas trinken wolle. Melchor bejahte, blieb jedoch stehen. Sekunden später, nachdem sie durch eine Tür ins Innere des Hauses verschwunden war, kam die Frau mit einem Glas Wasser zurück. Melchor trank es in einem Zug aus. Es war kühl.

»Wie hast du mich gefunden?«, fragte Carmen Lucas.

Melchor erzählte es ihr, noch erhitzt von der Fahrt. Als er zum Ende kam, nahm ihm Carmen Lucas das leere Glas aus der Hand und fragte, ob er mehr Wasser wolle. Melchor verneinte. Schweigen trat ein.

»Du weißt ja nicht, wie leid mir das mit deiner Mutter getan hat«, sagte Carmen Lucas dann. »Wir waren gute Freundinnen.«

Melchor machte eine beruhigende Geste.

»Ich will Ihnen nicht zusetzen«, versicherte er. »Ich suche Sie seit so langer Zeit, weil Sie die letzte Person waren, die meine Mutter lebend gesehen hat, und ich möchte wissen, ob Sie eine Idee haben, wer sie umgebracht hat, einen Verdacht, ob Sie mir irgendeinen Hinweis geben können. Was auch immer. Alles ist hilfreich.«

Die Frau setzte sich auf den Stuhl, den sie Melchor angeboten hatte, und er setzte sich ihr gegenüber. Weiter hinten war in der noch mächtigen Abendsonne ein Hühnerstall zu sehen; in einem Gehege in der Ecke pickten außer einem Hahn sieben oder acht Hennen in der Erde.

»Wieder und wieder habe ich an diese Nacht gedacht«, erinnerte sich Carmen Lucas und stellte das leere Glas auf den noch immer feucht glänzenden Boden. »Manchmal sage ich mir, ich hätte es verhindern können, denn ich hatte eine böse Vorahnung und habe nichts darauf gegeben. Manchmal sage ich mir auch, dass das nicht stimmt und ich die böse Vorahnung später erfunden habe, damit ich mich schuldig fühle. Ich weiß es nicht.«

Die Frau erzählte Melchor, was sie von der Todesnacht seiner Mutter in Erinnerung hatte. Ihren Worten nach war sie zunächst wie jede andere gewesen, mit dem einzigen Unterschied, dass seine Mutter, die sonst recht leicht Kunden einfing, in der Nacht bei keinem Glück hatte.

»Sie war sauer«, sagte Carmen Lucas. »Sonst wäre sie nicht in dieses Auto gestiegen.«

»Erinnern Sie sich an das Kennzeichen?«, unterbrach Melchor sie.

»Nein.«

»Erinnern Sie sich an das Modell? Haben Sie gesehen, wer drinnen saß?«

Carmen Lucas verneinte. Sie erinnerte sich nur daran, dass es ein dunkler Wagen der gehobenen Klasse war, mit getönten Scheiben, drinnen mehrere Männer. Sie hatten es sich zur Regel gemacht, niemals in ein Auto einzusteigen oder nur, wenn es nicht das geringste Anzeichen von Gefahr gab oder der Wagen einem Bekannten gehörte, und Carmen Lucas wusste, dass ihre Freundin lang gezögert hatte, bevor sie einstieg, sie hatte sogar früher in der Nacht das Angebot der Insassen schon einmal ausgeschlagen; aber als sie wieder auftauchten, gegen halb vier oder vier, und ihre Schicht dem Ende entgegenging, war das Angebot weitaus verlockender oder seine Mutter inzwischen verzweifelt gewesen, und so hatte sie angenommen. Carmen Lucas erinnerte sich noch an die Worte seiner Mutter, nachdem sie ihre künftigen Mörder das erste Mal abgewiesen hatte.

»Als sie von der ersten Verhandlung mit ihnen zurückgekommen ist, habe ich sie gefragt, wer das war«, erzählte Carmen Lucas. »›Niemand‹, hat sie geantwortet. ›Eine Bande verwöhnter Söhnchen, die sich mit Papas Wagen vergnügen wollen. Denen traue ich nicht über den Weg.‹ Genau das hat sie gesagt. In diesen Worten. Ich weiß es noch, als hätte sie es eben ausgesprochen. Deshalb hat es mich so gewundert, dass sie dann doch ins Auto gestiegen ist. Daher wohl meine böse Vorahnung.«

Das war alles, was die Frau von der Mordnacht in Erinnerung hatte. Melchor ließ es sie mehrmals wiederholen, bedrängte sie mit Fragen über seine Mutter, über sie selbst und ihre Gefährtinnen und Kunden damals im Umkreis des Barça-Stadions. Er drang immer noch in sie, als sie die Haustür klappen hörten.

»Das ist Pepe«, erklärte die Frau. »Mein Mann.«

Carmen Lucas' Mann erwies sich als kleiner und jünger als sie, stämmig und fast kahl, doch mit buschigen Locken an den Schläfen. Er trug eine Hose aus Polyester und ein T-Shirt mit Schweißflecken unter den Achseln und begrüßte mit kräftigem Händedruck Melchor, den Carmen Lucas als Sohn einer alten Freundin aus Barcelona vorstellte. Melchor blickte auf die Uhr: Es war neun.

»Du wirst doch jetzt nicht aufbrechen, Junge«, sagte Pepe.

Sie bestanden darauf, dass er zum Abendessen blieb und bei ihnen übernachtete, eine Einladung, die Melchor ohne Zögern annahm, denn er war sich sicher, dass er noch viel mit Carmen Lucas zu besprechen hatte. Aber da er sich ausmalte, dass Pepe nicht wusste, auf welche Weise sich seine Frau vor einem Jahrzehnt in Barcelona ihren Lebensunterhalt verdient hatte, wollte er auf die Angelegenheit erst zurückkommen, sobald er wieder allein mit ihr war. Während des Abendessens erfuhr er, dass Carmen und Pepe seit fast vier Jahren zusammenlebten, dass sie keine Kinder hatten, Pepe beim Wartungsdienst eines Transportunternehmens arbeitete, mit Sitz im Gewerbegebiet La Serret, in Molina de Segura, und dass Carmen sich ums Haus kümmerte und um einen Gemüsegarten, den sie beide ganz in der Nähe angelegt hatten.

»Den zeige ich dir morgen«, versprach Carmen.

Doch vor allem ging es an diesem Abend um Melchor. Denn sobald Pepe erfuhr, dass er Polizist war und als Ermittler in Barcelona arbeitete, fing er an, so wie Melchor vorher seine Frau mit Fragen gelöchert hatte, nun ihn zu löchern, getrieben von einer natürlichen Neugier, von den Krimiserien noch befördert. Der Abend zog sich bis Mitternacht in die Länge, aber Melchor fand danach lange keinen Schlaf. Erstens, weil nur eine dünne Wand sein Zimmer von dem Schlafzimmer der beiden trennte und er sie eine Weile, die ihm endlos vorkam, vögeln, sprechen und lachen hörte, als kümmerte sie seine Gegenwart nebenan nicht oder als könnten sie sich nicht vorstellen, dass er sie hörte; und zweitens, weil ihn, nachdem seine Gastgeber nicht mehr lärmten, die Stille im Dorf wach hielt.

Erst im Morgengrauen schlief er ein, gerade in dem Moment, als Pepe aufstand und zur Arbeit ging, und er wachte erst gegen Mittag auf. Carmen war einkaufen gegangen, hatte ihm aber ein Frühstück in der Küche bereitgestellt. Melchor trank Kaffee und sah sich im Haus, im Hof und im Hühnerstall um, während er auf sie wartete.

Die Frau kehrte um zwei zurück, mit mehreren Einkaufstüten beladen, und bat Melchor, ihr beim Kochen zu helfen. Sie aßen allein – Pepe, erklärte Carmen, hatte nach Murcia fahren müssen und würde erst abends zurückkehren – und sprachen nach dem Mittagessen wieder über Melchors Mutter, und wieder verlangte er von Carmen, ihm alles zu erzählen, was in der Nacht vorgefallen war. Carmen erzählte es noch einmal, sprach auch über ihre

Freundschaft zu Rosario, seit sie sich in einem Bordell in Barcelonas Barrio Chino begegnet waren, wohin sie über einen Mann geraten war, den sie als junges Mädchen in einer Diskothek in Molina de Segura kennengelernt hatte. Melchor fragte, warum sie nach dem Tod seiner Mutter verschwunden sei.

»Das habe ich dir gestern schon gesagt«, erwiderte Carmen. »Weil ich Angst bekommen habe. Nicht, dass mich jemand bedroht hätte. Ich dachte einfach, wenn ihr so etwas passiert ist, kann es auch mir passieren.« Nach einer Pause fügte sie hinzu. »Nun gut, ich war es auch leid. Mein halbes Leben hatte ich mit etwas verbracht, was mich angewidert und beschämt hat, von dem ich aber nicht wusste, wie ich es aufgeben sollte. Der Tod deiner Mutter hat mir dabei geholfen.«

Sie blickten einander im schattigen Esszimmer an, in dem die Jalousien auf halber Höhe den wütenden Ansturm der Hitze bremsten. Melchor hatte die Hände auf dem runden Tisch verschränkt. Carmen streckte ihre Hand aus und berührte sie.

»Deine Mutter hat mir das Leben gerettet, Melchor«, sagte sie, den Blick starr auf ihn gerichtet. »Wäre sie nicht gewesen, ich wäre immer noch dort.«

Melchor wusste, dass Carmen log, aber er mochte diese Lüge und musste an Sara und ihre Gefährtinnen am Montjuïc-Friedhof denken, und unwillkürlich überkam ihn eine überwältigende Dankbarkeit für sie, als wären diese hoffnungslosen Verliererinnen alles, was von seiner Mutter auf Erden überlebt hatte.

Carmen Lucas sprach weiter, auch wenn Melchor erst wieder zuhörte, als die Freundin seiner Mutter kurz darauf aufstand und sagte:

»So, jetzt ist der Moment gekommen, dir meinen Garten zu zeigen.«

Sie traten in die sengende Sonne des späten Nachmittags hinaus, bogen nach rechts auf den Camino del Caserío und entfernten sich durch Gemüsegärten, Orangenhaine und Bewässerungsgräben vom Dorf. Sie überquerten eine Allee und waren bald in Carmens Garten. Er war klein und quadratisch, mit einem Holzschuppen in einer Ecke, in dem die Gartenutensilien aufbewahrt wurden. Im Übrigen musste man kein Fachmann sein, um zu bemerken, dass dieses Stückchen Erde mit der Zärtlichkeit und dem Verstand gepflegt wurde, die Generationen von Gärtnern vererbt hatten.

Fast unmerklich machte sich Carmen an die Arbeit und zeigte Melchor dabei mit Tomaten beladene Sträucher, Gurken, Auberginen, Paprikaschoten und Zucchini, und er vergaß schließlich, warum er dort war, sechshundert Kilometer von Barcelona entfernt, und überließ sich dem fast physischen Vergnügen, Carmen bei der Arbeit zuzusehen. Sie erzählte ihm, ohne in ihrem Tun innezuhalten, dass sie aus El Llano stamme, erzählte ihm von ihren Eltern, die sich den Lebensunterhalt mit der Zucht von Seidenraupen verdient hatten, und von ihrem Leben mit Pepe im Dorf, umgeben von jungen Pärchen mit Kindern, die sich dort niedergelassen hatten, um ein ruhiges Landleben zu führen.

Sie kehrten ins Dorf zurück, als das Licht allmählich

schwand, beide mit Körben voller Gemüse beladen. Auf dem Weg sprach Carmen wieder von Melchors Mutter und ihrer Zeit in Barcelona, und Melchor schloss aus ihren Worten, dass Pepe entgegen seiner Vermutung sehr wohl wusste, als was seine Frau während der Jahre dort gearbeitet hatte.

»Natürlich weiß er das«, Carmen lachte, als Melchor sie danach fragte. »Pepe weiß alles über mich.«

Sie erzählte, dass auch Pepe aus El Llano stammte, dass ihre Eltern Nachbarn und Freunde gewesen waren, sie sich beide kannten, seit sie denken konnten, und praktisch zusammen aufgewachsen waren. Pepe habe sie schon seit der Kindheit umworben, sie sei ihm jedoch aus dem Weg gegangen, nicht zuletzt, weil sie sechs Jahre älter sei, und als sie Barcelona verlassen habe und ins Dorf zurückgekehrt sei, nach über zwanzig Jahren Arbeit als Hure, gealtert, verschlissen, verängstigt und zugrunde gerichtet, sei er da gewesen und habe sie erwartet.

»Wie seltsam doch alles ist, nicht wahr?«, sagte Carmen mit melancholischem Lächeln. »Ich habe gedacht, dass ich dem Mann meines Lebens bis ans andere Ende Spaniens gefolgt bin, und habe nicht gemerkt, dass ich ihn bereits an meiner Seite hatte.«

Als sie das Haus erreichten, sah Melchor, dass auf seinem Handy fünf Anrufe eingegangen waren, alle vom Revier in Nou Barris. Er rief zurück.

»Was hier los ist?«, antworteten sie. »Du bist wohl der Einzige im Land, der das nicht mitgekriegt hat.«

Am Nachmittag hatte es einen islamistischen Anschlag

in Barcelona gegeben, mit mehreren Toten, seit Stunden versuchte ein Einsatzkommando der Polizei, die Terroristen zu schnappen.

»Wo bist du?«, fragten sie.

Melchor sagte es ihnen.

»Steig sofort ins Auto und komm her.«

Er verabschiedete sich von Carmen und bat sie, Pepe von ihm zu grüßen. Carmen schrieb ihre Telefonnummer auf einen Zettel.

»Ruf uns an«, sagte sie, als sie ihn weiterreichte. »Komm uns besuchen. Pepe wird sich freuen.«

Melchor hörte während des ersten Teils der Fahrt Radio. Die Nachrichten über das Attentat waren noch spärlich und widersprachen sich: Es hatte auf den Ramblas stattgefunden, kurz vor fünf Uhr nachmittags, als ein Lieferwagen in Höchstgeschwindigkeit die Promenade hinuntergefahren war und alles überrollt hatte, was ihm in den Weg kam; von einem Dutzend Toten und mehreren Verwundeten war die Rede, doch die Anzahl der einen wie der anderen stieg kontinuierlich an; die Verantwortlichen des Massakers waren noch nicht festgenommen worden, doch einer von ihnen hatte sich anscheinend in einem Restaurant in der Altstadt verschanzt, mit mehreren Geiseln, und die Polizei hatte die Stadt abgeriegelt und kontrollierte die Aus- und Einfallstraßen, was zu kilometerlangen Staus führte. Das war das Wesentliche. Während es dunkel wurde, wiederholten die Sprecher fast identische Nachrichten, und Melchor wurde es müde, immer das Gleiche zu hören, und schaltete das Radio aus.

Dann dachte er wieder an Carmen Lucas und seine Mutter, und ihn überkam nach und nach ein wehmütiges Gefühl. Er begriff, dass alles zu Ende war. Er begriff, dass er Carmen Lucas zwar aufgespürt, jedoch keinerlei Spur von den Mördern seiner Mutter hatte und auch keine mehr finden würde. Er begriff, dass Carmen Lucas seine letzte Hoffnung gewesen und sie nun dahin war. Rückblickend begriff er, dass seine Suche von vornherein zum Scheitern verurteilt gewesen war, dass er das tief im Innersten von Anfang an gewusst und trotzdem weitergemacht hatte. Er begriff, dass er die Mörder seiner Mutter niemals finden, begriff, dass es keine Gerechtigkeit für sie geben würde. Er dachte an Javert und verspürte Hass, einen kalten, blinden Hass, nur vergleichbar mit dem Hass Jean Valjeans auf die Welt. Ebenso verspürte er das wütende, abstrakte Verlangen, um sich zu schlagen. Spürte, dass ihm die Luft wegblieb, dass der Hass und die Wut und die Zerstörungslust ihn erstickten. Viele Kilometer fuhr er in diesem Zustand der Atemnot, die Kehle zugeschnürt von der Beklemmung, nach Luft schnappend, fast unfähig zu atmen.

Kurz nach ein Uhr morgens bekam er einen weiteren Anruf vom Revier, man fragte wieder, wo er gerade sei. Er antwortete, zwanzig Kilometer vor Tarragona.

»Sehr gut«, sagten sie. »Bieg ab nach Cambrils. Es scheint, dass es dort einen weiteren Terroranschlag gegeben hat.«

»Soll ich da aufs Revier?«

»Dazu ist keine Zeit. Fahr direkt zur Avinguda de la

Diputació. Du findest sie leicht, sie verläuft parallel zum Strand. Dort errichten sie gerade einen Kontrollposten. Vielleicht kannst du ihnen unter die Arme greifen. Anscheinend ist bei denen die Hälfte in den Ferien.«

Von da an geschah alles sehr schnell. Schwer atmend verließ Melchor die Autobahn bei der Ausfahrt nach Cambrils. Als er die Avinguda de la Diputació erreichte, war man noch dabei, den Kontrollposten zu errichten, und er stellte sich der uniformierten Sargento vor, die dort die Aufsicht hatte und ihn bat, dabei zu helfen, Bremsschwellen und Nagelbänder zu verlegen und Verkehrskegel aufzustellen. Er war noch nicht fertig, als wie aus dem Nichts ein Audi auf einen der Streifenwagen zuschoss, der die Durchfahrt überwachte, die Sargento zur Seite schleuderte und in Höchstgeschwindigkeit Richtung Uferpromenade fuhr. Inmitten des Aufruhrs ging Melchor zu der Polizistin, stellte fest, dass sie nur eine Prellung hatte, und ein Adrenalinstoß – das Herz schlug ihm bis zum Hals wie ein lebender Vogel – katapultierte ihn zur Promenade, er lief dem Audi hinterher, fuchtelte mit der gezogenen Pistole, schrie alle Leute an, sie sollten in Deckung gehen oder sich auf den Boden werfen.

Er sah, wie der Audi einige Meter vor ihm zwei Passanten überfuhr und schließlich in einem Kreisverkehr neben dem *Club Náutico* umkippte. Als er die Stelle fast erreicht hatte, kletterten die Insassen gerade aus dem Wagen. Zwei von ihnen liefen auf die Umstehenden zu, die den Unfall beobachtet hatten und zu schreien und loszurennen begannen, aber der dritte kam direkt auf ihn zu. Melchor sah, dass er fast noch ein Kind war, mit einem Fleischermesser in der Hand, um die Taille etwas gebunden, was wie ein Sprengstoffgürtel aussah. In dem Moment schoss ihm ein Satz durch den Kopf (»Wenn du auf einen Menschen schießt, musst du nicht genau zielen, du musst nur kaltblütig genug sein, ihm so nah wie möglich zu kommen.«), und anstatt zurückzuweichen, ging er auf den Jungen zu. Als er nur noch wenige Meter entfernt war, hielt er inne, stemmte die Beine in den Asphalt, zielte auf seinen Kopf und schoss. Der Knall vervielfältigte das Geschrei und weckte die Aufmerksamkeit der anderen beiden Terroristen, die nun auf ihn zuliefen, dabei Hieb- und Stichwaffen schwenkten und Kriegsschreie ausstießen, den Rumpf ebenfalls mit Sprengstoffgürteln umwunden. Melchor ging ihnen entgegen, blieb nach ein paar Metern stehen, stemmte die Beine in den Asphalt, zielte auf den Kopf des ersten Terroristen und schoss, zielte auf den Kopf des zweiten, der ihm bereits sehr nahe gekommen war – auch er kaum erwachsen, wie er flüchtig sehen konnte –, und schoss wieder. Seine Beine waren noch gebeugt, als er merkte, dass sich ein vierter Junge, der gerade erst aus dem Audi geklettert war, schreiend auf ihn stürzte, er konnte gerade noch zielen und schießen, bevor dieser ihn erreicht hatte.

Das war das Ende von allem.

Er verharrte einige Sekunden reglos auf der Straße, stehend und keuchend, inmitten der Terroristenleichen auf dem Asphalt, der Kreisverkehr und die Promenade in einer Stille versunken, wie er sie nie zuvor gehört hatte, eine ohrenbetäubende Stille, schwer von Panikschreien, heulenden Polizeisirenen, dröhnenden Helikopterflügeln über seinem Kopf. Er hatte das Gefühl, als würde sein Herz gleich zerspringen, aber endlich konnte er atmen.

Melchor erlebte die Tage nach den Terroranschlägen im Strudel des Chaos. Die Bilanz der Anschläge war verheerend: sechzehn Tote und weit über hundert Verletzte in Barcelona; ein Toter und sechs Verwundete in Cambrils. Insgesamt sechs getötete Terroristen, darunter vier von Melchor. (Die restlichen Terroristen der Zelle, die die Taten geplant und durchgeführt hatte, an die zwölf, waren ebenfalls getötet oder verhaftet worden.) Für Melchor hingegen sah die Bilanz anders aus. Obwohl man seine Identität von Anfang an geheim halten wollte, um mögliche Racheakte der Islamisten zu vermeiden, wurde er über Nacht zum offiziellen Helden der Polizei. Es regnete Glückwünsche von Kollegen und Vorgesetzten bei der Polizei und in der Politik, die seine Großtat sofort ausschlachten wollten. Auf ihre Weise versuchte das auch die Presse. Sie tauften ihn »den Helden von Cambrils«, und bald schon machten Gerüchte über ihn die Runde: Man erzählte sich, er sei eine Frau, er sei ehemaliger Fremdenlegionär, geübt im Umgang mit Waffen, und habe daher auf diese Weise reagiert, und man ging selbstverständlich davon aus, dass er zum Revier von Cambrils gehörte.

Melchor war nicht sonderlich stolz auf seine Taten und erlebte die Situation mit wachsender Unruhe, gelähmt von der Aufregung, die ihm das Denken unmöglich machte, während ein Satz aus *Die Elenden* unentwegt in seinem Kopf hämmerte: »Das ist ein Mann, der das Gute mit der Flinte tut.« Vivales musste sich einschalten und die Polizeigewerkschaft auffordern, ein Protestschreiben ans Innenministerium zu schicken, weil die katalanische Regierung der Presse persönliche Angaben und ein Bild Melchors zugespielt hatte, im Halbprofil von hinten, wie er von Kollegen, Vorgesetzten und sogar vom Präsidenten der Generalitat, Carles Puigdemont, beklatscht wurde, was in eklatantem Widerspruch zu dem behaupteten Vorhaben stand, ihn vor den Anhängern der Terroristen zu schützen. Ebenso drängte man in dem Schreiben das Ministerium, umgehend die nötigen Maßnahmen zu ergreifen, um Melchor vollkommene Anonymität und Sicherheit zu garantieren.

Der Brief verfehlte seine Wirkung nicht. Ein paar Tage später bestellte die Führung der Mossos d'Esquadra Melchor zu einer Besprechung in den Hauptsitz des katalanischen Polizeikorps im Complejo Egara bei Sabadell. Dem Treffen wohnte ein Antiterrorkommissar mit Namen Enric Fuster bei und zwei seiner Assistenten, ein Inspector und ein Subinspector. Nachdem er ihn zu seiner Heldentat, wie er es nannte, beglückwünscht hatte, erklärte Fuster – rothaarig und um die vierzig, herzlich und stämmig, mit kantigem Gesicht und Ziegenbart –, dass er für die Polizei zu einer entscheidenden Figur geworden und die Direktion entschlossen sei, über seine Sicherheit zu wachen und seine Karriere zu befördern, wofür es augenblicklich am besten sei, ihn zu versetzen, an einen ruhigen Ort zu schicken, abgelegen, fern der Hauptstadt, wo nur wenige, sehr wenige von seiner wahren Identität wüssten und von dem Grund für seine Versetzung. Fuster betonte, es sei nur eine vorübergehende Maßnahme, so lange, bis die Wogen sich gelegt hätten und Ruhe eingekehrt sei, danach könne Melchor nach Barcelona zurückkehren und seine Stelle wieder einnehmen, oder man verbürge sich dafür, dass er die wählen könne, die ihm zusage.

»Wir glauben, das ist das Beste für Sie«, schloss Fuster. »Doch wir tun nichts ohne Ihre Zustimmung.« Er fügte hinzu: »Sie können es sich so lange überlegen, wie Sie wollen.«

Melchor hatte sich für das Treffen mit all seinem Misstrauen gepanzert. Was Fuster (oder die Polizeidirektion via Fuster) ihm vorschlug, überrumpelte ihn, und zunächst hielt er es für unsinnig. Doch sofort begriff er, dass die Wiederherstellung der Anonymität besser war, als in diesem Wirbel zu kreisen, im Scheinwerferlicht der ganzen Welt und Ziel (oder Opfer) aller möglichen Schmeicheleien. Er hatte niemals fern der Großstadt gelebt, und obwohl er gerade bei Carmen und Pepe Zeuge des bukolischen Glücks geworden war, glaubte er zu wissen, dass das Landleben nichts für ihn war oder er nichts fürs Land, sicher würde er sich dort fehl am Platz fühlen. Aber er sagte sich, dass es nur vorübergehend war, wie Fuster ihm versichert hatte, dass dieser Vorschlag in jedem Fall besser war als die momentane Situation und sein Leben nach den endgültig gescheiterten Ermittlungen zum Tod seiner Mutter, Mittelpunkt seiner letzten Jahre, ohnehin Richtung und Ziel verloren hatte, und er kam zu dem Schluss, dass ein vorübergehender Ortswechsel, eine Art langer Urlaub, nicht schaden konnte.

»Ich muss es mir nicht überlegen«, antwortete er. »Wann soll ich gehen?«

Bei demselben Treffen schlugen sie ihm mehrere Ziele vor. Blindlings, ohne je dort gewesen zu sein oder überhaupt von dem Ort gehört zu haben, wählte er Terra Alta.

Am nächsten Tag ging er aufs Revier, um Vorgesetzte und Kollegen von seinem Fortgang zu unterrichten und ihnen die noch offenen Fälle zu übergeben. Er sammelte gerade seine Sachen auf dem Schreibtisch ein, als Isaías Cabrera erschien. Es war neun Uhr abends, und im Büro der Ermittlungseinheit waren nur noch zwei Kollegen. Melchor musterte den Sargento der Innenrevision abweisend.

»Keine Sorge, ich komme nur, um mich zu verabschieden«, beruhigte ihn Cabrera. »Du gehst morgen, nicht wahr?«

Melchor nickte und fuhr nach einer kurzen Pause fort, seine Habseligkeiten einzupacken. Ohne um Erlaubnis zu bitten, setzte sich Cabrera auf einen Stuhl, schlug die Beine übereinander, und nachdem er ihm eine Weile schweigend zugesehen hatte, fügte er hinzu:

»Man hat mir gesagt, du gehst nach Terra Alta.« Melchor entgegnete nichts, räumte weiter den Tisch auf und packte alles in eine Kiste. »Ein guter Ort. Seit einiger Zeit macht man dort einen hervorragenden Wein, und im Sommer stellen sie die Ebroschlacht nach, samt Flussüberquerung und allem drum und dran. Ein irres Spektakel, wird dir gefallen. Aber wenn ich es recht bedenke, du trinkst ja nur Cola, und Geschichte interessiert dich einen Dreck. Wirklich, Marín, ich verstehe nicht, was du an den verdammten Romanen findest.«

Cabrera sah ihm weiter zu, mit gelangweilter Miene und stumm, bis Melchor seine Kiste aufnahm und sich zum Gehen anschickte. Da schlug der Sargento die Beine wieder auseinander, stand auf, zog ein Papier aus der Sakkoinnentasche und reichte es ihm. Melchor sah es an, als wäre es radioaktiv.

»Was ist das?«, fragte er.

»Deine Strafakte«, entgegnete Cabrera und wedelte mit dem Blatt. »Die aus dem Gericht, meine ich. Du bist sauber.«

Noch ohne zu begreifen, stellte Melchor die Kiste wieder auf den Tisch und nahm das Papier, las es, vergewisserte sich, dass der Sargento nicht log, und suchte in dessen Gesicht nach einer Erklärung.

»Wie nennen dich die Zeitungen?«, fragte Cabrera, ein durchtriebenes Lächeln verengte seine Augen. »Der Held von Cambrils, nicht wahr?« Er zuckte mit den Schultern. »Eben drum.«

Melchor nickte mehrmals, brachte es aber noch nicht fertig, ihm zu danken.

»Danke nicht mir«, sagte Cabrera, als er es endlich doch getan hatte. »Wenn es nach mir gegangen wäre, hätte ich dich vor Gericht gebracht. Aber Befehl ist Befehl. Doch die Katze lässt das Mausen nicht, und ich habe das Gefühl, wir sehen uns wieder. Was meinst du?«

Melchor steckte die gefaltete Akte in die Kiste und nahm sie wieder auf, ohne Cabrera die Hand zu geben. Er verabschiedete sich von dem Sargento mit drei Worten:

»Verpissen Sie sich.«

5

Im Hof von Gráficas Adell sind noch Parkplätze frei, aber Melchor stellt den Wagen lieber am Straßenrand ab. Wie Grau gestern Abend am Telefon gesagt hat, liegt das Unternehmen am äußersten Ende von La Plana Parc. Dahinter beginnt das offene Land, und in der Ferne erheben sich die ersten Ausläufer der Berge, gekrönt von einer Reihe von Windrädern, die Flügel reglos in der jungen Morgensonne. Die Büros befinden sich am Eingang zum Hof, gleich hinter dem Gitter, in einem achteckigen Gebäude aus grauem Stein. Daran schließen sich die weiß gestrichenen Lagerhallen ohne Fenster. Links neben der Treppe zu den Büros präsentiert eine Art Monolith, ebenfalls weiß gestrichen, das Logo des Unternehmens, ein schwarzer Adler mit ausgebreiteten Flügeln, darunter in rot-schwarzen Lettern: »Gráficas Adell, SA«.

Als Melchor aus dem Wagen steigt, parkt hinter ihm ein Aufnahmewagen des katalanischen Fernsehens, aus dem Techniker und Reporter steigen. Am Empfang sitzen zwei Frauen, Melchor stellt sich einer von ihnen vor und fragt nach dem Geschäftsführer. Die Frau – stämmig und attraktiv, stark geschminkt, das Haar in Mahagoni gefärbt – blickt ihn neugierig an und sagt, Señor Grau erwarte ihn in seinem Büro, und reicht ihm ein laminiertes Besucherkärtchen für die automatische Schranke, durch die man ins Unternehmen gelangt. Melchor bedankt sich und sagt, er warte noch auf seinen Kollegen, und verbringt die Zeit, indem er durch das Fenster beim Empfang sieht. Mit Kameras und Mikrophonen bewehrt, stürzt sich das Fernsehteam auf die Arbeitergrüppchen, die sich im Hof gebildet haben. Abgesehen davon verrät nichts, dass die Eigentümer des Unternehmens vor kaum mehr als vierundzwanzig Stunden ermordet wurden. Wie an einem gewöhnlichen Arbeitstag passieren in beiden Richtungen Leute, Wagen, Motorräder das Fabriktor, hier und da ein Lieferwagen, ein Sattelschlepper. Aus beruflicher Gewohnheit stellt Melchor fest, dass die Sicherheitsvorkehrungen der Firma eher spärlich sind – nirgendwo sieht er Kameras, auch keine Alarmanlagen, und der Zaun rundherum ist gerade einmal mannshoch –, ein unbefugtes Eindringen, sagt er sich, wäre hier einfach.

Salom kommt erst gegen halb zehn.

»Entschuldige die Verspätung«, sagt er zu Melchor, leicht außer Atem, während sie die Treppe hinaufgehen. »Gestern bin ich erst spätabends aus dem Revier gekommen. Lange kann ich mich nicht aufhalten. Um halb zwölf bin ich mit Rosa Adell und Albert verabredet. Ich muss Rosa die DNA-Probe abnehmen, und dann fahre ich mit ihnen zum Landhaus. Gomà erwartet uns dort.«

»Soll ich mitkommen?«

»Nein, mir ist lieber, du bleibst und siehst zu, mit wem

du hier sprechen kannst. Wir sehen uns dann später zum Mittagessen im *Terra Alta*, und du berichtest.«

Nach den Anweisungen der Frau am Empfang wenden sie sich im ersten Stock nach links, bis sich der Gang zu einem Wartesaal weitet, mit zwei offenen Türen. Hinter der ersten Tür sehen sie flüchtig eine weinende Frau mit zwei Männern, von denen sich einer wie tröstend über sie beugt; hinter der zweiten Tür befindet sich, in strenges Grau gekleidet, eine ältere Frau, die an eine Nonne erinnert, die Sekretärin des Geschäftsführers, vor der sie sich ausweisen und gebeten werden, einen Moment draußen zu warten.

Das mit dem Moment ist nicht übertrieben. Sie haben das Vorzimmer des Geschäftsführers kaum verlassen, da ruft die Sekretärin sie schon zurück.

»Sie kommen spät«, sagt Grau zum Gruß, reicht ihnen die Hand und bittet sie, Platz zu nehmen. »Verspätung, da werden Sie mir zustimmen, ist ein Mangel an Respekt, womit sich Leute interessant machen wollen, die völlig uninteressant sind. Aber entschuldigen Sie sich bitte nicht, in diesem Land kommt alle Welt zu spät. Das ist wohl Brauch hier, oder? Wollen Sie einen Kaffee?«

Grau bestellt bei der Sekretärin drei Kaffee, und die beiden Polizisten setzen sich auf ein schwarzes Ledersofa in einer Ecke des Büros, ein großzügiger, rechteckiger Raum, in dem sich wahllos neue und antike Möbel mischen wie bei einem Palimpsest, bei dem das Alte noch allzu deutlich durchscheint: Kronleuchter und ultramoderne Lampen, Edelhölzer, altes Leder und glänzendes Metall, alles erhellt vom Morgenlicht, das durch ein großes Fenster mit Blick auf den Fabrikhof fällt.

»Wie entsetzlich das mit Paco und Rosa!«, ruft Grau in gebieterischem Ton, in dem Melchor das Entsetzen nicht spürt, auch nicht in den kleinen Augen, stählern und scharf hinter der Metallbrille. »Ich kann es immer noch nicht fassen. Man weiß, ab einem bestimmten Alter ist das Ende nah, aber auf diese Art sterben? Wie furchtbar! Wissen Sie, wie lange ich schon für Paco Adell arbeite? Über fünfzig Jahre. Über fünfzig! Das sagt sich so leicht, was? Ein ganzes Leben.« Der alte Mann seufzt und lehnt sich im Sessel zurück, schlägt ein steckendünnes Bein über das andere und sagt: »Gut, erzählen Sie, was Sie wissen.«

Salom gibt nicht der Versuchung nach, Grau für das Warten zu entschädigen, indem er ihm mehr als nötig erzählt, und sagt nur, was seit vierundzwanzig Stunden alle Zeitungen, Radio- und Fernsehsender verkünden. Während der Caporal redet, sieht sich Melchor den Geschäftsführer eingehend an. Er ist ein kleiner Greis mit rundem Rücken und bleicher Runzelhaut, die von einem zerbrechlich wirkenden Knochengestell gestützt wird. Er trägt strenge Trauer, doch jedes Kleidungsstück scheint ihm zu groß zu sein: die Anzughose, die Weste, die Krawatte, das weiße Hemd, die blitzenden Schuhe. Um den Hals baumeln die zwei Hälften einer Magnetbrille mit rotem Horngestell. Melchor hat den Geschäftsführer noch nicht zu Ende gemustert, da kehrt die Sekretärin ins Büro zurück und stellt auf einen niedrigen Glastisch ein Tablett mit einer silbernen Alpaka-Kanne vor sie hin, gießt ihnen

Kaffee in Keramiktassen mit Blumenmuster und lässt sie wieder allein.

»Das ist das, was auch ich ungefähr weiß«, sagt Grau, nachdem Salom seine improvisierte Zusammenfassung beendet hat und noch immer in der Kaffeetasse rührt. »Gut, wie kann ich Ihnen behilflich sein?«

Da vibriert Melchors Handy, das er vorsichtshalber stumm geschaltet hat; er sieht, dass Domingo Vivales anruft, und beschließt, nicht zu antworten.

»Wollen Sie wissen, wo ich in der Mordnacht war, wie es im Film heißt? Nun, ich will es Ihnen sagen: zu Hause, ich habe eine Oper gehört. Wollen Sie wissen, was für eine? *Götterdämmerung* von Meister Wagner. Du liebe Güte, wenn ich recht überlege, ist das wie ein Vorzeichen, nicht wahr? Leider kann niemand mein Alibi bestätigen, Sie können mich also nicht von der Liste der Verdächtigen streichen. Gut, fragen Sie, fragen Sie, was Sie wollen. Ich schicke allerdings gleich voraus, dass ich keinerlei Ahnung habe, wer für eine solche Grausamkeit verantwortlich gewesen sein kann.«

»Hatte Señor Adell Feinde?«, schaltet sich Melchor ein, leicht erstaunt über Graus ironische Ungezwungenheit. »Leute, die ihn gehasst haben. Konkurrenten, zum Beispiel. Unternehmer, denen er durch seinen Erfolg geschadet hat, Leute, denen es schlecht ergangen ist, weil es ihm gut ging …«

»Wie sollte er keine Feinde gehabt haben?«, unterbricht ihn der Geschäftsführer, legt den Löffel auf die Untertasse, nimmt einen Schluck Kaffee und fährt fort: »Der Wert eines Mannes bemisst sich nach der Menge seiner Feinde. Und Paco Adell hatte einen beträchtlichen Wert, da können Sie sicher sein. Wir Katalanen sind miserable Politiker, aber hervorragende Geschäftsleute. Er war ein gutes Beispiel dafür. Aber wenn Sie Feinde hier in Terra Alta meinen ...«

Grau scheint nachzudenken, während er sich über einen glatten Haarwirbel streicht, der ihm fast schon in der Stirn wächst und sich, sorgfältig nach hinten gekämmt, über den ganzen Schädel breitet, bis er im Nacken ausläuft. Sein Anblick ruft Melchor in Erinnerung, was er am Vorabend über ihn gelesen hat, nicht viel, denn der Geschäftsführer scheint seine Privatsphäre noch eifersüchtiger zu hüten als die Adells, oder vielleicht hat sich auch niemand für ihn interessiert, weil er immer im Schatten seines Chefs stand. Jedenfalls hat alles, was Melchor über Grau weiß, mit Adell zu tun, als dessen rechte Hand er galt, als Mann für alles, manche heben seine hündische Treue hervor, manche seine Intelligenz, seine Schläue und seine Skrupellosigkeit.

Der Geschäftsführer trinkt den Kaffee in einem Zug aus und stellt die Tasse auf den Tisch. Auf einmal lächelt er.

»Erinnern Sie sich an General Narváez?«, fragt er.

Weder Melchor noch Salom antworten. Grau wiegt leicht den Kopf, als enttäuschte ihn die Unwissenheit der Polizisten.

»Er hat einen schlechten Ruf, war aber ein guter Soldat und Politiker«, erklärt er. »Er ist 1868 am 23. April gestorben, an einer Lungenentzündung, wenn ich mich recht erinnere. Auf dem Totenbett hat sein Kaplan verlangt, er solle seinen Feinden verzeihen. ›Das kann ich nicht, Señor‹, hat der General gesagt. ›Ich habe sie allesamt umgebracht.‹« Der Geschäftsführer lacht mit einem Krächzen, das sich anhört wie ein Raucherhusten im Endstadium. Die beiden Polizisten werfen sich einen kurzen Blick zu. »Nun, wäre Paco an Narváez' Stelle gewesen, er hätte ebenso antworten können. Als er das Unternehmen gegründet hat, gab es in Terra Alta ein paar ähnliche Firmen. Was davon übrig blieb, ist nicht der Rede wert, sie sind im Vergleich so klein, dass sie uns nicht einmal hassen können. Das wäre so, als hasste eine Ameise einen Elefanten.«

»Und außerhalb von Terra Alta?«, fragt Salom.

»Ah, das ist etwas anderes«, antwortet Grau. »Aber das Problem ist, in unserer Branche hasst jeder jeden und jeder zu Recht. Das wird in anderen Branchen nicht anders sein, darin besteht letztendlich der Kapitalismus, nicht wahr? Man bricht einen Krieg aller gegen alle vom Zaun, damit der Stärkste überlebt. Wenn Sie also Feinde von Gráficas Adell suchen, fangen Sie mit den Spitzenunternehmen in Spanien an und fahren Sie mit den Ländern fort, in denen wir Niederlassungen haben. Allen haben wir übel mitgespielt und sie wiederum uns. Fangen Sie hier an und machen dann weiter.«

»Hat eines dieser Unternehmen Señor Adell ausreichend gehasst, um ihn umzubringen?«, fragt Melchor.

»Ich weiß es nicht.« Grau zuckt mit den Schultern und schweigt ein paar Sekunden, bevor er wiederholt: »Ich weiß es nicht. Ich habe tatsächlich den Eindruck, dass ich die Menschen, je älter ich werde, desto weniger verstehe.«

Er entflechtet die Beine, beugt sich über den Tisch und fragt: »Noch Kaffee?«

Grau füllt die drei Tassen.

»Wenn ich Sie recht verstehe«, fasst Salom zusammen, »wollen Sie damit sagen, dass Señor Adell außerhalb von Terra Alta so viele Feinde hatte, dass man schwer auf einen bestimmten zeigen kann.«

»Sie haben mich gut verstanden. Wenn jemand so viele Feinde hat, ist es so, als hätte er gar keinen.«

»Aber innerhalb könnte er doch auch welche haben, oder?«, beharrt Melchor. Die Finger des Alten bewegen wieder den Löffel im Kaffee: feine, arthritische Finger mit gepflegten Nägeln. »Innerhalb von Terra Alta, meine ich. Manch einer sagt, Gráficas Adell sei wie ein Baum, dessen Größe nichts im Umkreis wachsen lässt.« Er zögert kurz, bevor er hinzufügt: »Und dass Señor Adell seine Arbeiter ausgebeutet hat.«

»Das behauptet man von allen Unternehmen, oder?«, schaltet sich Salom ein und versucht, die schroffe Behauptung abzumildern. »Und von allen Unternehmern.«

»Und es stimmt«, sagt Grau. »Das habe ich vorhin gemeint: So funktioniert der Kapitalismus.« Der Geschäftsführer legt das Löffelchen wieder auf den Teller, nimmt die Tasse und blickt Melchor neugierig an. Hinter den Brillengläsern sind die bleichen, runzligen Lider halb gesenkt, die Augen verengen sich zu Schlitzen. »Sie sind nicht von hier, was?«

»Nein«, entgegnet Melchor.

»Nein«, bekräftigt Grau und wendet sich mit einem verschwörerischen, leicht hämischen Lächeln an Salom. »Sein Akzent ist nicht von hier.«

Salom reagiert nicht, und Melchor will schon erklären, dass er zwar nicht aus Terra Alta stammt, aber bereits seit vier Jahren hier lebt, bleibt jedoch stumm. Grau nimmt genüsslich einen Schluck Kaffee, stellt die Tasse aufs Tellerchen und beides auf den Tisch. Die Morgensonne fällt mit wachsender Kraft durch die Fenster des Büros und heizt es auf.

»Sehen Sie«, der alte Mann wendet sich in belehrendem Ton an Melchor, »das hier ist ein unwirtlicher, bitterarmer Landstrich. Schon immer gewesen. Eine Durchgangsregion, in der nur die bleiben, die keine andere Wahl haben, die sonst nirgendwohin können. Eine Region der Verlierer. Diese Gegend liebt niemand, das ist die Wahrheit, und der Beweis dafür ist, dass man sich nur an uns erinnert, um uns zu bombardieren. Weswegen sind wir anderswo bekannt? Wegen der grausamsten Schlacht, die je in diesem Land geschlagen wurde, ein Feuersturm wie eine biblische Plage, eine Apokalypse, die junge Männer aus aller Welt getötet hat. Wir hatten dabei natürlich nichts zu melden, aber danach war unsere Gegend eine noch schwärzere Öde als zuvor, ein Ort, wo man achtzig Jahre später noch Granatsplitter in den Bergen findet und noch viel mehr finden würde, wenn wir sie nicht jahrelang selbst aufgesammelt und verkauft hätten, um nicht zu verhungern. Das ist Terra Alta. Und an einem solchen Ort ist ein Unternehmen wie das unsere ein Segen, fast ein Wunder.« Er schweigt kurz, den Blick unverwandt auf Melchor gerichtet. »Es gab also viele, die Paco nicht mochten und auf ihn geflucht haben? Selbstverständlich. Wie auch nicht! Die Leute beschweren sich immer über den, der das Sagen hat, und zu Recht. Dafür ist er ja da: damit die, die nicht das Sagen haben, sich über ihn beschweren können. Aber machen Sie ein Experiment. Sagen Sie heute jedem Beliebigen auf der Straße in Gandesa, dass Gráficas Adell Terra Alta verlässt. Sie werden sehen, was man Ihnen antwortet. Wissen Sie, wie viele Arbeitsplätze wir, direkt oder indirekt, allein vor Ort geschaffen haben?« Wieder macht er eine Pause, das Lächeln ist nach und nach von seinen Runzellippen verschwunden und einem rachsüchtigen Zug gewichen. »Glauben Sie mir, wenn Paco Adell nicht gewesen wäre, Terra Alta wäre jetzt tot. Das ist die reine Wahrheit. Alles andere ein Märchen.«

Während Melchor Grau zuhört, drängt sich ihm die Frage auf, woher der dürre Greis diese Energie nimmt; ebenso fragt er sich, in was für einer Beziehung er zu Adell gestanden und ob der Mord ihn womöglich weitaus mehr getroffen hat, als sein Stolz ihm zu zeigen erlaubt. Nachdem Grau mit seiner Verteidigungsrede zu Ende ist, fragt Salom, wie er Adell kennengelernt hat, wie es dazu gekommen ist, dass er für ihn arbeitet.

»Ah, das ist eine interessante Geschichte«, antwortet Grau und schlägt die Beine wieder übereinander, lächelt wieder. »Lassen Sie mich erzählen.«

Mitte der siebziger Jahre habe er, kurz nach seinem Abschluss in Betriebswirtschaft in Barcelona, für Gráficas Sintes gearbeitet, damals das größte Unternehmen für

Papierverarbeitung in Terra Alta. Adell hatte gerade zum Schleuderpreis eine bankrotte Firma gekauft, die sich Gráficas Puig nannte und die er sofort in Gráficas Adell umtaufte. Er verstand nichts von dem Geschäft, doch binnen kurzem hatte er sein Unternehmen saniert, so dass es mit den anderen in der Gegend auf Augenhöhe konkurrierte, außer mit Gráficas Sintes. Eines Tages erfuhr Adell, dass Grau eine Auseinandersetzung mit seinem Chef gehabt hatte, und besuchte ihn in seinem Büro. Die Männer stammten beide aus Terra Alta – Adell aus Bot, Grau aus Arnes –, kannten einander jedoch nicht persönlich. Adell, der elf Jahre älter war als Grau, sprach jedoch mit ihm, als würden sie sich seit Ewigkeiten kennen und fiel gleich mit der Tür ins Haus. »Dieses Unternehmen ist deiner nicht wert, und außerdem wird es untergehen. Geh mit ihm unter, oder komm zu mir: Du hast die Wahl.« Grau hatte viel von Adell gehört, und ihn beeindruckten die unerschütterliche Selbstsicherheit und die Autorität, die er ausstrahlte; er dankte ihm für das Angebot, lehnte es jedoch ab. »Ich bezahle dir das Doppelte von dem, was du hier verdienst.« Adell erhöhte seinen Einsatz. »Das kannst du mir gar nicht bezahlen.« Grau durchschaute den Bluff, er kannte die Bilanzen von Gráficas Adell. »Das stimmt«, gab Adell zu. »Ich werde dir das Doppelte von dem bezahlen, was ich verdiene. Jetzt und so lange du für mich arbeitest.« Grau lachte auf, dankte Adell wieder für sein Angebot und wies es erneut zurück. Adell fand sich nicht mit der Absage ab, ließ während der folgenden Wochen und Monate nicht locker, rief an, besuchte ihn, lief ihm scheinbar zufällig über den Weg, bis Grau abermals mit seinem Chef stritt und schließlich einwilligte.

»Nie habe ich erfahren, ob Paco den Streit mit Señor Sintes selbst eingefädelt hat.« Grau lachte. »Aber ich muss sagen, er hat strikt Wort gehalten. Bis heute verdiene ich das Doppelte von seinem Gehalt. Aber der Witz ist«, fügt er hinzu, »der Witz ist, dass Paco, wie er mir später selbst erzählt hat, in meinem Büro bei Gráficas Sintes noch nicht wusste, dass das Unternehmen in Schwierigkeiten steckte. Aber das tat es. Nach vier Jahren war es insolvent. Auch das braucht man für Geschäfte, und Paco hatte es in Hülle und Fülle: Glück.«

Grau veranschaulicht Adells Glück mit einer zweiten Geschichte, diesmal über eine Niederlassung in Córdoba, Argentinien, will schon eine dritte anschließen, beendet jedoch die Anekdotensammlung.

»Missverstehen Sie mich nicht«, sagt er. »Ich behaupte nicht, Paco hätte all das nur erreicht, weil er ein Glückskind war. Ich behaupte nur, ohne Glück hätte er es nicht geschafft. Ohne Glück und ohne Kühnheit. Und ohne diese überwältigende Selbstsicherheit.«

Grau verstummt. Er wirft einen kurzen Blick nach links, wo Schreibtisch und Computer in einem See aus goldenem Licht schwimmen, und sein Gesicht wird ausdruckslos. Melchor und Salom sehen sich wieder kurz an, sagen jedoch nichts.

»Gestern habe ich bei Rosita Adell den ganzen Tag über ferngesehen, Radio gehört und Zeitungen gelesen«, sagt Grau und wacht aus seiner Versunkenheit auf. »Und wissen Sie was? Am meisten hat mich die allgemeine Überraschung überrascht, dass ein armer Mann ohne Studium wie Paco Adell fast aus dem Nichts heraus Gráficas Adell und all das aufbauen konnte.« Sein Blick springt unruhig von Melchor zu Salom, von Salom zu Melchor, während er die Beine wieder entflechtet, sich im Sessel aufrichtet und die Unterarme auf die Schenkel legt. »Weshalb diese Überraschung? Paco hat getan, was er getan hat, gerade weil er arm war und nicht studiert hatte. Arme Leute sind stärker als reiche, vor allem wenn sie auch noch das Pech haben, Waise zu sein und als Kind einen Krieg miterlebt zu haben, wie es bei Paco der Fall war. Die Reichen sind zu verwöhnt und haben viel zu verlieren, das macht sie weich, verletzlich. Die Armen sind nicht so. Paco wusste, was Elend ist, was Hunger und Kälte sind, denn er hat damit gelebt. Er hatte keine Angst davor. Tatsächlich kenne ich niemanden, der weniger Angst gehabt hätte, und ein Mann ohne Angst ist zu allem fähig. Außerdem hat Paco sein Leben lang fünfzehn Stunden am Tag gearbeitet, die ganze Woche über, Feiertage eingeschlossen. Kennen Sie so jemanden? Und was das Studium angeht, ich weiß nicht, wie es Ihnen geht, aber ich habe mit vielen Volltrotteln zu tun gehabt, die sich mit summa cum laude geschmückt haben. Und eines kann ich Ihnen versichern: Paco Adell war genau das Gegenteil.«

Melchor und Salom akzeptieren ohne Widerspruch Graus Meinung, der sich vielleicht deshalb nun gutwillig bereit erklärt, ihre Fragen über die Finanzen von Gráficas Adell zu beantworten. Der Geschäftsführer spricht von

Investitionen, Gewinn- und Verlustrechnungen, den Auslandsniederlassungen, von der Beziehung zwischen Gráficas Adell und den anderen Unternehmen der Familie. Er tut das mit einer begeisterten, rigorosen Präzision, als wäre in seinem Kopf ein Computer verborgen, aber nach einer Weile scheint er müde zu werden oder Langeweile zu empfinden, bittet sie, das Thema zu wechseln, und schiebt das Argument vor, die Zahlen all der Unternehmen seien öffentlich zugänglich und falls sich Melchor und Salom dafür interessierten, müssten sie nur einen Blick ins Handelsregister werfen.

»Außerdem«, fügt er nach einem verstohlenen Blick auf die Uhr hinzu, ein Schmuckstück mit goldenem Gehäuse und Lederarmband, das Melchor einen Moment lang wie ein seltsamer Parasit vorkommt, der sich ans Handgelenk eines Kindes klammert, »müssen Sie mich in ein paar Minuten entschuldigen. Ich habe versprochen, die Journalisten zu empfangen. Sehen Sie, das kommt davon, wenn man sich verspätet. Los, los, fragen Sie.«

»Heute Nachmittag werden wir mit Señor Adells Tochter sprechen«, ergreift Melchor wieder das Wort. »Ich würde gern wissen, was für eine Beziehung Señor Adell zu seiner Familie hatte.«

»Eine normale. Eine gute«, sagt Grau.

»Und Sie?«, hakt Melchor nach.

»Mit Pacos Familie?«

Melchor nickt.

»Ebenfalls eine gute«, versichert Grau. »Nun gut, Rosa war ein schlichtes Gemüt, die arme, aber sie hat niemandem etwas zuleide getan, und wir haben uns gut verstanden. Sie blieb eben immer die vornehme Señorita aus Reus. Ihr Vater war Notar, deshalb hat sich Paco wohl in sie verliebt, wenn er sich denn verliebt hat, versteht sich, und sie nicht geheiratet hat, weil er mit fünfzig, als er sich am hartnäckigsten in seine Geschäfte gestürzt hatte, unbedingt Nachkommen wollte und sich eine Frau aus gutem Hause geangelt hat, fünfzehn Jahre jünger als er ... Seine Tochter, Rosita, ist ganz anders, als Mädchen war sie zauberhaft. Und blitzgescheit. Ich hatte immer gedacht, dass sie einmal das Unternehmen leiten würde. Aber sie hat diesen Idioten Ferrer geheiratet, fing an, Kinder zu kriegen, und Schluss war damit. Die Ehe ist ein Fehler, wir Menschen sind nicht dafür gemacht, finden Sie nicht? Nehmen Sie mich: Junggeselle und glücklich und zufrieden.«

»Sie denken, Albert Ferrer ist ein Idiot?«, fragt Melchor.

»Und was für einer«, entgegnet Grau. »Ein Idiot und eine Niete. Natürlich hat er, wie alle Idioten und Nieten, eine sehr hohe Meinung von sich selbst, aber das ändert nichts an der Tatsache.«

»Er ist auch Vorstandschef von Gráficas Adell«, ruft ihm Salom in Erinnerung, um seinen Freund zu verteidigen.

»Könnte auch Generalkapitän sein«, schlägt Grau zurück. »Wie viele Idioten mit fettem Pöstchen kennen Sie? Paco hat ihn eingesetzt, um Rosita einen Gefallen zu tun und damit er den Mund hält, aber im Unternehmen hat er nichts zu melden. Tagaus, tagein spielt er Golf, stellt seine Visage zur Schau und umgibt sich mit Mädchen, die seine Töchter sein könnten.«

»Wusste das Señor Adell?«, fragt Melchor.

»Dass er sich mit Señoritas herumgetrieben hat?«, fragt Grau. »Natürlich.«

»Und was hat er davon gehalten?«

»Was soll er schon davon gehalten haben?« Der Alte zuckt wieder mit den Schultern. »Einmal hat er ihn sich vorgeknöpft, hat sogar versucht, ihm zu drohen, aber Ferrer war das egal. Was hätte Paco tun sollen? Ihm die Beine brechen? Das hätte er getan, glauben Sie mir, aber Ferrer war der Vater seiner Enkelinnen und der Mann seiner Tochter, und Paco hat Rosita vergöttert. Nun gut, wenn das Unternehmen in die Hände dieses Trottels fällt, können wir uns von Gráficas Adell verabschieden.«

»Glauben Sie, dass das passieren wird?«, fragt Salom.

»Was?«

»Dass Albert Ferrer das Unternehmen leiten wird.«

Grau setzt eine Miene auf, in der sich zu gleichen Teilen Skepsis und Gleichgültigkeit mischen.

»Ich weiß es nicht«, sagt er. »Und es ist mir schnuppe, um ehrlich zu sein. Ich bin dann im Ruhestand. Wenn mich Rosita bittet zu gehen, dann gehe ich und Schluss. Nicht mal bitten wird sie mich müssen. Beim ersten Anzeichen, dass ich überflüssig bin, nehme ich meinen Hut. Aber ich weiß nicht, ob sie es tun wird, ich sagte schon, sie ist nicht dumm, auch wenn sie einen Dummkopf geheiratet hat. Manche denken, ein Unternehmen wie Gráficas Adell, mit seiner Geschichte, seinem Kundenstamm, seiner Infrastruktur, funktioniert von allein. Sie irren sich. Es ist äußerst schwierig, ein Unternehmen wie dieses zu gründen, und sehr einfach, es zu zerstören. Aber gut, wenn es zerstört wird, ist es auch nicht weiter schlimm, Unternehmen sind wie Imperien: Sie entstehen und verschwinden, genau wie die Menschen. So ist das Leben. Und ob es uns gefällt oder nicht, so ist und bleibt es.« Grau blickt wieder auf die Uhr. »Gut, ich glaube, jetzt haben wir genug geplaudert. Sie müssen mich entschuldigen ...«

»Könnten wir mit den anderen beiden Geschäftsführern sprechen?« Melchor lässt ihn noch nicht los. »Unter Ihnen arbeiten nur zwei, nicht wahr? Das Unternehmen hat, wie ich gesehen habe, eine sehr einfache Struktur.«

»Das ist das Geheimnis seiner Effizienz«, sagt Grau und steht auf. »Das Einfache ist das Effektive, das Komplizierte das Uneffektive. Wollen Sie mit den beiden reden? Wann?«

»Von mir aus jetzt gleich«, sagt Melchor und steht ebenfalls auf.

Während Grau sich an seinen Schreibtisch setzt und eine Nummer wählt, sehen sich Melchor und Salom eine Wand an, die fast ganz von gerahmten Fotos bedeckt ist, davor eine Anrichte aus Eiche, die zu einer Hausbar umgewandelt wurde und voller Bücherstapel ist. Melchor erkennt auf fast allen Bildern Grau wieder, manchmal ist er darauf sehr viel jünger, sieht aber niemals wesentlich anders aus als jetzt (als wäre er schon immer alt gewesen, denkt er, oder hätte es schon immer sein wollen), oft mit Francisco Adell, manchmal mit anderen Personen, etwa der ganzen Familie Adell. Auf einem sieht man, wie Adell den Präsidenten der Generalitat de Catalunya begrüßt, Jordi Pujol; auf einem anderen begrüßt er den spanischen König, Don Juan Carlos de Borbón; auf einem anderen posieren Adell und seine Frau neben Papst Benedikt XVI.

»Arrangiert«, verkündet Grau. »Sie können sofort mit ihnen reden. Meine Sekretärin wird Ihnen ihre Büros zeigen.« Als er zu den beiden Polizisten tritt, deutet er mit einem knochigen Finger auf das Papstfoto. »Das war zum zehnten Jahrestag von Escrivá de Balaguers Heiligsprechung.«

Grau tritt näher an das Foto heran, nimmt die Brille ab, vereint die beiden Magnethälften der Hornbrille, die um seinen Hals hängt, setzt sie auf und konzentriert sich ein paar Sekunden auf das Bild; dann schüttelt er unmerklich den Kopf, rückt ab und ersetzt die Hornbrille wieder durch die andere.

»Wer hätte gedacht, dass ein Frömmler aus ihm wird?«

»Sie meinen Señor Adell?«, fragt Melchor, obwohl er die Antwort kennt.

»So war er nicht, als ich ihn kennenlernte«, erklärt Grau. »Eher das Gegenteil. Rosa schon, die ist immer so gewesen, er aber nicht. Doch vor ein paar Jahren hatte er gesundheitliche Probleme. Die Ärzte konnten keine Diagnose stellen und haben ihn an ein Krankenhaus in Barcelona überwiesen, wo man alle möglichen Untersuchungen mit ihm gemacht hat. Am Ende hat sich herausgestellt, dass es nichts weiter gewesen war, aber damals hat er, ich weiß nicht wie, einen Pfarrer kennengelernt, der ihn eingeseift hat.«

»Und dann ist er dem Opus beigetreten?«, fragt Salom.

»Scheint so«, sagt Grau. »Tatsächlich habe ich es erst spät erfahren, denn geändert hat sich praktisch nichts. Paco war in dieser Angelegenheit äußerst diskret. Manchmal hat er seltsame Dinge gesagt, man solle die Arbeit heiligen und dergleichen Quatsch, oder ist für eine Woche verschwunden, und später habe ich dann erfahren, dass er an geistlichen Übungen teilgenommen hatte. Paco Adell bei geistlichen Übungen, du lieber Gott! Anfangs habe ich über ihn gelacht, bis ich gemerkt habe, dass ich das besser sein lasse. Außerdem hat es sich in der Praxis, wie gesagt, nicht bemerkbar gemacht, er war der Gleiche wie immer, hat die gleichen Dinge getan wie immer.« Auf einmal blitzt es sardonisch in Graus Augen. »Wissen Sie, warum sich Paco meiner Ansicht nach bekehren ließ?«

Melchor und Salom antworten nicht. Genau in dem Moment geht die Tür auf. Es ist Graus Sekretärin, die Journalisten sind da. Der Geschäftsführer sagt, er komme gleich, und die Sekretärin schließt wieder die Tür.

»Aus Angst.« Grau beantwortet seine Frage selbst. »Er hat sich aus Angst bekehren lassen.«

»Vorhin haben Sie gesagt, Señor Adell habe keine Angst gekannt«, ruft Salom ihm in Erinnerung.

»Und das stimmt«, sagt Grau, und nun wird auch sein Lächeln bissig. »Doch da war er noch jung. Als alter Mann hat er sie kennengelernt, wie alle Welt, sehr wohl hat er sie kennengelernt. Deshalb hat er sich bekehren lassen. Haben Sie Pascal gelesen?«

Beim erwartbaren Schweigen der beiden Besucher schnalzt Grau mit der Zunge.

»Das habe ich befürchtet«, beklagt er sich ironisch. »Aber das sollten Sie tun. Pascal sagt, an Gott zu glauben, ist eine sichere Wette: Wenn du verlierst, verlierst du nichts; wenn du gewinnst, gewinnst du alles ... Da haben Sie's: Das war Pacos Rede, der Pascal nicht gelesen hatte, aber ein Pascalianer war. So hat er immer argumentiert. Ich weiß nicht, ob ich mich verständlich mache.«

Ohne eine Antwort abzuwarten, lässt Grau den beiden Polizisten den Vortritt und geht mit ihnen in den Warteraum, in dem sich bereits eine Gruppe Journalisten befindet. Grau begrüßt sie und bittet um eine Minute Geduld. Dann drückt er den Polizisten die Hand.

»Kommen Sie wieder, wann immer Sie wollen«, verabschiedet er sich. »Ich stehe zu Ihrer Verfügung. Aber tun Sie mir einen Gefallen: Schnappen Sie so schnell wie möglich Pacos Mörder.«

»Das werden wir«, verspricht Salom. »Aber gestatten Sie mir eine letzte Frage.«

»Die allerletzte«, betont Grau.

»Würden Sie sich als Señor Adells Freund bezeichnen?«

Die Frage überrascht Melchor, als erschiene sie ihm überflüssig oder unangebracht; er hat sogar den Eindruck, dass selbst Grau überrascht ist, der seufzt und mit kurzem Blick auf die Journalisten beide Männer beim Arm packt und zu sich heranzieht, damit er ihnen ins Ohr flüstern kann:

»Paco Adell hatte keine Freunde, Caporal. Menschen wie er haben keine Freunde.« Ohne ihre Arme loszulassen, rückt er ein wenig ab, blickt ihnen in die Augen und fügt hinzu: »Sie verstehen mich, nicht wahr?«

Melchor geht an der Theke der Bar *Terra Alta* vorbei, grüßt eine Gruppe von Dominospielern, und als er den Speisesaal betritt, erspäht er einen leeren Tisch am Fenster und setzt sich. Der Wirt kommt sofort, ein krummbeiniger, gelassener Mann mit einem Wanst, der die Hemdknöpfe fast sprengt.

»Schlimme Sache, was?«

Melchor fragt nicht, was der Wirt meint. Seit eineinhalb Tagen spricht man in Terra Alta über nichts anderes als den Mord an den Adells.

»Kannst du annehmen«, entgegnet er.

»Weiß man schon was?«

»Nein. Und selbst wenn, ich würde es dir nicht sagen.«

Der Wirt lacht herzhaft heraus.

»Isst du allein?«

»Nein. Salom muss jeden Augenblick kommen.«

»Zu trinken das Übliche?«

Melchor nickt. Obwohl sich *Terra Alta* in Corbera d'Ebre befindet, fast fünf Kilometer von Gandesa entfernt, ist die Bar ein beliebter Treffpunkt für die Leute vom Revier, doch jetzt, in der belebten Mittagszeit, sieht Melchor keinen einzigen Kollegen. Gemurmel und Besteckklappern dominieren den Saal, vor der Theke sitzen nur drei Männer auf den Barhockern, dahinter herrscht emsige Geschäftigkeit. Der Wirt und die Kellner kommen und gehen durch die Schwingtür zur Küche, zapfen Bier, holen Eispackungen aus der Gefriertruhe, machen sich an der Kaffeemaschine zu schaffen. Über den Köpfen der Dominospieler feiert auf einem Fernsehbildschirm eine Handvoll Fußballer auf dem Rasen ein Tor, und auf den Rängen brodelt es vor verzückten Fans. Über dem Bildschirm zeigt eine Wanduhr fünf vor halb drei. Durch das Fenster fällt die harte Helligkeit des Mittagslichts, und hinter der Scheibe führt ein Innenhof zu einer Reihe von Häusern, hinter denen wiederum Reihen von Weinstöcken zu sehen sind, noch weiter hinten die Berge und der Himmel.

Der Wirt stellt Melchor eine Cola-Flasche hin und breitet zwei Papiersets vor ihm aus, ordnet darauf zwei Gläser und zwei Gedecke an und reicht ihm ein paar Blätter, die Speisekarte. Der Polizist hat noch nicht zu Ende gelesen, da setzt sich Salom ihm gegenüber.

»Was gibt's?«, fragt Melchor.

Ohne ihn anzusehen, blickt der Caporal mit düsterem Gesicht auf die Karte.

»Rosa Adell geht es nicht gut«, antwortet er. »Als wir das Haus verlassen haben, ist ihr schwindlig geworden. Sie ist vollgepumpt mit Beruhigungsmitteln, wenn das so weitergeht, muss sie ins Krankenhaus.«

Der Wirt begrüßt Salom und nimmt beider Bestellungen auf: für Salom ein Bier, Fideuà mit Aioli sowie gefüllte Tintenfische; für Melchor grünen Salat und ein Steak mit Pommes frites.

»Das Bier ist eilig«, sagt der Caporal.

»Schon unterwegs«, versichert der Wirt, während er die Speisekarten einsammelt und sich Richtung Bar entfernt.

Salom nimmt die Brille ab, reibt sich Augen und Nasenansatz mit Zeigefinger und Daumen und setzt die Brille wieder auf.

»Ich überlege, ob wir das heute Nachmittag lieber lassen«, denkt er laut nach.

»Du meinst, Rosa Adell und deinen Freund zu befragen?«

»Ja«, antwortet Salom. »Ich habe schon mit ihnen gesprochen. Wir sollten sie in Ruhe lassen. Die Leute sind am Boden zerstört und haben nichts mit der Sache zu tun.«

»Wer hat behauptet, sie hätten etwas damit zu tun?«, fragt Melchor. »Aber bestimmt können sie uns allerlei Nützliches erzählen.«

»Das haben sie bereits Gomà und mir erzählt.«

Der Wirt stellt ein Glas Bier vor Salom hin. »Das schnellste Bier in Terra Alta«, prahlt er. Melchor wartet, bis sein Kollege den ersten Schluck genommen hat, ein langer, genüsslicher Schluck, der ihn ein wenig aufzurichten, wenn auch nicht mit der Wirklichkeit zu versöhnen scheint und eine Spur Schaum im Bart zurücklässt.

»Was haben sie euch erzählt?«, fragt Melchor.

Salom stellt das Glas auf das Tischset.

»Es fehlt Geld im Haus der Adells«, sagt er und wischt sich mit geübtem Finger den Schaum aus dem Bart. »Nicht viel, tausend, tausendfünfhundert Euro vielleicht. Es fehlt auch Schmuck.«

»Deine Freunde glauben, es könnte ein Raubüberfall gewesen sein?«

»Das ist eine Möglichkeit«, räumt Salom ein und greift wieder zu dem Glas, das einen feuchten Kreis auf dem Set hinterlassen hat. »Aber es gibt noch andere.«

Der Caporal nimmt einen zweiten Schluck. Melchor sieht ungeduldig zu.

»Was für andere?«, fragt er.

Salom lässt seinen Blick auf ihm ruhen, und obwohl sie inmitten des Lärms niemand hören kann, senkt er die Stimme:

»Grau.«

Sie haben noch kein weiteres Wort gewechselt, als der Wirt mit der Vorspeise kommt. Während Salom mit ihm scherzt, blickt Melchor aus dem Fenster. Über den Bergen sind Wattewolken aufgezogen, von einem schmutzigen Weiß oder einem weißlichen Grau, die Regen verheißen. Als der Wirt geht, greift er das Thema wieder auf:

»Dein Freund glaubt, Grau ist dafür verantwortlich?«

»So hat er es nicht gesagt«, erwidert Salom und mischt mit der Gabel die Fadennudeln mit der Aiolisoße. »Schon gar nicht vor Rosa. Für sie ist Grau wie ein Onkel; seit sie ein kleines Mädchen war, ist er bei ihnen ein und aus gegangen. Er sagt es nicht, denkt es aber. Was für einen Eindruck hat der Alte heute Morgen auf dich gemacht?«

Melchor denkt nach, das Cola-Glas in der Hand, während Salom eine Gabel voller Nudeln zum Mund führt.

»Einen intelligenten«, fasst er zusammen. »Und er hat von Adell geredet, als wäre er Napoleon. Deshalb habe ich nicht verstanden, warum du ihn am Ende gefragt hast, ob er sich als sein Freund betrachtet hat.«

»Ich habe gefragt, damit er antwortet, wie er geantwortet hat«, sagt Salom. »Nämlich so, als wäre Adell tatsächlich Napoleon gewesen und seine Ermordung ein Kaisermord. Und vor allem, damit er mir bestätigt, was wir beide uns schon gedacht haben: dass Grau sich nicht als sein Freund sah, auch wenn er seit fünfzig Jahren für ihn gearbeitet hat.«

»Fünfzig Jahre, die er mit ihm zusammengearbeitet, ihn täglich gesehen, eine fast familiäre Beziehung zu ihm gehabt hat.«

»Genau. Ich weiß nicht, was du denkst, Melchor, aber ich traue dem Mann nicht über den Weg. Weißt du, was mich vor allem stutzig gemacht hat?«

Melchor wirft ihm einen fragenden Blick zu und hebt die Brauen, während er kaut.

»All das mit der Zukunft von Gráficas Adell, die ihm angeblich egal ist«, antwortet Salom. »Dass er keine Ambitionen hat und nach Hause gehen wird, sobald er sieht, dass er überflüssig ist. Das sagen gewöhnlich die Ehrgeizigsten, besonders die alten. Die Gleichgültigkeit als Schutzschirm, hinter dem sie ihre Ziele verbergen, ein typisches Täuschungsmanöver für die Naiven. Wie soll ihm ein Unternehmen egal sein, das er fast allein aufgebaut hat und in dem er seit fünfzig Jahren Geschäftsführer ist? Er ist sich sicher, da gehe ich jede Wette ein, dass Rosa ihm die Leitung von Gráficas Adell übertragen wird, weil sie denkt, dass er momentan als Einziger dazu in der Lage ist.«

»Und denkt sie das?«

»Ich weiß es nicht, aber auf jeden Fall denkt das Grau. Deutlicher hätte er es nicht sagen können. Siehst du das nicht? Adells Tod hat ihn in die bestmögliche Lage gebracht.«

»Sehr betroffen hat er natürlich nicht gewirkt. Oder wollte vielleicht nicht so wirken.«

»Er wollte nicht so wirken und hatte auch keinen Grund dazu. Dieser Tod nützt ihm, Melchor. Das glaubt er. Ganz zu schweigen davon, dass er sein Leben lang Adells Stiefel im Nacken gehabt hat, ein ganz schönes Stinktier war der und hat ihn nach Alberts Worten mies behandelt.«

»Ihn auch? Die anderen beiden Geschäftsführer sagen, dass er vor allem deinen Freund mies behandelt hat.«

»Albert?«

»Das sagen sie. Dass er nichts allein tun durfte, dass er ihn bei den Sitzungen lächerlich gemacht, ihn ausgelacht hat. Vielleicht war er deshalb so selten in der Fabrik.«

»Adell hat wohl alle Welt mies behandelt.«

»Möglich. Olga sagt, er hatte als junger Mann einen Wahlspruch: ›Wenn ich an einem Tag niemandem eins ausgewischt habe, bin ich nicht glücklich.‹«

»Olga hat ihn gekannt?«

»Ihr Vater war mit ihm befreundet. Die Arbeiter haben allerdings nicht so schlecht von Adell gesprochen. Ich habe mich mit einigen unterhalten. Wenn man sie ein wenig zum Reden bringt, erzählen sie, dass das Unternehmen sie ausbeutet, und verfluchen es, aber alle sagen, Adell sei fabelhaft gewesen, sympathisch und herzlich, sei immer zu den Betriebsessen gekommen, mittags wie abends, habe sie immer mit kleinen Aufmerksamkeiten bedacht. Mir scheint, sie sind aufrichtig. Ich bin zu dem Schluss gekommen, dass Adell seinen unmittelbaren Mitarbeitern gegenüber hart war und weich gegenüber allen anderen.«

Der Wirt räumt die leeren Teller ab. Salom kratzt sich sanft den Bart und sagt:

»Etwas habe ich dir nicht erzählt.«

»Was denn?«

»Weißt du, von welcher Marke die Reifen von Graus Wagen sind?«

Melchor blickt ihn an. Salom nickt, ohne mit dem Kratzen aufzuhören.

»Woher weißt du das?«, fragt Melchor.

»Sein Wagen stand auf dem Fabrikparkplatz.«

»Kann man herausfinden, ob es der ist, den wir suchen?«

»Nein, aber ...«

Der Wirt serviert den Hauptgang und fragt, ob sie noch etwas trinken wollen. Beide lehnen ab und machen sich ans Essen, ohne vom Teller aufzublicken, grübeln vor sich hin. Sie arbeiten täglich zusammen, seit Melchor in Terra Alta ist, und sind es gewohnt, gemeinsam zu schweigen, ohne Unbehagen. Anfangs war Salom nicht nur Melchors vorgesetzter Caporal gewesen, sondern auch sein Mentor, aber seit langem schon ist er der Kollege, den er in allem um Rat fragt, mit dem er alles bespricht und bei all ihren gemeinsamen Fällen seine Theorien oder Hypothesen austestet. Melchor vertraut Salom blind, der vom Alter her fast sein Vater sein könnte, und er harmoniert mit ihm persönlich auf eine Weise, wie es ihm mit niemandem bisher ergangen ist, nicht einmal mit Vicente Bigara, nicht einmal mit Domingo Vivales. Als er an den Anwalt denkt, fällt ihm der morgendliche Anruf ein und dass er ihn zurückrufen muss. Nachdem er sein Steak aufgegessen hat, wischt sich Melchor den Mund mit der Serviette und fragt:

»Glaubst du wirklich, dass es der Alte war?«

»Ich weiß nicht«, entgegnet Salom und legt das Besteck

auf dem leeren Teller über Kreuz. »Es ist eine Möglichkeit.«

Melchor nickt.

»Silva und Botet sind auch eine Möglichkeit«, sagt er.

Salom sieht ihn an und versteht nicht.

»So heißen die beiden anderen Geschäftsführer«, erklärt Melchor. »Die stellvertretenden. Die unter Grau stehen. Auch sie reden von Adell, als wäre er Napoleon gewesen, und auch sie hatten seinen Stiefel im Nacken. Außerdem sind sie jung und ehrgeizig. Und wenn wir schon beim Spekulieren sind, sogar Ferrer wäre eine Möglichkeit, oder?«

»Albert?« Salom lächelt verblüfft. »Du kennst ihn nicht. Der ist ein sympathischer Windhund, aber harmlos. Ein Knallkopf. In jungen Jahren war er klug, hat Betriebswirtschaft studiert und hätte Bedeutendes leisten können, da bin ich mir sicher. Aber er hat sich mit der besten Partie der Gegend eingelassen, hat begriffen, dass er sich um nichts mehr sorgen muss, und hat es sich gut gehen lassen. Was Grau heute Morgen gesagt hat: Wenn man dir die Dinge allzu leicht macht, ist es aus. Darin hatte der Alte recht.« Er macht eine Pause und fügt hinzu: »Und auch du hast recht, dass du Albert kennenlernen willst. Wir fahren zu ihm, wie wir vorhatten. Wenn wir nicht mit Rosa sprechen können, sprechen wir nur mit ihm. Er wird uns Dinge über Grau erzählen, über Silva und Botet. Er kennt sie gut.«

»Und du? Woher kennst du Ferrer?«

»Woher wir uns alle in Terra Alta kennen: aus der Kindheit. Unsere Familien waren befreundet. Aber ich bin etwas älter als er, und wir wurden erst in Barcelona zu richtigen Freunden, beim Studium. Wir haben zwei Jahre zusammengewohnt. Er war an der Universität, ich auf der Polizeischule und dann im Revier von Nou Barris, im praktischen Jahr. In Barcelona hat er sich mit Rosa eingelassen. Olga kann es dir erzählen. Frag sie danach.«

Beim Nachtisch und Kaffee erzählt Salom von seiner Freundschaft zu Albert Ferrer und Rosa Adell, und Melchor fasst ihm sein Gespräch mit Silva und Botet zusammen.

Es gießt in Strömen, als sie vor dem großen Eisentor halten und Salom Albert Ferrer anruft, der sie im Haus erwartet. Es ist kurz nach fünf Uhr nachmittags. Sie kommen nicht direkt vom Mittagessen im *Terra Alta*, sondern aus dem Revier, wo Melchor seinen Wagen abgestellt hat und rasch seine morgendlichen Ermittlungen bei Gráficas Adell notiert und Sargento Pires geschickt hat, damit sie alles sammeln kann. Unterdessen hat Salom mit den Kollegen von der Spurensicherung geredet, denen er am Vorabend im Landhaus geholfen hatte. Außerdem hat er mit Albert Ferrer und mehrmals mit Subinspector Gomà und Sargento Pires telefoniert. Auf dem Weg zu ihrer Verabredung hat Salom ihm erzählt, dass die Mobilfunkgesellschaften bereits einige Namen und Telefonnummern der Kunden herausgegeben haben, die Samstagnacht in der Nähe des Adell-Hauses waren. Pires und Gomà haben gedrängt, sie so schnell wie möglich zu befragen, denn Ramos, Viñas und Claver haben in den nächsten Tagen alle Hände voll zu tun.

Das Eisentor geht auf, und sie fahren langsam über einen Kiesweg, es knirscht unter den Reifen, sie tauchen ein in ein dichtes, vom Regen gepeitschtes Wäldchen, vorbei an einem alten zweistöckigen Landhaus linker Hand, bis sie zu einer Art Jagdhaus gelangen. Dort wartet Ferrer vor der angelehnten Tür und gibt ihnen mit Zeichen zu verstehen, dass sie neben einem roten Porsche Panamera halten sollen. Das tun sie, und obwohl sie die wenigen Meter zur Tür im Laufschritt zurücklegen, treten sie doch durchnässt und fluchend ein.

»So ein verdammter Guss!«, begrüßt sie Ferrer. »Wollt ihr ein Handtuch?«

Die beiden Polizisten lehnen ab, und nachdem sie ihre Kleidung etwas arrangiert haben, streckt Ferrer Melchor seine Hand hin.

»Endlich!«, sagt er mit einem breiten Lächeln. »Du weißt nicht, wie gern ich dich kennenlernen wollte. Ernest hat mir viel von dir erzählt, aber allem Anschein nach will er dich für sich allein. Er war schon immer ein Egoist.«

Sie schütteln sich die Hand. Ferrer ist gerade einmal ein Jahr jünger als Salom, aber sein lässiges Auftreten, sein Körper ohne ein Gramm überflüssiges Fett und das eng anliegende, jugendliche Outfit lassen ihn um vieles jünger wirken: grünes Poloshirt, weiße Hose, Nike-Schuhe. Sein Haar ist kurz und schwarz, den Scheitel trägt er rechts, und seine Augen blicken mit der Eindringlichkeit des geborenen Verführers.

»Ich bedauere nur, dass wir uns unter so dramatischen Umständen kennenlernen müssen«, fügt er hinzu. »Aber setz dich bitte. Fühl dich wie zu Hause. Ich nehme das sehr ernst, dass die Freunde meiner Freunde auch meine Freunde sind.«

Was auf den ersten Blick wie ein Jagdhaus aussah, ist in Wirklichkeit eine Art Studio mit Fensterfront zum Garten, getäfelten Wänden und Regalen, vollgestopft mit CDs und Schallplatten. In der Mitte steht ein massiver Holztisch mit einem Laptop, dahinter eine Musikanlage, flankiert von zwei Lautsprechersäulen und zwei Verstärkern. Der Nachmittag hat sich verfinstert, und der Raum ist in ein bläuliches Unterseelicht getaucht. Nach Ferrers Aufforderung setzen sich Melchor und Salom auf ein altes, abgewetztes Ledersofa, ihr Gastgeber knipst eine Stehlampe mit goldfarbenem Schirm neben ihnen an, die das Halbdunkel verscheucht, und bietet ihnen Kaffee, Alkohol, Wasser an. Melchor und Salom entscheiden sich für Kaffee, und Ferrer geht nach hinten, wo eine Kaffeemaschine, eine Anrichte und eine Hausbar zu sehen sind.

»Das hier ist mein geheimes Refugium«, erklärt Ferrer Melchor, steckt eine Nespresso-Kapsel in die Maschine und schließt die Klappe. »Obwohl es nicht viel Geheimes an sich hat, nicht wahr, Ernest?«

Der Caporal stimmt zu und erkundigt sich nach Ferrers Frau. Rosa schlafe, antwortet Ferrer, er habe sie nicht stören wollen und im Haus hinterlassen, sobald sie aufwache, solle man sie benachrichtigen, dass sie beide eingetroffen seien. Während Melchor Ferrer und Salom zuhört, fällt ihm ein, wie Olga die beiden am Vortag beschrieben hatte (»Sie sind wie Tag und Nacht.«), und er fragt sich, wie zwei offensichtlich so verschiedene Männer so enge Freunde sein können.

»Das hättest du nicht tun sollen«, wirft Salom Ferrer vor. »Rosa muss schlafen. Wir sollten sie nicht stören.«

»Ihr stört sie nicht«, sagt Ferrer. »Sie will euch unbedingt helfen. Es ist nur ...« Er wendet sich an Melchor. »Sie ist völlig fertig. Sie hat ihre Eltern sehr geliebt, vor allem ihren Vater. Das bringt sie um.«

»Das habe ich ihm schon erklärt«, sagt Salom.

»Meine Töchter hat das auch sehr mitgenommen«, fährt Ferrer fort. »Die beiden älteren sind gestern aus Barcelona gekommen, aber ich möchte, dass sie sofort zurückkehren. Schon morgen, wenn möglich, nach der Beerdigung. Das Leben muss für alle weitergehen, aber vor allem für sie, findest du nicht?«

Die Frage ist an Melchor gerichtet, der nicht antwortet. Salom steht auf, holt die beiden gefüllten Kaffeetassen und reicht eine seinem Kollegen.

»Wenn ihr erlaubt, nehme ich einen Whisky«, sagt Ferrer und wirft zwei Eiswürfel in ein dickes, viereckiges Glas. »Kein Mensch hält das sonst aus.«

Während er sich großzügig einen Lagavulin einschenkt und sich in einen Sessel fallen lässt, erzählt Ferrer, dass seine Frau und er überlegt haben, einen Anwalt zu engagieren, der als Sprecher der Familie fungiert.

»Eine gute Idee«, sagt Salom. Er hat sich wieder neben Melchor gesetzt. »Dann belästigt euch niemand mehr.«

»Aber dann ist mir der Gedanke gekommen, dass du unser Sprecher sein könntest, Ernest.« Ferrer nimmt einen Schluck Whisky und stellt das Glas auf den Tisch. »Rosa fand das eine fabelhafte Idee.«

Ferrer erklärt, warum ihnen Salom ideal für diese Aufgabe zu sein scheint, als der Caporal ihn unterbricht:

»Wenn ihr das wollt, mache ich das sehr gern.« Dann fügt er hinzu: »Das ist zwar nicht üblich, aber ich glaube, es dürfte keine Einwände geben. Lass es mich vorsichtshalber mit Subinspector Gomà besprechen.«

»Ja, tu das bitte«, sagt Ferrer. »Hoffentlich stimmt er zu. Für uns wäre es das Beste. Und ich bin mir sicher, dass es Rosa beruhigen würde.«

»Salom hat mir erzählt, dass ihr im Haus ihrer Eltern einiges vermisst«, sagt Melchor. »Deine Frau, meine ich. Schmuck und Geld.«

»Ja.« Ferrer greift wieder zum Whiskyglas, führt es aber nicht zum Mund. Vor dem Fenster in seinem Rücken peitscht der Regen immer noch Blumen und Bäume im Garten, der immer nasser und nebliger wird. »Sie hatten nie viel Geld im Haus, aber Freitagabend hat Rosa einen Umschlag voller Scheine im Schlafzimmer ihrer Mutter gesehen. Ich weiß nicht, vielleicht mussten sie etwas bezahlen ...«

»Das war das letzte Mal, dass ihr im Haus wart?«, fragt Melchor.

»Ja«, antwortet Ferrer, und Melchors Blick fällt auf dessen Fingernägel, bis zum Ansatz abgekaut. »Mein Schwiegervater hatte es sich zur Gewohnheit gemacht, jeden

Freitag bei sich zu Hause mit den Führungskräften des Unternehmens zu Abend zu essen, um die Wochenbilanz zu besprechen.«

»Das haben mir Silva und Botet erzählt. Bei dem Abendessen war auch Arjona dabei, nicht wahr? Abgesehen von Grau.«

»Arjona ist der Fabrikleiter?«, fragt Salom.

»Ja«, antwortet Ferrer. »Er hat auch an diesen Abendessen teilgenommen, zumindest in letzter Zeit. Ebenso wie meine Schwiegermutter und meine Frau, obwohl es, wie gesagt, vor allem Arbeitstreffen waren. Nur nicht Weihnachten und am Tag der heiligen Rosa, wenn wir gemeinsam mit den Familien des Vorstands den Namenstag meiner Schwiegermutter und meiner Frau gefeiert haben und aus dem Ganzen ein Fest wurde.«

Ferrer erzählt ein paar Minuten von den wöchentlichen Treffen bei den Adells, und Melchor fällt auf, dass er ab und an eine jähe, fast unmerkliche Kopfbewegung macht, als hätte er ein nervöses Zucken oder ein verstopftes Ohr, das er freibekommen will. Er fragt ihn noch einmal nach dem Schmuck.

»Rosa sagt, die wertvollsten Stücke sind in einem Banksafe«, antwortet Ferrer. »Aber was sie im Haus hatten, war beileibe kein Ramsch. Und alles ist restlos verschwunden.«

»Weißt du, ob deine Schwiegereltern sonst noch etwas Wertvolles im Haus hatten, für das sich jemand interessieren könnte, irgendeinen Gegenstand, ein Passwort oder dergleichen, was erklären könnte, warum man sie vor dem Mord gefoltert hat?«

»Ich weiß es nicht.« Ferrer legt den rechten Knöchel auf das linke Knie, und ein weißer Socken, fein und makellos, kommt zum Vorschein. »Wenn ja, wüsste ich natürlich nicht darüber Bescheid. Rosa vielleicht, aber ich nicht. Doch Rosa kann es sich auch nicht erklären.«

»Wie bist du mit deinen Schwiegereltern ausgekommen?«

Ferrer scheint die Frage nicht zu verstehen, beißt sich innen auf die Wange, wendet sich an Salom, der gerade mit der Kaffeetasse aufsteht und zur Hausbar geht.

»Erzähl ihm die Wahrheit, Albert«, ermuntert ihn der Caporal. »Du hast nichts zu verbergen.«

Ferrer stellt sein Bein wieder auf den Boden, schwenkt das Whiskyglas und lässt die Eiswürfel klirren.

»Mit ihr recht gut«, antwortet er, die Augen starr auf Melchor gerichtet, der Kiefer verkrampft. »Sehr gut sogar. Sie war eine gutmütige Frau und hat mich wie einen Sohn geliebt. Mit ihm war es etwas anderes.« Ein paar Sekunden lang blickt er Melchor an, der das Gefühl hat, dass Ferrer nicht ihn sieht, sondern jemand anderen, vielleicht sich selbst. Er nimmt noch einen Schluck Whisky und lächelt wieder. »Nun ja, weshalb drum herumreden: Vermutlich hat er es einfach nicht ertragen, dass ich mit seiner Tochter schlafe. So simpel ist das und so vulgär im Grunde, nicht wahr? Wer weiß, vielleicht geht es mir einmal ebenso, bloß mit vier multipliziert.«

Ferrer stößt ein künstliches Lachen aus, das nicht lange anhält, keiner stimmt mit ein, hohl klingt es an gegen das Prasseln des Regens an den Scheiben. Für einen kurzen

Augenblick wird das Unwetter noch heftiger, lässt dann aber sofort nach. Salom hat sich ein Glas Wasser eingegossen und mustert nun seinen Freund, an ein Regal gelehnt, das Glas in der Hand. Melchor hat seinen Kaffee in der Tasse kalt werden lassen und keine Lust mehr, ihn zu trinken.

»Paco Adell war ein harter Brocken«, fährt Ferrer fort. »Er hat mich wohl verachtet. Na ja, streich das ›wohl‹.«

»Paco Adell hat alle Welt verachtet«, springt ihm Salom bei.

»Möglich.« Ferrer stürzt den Whisky hinunter und steht auf. »Aber davon abgesehen war er der Vater meiner Frau und der Großvater meiner Töchter, und es freut mich ganz und gar nicht, was mit ihm geschehen ist. Ich bin nicht sicher, ob das alle Welt von sich behaupten kann.«

»Denkst du an Grau?«, fragt Melchor.

Ferrer beißt sich wieder auf die Innenseite der Wange, sucht wieder Saloms Blick, und der nickt.

»Ich habe es ihm erzählt«, sagt er.

Ferrer wirft noch einen Eiswürfel in sein Glas.

»An wen sonst sollte ich denken?«, fragt er und gießt sich Lagavulin nach. »Die Beziehung dieser beiden Männer ...« Er trinkt einen Schluck Whisky und setzt sich wieder in den Sessel, Melchor gegenüber. »Da müsste jemand ein Buch drüber schreiben. Gewissermaßen waren sie das perfekte Paar: der eine Sadist, der andere Masochist. Deshalb haben sie es wohl so lange miteinander ausgehalten. Deshalb und weil es zwei Gestörte waren, die nur für ihre Arbeit gelebt haben, wie zwei Mönche oder zwei Kreuzfahrer. Nie habe ich jemanden gesehen, der sich in diesem Ausmaß selbst ausbeutet. Und wozu das alles? Mein Schwiegervater hatte wenigstens eine Familie, Grau nicht einmal das. Ich frage mich, was er mit dem ganzen Geld anfangen will, wenn er keine Zeit hat, es auszugeben.«

»Melchor sagt, Grau spricht von Adell, als wäre er Napoleon«, bemerkt der Caporal.

»Oder Jesus!«, ruft Ferrer. »Ihr könnt euch nicht vorstellen, wie sehr er ihm ergeben war, wie weit seine Unterwürfigkeit ging. Es war widerlich, um ehrlich zu sein. Und ich muss euch nicht daran erinnern, wer Jesus verkauft hat.«

»Willst du damit sagen, Grau könnte etwas mit dem Mord zu tun haben?«

»Ich sage, von der Ergebenheit zum Hass ist es nur ein Schritt. Und den kann Grau nach fünfzig Jahren tagtäglicher Folter gut und gern gemacht haben. Mich zumindest würde das nicht wundern. Habt ihr nicht die Reifenspuren seines Wagens im Garten meiner Schwiegereltern gefunden?«

»Wir sind uns nicht sicher, dass es sein Wagen war«, wirft Salom ein. »Die Reifenmarke ist dieselbe, Continental, aber es lässt sich unmöglich beweisen, dass sie zu Graus Wagen gehören.« Der Caporal scheint sich auf einmal unbehaglich zu fühlen, löst sich vom Regal, stellt das halbvolle Wasserglas auf die Hausbar und sagt: »Gut, ich glaube, wir sollten jetzt gehen.«

Melchor sieht, dass der Regen fast aufgehört hat, über dem üppigen, triefenden Garten ist der Wolkenvorhang vor der Sonne aufgerissen, und dahinter kommt ein Stückchen glatter, leuchtender Himmel hervor, von intensivem Blau.

»Sollten wir nicht auf seine Frau warten?«, fragt er Salom.

»Sie wird nicht kommen«, entgegnet der Caporal. »Und wir müssen so schnell wie möglich anfangen, die Handybesitzer zu vernehmen.«

»Ich weiß nicht, ob Rosa in der Lage ist, viele Fragen zu beantworten«, pflichtet Ferrer bei. »Aber warum trinkt ihr nicht etwas, bevor ihr geht? Dass ihr Polizisten im Dienst nichts trinkt, ist doch ein Märchen aus dem Kino, oder?«

Keiner der beiden nimmt das Angebot an, doch Melchor nutzt die Gelegenheit, ihn nach seiner Arbeit bei Gráficas Adell zu fragen. Ferrer erklärt, die habe sich mit der Zeit gewandelt und in den letzten Jahren, vor allem seit Adell und Grau aus Altersgründen nicht mehr gereist seien und er zum Vorstandschef ernannt worden sei, habe er sich hauptsächlich mit der Repräsentation und Koordinierung der Auslandsniederlassungen beschäftigt, sei deshalb viel unterwegs gewesen, oft in Osteuropa und Lateinamerika. Melchor denkt, dass Grau wohl das gemeint haben musste, als er von »Visage zur Schau stellen« gesprochen hatte.

»Sagen wir, seit einigen Jahren bin ich für viele das Gesicht der Firma«, fasst Ferrer zusammen. »Nicht, dass mir die Arbeit missfällt, ich reise gern und bin ein geselliger Mensch. Man kann mir viel vorwerfen, aber nicht, dass ich unsympathisch wäre, stimmt's, Ernest? Allerdings will ich nicht lügen: Ich hätte gern mehr innerhalb des Unternehmens gearbeitet, als Manager etwa.«

»Und warum hast du das nicht getan?«, fragt Melchor.

Ferrer lacht wieder, diesmal herzhaft, und wirft den Kopf zur Seite, wieder eine Art Krampf oder ein verstopftes Ohr.

»Man sieht, du hast den Alten nicht gekannt!«, sagt er nach einem weiteren Schluck, den Mund zu einer bissigen Grimasse verzogen. »Er war unfähig, im Team zu arbeiten, konnte nicht delegieren, musste alles kontrollieren, alles musste auf seine Weise gemacht werden. Was man einen Tyrannen nennt. Unter seiner Fuchtel zu stehen, war ein Albtraum.«

»Doch das Unternehmen läuft gut«, wirft Melchor ein.

»Es lief gut!«, verbessert ihn Ferrer und schwenkt das Whiskyglas, in dem nur noch zwei Stückchen Eis ausdauern. »Es hat sich überlebt, operiert mit Methoden aus dem zwanzigsten Jahrhundert. Was heißt zwanzigsten, aus dem neunzehnten! Adell hatte nicht die geringste Ahnung von den neuen Formen der Unternehmensführung, und die haben ihn auch nicht interessiert. Außerdem hat er niemandem vertraut, nicht einmal Grau.«

Während Ferrer eine Anekdote loslässt, mit der er Adells allumfassendes Misstrauen und seine problematische Beziehung zu Grau veranschaulichen will, sieht Melchor durch die Fensterfront hinter seinem Gastgeber, dass eine Frau aus der Tür des Hauses tritt und auf einem Pfützenweg zum Studio herüberkommt. Der Regen hat aufgehört, aber die Frau trägt einen Schirm.

»Da kommt Rosa«, sagt Salom und geht zur Tür.

Ferrer und Melchor stehen auf. Salom begrüßt Rosa Adell mit einem Kuss auf die Wange, sie faltet den Schirm zusammen und steckt ihn in den Ständer am Eingang des Studios. Ferrer stellt sie Melchor vor, und beide geben sich die Hand.

»Wir wollten gerade gehen«, sagt Salom.

»Setzt euch bitte«, sagt Rosa Adell.

Auch sie setzt sich. Obwohl sie abgezehrt aussieht und sich unauffällig gekleidet hat – langer, grauer Rock, schwarze Bluse und eine ebenfalls graue Strickjacke –, ist Melchor von ihrer gelassenen, leuchtenden Schönheit beeindruckt, die ihm auf den Fotos, die er von ihr kennt, nicht aufgefallen war: ovales Gesicht, große, tiefe Augen, die Lider leicht geschwollen, üppige Lippen, eine fast schnurgerade Nase, dunkel getönte, seidige Haut. Es liegt auf der Hand, dass sie geweint hat, aber auch, dass sie es zu verbergen versucht. Ferrer, der neben ihr auf dem Sofa sitzt, legt ihr den Arm um die Schulter und deutet mit dem anderen auf Salom.

»Ernest hat sich bereit erklärt, für die Familie zu sprechen«, verkündet er.

»Das wirst du tun?«, fragt Rosa Adell.

»Natürlich«, antwortet Salom. »Wenn es Subinspector Gomà zulässt, habe ich keine Einwände. Im Gegenteil.«

»Du weißt nicht, wie dankbar ich dir bin, Ernest«, versichert Rosa Adell. »Wir hatten an einen Anwalt gedacht, aber es ist viel besser, wenn du es machst und kein Fremder.« Nach einer langen Pause murmelt sie: »Ich verstehe einfach nicht, was geschehen ist. Kann es nicht begreifen. Meine Eltern ...« Sie scheint gleich in Tränen auszubrechen, presst aber die Lippen aufeinander und weint nicht. »Ich weiß nicht, was ich sagen soll, Ernest.«

»Du musst gar nichts sagen.«

Die Frau nickt, versinkt ein wenig im Sofa, zieht die Strickjacke enger um sich und verschränkt die Arme, als wäre ihr kalt. Dann überlegt sie es sich anders und fährt fort:

»Doch, natürlich muss ich etwas sagen.« Sie sieht Melchor an. »Bestimmt habt ihr viele Fragen. Fragt mich, was auch immer, bitte.«

»Wir wollen dir nicht zusetzen, Rosa«, beharrt Salom. »Außerdem haben wir es eilig.«

»Wenn du dich sorgst wegen heute Vormittag, das musst du nicht«, sagt Rosa Adell. »Es geht mir viel besser. Außerdem müsst ihr eure Arbeit tun. Das Problem ist nur, ich weiß nicht, wie ich euch helfen soll, ich kann mir nicht vorstellen, wer für diese entsetzliche Tat verantwortlich sein könnte. Ich weiß nur, dass weder María Fernanda noch Jenica irgendetwas damit zu tun hatten. Arme Jenica.«

»Da du darauf bestehst«, Salom gibt nach, »es gibt etwas, was ich dich heute Morgen nicht gefragt habe.«

»Was denn?«, fragt sie.

»Erinnerst du dich, wann du das letzte Mal mit deiner Mutter gesprochen hast?«

»Wohl Samstagnachmittag. Ich weiß es nicht. Wir haben ständig gesprochen. Sie hat mich zu jeder Zeit angerufen. An dem Abend haben wir früh gegessen, dann sind Irene und Ana auf ihr Zimmer gegangen, und wir haben im Fernsehen eine Serie gesehen.«

»*Mad Men*«, fügt Ferrer hinzu.

»Ich bin dabei eingeschlafen und dann ins Bett gegangen, Albert hat noch im Studio Musik gehört. Es war ein ganz normaler Samstag. Am Sonntag waren wir zum Mittagessen mit ihnen verabredet. Mit meinen Eltern, meine ich.«

»Bist du sicher, dass du nach dem Abendessen nicht mehr mit ihnen gesprochen hast?«, fragt Salom.

»Nein. Ich glaube nicht. Bin mir aber nicht sicher. Wenn du willst, sehe ich nach. Der Anruf ist sicher im Handy verzeichnet.«

»Ja, überprüf das bitte«, sagt Salom. »Und noch etwas. Kamen dir deine Eltern in den letzten Tagen komisch vor? Als würde ihnen etwas Sorge machen oder dergleichen.«

»Nein.« Sie wendet sich an ihren Mann und fragt: »Sind sie dir komisch vorgekommen?«

Ferrer schüttelt den Kopf.

»Sie hatten ein ruhiges Leben«, sagt Rosa Adell. »Mein Vater ist weiterhin zur Arbeit gegangen, Tag für Tag. Meine Mutter hat das Haus nur noch selten verlassen, hat sich nicht einmal mehr um den Garten gekümmert, an dem sie früher solche Freude hatte. Die beiden waren eben sehr alt, vor allem mein Vater, auch wenn keiner von beiden ernsthafte gesundheitliche Probleme hatte.«

»Sie sollen nur wenige Freunde gehabt haben«, sagt Melchor. »Und kaum soziale Kontakte.«

»Das war schon immer so«, entgegnet Rosa Adell und

richtet den Blick auf ihn. »Erst recht in ihrem Alter. Mein Vater hat früh die Eltern verloren, sie stammten aus Bot. Sein Vater ist im Krieg umgekommen. Von seiner Mutter weiß ich nichts, ich habe sie nicht kennengelernt, und mein Vater hat nie von ihr gesprochen. Mit der Familie meiner Mutter hatten wir sehr viel mehr Kontakt. Sie waren aus Reus. Als ich ein kleines Mädchen war, haben wir meine Großeltern und meine Tante dort oft besucht. Dann sind alle drei gestorben, und wir sind nicht mehr hingefahren. Wir waren die sozialen Kontakte meiner Eltern: Albert, ich und unsere Töchter.«

»Und Josep Grau«, fügt Melchor hinzu.

»Das stimmt«, pflichtet ihm Rosa Adell bei. »Señor Grau gehört auch zur Familie. Habt ihr mit ihm gesprochen? Gestern war er den ganzen Tag über hier. Er hat nicht eine Träne vergossen, aber ich weiß, er ist innerlich zerstört.«

Die Frau verstummt, ihr Blick schweift ab, und eine schwere Stille beherrscht das Studio, während die drei Männer sie betrachten. Melchor bricht schließlich das Schweigen:

»Haben Sie darüber nachgedacht, was mit dem Unternehmen geschehen soll?«

Rosa Adell kommt wieder zu sich und mustert ihn schweigend, mit gerunzelter Stirn.

»Er fragt, ob du schon darüber nachgedacht hast, was du mit Gráficas Adell machen willst«, wiederholt Ferrer.

Ihre Miene entspannt sich, und sie zuckt mit den Schultern.

»Du meinst, wer meinen Vater ersetzen wird?«, fragt sie

nachdenklich, ohne den Blick von Melchor zu wenden. »Ich weiß es nicht. Ich habe nicht darüber nachgedacht. Um ehrlich zu sein, ist mir das momentan egal.«

»Dafür ist später noch Zeit«, unterstützt sie Ferrer und drückt sie wieder an sich. »Jetzt ist nicht der Moment. Allerdings wirst du eher früher als später eine Entscheidung treffen müssen, und sei es nur deinem Vater zuliebe.«

Rosa Adell antwortet mit einer vagen Geste, die Unfähigkeit oder Angst (oder beides) bedeutet, ihr Mann bietet ihr etwas zu trinken an, doch sie lehnt ab. Da vibriert Melchors Handy in der Tasche, zum dritten Mal am Tag, und wieder ist es Vivales. Auch jetzt antwortet er nicht, und Salom macht Anstalten aufzustehen und sagt, jetzt müssten sie aber los. Rosa blickt ihn mit einer Müdigkeit an, die wie Enttäuschung aussieht, aber vermutlich Erleichterung ist.

»Mehr wollt ihr nicht wissen?«, fragt sie.

»Ich sagte doch, wir haben es eilig, Rosa«, entgegnet Salom. »Wir kommen ein andermal wieder.«

»Etwas möchte ich doch noch wissen«, schaltet sich Melchor ein. »Sind Sie auch Mitglieder des Opus?«

Wieder blickt die Frau ihn verwundert an, und Melchor fürchtet, dass sie ihn auch diesmal nicht verstanden hat. Ferrer neben ihr schüttelt den Kopf.

»Nein«, antwortet Rosa Adell. »Das war eine Angelegenheit meiner Eltern. Sie haben uns nicht einmal zu überzeugen versucht, es ihnen nachzutun.«

»Waren Sie schon verheiratet, als Ihre Eltern dem Opus beigetreten sind?«

»Natürlich«, sagt die Frau. »Das ist erst zehn, zwölf Jahre her.«

»Señor Grau sagt, das Leben Ihres Vaters hat sich nicht wesentlich geändert, seit er beim Opus war«, sagt Melchor.

»Das stimmt«, entgegnet die Frau. »Und auch das meiner Mutter nicht. Sie ist von jeher religiös gewesen, sonntags und an Feiertagen sind wir immer in die Kirche gegangen, aber das war auch alles. Wir haben zum Beispiel nie zu Hause gebetet. Sie dann später schon, aber nur wenn sie allein waren, jede Nacht vor dem Schlafengehen, uns haben sie da nie mit einbezogen. Ab und an haben sie zusammen mit älteren Paaren irgendwo an geistlichen Übungen teilgenommen. Dergleichen Dinge. Aber mehr nicht.«

»Kannten Sie eines dieser Paare?«

»Kein einziges. Es waren auch jedes Mal andere. Ich glaube nicht, dass sie mit einem von ihnen Freundschaft geschlossen haben. Meine Mutter hätte es mir erzählt. Obwohl meine Mutter mir von allem erzählt hat, nur davon nicht. Und ich habe ihr Schweigen respektiert.«

»Glauben Sie, sie haben sich geschämt, beim Opus zu sein?«

»Ich glaube, sie haben gedacht, dass es nur sie anging, etwas Intimes war. Und dass sie niemanden mit hineinziehen mussten, nicht einmal mich. Ich glaube auch ...« Sie atmet tief durch, ihr Blick wird hart, sie fährt fort: »Ich glaube, das mit dem Opus war ihre Art, sich auf den Tod vorzubereiten. Sie konnten sich ja nicht vorstellen ...«

Jetzt kann sie sich nicht mehr zurückhalten. Ihre Lippen zittern und verkrampfen sich, ihre Augen werden von

Tränen überschwemmt, und sie fängt zu weinen an. Ferrer legt ihr wieder den Arm um die Schulter und zieht sie zu sich heran, während sie ein Papiertaschentuch aus der Strickjacke zieht, die Tränen abtrocknet, eine Entschuldigung stammelt. Sie solle sich nicht entschuldigen, sagt Salom und steht auf, als sie zu weinen aufhört.

»Gut, jetzt gehen wir aber wirklich«, kündigt er an. »Wir haben lang genug gestört.«

Melchor steht mit ihm auf, und beide verabschieden sich von Rosa Adell.

»Ich begleite euch hinaus«, sagt Ferrer.

Die drei gehen in den Garten, zum Auto der Polizisten, das neben Ferrers Porsche Panamera steht. Melchor saugt den intensiven Duft der feuchten Erde ein, der triefenden Bäume und Blumen nach dem Regenguss; ein trübes, rostfarbenes Licht überzieht alles. Ferrer drückt ihm die Hand und nimmt ihn mit der anderen beim Arm.

»Es tut mir leid, ich sagte ja, Rosa geht es nicht gut«, entschuldigt er sich. »Hoffentlich ist das alles bald vorbei, dann verabreden wir uns zum Abendessen und trinken etwas. In Ordnung? Ich lade ein.«

Während Ferrer und Salom sich verabschieden, blickt sich Melchor zum Studio um und sieht durch das Fenster Rosa Adell, die immer noch auf dem Sofa sitzt, den Kopf gesenkt, mit dem Rücken zu ihm. Dann suchen seine Augen die Reifen des Porsche Panamera: keine Continental, sondern Pirelli.

»Cosette hat auf dich gewartet«, sagt Olga. »Aber dann ist sie doch eingeschlafen.«

»Ich habe es nicht früher geschafft«, entschuldigt sich Melchor. »Mir scheint, die nächsten Tage könnt ihr nicht mit mir rechnen.«

»Warum hast du Salom nicht gesagt, er soll heraufkommen und etwas essen? Ich hatte ihn fürs Abendessen eingeplant.«

»Das habe ich. Aber er war müde und wollte lieber nach Hause.«

Melchor verschlingt ein Omelette und einen Salat aus fein geschnittenen Tomaten und Salatblättern mit etwas Huhn, Käse, Nüssen und Avocado, angerichtet mit Olivenöl und Balsamico aus Modena. Olga sieht ihm beim Essen zu und streichelt den Stiel eines halbvollen Rotweinglases. Sie sitzen am Küchentisch unter einer Lampe, die ihren Lichtkegel auf die karierte Tischdecke wirft; im restlichen Raum herrscht vertrautes Dunkel.

Seine Frau fragt ihn nach der Mordermittlung.

»Besser, wir sprechen über etwas anderes«, weicht Melchor aus und kaut zu Ende, eine Cola-Dose in der Hand. »Der Untersuchungsrichter hat eine Nachrichtensperre verhängt. Je weniger ich dir von der Angelegenheit erzähle, desto besser. Wie war dein Tag?«

»Gut«, sagt Olga. »Vivales hat angerufen.«

»Mist, das stimmt. Den ganzen Tag schon ruft er bei mir an. Was will er?«

»Was soll er schon wollen?«, sie lächelt. »Das Gleiche wie immer: Wissen, ob alles unter Kontrolle ist. Und kurz mit

Cosette plaudern, die ihn vergöttert. Ich habe auch kurz mit ihm gesprochen. Über die Adells natürlich. Und über dich. Er sagt, seit zwei Wochen habt ihr schon nicht mehr telefoniert.«

Melchor nickt.

»Ich rufe ihn nachher zurück.«

Olga erzählt nun, wie ihr Tag verlaufen ist, und Melchor versucht, sich auf ihren Bericht zu konzentrieren, doch schnell ist er abgelenkt – ungewollt schweifen seine Gedanken zu den Adells, zu Grau, zu Ferrer, zu Silva und Botet –, bis er plötzlich einen bekannten Namen zu hören glaubt.

»Wer?«, fragt er.

»Arturo Ventosa«, wiederholt Olga. »Der Schriftsteller. Unser Kulturdezernent ist ein Fan von ihm. Er läuft ihm schon seit langem hinterher, damit er eines seiner Bücher in der Bibliothek vorstellt, und endlich hat er sein Ziel erreicht. Hast du ihn gelesen?«

»Nein.«

»Warum lächelst du dann?«

Melchor zögert einen Moment, ob er Olga von Ventosas Besuch im Gefängnis Quatre Camins erzählen soll, damals, in einem früheren Leben, wie ihm jetzt vorkommt.

»Nur so«, antwortet er. »Kommst du ohne mich in der Bibliothek zurecht? Ich glaube nicht, dass ich dir diesmal helfen kann, die Präsentation vorzubereiten. Wie gesagt, wenn wir nicht eine große Portion Glück haben, falle ich diese Woche völlig aus.«

»Mach dir keine Sorgen«, beruhigt ihn Olga. »Außerdem weiß ich noch gar nicht, wann wir sein Buch vorstellen. Vor dem Herbst bestimmt nicht.«

Olga spricht von Ventosa oder seiner Lesung, vielleicht auch vom Kulturdezernenten, Ventosas Bewunderer, während Melchor den Salat aufisst, wieder in sich versunken. Dann geht er zum Kühlschrank und öffnet ihn.

»Kennst du Ferrer?«, fragt er auf einmal.

Olga sieht ihn an, kaum überrascht, als wüsste sie im Grunde, dass Melchor ihr nicht zugehört hat.

»Meinst du Albert Ferrer? Rosa Adells Mann?«

Melchor nickt.

»Flüchtig«, sagt sie. »Salom kennt ihn gut, sie sind eng befreundet, das habe ich gestern schon erwähnt, und er wird es dir auch gesagt haben. Seine Frau kenne ich besser, auch wenn ich sie seit einer Ewigkeit nicht mehr gesehen habe. Das habe ich dir nicht erzählt? Wir sind gemeinsam zur Schule gegangen. Ihre beste Freundin war Helena, Saloms Frau. Ich glaube, das war einer der Gründe, warum Salom und Ferrer so enge Freunde geworden sind.«

Der Kühlschrankalarm ertönt. Melchor holt ein Joghurt heraus, schließt die Tür, und der Alarm verstummt. Er nimmt einen Löffel aus der Schublade und setzt sich wieder.

»Was weißt du über ihn?«, fragt er noch einmal.

»Über Ferrer?«

Melchor nickt und fängt an, das Joghurt zu essen. »Das Gleiche wie alle hier.«

Olga führt ihr Glas zum Mund, trinkt aber nicht, als müsste sie über ihre Antwort nachdenken.

»Salom sagt, er ist ein Knallkopf«, hilft ihr Melchor auf die Sprünge.

»Wenn er das sagt ...«, entgegnet Olga. Schließlich nimmt sie einen Schluck Wein. »Wie gesagt, ich kenne ihn kaum. Viele reden allerdings schlecht über ihn, aber du weißt ja, wie die Leute sind, vor allem auf dem Dorf. Vermutlich ist es Neid, und deshalb hat sich diese Legende um ihn gebildet.«

»Was für eine Legende?«

»Die Legende, dass er keinen Finger rührt, dass er ein Vermögen beim Spiel verliert, dass er seine Frau mit der Nächstbesten betrügt ... Was weiß ich.« Olga trinkt ihr Glas aus; jetzt lächelt sie, vielleicht ein wenig beschwipst. »Er ist drei Jahre älter als wir, und eines kann ich dir sagen: In der Schule waren wir alle verrückt nach ihm. Er sah gut aus, war fröhlich, sympathisch ... und zu allem Überfluss schnappt er sich auch noch die beste Partie im Dorf. Wie sollen die Leute da nicht neidisch sein?«

»Der Geschäftsführer von Gráficas Adell sagt, das mit den Frauengeschichten stimmt.«

»Du hast mit Señor Grau gesprochen? Um den rankt sich allerdings eine Legende, eine recht schwarze.«

»Um ihn auch?«

»Ja. Das hier ist Terra Alta, Melchor, hier hat jeder seine Legende.«

»Sogar Rosa Adell?«

»Natürlich, in ihrem Fall ist es aber eine gute Legende. Und zu Recht. Zu unserer Schulzeit war sie fabelhaft, und soweit ich weiß, ist sie so geblieben. Wenn ich meinem Vater von ihr erzählt habe, daran erinnere ich mich noch, hat er immer gesagt: ›Zum Glück schlägt das Mädchen nach der Mutter.‹ Nun, ich weiß nicht warum, aber mir scheint, Ferrer hat dir nicht gerade geschmeckt.«

»Auch Grau nicht.«

»Und Rosa?«

»Ich habe heute Nachmittag mit ihr und Ferrer gesprochen.« Melchor kratzt die letzten Reste Joghurt aus. »Ihr geht es schlecht. Sie haben sie mit Beruhigungsmitteln vollgepumpt.«

»Als junges Mädchen war sie sehr hübsch.«

»Ist sie noch.«

Olga blickt Melchor an, der genüsslich den letzten Löffel Joghurt ableckt.

»Muss ich eifersüchtig werden?«, fragt sie.

Melchor antwortet nicht. Olga wendet nicht den Blick von ihm, bis ihrem Mann die Stille bewusst wird.

»Entschuldige«, sagt er, als wachte er auf. »Was hast du gefragt?«

»Ob ich wegen Rosa Adell eifersüchtig werden muss.«

Melchor erforscht ihren Blick, versucht zu begreifen, doch dann versteht er, und ein boshaftes Lächeln erhellt in Zeitlupe sein Gesicht.

»Das hängt davon ab, wie du dich heute Nacht bewährst.«

Olga schüttelt den Kopf, sehr ernst, und klopft mit dem leeren Glas auf den Tisch.

»Das hier ist kein anständiges Haus«, sie lacht. »Das ist eine Lasterhöhle.«

ZWEITER TEIL

1

Melchor und Salom treten in Subinspector Gomàs Büro, der sich nur kurz aufrichtet, ihnen die Hand gibt und auf zwei Stühle deutet. Sie nehmen ihm gegenüber vor einem Tisch Platz, den sich ein Computer, mehrere Aktenstapel und ein Stifteköcher in den Barça-Farben teilen, vollgestopft mit Bleistiften und Kugelschreibern.

»Ich habe Sie kommen lassen, weil ich es Ihnen selbst sagen will«, beginnt er und schiebt die Tastatur von sich fort. »Ich hätte Sie telefonisch informieren können oder per Mail, aber ich wollte es lieber persönlich tun.«

Der Subinspector stützt die Ellbogen auf den Tisch und verschränkt die Hände auf Mundhöhe, als wollte er den blutfarbenen Schnitt verstecken, den die Morgenrasur auf dem glatten Kinn hinterlassen hat. Obwohl eine Klimaanlage das Büro kühlt, hat er seine Hemdsärmel hochgekrempelt, der oberste Knopf ist geöffnet, der Krawattenknoten gelockert. Hinter den Brillengläsern mustern seine Augen die beiden Polizisten ohne jede Wärme. Ein rechteckiges Fenster umrahmt hinter ihm eine Promenade, gesäumt von Reihen staubiger Platanen, die unerschrocken der glühenden Sonne des Julimittags trotzen.

»Der Richter und ich haben in gegenseitigem Einvernehmen entschieden, den Fall Adell zu schließen«, verkündet er. »Ich muss wohl nicht sagen, dass es nur vorläufig ist. Sollte irgendwann eine Spur auftauchen, und das geschieht hoffentlich bald, öffnen wir ihn wieder. Bis dahin legen wir ihn besser auf Eis und widmen unsere Energie anderen Fällen, die dringend nach uns verlangen. Das scheint uns das Vernünftigste zu sein, nachdem wir uns sechs Wochen lang rund um die Uhr damit beschäftigt haben, ohne jedes greifbare Ergebnis.« Er macht eine Pause und fügt hinzu: »Das müssen wir übrigens so schnell wie möglich der Familie mitteilen.«

»Ich übernehme das«, sagt Salom.

»Das ist wohl das Beste«, befindet Gomà. »Schließlich waren Sie es, der sie die ganze Zeit über auf dem Laufenden gehalten hat.«

»Seien Sie unbesorgt. Heute Nachmittag gehe ich zu ihnen. Gebe ich auch der Presse Bescheid?«

»Das ist nicht nötig. Wozu sie informieren, solange sie nicht fragen? Außerdem haben sie das Thema seit ein paar Tagen schon vergessen, Sie wissen ja, wie die Medien sind, der Fall mit dem Jungen aus Riumar ist jetzt brandaktuell ... Also, es tut mir leid, dass die Ermittlung nicht so ausgegangen ist, wie wir es uns gewünscht hätten, aber zumindest kann uns niemand vorwerfen, wir hätten nicht alles getan.« Gomà entflechtet die Finger und öffnet die Hände als Zeichen der Resignation. »Gut, ich glaube, das ist alles, was ich Ihnen sagen wollte. Und danke für Ihre Hilfe. Hat mich gefreut, mit Ihnen zusammenzuarbeiten.«

Er will sich schon mit Handschlag verabschieden, da meldet sich Melchor zu Wort.

»Entschuldigen Sie«, sagt er. »Ich glaube, wir machen einen Fehler.«

Gomà blinzelt mehrmals.

»Wie bitte?«, fragt er.

»Ich meine, ich halte es für keine gute Idee, den Fall zu schließen. Ich glaube, wir sollten weiterermitteln.«

Sein Vorgesetzter zieht die Brauen hoch und deutet ein leicht verärgertes Lächeln an.

»Ich weiß nicht, warum, aber Ihre Worte überraschen mich nicht.« Er wendet sich an Salom. »Denken Sie ebenso, Caporal?«

Salom streicht sich stumm den Bart, und Melchor begreift, dass er auf der Suche nach der Quadratur des Kreises ist: Eine ehrliche Antwort, die seinem Kollegen nicht schadet oder ihn zumindest nicht im Regen stehen lässt.

»Der Caporal und ich, wir arbeiten seit vier Jahren tagtäglich zusammen und waren oft unterschiedlicher Meinung«, kommt ihm Melchor zuvor, ein Versuch, Salom aus der Klemme zu helfen. »Wie auch in diesem Fall.«

Salom bekräftigt seine Worte mit Schweigen, und Gomà nickt, sieht auf die Uhr und dann wieder auf Melchor.

»Sie sind also der Ansicht, wir sollten weiterermitteln.«

Melchor nickt.

»Was genau ermitteln?«, fragt der Subinspector. »Was, wen, wie, wo?«, beharrt er. Melchor hält seinem Blick stand. Als er gerade antworten will, wendet sich Gomà zu Salom, sieht dann wieder Melchor an und fährt fort: »Hören Sie, Marín, Sie wissen, dass wir das Menschenmögliche getan haben. Muss ich Ihnen das in Erinnerung rufen?« Er fasst den linken kleinen Finger zwischen Zeigefinger und Daumen der Rechten. »Millimeter für Millimeter haben wir das Landhaus der Adells unter die Lupe genommen und einen Haufen Spuren sichergestellt, aber keine hat uns weitergebracht, nicht einmal die berühmte Spur der Continental-Reifen, die nichts taugt, weil sie zu jedem beliebigen Wagen gehören könnte.« Er lässt den kleinen Finger los und greift zum Ringfinger. »Wir haben Leute nach Danzig und Timișoara, nach Córdoba und Puebla geschickt, damit sie mit den Leitern der Niederlassungen von Gráficas Adell sprechen, wir haben die Konten aller Unternehmen der Familie durchforstet und haben nichts und niemand Verdächtigen gefunden, keine seltsame Kontobewegung, keinen Euro, der nicht an seinem Platz war.« Er lässt den Ringfinger los und greift nun demonstrativ zum Mittelfinger. »Wir haben alle befragt, die an den Tagen vor dem Mord im Landhaus der Adells waren, ohne jedes Ergebnis, außerdem an die zweihundert Personen, die ihren Handydaten nach damals im Morgengrauen in der Nähe waren, und haben nur einen Jungen gefunden, der von der Landstraße aus einen Wagen gesehen haben will, der auf das Grundstück der Adells gefahren ist, doch erinnert er sich weder an Marke oder Farbe des Wagens noch daran, um welche Zeit er ihn gesehen haben will.« Er lässt den Mittelfinger los und greift noch demonstrativer nach dem Zeigefinger. »Wir haben mit den Verantwortlichen von Opus Dei in Reus gesprochen, mit denen die Adells in

Verbindung standen, und haben nicht das Geringste herausbekommen, außer dass die beiden Alten ordentliche Mitglieder waren und das Opus sie fürstlich behandelt hat.« Er lässt den Zeigefinger los, greift zum Daumen, schüttelt ihn mit fast schon dramatischem Nachdruck, hebt die Stimme, reißt die Augen auf und fügt hinzu, die Worte in die Länge ziehend: »Wir haben fast vier Wochen lang die Telefone aller Führungskräfte von Gráficas Adell abgehört, einschließlich das von Francisco Adells Schwiegersohn. Und was haben wir herausbekommen?« Gomà lässt den Daumen los, öffnet wieder die Hände und zeigt Melchor die leeren Handteller. »Nichts und wieder nichts. Soll ich weitermachen?«

Melchor antwortet nicht. Nach einer Pause atmet der Subinspector tief durch und starrt auf den Metallköcher in den Barça-Farben, zieht dann einen gut gespitzten Bleistift heraus, hält ihn an beiden Enden und dreht ihn um seine Achse.

»Sehen Sie, Ihr erster Eindruck war richtig«, sagt er in versöhnlichem Ton. »Alles weist darauf hin, dass die Mörder der Adells Profis waren. Wir haben sogar eine recht genaue Vorstellung davon, was in jener Nacht vorgefallen ist. Der letzte Anruf von Señora Adell bei ihrer Tochter fand kurz nach zehn statt, und der Gerichtsmediziner gibt für die Verbrechen die Spanne zwischen Mitternacht und vier Uhr morgens an. Die Mörder müssen gekommen sein, als alle schliefen oder zumindest im Bett lagen. Jemand muss ihnen geöffnet haben. Es ist wenig wahrscheinlich, dass es die rumänische Hausangestellte war, denn sie wurde in ihrem Zimmer ermordet. Natürlich kann man das auch nicht ausschließen. Vielleicht wurde sie gerade dort getötet, damit wir nicht denken, dass sie ihnen geöffnet hat. Womöglich haben die Adells selbst den Mördern geöffnet, weil sie sie kannten. Oder vielleicht hatten die Mörder einen Hausschlüssel, obwohl wir wissen, dass außer den beiden und der Köchin nur die Tochter einen Schlüssel hatte. Wie auch immer, das Wahrscheinlichste ist, dass die Mörder Wertgegenstände gesucht haben, Geld, Schmuck und dergleichen Dinge, vielleicht hatte ihnen jemand gesagt, dass die Adells derlei im Haus hatten, oder sie haben es vermutet oder etwas gesucht, was sich nicht im Haus befand, wir wissen nicht, was. Vielleicht haben sie es auch gefunden, weil die alten Leute ihnen gesagt haben, wo es war, oder sie haben es nicht gefunden, weil die Alten der Folter standgehalten haben oder weil es nichts zu finden gab und die Mörder sie aus Wut gefoltert haben oder um sich abzureagieren oder zum Vergnügen. Kurz und gut, so oder so ähnlich muss es sich abgespielt haben.«

»Ich halte das nicht für glaubhaft«, wendet Melchor ein.

Der Subinspector hört auf, den Bleistift zu drehen, und sein Blick hinter der Brille wird wieder kalt. Da klopft es an der Tür, und als Gomà sieht, dass es Sargento Pires ist, verändert sich seine Miene erneut. Sie wird warm, liebenswürdig, fast sanft.

»Sind sie schon da?«, fragt er.

»Es gab ein Problem«, antwortet Pires durch die halboffene Tür. »Nichts Schlimmes. In fünf Minuten sind sie hier.«

Subinspector Gomà versucht, sich verärgert zu zeigen,

die Miene wieder zu verhärten, doch es will ihm nicht recht gelingen. Für einen Moment könnte man meinen, er zögert.

»Kommen Sie bitte herein, Pires, bleiben Sie nicht in der Tür stehen«, sagt er und überwindet seine Unschlüssigkeit. Sie tritt ins Büro. »Sie kommen gerade richtig. Wissen Sie was? Unser Held von Cambrils ist der Ansicht, man soll den Fall Adell nicht schließen. Und ich habe gerade entschieden, dass er heute das große Los gezogen hat: Wir geben ihm fünf Minuten, um uns davon zu überzeugen, dass wir im Irrtum sind. Was meinen Sie?«

»Das halte ich für eine hervorragende Idee, Subinspector«, sagt Sargento Pires.

Weniger gereizt als interessiert klingt für Melchor der sarkastische Ton, in dem Gomà den Beinamen benutzt hat, den ihm die Presse nach den islamistischen Anschlägen vor vier Jahren gegeben hatte, ein Spitzname, den er seit seiner Ankunft in Terra Alta nicht mehr gehört hat, auch wenn unter seinen Kollegen inzwischen das Gerücht die Runde macht, dass er es war, der die vier Terroristen in Cambrils getötet hat.

»Also legen Sie los, Marín«, ermuntert ihn Gomà. »Sie haben fünf Minuten.«

Melchor deutet auf Pires, die sich neben den Subinspector gesetzt hat.

»Es wäre mir lieber, wenn die anderen ebenfalls hier wären«, sagt er. »Ich meine ...«

»Ich weiß, wen Sie meinen«, unterbricht ihn sein Chef. »Das soll wohl ein Witz sein. Wir sind hier bei der Polizei,

Marín. Hier trifft keine Versammlung die Entscheidungen. Die treffe ich.«

»Natürlich. Ich meinte nur, vielleicht ist einer von den anderen ebenfalls der Ansicht, dass der Fall nicht geschlossen werden sollte.«

»Alle Ihre Kollegen wissen, dass wir den Fall schließen, und niemand hat protestiert. Ich weise Sie darauf hin, dass Ihre Zeit läuft.«

Gomà steckt den Bleistift wieder in den Köcher und lehnt sich im Stuhl zurück, neben ihm verschränkt Pires die Arme vor der Brust. Melchor blickt kurz auf das rote Herz mit dem schwarzen Pfeil, das unter dem Schlüsselbein tätowiert ist, und merkt beim Aufblicken, dass es ihr nicht entgangen ist; ein spöttisches Lächeln spielt um ihre Lippen. Neben Melchor versucht Salom sein Unbehagen zu verbergen und tut so, als interessierte ihn weniger das Geschehen im Büro als das, was sich jenseits des Fensters abspielt, auf der von Platanen gesäumten Promenade, auf der sich gar nichts tut.

»Ich glaube auch, dass die Mörder Profis waren«, beginnt Melchor. »Doch ich bin nicht überzeugt davon, dass es simple Diebe waren.«

»Warum nicht?«, will der Subinspector wissen.

»Weil es mir unwahrscheinlich zu sein scheint, dass sich Diebe damit aufhalten, zwei alte Menschen auf diese Weise zu foltern.«

»Das finde ich auch«, schaltet sich Pires ein. »Das Problem ist nur, die Wirklichkeit steckt voller Unwahrscheinlichkeiten. Ganz anders als in den Romanen, nicht wahr?«

Melchor ist daran gewöhnt, dass sich seine Vorgesetzten und Kollegen über seine Lesefreude lustig machen. Der Spott stört ihn nicht, und er geht ihm auch nicht aus dem Weg.

»In den guten nicht«, entgegnet er. »In den schlechten schon.«

»Dann sollten Sie besser schlechte Romane lesen, Marín«, entgegnet Gomà. »Da würden Sie mehr lernen. Sie würden etwa lernen, dass die Wirklichkeit ein Ort ist, an dem es alles gibt, sogar einen Haufen durchgeknallter Psychopathen, die sich um keine Regeln scheren. Schon gar nicht um die in Romanen.«

»Romane haben keine Regeln«, gibt Melchor sanft zurück. »Das ist der Witz daran. Aber egal, auch nicht in einem noch so schlechten Roman hätten simple Diebe die Adells gefoltert. Das ergibt keinen Sinn. Um ihnen ein Geheimnis zu entreißen, wäre keine Folter nötig gewesen: Sie hätten es ihnen auf Anhieb erzählt. Es waren alte Leute, verstehen Sie? Und von welchem Geheimnis reden wir überhaupt? Was wussten die Adells, das jemanden so brennend interessieren konnte? Soweit wir wissen, nichts. Und wenn es nicht darum ging, ihnen ein Geheimnis zu entreißen, dann ergibt es noch weniger Sinn, dass man sie gefoltert hat. Eins liegt auf der Hand: Die beiden Alten haben entsetzlich gelitten, und man lässt Menschen so leiden, weil man sie hasst. Ebenfalls liegt auf der Hand, dass Grund für solchen Hass weniger die Konkurrenten hatten, als vielmehr Francisco Adells Mitarbeiter, die Leute, die ihm am nächsten standen.«

»Deshalb haben wir ihre Handys untersucht«, führt Pires an. »Um herauszufinden, wo sie in der Nacht gewesen sind. Und deshalb haben wir einen richterlichen Beschluss eingeholt, um ihre Telefone abzuhören. Und was ist dabei herausgekommen?«

»Nicht viel«, gibt Melchor zu.

»Nicht viel, o nein«, widerspricht sie. »Gar nichts.«

»Einverstanden«, räumt Melchor ein. »Aber wie auch immer, das ist die einzige Spur, die wir haben. Wir hätten weiter abhören sollen, hätten in alle Richtungen ermitteln sollen.«

»Was für Richtungen?«, fragt Pires. »Sind vier Wochen Abhören nicht genug, um dich davon zu überzeugen, dass sie nichts mit der Sache zu tun haben?«

»Nein«, entgegnet Melchor, und in dem Moment kommen ihm die Worte von Sargento Blai in den Sinn: »Und hast du gesehen, wie diese Pires gebuckelt hat? Wie Gomàs Schoßhündchen. Bestimmt hat er sie flachgelegt.« Während der vergangenen Wochen hat Melchor oft mit Gomà und Pires gesprochen, vor allem per Telefon, zusammen hat er sie vielleicht drei-, viermal gesehen, doch nie hat er sich gefragt, ob Blai recht haben könnte und ihr reibungsloses Miteinander eine gefühlsmäßige Bindung spiegelt, zumindest eine sexuelle. Er fragt es sich auch jetzt nicht, da die Sargento es anscheinend übernommen hat, ihm mit Gomàs stillschweigendem Einverständnis Kontra zu geben. »Vielleicht haben sie erwartet, dass wir sie abhören«, fährt Melchor fort. »Wenn einer von ihnen mit den Morden zu tun hatte, hat er sicher alle nur denkbaren Vorkehrungen getroffen. Außerdem können zwar Botet und Arjona erklären, wo sie in jener Nacht waren, und ihre Handys belegen das, aber die von Grau und Silva waren ausgeschaltet. Sie haben kein Alibi. Und auch das von Ferrer ist nicht wasserdicht.«

»Finde ich schon«, entgegnet Pires.

»Nun, ich nicht«, hält Melchor dagegen. »Es stimmt, dass er an dem Samstagabend zu Hause war, mit seiner Frau und seinen beiden Töchtern. Aber die Mädchen sind nach dem Abendessen auf ihre Zimmer gegangen, seine Frau hat sich nach der Fernsehserie ins Schlafzimmer zurückgezogen, er in sein Studio, außerhalb des Hauses, im Garten. Das muss so gegen elf gewesen sein, vielleicht halb zwölf. Wir wissen nicht, wann Ferrer ins Bett gegangen ist, aber wir wissen, dass sein Haus nur eine Viertelstunde Autofahrt von dem der Adells entfernt ist. Er hätte also ohne weiteres sein Haus verlassen, zu seinen Schwiegereltern fahren und wieder zurückkehren können, alles in einer Dreiviertelstunde oder einer Stunde und ohne dass seine Frau oder seine Töchter etwas mitbekommen hätten. Um halb eins oder eins wäre er dann im Bett gewesen, als wäre nichts geschehen.«

»Die Reifen von Ferrers Wagen sind keine Continental«, ruft ihm Pires in Erinnerung.

»Ja, aber an dem Tag hätte er einen anderen Wagen benutzen können«, sagt Melchor und fährt rasch fort, bevor Pires wieder dazwischenfunkt. »Verstehen Sie mich recht, ich sage nicht, dass Ferrer der Mörder ist oder den Mördern geholfen hat. Ich sage, dass er ihnen geholfen haben könnte. Wir wissen also nicht genug, um auszuschließen, dass er ihnen geholfen hat. Und ebenso ist es mit Grau und Silva, bloß in neuer, erweiterter Auflage. Das heißt, Grau und Silva hätten es noch einfacher gehabt als Ferrer. Ich würde nicht einmal Botet und Arjona ausschließen. Letztlich waren alle fünf am Freitagabend im Landhaus der Adells, und jeder von ihnen hätte das Sicherheitssystem ausschalten können.«

»Also gut, wir können sie nicht ganz ausschließen«, gibt Pires nach. »Aber wir haben keine einzige auch nur annähernd belastbare Spur, die wirklich auf sie deutet. Und unsere Ressourcen sind nicht unerschöpflich, so dass ...«

»Ich verlange nichts Außergewöhnliches. Nur zwei weitere Wochen und einen richterlichen Beschluss, mit dem wir die Büros und Computer der fünf durchsuchen können, wenn nötig auch ihre Häuser. Mehr verlange ich nicht.«

Pires gibt es auf, mit ihm zu diskutieren. Es liegt auf der Hand, dass Melchors Einspruch nun entscheidungsreif ist und auf Subinspector Gomàs Urteil wartet. Der hat seinen Mitarbeitern aufmerksam zugehört, auch wenn er mit einem Mal gleichgültig, müde oder verärgert zu sein scheint, als wäre es ihm lästig, dass er den Streit entscheiden soll, oder als wäre es nur eine Scheinkontroverse gewesen, die von Anfang an bereits entschieden war. Doch sogleich fasst er sich wieder, räuspert sich, wechselt einen flüchtigen Blick mit Pires, stützt wieder die Ellbogen auf den Tisch und verschränkt die Hände auf Höhe des Mundes, vielleicht um wieder den Schnitt der morgendlichen Rasur zu verbergen.

»Schlagen Sie sich das aus dem Kopf«, sagt er kategorisch zu Melchor. »Der Richter wird das nicht bewilligen, und ich werde es nicht von ihm verlangen. Ich hatte schon Mühe, die Abhörerlaubnis zu bekommen, vergessen Sie also einen zweiten Anlauf, vergessen Sie vor allem, noch einmal die Adells zu belästigen. Denen hat man schon genug zugesetzt, von allen Seiten, ich habe nicht die geringste Absicht, sie weiter leiden zu lassen. Denn genau darum geht es«, fährt der Subinspector fort und blickt kurz zu Salom, dann wieder zu Melchor, der sich im Stillen sagt, Rosa Adell würde kaum darunter leiden, dass die Ermittlung weitergeht, sondern dass sie nicht weitergeht und die Mörder ihrer Eltern für ihre Taten nicht bezahlen. »Es geht nicht darum, dass keine einzige Spur wirklich auf die Angestellten der Adells deutet. Im Grunde geht es darum, dass diese Hypothese keinen Sinn ergibt. Anfangs war es auch die meine, das gebe ich zu, aber jetzt nicht mehr. Sehen Sie, jeder hasst seinen Chef, mal mehr, mal weniger, bringt ihn deshalb aber nicht gleich um. Nicht wahr, Pires?« Die Sargento lächelt entzückt, und Gomà lächelt zurück, bevor er fortfährt: »Adell war gegenüber seinen Mitarbeitern tyrannisch, vor allem gegenüber den engsten Mitarbeitern? Manche wurden, wie Grau, ihr ganzes Leben lang von ihm erniedrigt und verächtlich behandelt? Ja und? Sagen Sie, was hätten Silva, Botet oder Arjona von Adells Tod gehabt? Hätten sie nicht einen Job riskiert, um den sie viele zu Recht beneiden? Denn genau das kann ihnen jetzt passieren. Glauben Sie, solche Leute verstricken sich in etwas so Schwerwiegendes bloß aus Rache? Ich nicht. Und ich halte auch Grau nicht für fähig dazu. Der alte Mann ist doch ohne Adell ein Niemand! Er hat sein ganzes Leben an seiner Seite verbracht, hat ihn weitaus mehr bewundert, als er ihn gehasst hat, wenn er ihn überhaupt gehasst hat! Was Ferrer angeht, bereue ich sogar, dass ich sein Telefon angezapft habe. Denn von allen hatte er am wenigsten Grund, Adells Tod zu wünschen. Es stimmt, er war nicht nur sein Chef, sondern auch sein Schwiegervater, hat ihn nach Strich und Faden schikaniert. Aber so schlecht er sich mit ihm verstanden haben mag, er wusste, dass der Alte über neunzig war, nicht ewig leben und ihn seine Tochter am Ende beerben würde. Warum sollte er alles aufs Spiel setzen und sich das Leben mit einem Mord schwermachen, wenn er mit etwas Geduld alles bekommen würde, ohne einen Finger zu rühren? Ferrer mag ein Casanova sein, ein unverfrorener Windhund, aber kein Vollidiot oder Spinner. Habe ich recht, Caporal?«

Salom senkt die Lider und presst in einer Geste der Zustimmung die Lippen aufeinander, als bedauerte er, ihm beipflichten zu müssen.

»Das hat weder Hand noch Fuß«, beharrt Gomà und blickt wieder Melchor an. »Ich sage nicht, es würde sich nicht lohnen, weiter zu ermitteln, wenn wir die nötige Zeit und die Mittel hätten. Aber wie Sargento Pires gesagt hat, Zeit und Mittel sind gerade rar, zumindest hier in Tortosa. Ich weiß, in Terra Alta stehen die Dinge anders, dort haben Sie mehr als genug Zeit für alles, sogar fürs Romanelesen, aber hier sind die Dinge, wie sie sind, und diese Ermittlung wird von hier aus geführt. Glauben Sie mir, es tut mir auch leid.« Bevor Melchor reagieren kann, steht der Subinspector auf und wendet sich zu Pires. »Gut, die fünf Minuten sind vorbei. Bestimmt sind sie schon hier.«

Sie verlassen Tortosa ohne ein Wort, und ohne ein Wort legen sie die ersten Kilometer Richtung Gandesa zurück, bis sich Salom in der Nähe von Xerta aufrafft, das Schweigen zu brechen.

»Hör endlich auf, dir den Kopf darüber zu zerbrechen, ja?«, sagt er. »Gomà hat recht.«

Melchor blickt auf dem Beifahrersitz starr nach vorn, wie hypnotisiert vom Asphalt, auf den das Flimmern der Sonne trügerische Pfützen malt. Links und rechts von der Straße ragen aufgereiht Orangenbäume aus der durstigen Erde. Salom hat die rechte Hand am Lenkrad, der linke Unterarm ruht auf dem Fensterrand. Sie haben Terra Alta noch nicht erreicht.

»Ich weiß nicht, warum du dich so aufregst«, fährt er fort. »Das war doch abzusehen, von Anfang an. Wir kennen das zur Genüge: Wenn während der ersten Tage keine belastbaren Spuren auftauchen, kannst du dich allmählich verabschieden. Am Ende der ersten Woche sind wir schon ins Stocken geraten, und von da an war alles bloß ein Herumtappen im Dunkeln. Gomà hat mehr als genug getan. Normal wäre gewesen, den Fall noch früher zu schließen. Denk drüber nach, jeder andere hätte ebenso gehandelt.«

»Das ist kein normaler Fall«, murmelt Melchor.

»Warum? Weil er im Fernsehen kam? Erzähl mir nichts. Im Grunde sind doch alle Fälle gleich, zumindest für uns.

Der einzige Unterschied ist, dass wir die einen lösen, die anderen nicht. Und den hier werden wir nicht lösen. Nimm's dir nicht so zu Herzen, du darfst bei so was nicht immer den Gerechtigkeitsfanatiker in dir hochkommen lassen. Wie nennt das Olga?«

Melchor antwortet nicht, in sich versunken, den Blick starr auf die Straße gerichtet. Salom lässt ein paar Sekunden verstreichen, bevor er seine Frage wiederholt.

»Javert«, antwortet Melchor. »Das ist der Polizist in *Die Elenden*.«

»Genau«, sagt Salom. »Wenn du von dem nicht loskommst, machst du dir das Leben schwer. Deines und das deiner Familie.«

Wieder schweigend lassen sie zur Rechten Xerta hinter sich, dessen Häuser im lotrechten Licht von zwei Uhr nachmittags vor sich hin dösen, und kurz vor Benifallet klingelt Melchors Handy. Es ist Sargento Blai, der ungeduldig wissen will, was bei dem Treffen mit Gomà geschehen ist. Melchor erzählt es ihm und bemüht sich nach Kräften, gelassen zu bleiben.

»Dann ist es also vorbei?«, fragt Blai am Ende. »Endgültig ad acta gelegt?«

»Endgültig nicht«, antwortet Melchor. »Sagt er zumindest. Aber ja, zunächst ist der Fall geschlossen.«

»So ein Schweinehund!«, ruft der Sargento. »Aber sag nicht, ich hätte dich nicht gewarnt, ja? Als die Leiche des Jungen in Riumar gefunden wurde, habe ich gesagt: Mach dich drauf gefasst, das ist für uns das Ende. Und so war es. Die Journalisten haben sich auf den Fall gestürzt, und wer erinnert sich noch an die Adell-Morde? Sobald sie aus dem Fernsehen verschwunden waren, haben sie Gomà nicht mehr interessiert. Und jetzt fällt unser Lieblingschef mit der gesamten Kavallerie über den Fall Riumar her, verrückt danach, sich ins Bild zu drängeln und sein Scheitern in einem spektakulären Fall mit einem noch spektakuläreren zu verschleiern. So ein Scheißkerl.«

»Er hat nicht genügend Ressourcen, um beide Fälle zu bearbeiten«, führt Melchor an, als Advocatus Diaboli. »Das hat er gesagt. Allerdings kein Sterbenswort über Riumar.«

»Der soll mich nicht verarschen!«, ereifert sich Blai. »Die Ermittlungseinheit von Tortosa hat keine Ressourcen? Ha! Die hat alle Ressourcen der Welt. Und wenn sie keine hat, kann sie welche aus Barcelona anfordern. Was ich dir gesagt habe: Gomà hatte keine Scheißahnung, wie weitermachen im Fall Adell, und so muss er das Fiasko hinter irgendwas anderem verbergen. Und sei es die Leiche eines kleinen Jungen.«

»Das ist der andere Grund, aus dem er den Fall schließen will«, sagt Melchor. »Weil er nicht wusste, wie weitermachen.«

»Schöne Scheiße!«, klagt der Sargento, noch wütender. »Hätte er uns nicht von Anfang an außen vor gelassen, sähe die Sache jetzt anders aus. Aber natürlich, der musste um jeden Preis groß rauskommen, durfte niemanden in den Fall einbinden, der ihm die Schau hätte stehlen können, und man weiß ja, wir in Terra Alta sind bloß Statisten, dabei habe ich Barrera gesagt, er soll Gomà ausrichten, dass er mehr Leute vor Ort braucht, dass mehr Personal nötig ist, das Terra Alta gut kennt und dir und Salom zur Hand geht, denn zwei Typen nach Argentinien schicken und noch zwei nach Rumänien oder wohin auch immer, das macht sich gut in den Fernsehnachrichten, hat aber nur Geld verschwendet und wertvolle Zeit. Aber du kennst ja Barrera, der ist vom gleichen Kaliber, will mit niemandem Ärger, vor allem nicht mit Tortosa. Schon gar nicht kurz vor der Pensionierung. Und weißt du was, Marín? Ich gehe jede Wette ein, dass Gomà den Fall jetzt für mich öffnet, jetzt habe ich sicher freien Zugriff auf die Informationen und kann mit meinem Passwort sehen, was ihr ermittelt habt, als würde er sagen: ›Hier hast du den Mist, du Blödmann, mal sehen, ob du das in Ordnung bringen kannst, mal sehen, ob du, der du immer über mich herziehst, etwas findest, allerdings ohne Mittel, ohne Leute oder sonst was, jetzt, da man schon an allen Fäden gezupft hat und nicht mehr weiß, wo anpacken.‹ Wenn möglich, wird er mir die Schuld in die Schuhe schieben. Ich gehe jede Wette ein.«

Da Blai sich weiter Luft macht, nimmt Melchor das Handy vom Ohr. Dabei kommt ihm etwas in den Sinn, was vor nur wenigen Minuten geschehen ist, nachdem das Treffen in Gomàs Büro beendet war, denn als er sich von Pires verabschiedet hatte, war sie ihm so nahe gekommen, dass Melchor zum ersten Mal hatte lesen können, was unter dem Tattoo am Schlüsselbein geschrieben stand. Die Worte lauteten: »Ewige Liebe«. Melchor las sie einmal, zweimal, und als er aufblickte, war ihm, als hätte die Sargento ihm zugezwinkert.

»Melchor, bist du noch da?«, fragt Blai.

»Ja«, antwortet er und ist sich nicht mehr sicher, ob er die eben erinnerte Szene wirklich erlebt hat.

»Ach, ich dachte schon, die Verbindung ist abgebrochen. Kurz und gut, nicht drüber ärgern. Die Zähne zusammenbeißen, Sauspanier: Augen zu und durch. Ist Salom noch bei dir?« Melchor bejaht wieder. »Ich bin zum Mittagessen mit Corominas und Feliu verabredet. Sehen wir uns im *Terra Alta*?«

»Ich esse lieber zu Hause. Wenn es dir nichts ausmacht.«

»Nein, ist in Ordnung«, sagt Blai. »Dann sehen wir uns morgen auf dem Revier. Und grüß Olga von mir.«

Melchor findet einen Parkplatz, stellt den Wagen ab und geht mit raschem Schritt zum Amtsgericht, ein zweistöckiges Gebäude mit cremefarbenen Mauern, das sich in der Avinguda Joan Perucho erhebt, am Stadtrand von Gandesa. Auf der Eingangstreppe, die von Blumenrabatten gesäumt ist, nimmt er zwei Stufen auf einmal und geht durch den Haupteingang, der von zwei Masten flankiert ist, an denen Fahnen flattern, eine spanische und eine katalanische. Es ist fast zehn Uhr morgens, und im Foyer vor dem Gerichtssaal hat sich eine große Gruppe versammelt, die meisten Gitanos. Melchor grüßt von weitem zwei uniformierte Kollegen, geht die Treppe hinauf in den ersten Stock und klopft am Büro des Richters, der noch nicht da ist. Das sagt ihm seine Sekretärin, eine Mittvierzigerin, groß und gebieterisch, mit rötlichem Haar, eckigem Gesicht und Altstimme, die ihn gut kennt.

»Ein schlechter Tag für Überraschungsbesuche, Kleiner«, warnt sie, als Melchor fragt, ob er ihren Chef sprechen kann. »Um zehn hat er Verhandlung. Wenn du ihn nicht vorher erwischst, kannst du es für den Rest des Tages vergessen.«

Melchor bedankt sich und geht ins Foyer hinunter, wo der Menschenauflauf vor dem Gerichtssaal sichtlich angewachsen ist. Seine uniformierten Kollegen dagegen scheinen sich verflüchtigt zu haben. Nachdem er sie vergeblich gesucht hat, tritt er auf die Straße und wartet unter den Fahnen auf den Richter, gegen eine der pseudoklassischen Säulen des Portals gelehnt. Er weiß, was er tun wird. Als er sich gestern Nacht neben Olga im Bett gewälzt hat, hatte er noch Zweifel; am Morgen hat er sich, nachdem er Cosette in den Kindergarten gebracht hat, bei einem Kaffee in der Konditorei Pujol entschieden. Ein letzter Versuch, denkt er. Ich habe nichts zu verlieren, denkt er. Ein Nein habe ich schon, denkt er ebenfalls. Leute gehen ins Gericht, doch niemand kommt heraus. Die Mutter eines blutjungen Dealers, den er vor ein paar Monaten festgenommen hat – eine junge Frau, dünn und hübsch, in einem geblümten Kleid –, grüßt ihn mit hochmütigem Blick. Ab und an fährt ein Auto vorbei. Zwischen den Rabatten, die zur Straße hin abfallen, erheben sich zwei Reihen von Zypressen, gesäumt von Lavendelbüschen mit grünen Zweigen und violetten Blüten. Linker Hand schützt eine Palisade aus Pinienstämmen einen Sportplatz, zu seiner Rechten sieht man Gandesas Busbahnhof. Faserige Wolken tupfen ihre weißen Pinselstriche ins Himmelsblau.

Noch ist keine Viertelstunde vergangen, als der schwarze Citroën des Richters auf den Parkplatz für das Gerichtspersonal fährt, und Melchor stürzt zu ihm und öffnet ihm die Tür.

»Danke, mein Lieber«, sagt der Richter und klettert mit Melchors Hilfe mühsam aus dem Wagen. »Ich bin spät dran, nicht wahr?«

Ohne die Frage des Richters zu beantworten, wünscht ihm Melchor einen guten Tag, fragt, ob er eine Minute Zeit für ihn habe, ruft ihm in Erinnerung, wer er ist, und während sie die Stufen zum Gericht hinaufgehen, erklärt er ihm in aller Eile, dass er das Vorgehen im Fall Adell für einen Fehler halte, dass man weiterermitteln müsse, bittet ihn um die Genehmigung, die Büros und Computer der leitenden Angestellten bei Gráficas Adell zu überprüfen.

Der Richter hält im Portal inne. Er keucht, und ein dicker Schweißtropfen rinnt ihm von der Schläfe über die frisch rasierte Wange, eingecremt und parfümiert.

»Wer sind Sie noch einmal?«, fragt er.

Melchor wiederholt Namen und Posten. Während der Richter wieder zu Atem kommt und sich mit einem Taschentuch den Schweiß aus dem Gesicht wischt, scheint er ihn schließlich wiederzuerkennen, und seine Verwunderung verwandelt sich in Strenge.

»Sie wissen, dass Sie nicht mit mir darüber sprechen dürfen, nicht wahr?«, fragt er. »Schon gar nicht hier, vor dem Gericht.«

»Sie haben recht, Señoría«, gibt Melchor zu. »Ich bitte um Entschuldigung, aber ...«

»Da gibt es kein Aber«, schneidet der Richter ihm das Wort ab, ohne sich aus der Ruhe bringen zu lassen. »Was Sie da tun, ist absolut regelwidrig, und das wissen Sie. Wenn Ihre Vorgesetzten davon erfahren würden, könnten sie Schwierigkeiten bekommen.« Er wedelt mit dem Taschentuch in seine Richtung und beeilt sich, ihn zu beruhigen: »Keine Sorge, sie werden es nicht erfahren.« Dann fügt er hinzu: »Ich werde diesen Fall schließen, jawohl. Das war meine Entscheidung, nicht die von Subinspector Gomà, obwohl er einer Meinung mit mir ist. Doch wenn Sie denken, ich sollte ihn nicht schließen, folgen Sie dem vorschriftsmäßigen Weg und sagen Sie es Ihrem Chef. Der muss dann mit mir reden, nicht Sie. Das verstehen Sie doch, nicht wahr?«

Melchor öffnet den Mund, als wollte er etwas sagen, schließt ihn jedoch sofort wieder und nickt, blickt starr auf die Schuhe des Richters, schwarz und glänzend. Da geht die Tür zum Gericht auf, und die Sekretärin sieht heraus, ein Bündel Unterlagen im Arm.

»Kommen Sie, Señoría«, sagt sie. »Wir warten auf Sie.«

Der Richter steckt das Taschentuch in die Hosentasche und schickt sich an, der Sekretärin zu folgen. Doch er tut es nicht. Obwohl er zwei Handbreit kleiner ist als Melchor, wiegt er ungefähr das Doppelte. Er trägt einen dunkelblauen Anzug aus gutem Tuch, ein weißes Hemd und schwarze Hosenträger, alles sorgfältig gebügelt.

»Sehen Sie, mein Lieber«, belehrt er ihn, während er sich mit feisten Händen an den Hosenträgern festhält. »In unserem Beruf muss man lernen, mit dem Scheitern zu leben. In Ihrem und meinem. In jedem. Wie einer meiner Lehrer gesagt hat, darin besteht das zivilisierte Leben: zu lernen, auf vernünftige Weise mit dem Scheitern zu leben. Was den Fall Adell angeht, glauben Sie mir, wir sind da auf keinen grünen Zweig gekommen, also war es vernünftig, ihn zu schließen. Irgendwann, wer weiß, haben wir vielleicht Glück, und es ergibt sich etwas Überraschendes, wenn wir es am wenigsten erwarten. Das wäre nicht das erste Mal. Aber augenblicklich ist das Sinnvollste ebendas, was wir getan haben. Zweifeln Sie nicht daran. Hören Sie auf mich, vergessen Sie die Angelegenheit und genießen Sie die Jugend. Sie ist nicht ganz so kurz, wie wir Alten behaupten, aber fast.«

Die Sekretärin sieht wieder durch die Tür, scheint ihren Augen nicht zu trauen, wirft dem Richter einen blitzenden Blick zu und murmelt etwas, was Melchor nicht versteht. Nun folgt ihr der Richter.

»Komme schon, komme schon«, murrt er und geht hinter ihr her. »Aber wir wollen den Tag nicht mit Streit beginnen, ja?«

Melchor versucht, den Rat des Richters zu befolgen, den Mord an den Adells möglichst schnell zu vergessen und sein altes Leben in Terra Alta wieder aufzunehmen. Es gelingt ihm nicht. Der Fall ist aus dem Fernsehen, aus Radio, Zeitungen und sozialen Netzwerken verschwunden, seit vor einer Woche ein Touristenpärchen aus Norwegen den zerstückelten Körper eines fünfjährigen Jungen am Strand von Riumar gefunden hat, im Ebrodelta, nicht weit von Terra

Alta. Melchor erscheint weiterhin pünktlich im Revier, bearbeitet die Fälle, die man ihm zuweist, verfasst wieder Berichte, nimmt Tag für Tag an der Frühbesprechung teil, an den Teamsitzungen und den täglichen oder beinahe täglichen Patrouillen mit Salom, doch der Tod der alten Leute und ihrer rumänischen Hausangestellten will ihm nicht aus dem Kopf. Zum Glück bemerkt niemand um ihn herum seine fixe Idee außer Olga, die ihn immer dann, wenn sie ihn mit verlorenem Blick und abwesender Miene überrascht, mit einem *private joke* in die Realität zurückholt:

»Wie steht's, Javert?«

Bis Melchor schließlich der fixen Idee nachgibt und, obwohl der Fall offiziell ad acta gelegt ist, beschließt, sich wieder in ihn zu versenken, wieder in den Ozean von Berichten und Unterlagen zu tauchen, den die Ermittlungsgruppe unter Subinspector Gomà während sechs Wochen intensiver Arbeit gesammelt hat, ein Team, in dem mehr oder weniger kontinuierlich oder sporadisch fast vierzig Personen gearbeitet haben, wie Sargento Pires zu Anfang der Ermittlung festgestellt hat.

Melchor ermittelt in der Freizeit und hinter dem Rücken seiner Kollegen. Er ist sich bewusst, dass sein heimliches Forschen digitale Spuren hinterlässt und jeder seiner Vorgesetzten entdecken kann, dass er zur Unzeit und ohne jeden Befehl in der Ermittlung herumgestochert hat, was Probleme mit sich bringen würde. Doch er denkt nicht einmal darüber nach, ob er bereit ist, dieses Risiko einzugehen und die Konsequenzen zu tragen. Er geht es einfach ein. Allerdings ist er klug genug, Ferrer weder anzurufen noch zu besuchen, denn er ist sich sicher, dass er es Salom erzählen würde. Er geht auch nicht zu Gráficas Adell, um Grau, Silva, Botet oder Arjona zu befragen, aber eines Abends ist er so tollkühn, den alten Geschäftsführer anzurufen, um ihm zwei Fragen zu stellen. Die erste ist eine allgemeine: Was er von dem Abendessen am Freitag vor dem Mord in Erinnerung habe. Die zweite ist konkret, ob er glaube, dass einer der leitenden Angestellten etwas mit dem Verbrechen zu tun haben könne. Grau antwortet auf die erste Frage, er erinnere sich an nichts Besonderes, es sei ein ganz normales Abendessen gewesen, wie so viele, die man im Laufe der Jahre freitags im Landhaus der Adells abgehalten habe, nichts Bemerkenswertes habe es von den anderen unterschieden. Die zweite Frage nimmt er mit einem rauen, argwöhnischen Lachen auf.

»Wenn man Paco hätte umbringen können, ohne dass es herauskommt, indem man einfach auf einen Knopf drückt, dann hätte das jeder getan«, antwortet er. »Da können Sie sicher sein. Doch weil das unmöglich ist, lautet die Antwort auf Ihre Frage, dass niemand hier das hat, was man dafür braucht. Nun gut, nicht ganz. Einer wäre tatsächlich fähig dazu gewesen.«

»Wer?«

»Ich.«

An dem Abend legt Melchor in der Überzeugung auf, dass Grau unmöglich in die Morde verwickelt sein kann, denn kein Mörder würde auf sich selbst hinweisen, schon gar nicht gegenüber einem Polizisten. Die Überzeugung währt nicht lange, denn sofort begreift er, dass auf sich selbst hinzuweisen, vor allem gegenüber einem Polizisten, der sicherste Schutz vor Verdächtigungen sein kann, die beste Form, jedes Misstrauen von sich abzulenken.

Einige Tage später bestätigt eine zufällige Begegnung seine Intuition. Es geschieht um neun Uhr morgens, als er Cosette gerade in den Kindergarten gebracht hat und zum *Terra Alta* fährt, wo er sich mit Salom auf einen Kaffee verabredet hat, bevor sie zu einer Besprechung zum Polizeiposten von Móra d'Ebre fahren, denn als er am Busbahnhof vorbeikommt, erkennt er Albert Ferrers Porsche Panamera auf dem Parkplatz. Unschlüssig fährt er zunächst vorbei, dreht jedoch auf Höhe des Hotels Piqué um, fährt zurück und parkt neben dem Sportwagen. Er geht ins Bahnhofscafé und sieht sogleich Rosa Adell, die am Fenster zur Straße sitzt und etwas in ihr Handy tippt, vor sich eine Tasse Tee und eine gläserne Blumenvase mit einer pinken Plastikblume, mit Tüll umwickelt. Melchor geht zu ihr, sie hält im Schreiben inne und blickt vom Handy auf. Zunächst scheint sie ihn nicht wiederzuerkennen, doch sofort lächelt sie schwach und begrüßt ihn.

»Darf ich mich setzen?«, fragt Melchor.

»Bitte sehr«, antwortet Rosa Adell und zeigt auf den Stuhl ihr gegenüber. »Ich wollte gerade gehen.«

Melchor bestellt einen Kaffee, während Rosa die Nachricht zu Ende schreibt.

»Ich hoffe, ich störe Sie nicht«, sagt er.

»Du störst mich nicht«, erwidert sie und gießt den Rest Tee aus der Kanne in ihre Tasse. »Solange du mich nicht siezt. So alt bin ich weiß Gott nicht.«

»Ich habe dich nicht gesiezt, weil du älter bist als ich«, entschuldigt er sich rasch. »Es ist bloß eine Gewohnheit.«

»Eine schlechte Gewohnheit, vor allem Frauen gegenüber.« Während sie ihren Tee trinkt, mustert sie ihn über den Tassenrand hinweg, und Melchor bemerkt ein ironisches Aufblitzen in ihren Mandelaugen. »Albert hat mir erzählt, dass du mit Olga Ribera verheiratet bist. Weißt du, dass wir Freundinnen waren?« Melchor nickt. Rosa Adell setzt die Tasse ab und blickt ihm ins Gesicht, nun ohne jede Spur von Ironie. »Wir sind zusammen zur Schule gegangen. Wir haben uns sehr gut verstanden. Dann ... na, du weißt ja, wie das ist: Man wächst heran, lebt sein eigenes Leben und verliert schließlich die anderen aus den Augen. Olga habe ich schon lange nicht mehr gesehen. Geht es ihr gut? Ihr habt einen Sohn, hat man mir erzählt.«

»Eine Tochter«, sagt Melchor. »Sie heißt Cosette.«

»Cosette? Das ist ein französischer Name, nicht wahr?«

Melchor nickt, erklärt aber nicht, woher der Name stammt, da die Inhaberin mit seinem Kaffee kommt. Während Rosa kurz mit ihr spricht, mustert Melchor die Tochter der Adells. Sie gleicht kaum der Person, die er vor fast zwei Monaten kennengelernt hat, im Studio ihres Mannes, und Melchor sagt sich, dass dieses veränderte Aussehen, fröhlicher, frischer und jünger als damals, nicht nur mit der seit dem Mord verstrichenen Zeit zu tun hat, sondern auch mit der Farbe, die ihre Lippen betont, die Wimpern, die Wangenknochen, oder einfach mit der Tatsache, dass in ihrer Kleidung nicht wie damals das Grau und Schwarz der Trauer dominieren: Sie trägt eine weiße Bluse, kurzärmlig und aus Seide, darauf der schwarze Tupfer einer kleinen Brosche als ein letzter Splitter der Trauer. Über der Stuhllehne hängen eine leichte Sommerjacke und der Riemen einer Tasche; an den Ohrläppchen zwei echte Perlen.

»Ist dein Mann nicht da?«, fragt Melchor, als sie wieder allein sind. »Ich habe seinen Wagen draußen gesehen.«

»Den habe ich genommen, um ihn aus Barcelona abzuholen«, antwortet Rosa. »Er kommt heute Nacht aus Mexiko zurück. Bei der Gelegenheit mache ich ein paar Einkäufe und esse mit meinen Töchtern.« Sie deutet auf das Handy auf dem Tisch, reglos wie ein schlafendes Reptil. »Ich habe der Jüngeren gerade geschrieben, als du hereingekommen bist. Du siehst, ich versuche, mich ein wenig abzulenken.«

»Das verstehe ich.« Ihn überfällt der solidarische Impuls, sie wissen zu lassen, dass er das nicht bloß dahingesagt hat, dass er sie wirklich versteht und zu wissen glaubt, was sie fühlt, zumindest annähernd, dass auch seine Mutter ermordet und auch dieser Mord nicht geahndet wurde. Aber der Impuls erlischt wie ein Strohfeuer, vielleicht erstickt ihn Melchor auch selbst. Er hört sich sagen: »Darf ich dich etwas fragen?«

Sie sieht ihn interessiert an.

»Über das letzte Mal, als du deine Eltern gesehen hast«, erläutert er. »Über das Abendessen am Freitag bei ihnen zu Hause, mit deinem Mann und Grau und all den anderen. Ich würde gern wissen, was du von dem Abend in Erinnerung hast. Grau sagt, es war ein ganz normaler Abend, er erinnert sich an nichts Besonderes, und keiner der anderen Angestellten hat mir mehr darüber erzählt, obwohl ich immer wieder nachgehakt habe. Erst in den letzten Tagen ist mir der Gedanke gekommen, dass wir dem vielleicht nicht die nötige Bedeutung beigemessen haben. Erinnerst du dich an etwas, was anders gewesen ist?«

Rosa Adell mustert ihn ein paar Sekunden, nun nicht mehr mit Interesse, sondern ernüchtert. Sie wendet den Blick ab und lässt ihn durch den Saal wandern, ein Raum mit weißen Tischen, umringt von weißen und pinken Stühlen, auf denen Touristenpärchen in kurzen Hosen und sommerlichen T-Shirts sitzen. An der Wand hinten zeigt ein Bildschirm die Abfahrtszeiten der Busse nach Barcelona, Tarragona, Tortosa und den Dörfern von Terra Alta; unter dem Bildschirm reihen sich auf einer Anrichte Weinflaschen aus Terra Alta, daneben eine Federzeichnung, die Audrey Hepburn zeigt. Als Rosa Adell ihn wieder ansieht, ist die Ernüchterung in ihren Augen dem Kummer gewichen.

»Ich dachte, ihr ermittelt nicht mehr«, sagt sie.

»Das tun wir auch nicht«, räumt Melchor ein. »Aber wir haben die Ermittlung mittendrin abgebrochen, das hätten wir nicht tun sollen. Ich glaube, dass ...«

»Salom hat gesagt, ihr kommt nicht mehr weiter, ihr steckt in einer Sackgasse«, unterbricht sie und senkt den Blick zur Vase mit der pinken Plastikblume. »Er hat gesagt, ihr wisst nicht mehr, wie weitermachen, und gebt auf. Und weißt du was?« Sie blickt ihn wieder an. »Das ist vielleicht das Beste. Je länger die Ermittlung dauert, desto mehr Kummer. Jetzt lassen uns wenigstens die Journalisten in Frieden, und meine Familie kommt allmählich zur Ruhe. Zumindest das haben wir erreicht.«

»Mir wäre es lieber gewesen, dass für Gerechtigkeit gesorgt wird.«

»Glaubst du, mir nicht?«, fragt sie und beugt ihren Kopf zu Melchor, dem erst jetzt ein Detail auffällt: Die Brosche, dieser schwarze Fleck auf dem makellosen Weiß der Bluse, ist die Miniatur eines Adlers mit ausgebreiteten Schwingen, das Logo von Gráficas Adell. »Aber was soll ich tun? Verlangen, dass ihr weitermacht, wenn ihr nicht mehr wisst, wohin euch wenden? Einen Privatdetektiv anheuern? Glaub nicht, ich hätte nicht daran gedacht, aber Salom hat mich davon überzeugt, dass es zu nichts führen würde. Wenn schon ihr nicht weitergekommen seid, wird es auch kein Privatdetektiv schaffen. Letztlich kennt ihr Terra Alta besser als jeder andere und habt viel mehr Leute, viel mehr Mittel als sonst jemand. Außerdem wird mir auch Gerechtigkeit die Eltern nicht zurückgeben. Und wird ihnen nicht ersparen ...«

Sie beendet den Satz nicht, verzerrt die Lippen und lehnt den Oberkörper zurück, während sie den Blick wieder zu der Plastikblume in Tüll senkt. Voller Angst, sie könnte zu weinen anfangen, überfällt Melchor die Versuchung, ihre Hand zu nehmen, doch er gibt ihr nicht nach.

»Verzeih«, entschuldigt sich Rosa Adell und zwingt sich zu einem Lächeln.

»Nein, verzeih du mir«, entschuldigt sich Melchor.

Die doppelte Entschuldigung zieht ein unerwartet harmonisches Schweigen nach sich, wobei Melchors Blick wieder auf das Logo von Gráficas Adell fällt, das an der Bluse der Firmenerbin steckt.

»Etwas lässt mich nicht los«, sagt Melchor, als sie sich wieder gefasst hat. »Keine Sorge, es hat nichts mit deinen Eltern zu tun.«

Von Rosas Lippen ist das Lächeln nicht verschwunden.

»Warum wolltest du nicht bei Gráficas Adell arbeiten?«, fragt er. »Du kennst das Unternehmen von klein auf, dein Vater hätte gern gesehen, dass du es führst, du bist Betriebswirtin wie dein Mann ...«

»Eben deshalb wollte ich nicht«, sagt sie. »Zu viele Betriebswirte im Haus, zu viele Leute, die in der Firma arbeiten. Ich wollte nicht mit meinem Vater und mit Albert arbeiten. Außerdem wollte ich mich meiner Familie widmen. Ich weiß, manch einer versteht das nicht, aber was schert mich das. Weißt du was? Von klein auf wusste ich schon, dass ich privilegiert bin, und als Erwachsene wollte ich dieses Privileg meinen Töchtern zugute kommen lassen. Und ich bereue es nicht. Auch wenn die Dinge sich jetzt womöglich ändern müssen.«

»Was meinst du?«

»Womöglich muss ich mich nun doch in die Angelegenheiten des Unternehmens mischen, jetzt, da mein Vater nicht mehr da ist und meine Töchter mich nicht mehr so brauchen wie früher. Ich weiß es nicht. Wir werden sehen.«

Rosa Adell schweigt kurz. Melchor mustert sie und fragt sich, wie es möglich ist, dass eine solche Frau sich in einen Mann wie Albert Ferrer verliebt hat, und spürt einen Druck im Magen, als ihm einfällt, dass Ferrer sie mit anderen Frauen betrügt. Obwohl er seit seiner Hochzeit mit Olga nicht mehr heimlich Männer verprügelt, die ihre Frauen misshandeln, fragt er sich, ob Ferrer seine Frau einmal geschlagen hat. Sie seufzt, nachdem sie einen Blick auf ihre Uhr geworfen hat:

»Nun, ich muss los.«

Melchor steht mit ihr auf, lässt sich zu dem Kaffee einladen, und beide treten auf die Straße, wo das harte Licht des Morgens, trocken und ohne Wind, einen drückenden Tag in Terra Alta ankündigt. Neben dem Porsche Panamera ihres Mannes, die Jacke unter dem Arm, wühlt Rosa Adell eine Weile in der Handtasche, während hinter ihr an einem der Bahnsteige ein Bus hält, und er hat das Gefühl, dass sie ihre Begegnung noch nicht beenden will. Schließlich zieht sie die Autoschlüssel aus der Tasche und eine Sonnenbrille mit breiten weißen Bügeln und setzt sie auf, als wollte sie sich dahinter verschanzen. Als sie Melchor wieder anblickt, sieht dieser sich selbst im spiegelnden Schwarz der Brille.

»Señor Grau hat recht, es war ein ganz gewöhnliches Abendessen«, sagt Rosa, eine verspätete Antwort auf seine Frage. »Das war ein Brauch meines Vaters, das hat man dir bestimmt erzählt. Wir haben jeden Freitag bei ihm gegessen, er und seine nächsten Mitarbeiter, meine Mutter und ich. Obwohl ich erst ab dem fünfzehnten Geburtstag dabei war, vorher durfte ich nicht, auch wenn ich umkam vor Neugier auf das, was dort besprochen wurde.« Sie schweigt kurz, ihre Finger spielen mit dem Funkschlüssel des Autos. »Ich weiß nicht, der einzige Unterschied bei diesem Abendessen war vielleicht, dass Albert und ich als Erste gegangen sind.«

»Das war gewöhnlich anders?«

»Ja. Sonst sind wir und Señor Grau geblieben, bis alle fort waren, wir haben dann noch mit meinen Eltern geplaudert, das Abendessen besprochen, wer wollte, hat einen Whisky getrunken, wir haben von den Mädchen erzählt und dergleichen. Ich weiß nicht, warum wir ausgerechnet an dem Abend so früh aufgebrochen sind. Vielleicht, weil Albert nervös war, vor dem Tod meiner Eltern hat er eine schlechte Zeit durchgemacht.«

»Weißt du, warum?«

»Nein. Vermutlich die Arbeit.«

»Man hat mir gesagt, dass bei diesen Abendessen eine Wochenbilanz gezogen wurde«, Melchor versucht ihrem Gedächtnis auf die Sprünge zu helfen. »War das an dem Tag auch so?«

»Mehr oder weniger«, sagt Rosa Adell. »Bilanz gezogen haben allerdings die anderen, die auf verantwortlichem Posten, meine Mutter und ich haben uns kaum beteiligt. Aber ja, genau so war es, wie an jedem Freitag. Reden und streiten.«

»Worüber haben sie gestritten? Und wer?«

»Alle zusammen, doch besonders mein Vater und Señor Grau. Die haben immer den Ton angegeben. Das hat man dir sicher auch erzählt. Sie kannten sich seit einer Ewigkeit, und seit ich denken kann, haben sie gestritten. Immer. Wenn der Streit zu hitzig wurde, hat jemand zu vermitteln versucht, Albert ein paarmal, kurz nachdem er in der Firma angefangen hatte, das weiß ich noch. Ich habe ihm davon abgeraten, ihm gesagt, so würden mein Vater und Señor Grau nun einmal miteinander umgehen, so liefe das zwischen ihnen. Am Ende hat er es dann als hoffnungslos aufgegeben, wie alle anderen auch. Als wollte man bei einem Hahnenkampf vermitteln.«

»Willst du damit sagen, dass ihre Streitereien gewalttätig wurden?«

»Gewalttätig?« Ihre Lippen dehnen sich wieder zu einem schwachen Lächeln. »Nein! Sie waren fabelhaft. Als ich die ersten Male an diesen Abendessen teilgenommen habe, als junges Mädchen, dachte ich noch, dass diese Streitgespräche nicht ernst gemeint waren, dass mein Vater und Señor Grau zu ihrem Vergnügen stritten oder vielmehr zu unserem. Und womöglich stimmt das auch, und doch haben sie auf die Art immer die wichtigen Entscheidungen getroffen: im Streit bis zur Erschöpfung.«

»Worüber haben sie an dem Abend gestritten?«

»Über vieles, wohl vor allem über das, worüber sie in letzter Zeit immer gestritten haben: über die Niederlassung in Mexiko. Mein Vater hatte es sich seit Monaten in den Kopf gesetzt, sie zu schließen, da sie neuerdings Verluste machte, aber Señor Grau hielt das für einen Fehler und hatte alle anderen davon überzeugen können, dass man sie weiterführen sollte …« Sie macht eine Pause. »Nun gut«, verbessert sie sich, »alle außer Albert.«

»Ist das ungewöhnlich?«, fragt Melchor.

Die Frau zögert ein paar Sekunden mit der Antwort.

Über die Bahnhofslautsprecher wird die Abfahrt eines Busses nach Tarragona angekündigt.

»Nein«, erwidert sie. »Vermutlich nicht. Nur war eben Albert in dieser Sache bisher immer auf Señor Graus Seite gewesen, hatte sich immer dagegen ausgesprochen, die Fabrik in Puebla zu schließen, ja Señor Grau hatte sich dabei auf Albert gestützt, der oft dorthin reist und sich gut auskennt ... Aber an dem Abend hat sich Albert auf die Seite meines Vaters gestellt, gegen Señor Grau. Ich glaube, zum ersten Mal, und deshalb war ich überrascht. Nun ja, Albert war gerade erst in Mexiko gewesen und hatte wohl begriffen, dass mein Vater recht hatte und man die Fabrik besser schloss. Ich weiß es nicht. Das müsstest du ihn selbst fragen.«

»Glaubst du, der Streit hatte etwas mit der Nervosität deines Mannes zu tun, ich meine, mit der schlechten Zeit, die er vor dem Tod deiner Eltern durchgemacht hat, oder damit, dass ihr an dem Abend frühzeitig gegangen seid? Weißt du noch, ob Albert verärgert fortgegangen ist? Hat er auf dem Weg nach Hause irgendeine Bemerkung darüber gemacht?«

»Nein. Ich weiß es nicht. Ich erinnere mich einfach nicht. Ist das wichtig?«

»Womöglich. Aber ich will dich etwas anderes fragen: Weißt du noch, ob jemand während des Abendessens aufgestanden ist und sich ungewohnt lange außerhalb des Esszimmers aufgehalten hat? Um zu telefonieren, auf die Toilette zu gehen ...«

Bevor Melchor weiter aufzählen kann, hört Rosa Adell

auf, mit dem Autoschlüssel zu spielen, nimmt die Brille ab und setzt ein helles Lächeln auf.

»Ja, diese Frage kann ich sehr wohl beantworten«, sagt sie. »Ich kenne niemanden, der so oft auf die Toilette geht wie Señor Grau.«

»Als ich in seinem Büro war, ist mir das nicht aufgefallen.«

»Da hat er wohl nichts getrunken. Sobald er trinkt, geht die Parade los. Seit ich denken kann, hat er ein Prostataleiden, mein Vater hat immer über ihn gelacht und gesagt, dass er deshalb nie geheiratet hat: Alle Frauen, mit denen er zum Essen ausging, hätten am Ende gedacht, dass etwas mit ihm nicht stimmt. Er hat sich immer über Señor Grau lustig gemacht, aber er mochte ihn sehr, er war sein Kumpan, seit eh und je … Aber wie sind wir noch einmal darauf gekommen? Ach ja.« Rosa setzt die Sonnenbrille wieder auf, und Melchor sieht auf dem undurchsichtigen Glas wieder das finstere Spiegelbild seiner selbst. »So, jetzt musst du mich entschuldigen. Es ist Zeit, dass ich fahre. Es war schön, dich wiederzusehen. Grüßt du Olga von mir?«

»Ich muss dich um etwas bitten, Salom«, sagt Melchor.

»Um was denn?«, fragt der Caporal.

»Dass du mir einen Schlüssel zu den Büros von Gráficas Adell verschaffst. Ich gehe da rein.«

Sie haben gerade Gandesa hinter sich gelassen und fahren auf der Landstraße nach El Pinell de Brai, zu ihrer Linken in kräftigem Grün und Braun die Berge von Cavalls, übersät von Windrädern, deren Flügel sich in trägem

Rhythmus drehen. Es ist neun Uhr morgens, die Sonne scheint, und der Himmel ist von einem tiefen, fast metallischen Blau. Die Klimaanlage im Wagen funktioniert nicht, Salom hat auf der Fahrerseite das Fenster geöffnet, und ein Luftzug, der noch nicht ganz die Frische der Nacht verloren hat, zerzaust ihn ein wenig und zerrt an seinem Bart. Der Caporal tauscht einen Blick mit Melchor.

»Bist du verrückt oder was?«

»Ich will mich nur ganz kurz umsehen. Mehr nicht.«

»Du hast sie nicht mehr alle«, wirft ihm Salom an den Kopf und blickt wieder auf die Straße. »Weißt du, was es setzt, wenn sie dich erwischen? Mindestens ein Disziplinarverfahren. Womöglich landest du auf der Straße.«

»Sie werden mich nicht erwischen«, versichert er. »In den Büros gibt es keine Sicherheitskameras. Keine Alarmanlagen. Das habe ich gesehen, als wir damals dort waren. Wenn ich hinein will, brauche ich nur einen Schlüssel.«

»Rechne nicht mit mir, Melchor.«

»Du sollst ja nicht mitkommen«, erklärt er. »Ich will nur, dass du mir einen Schlüssel besorgst. Noch besser einen Hauptschlüssel. Ferrer hat sicher einen.«

Salom schüttelt den Kopf, während ihnen ein Lastwagen entgegenkommt, der Haushaltsgeräte transportiert, dicht hinter ihm ein Lieferwagen, und der Caporal muss nach rechts ausweichen, um sie vorbeizulassen, denn die Straße ist eng und hat keinen Seitenstreifen.

»Verdammt nochmal«, sagt er nach dem Manöver und schlägt mit der Faust verärgert auf das Lenkrad. »Was soll dieser Blödsinn? Wann nimmst du endlich Vernunft an?

Du hast Frau und Tochter und wirst bald dreißig. Du kannst hier nicht einfach den Klugscheißer spielen, Mann, du bist kein kleiner Junge mehr. Hast du Olga erzählt, was du vorhast?«

Salom schließt das Fenster, als störte ihn der Wind, und der Motorlärm wird auf einmal zu einem Hintergrundsurren.

»Hilfst du mir oder nicht?«, fragt Melchor.

»Der Fall ist abgeschlossen«, entgegnet sein Kollege. »Darf man wissen, warum du deine Nase immer noch hineinstecken willst?«

»Weil er nicht abgeschlossen ist. Wir wissen beide, wann ein Fall abgeschlossen ist, und der ist es nicht. Deshalb will ich weitermachen. Deshalb und weil ich das nicht mit mir herumtragen will.«

»Was?«

»Dieses Gefühl, dass ich nicht alles in meiner Macht Stehende getan habe, um ihn zu lösen«, sagt Melchor, die Faust verkrampft über der Magengrube. Dann erklärt er: »Vor ein paar Tagen habe ich zufällig Rosa Adell getroffen. Wir haben über den Abend geredet, an dem sie ihre Eltern zum letzten Mal gesehen hat, das Essen am Freitag mit den Leuten der Firma. Anscheinend haben ihr Vater und Grau sich gestritten.«

»Die beiden Alten haben ihr ganzes Leben lang miteinander gestritten«, bemerkt Salom. »Ist dir wohl neu.«

»Sie haben über die Niederlassung in Mexiko gestritten«, fährt er fort, ohne auf die Bemerkung zu achten. »Es ging um die Frage, ob sie geschlossen wird. Anscheinend kam das nicht von ungefähr. Grau war dafür, sie zu behalten, Adell dagegen. Alle anderen haben Grau unterstützt, außer Ferrer, der ausgerechnet in der Nacht seine Meinung geändert hat.«

»Und?«

»Ich weiß nicht«, gibt Melchor zu. »Aber das war wichtig und hat womöglich Ferrer unruhig gemacht, denn findest du es nicht seltsam, dass uns niemand davon erzählt hat? Ich zumindest. Ich will wissen, was da los ist, will wissen, warum es niemand erwähnt hat. Nenn es Bauchgefühl. Und hinzu kommt, dass jemand von den Abendgästen die Sicherheitskameras und die Alarmanlagen ausgeschaltet haben kann. Grau, beispielsweise. Er kennt das Haus gut, und an dem Abend ist er ständig auf die Toilette gegangen. Er hat ein Prostataleiden.«

»Die Sicherheitskameras und die Alarmanlagen hätte jeder ausschalten können, angefangen bei der rumänischen Hausangestellten. Wie hieß sie noch?«

»Arba. Jenica Arba.«

»Genau. Und was Grau angeht, will ich dir nicht widersprechen. Wenn wir die Hypothese mit den Dieben verwerfen, bleibt er für mich der Hauptverdächtige. Das Problem ist, wir haben nicht einen belastbaren Beweis gegen ihn. Nicht einen einzigen. Da hilft uns kein Bauchgefühl.«

»Deshalb will ich ja in sein Büro: Um den Beweis zu finden, den wir brauchen. Wenn ich ihn dort nicht finde, suche ich in den anderen Büros.«

»Und wenn du ihn auch in den anderen nicht findest?«

»Dann ist Schluss. Punkt, aus. Dann gebe ich auf. Das

ist mein letzter Versuch. Wenn er scheitert, vergesse ich die Angelegenheit für immer. Das verspreche ich dir. Also, hilfst du mir oder nicht?«

»Nicht im Traum.«

»Bitte, Salom. Überleg es dir.«

»Da gibt es nichts zu überlegen.«

»Ich bitte dich, Salom. Du musst nicht gleich antworten. Aber überleg es dir, ja? Nur darum bitte ich dich.«

»Da, nimm«, sagt Salom und überreicht ihm nach ein paar Tagen einen kleinen silbrigen Schlüssel mit rechteckigem Kopf und glattem Schaft. »Der öffnet dir alle Türen von Gráficas Adell, außer der zum Hof.«

»Keine Sorge«, sagt Melchor. »Der Zaun ist niedrig. Der lässt sich leicht überklettern.«

Salom gibt ihm auch eine Plastikkarte auf den Namen Albert Ferrer, mit einem Bild des Inhabers in Passfotogröße, darunter das Wort: »Vorstandsvorsitzender«.

»Und das hier ist für die Schranke am Eingang, in der Eingangshalle und für den Zugang zu den Computern«, sagt Salom. »Sie gilt für alle: Sobald sie hochfahren, sind sie mit dem Firmennetz verbunden. Die Passwörter für die Mailkonten habe ich nicht, aber das spielt keine Rolle, diese Leute haben einen Horror vor Cyberpiraten und ändern ihre Passwörter jede Woche, sie haben sie bestimmt irgendwo notiert, denn merken kann sich die keiner. Such danach, sie stehen sicher auf irgendeinem Post-it oder dergleichen. Was noch?«

»Woher hast du das alles?«, fragt Melchor.

»Besser, du weißt es nicht. Ach ja, noch etwas. Du hattest recht: Es gibt weder Alarmanlagen noch Sicherheitskameras. Allerdings einen Nachtwächter. Der achtet aber mehr auf die Fabrik als auf die Büros, doch pass lieber auf, vor allem beim Eindringen. Das ist alles, scheint mir. Gut, nicht alles. Wenn sie dich erwischen, dann weiß ich nichts von dem ganzen Wahnsinn. Das ist dir wohl klar.«

»Glasklar«, sagt Melchor. »Aber mach dir keine Sorgen. Es wird nichts passieren.«

»Das hoffe ich«, sagt Salom. »Und wieder schuldest du mir etwas. Zum wievielten Mal?«

Melchor parkt zwischen zwei Sattelschleppern, ein paar Ecken vor Gráficas Adell, und geht mit schnellen Schritten zur Fabrik. Es ist finstere Nacht, und das Gewerbegebiet La Plana Parc liegt verlassen und fast im Dunkeln, denn am Himmel glänzt zwar der Mond wie eine große Silbermünze, doch sein Schein kann die spärliche Straßenbeleuchtung nicht wettmachen. Die warme Luft ist schwer und samten und bringt hin und wieder den herben Hauch der Sträucher und der trockenen Erde mit.

Melchor geht eine lange, von Pinien gesäumte Asphaltstraße hinauf, und sobald zu seiner Linken die Lagerhallen von Gráficas Adell auftauchen, duckt er sich hinter der kleinen Steinmauer, an die sich ein Metallzaun anschließt. Bisher ist er auf niemanden gestoßen, doch ein paar Sekunden lang späht und horcht er in die Stille, die nur von einem fernen, nicht zu bestimmenden Klopfen unterbrochen wird, wie von einem Generator. Als er sich vergewissert hat, dass niemand zu sehen ist, klettert er behände über die kleine Mauer und den Zaun, lässt sich auf den asphaltierten Hof fallen und rennt geduckt zu einer der Fabriklagerhallen. Er drückt sich an die Wand, deren Schatten ihn vor dem Mond- und Laternenlicht schützt, rückt vor bis zum achteckigen Bürogebäude, geht vorbei an dem Monolithen, in den Firmenlogo und -name eingemeißelt sind, lässt rechts hinter sich die überdachten Parkplätze (das Stahlgerüst erinnert ihn im Dunkeln an das hohle Gerippe eines Dinosauriers), geht die Eingangsstufen hinauf und öffnet mit dem Hauptschlüssel mühelos die Tür. Im Finstern durchquert er die Empfangshalle, passiert mit Albert Ferrers Plastikkarte die automatische Schranke, und als er das dichte Dunkel der Treppe erreicht, schaltet er die Taschenlampe des Handys ein. Im Schein des Lichtkegels geht er hinauf, biegt im ersten Stock nach links und folgt dem Gang, bis er sich zum Wartesaal weitet. Vor ihm befinden sich zwei Türen. Er öffnet die von Graus Vorzimmer, ebenfalls mit dem Hauptschlüssel, dann die des Büros, und schließt sich drinnen ein.

In dem aschgrauen Licht, das durch die großen Fenster fällt, wirkt Graus Büro kleiner und voller, als er in Erinnerung hat, und das Halbdunkel hat etwas vom feuchten Dämmerlicht eines Aquariums. Melchor atmet mehrmals tief durch und macht sich, angetrieben vom Adrenalin der heimlichen Mission, an die Arbeit.

Zuerst sieht er die Papiere auf dem Schreibtisch rund um den Computer durch, dann die in den Schubladen; anschließend erforscht er das Innere von zwei Aktenschränken, die ihm bei seinem ersten Besuch nicht aufgefallen waren, vielleicht waren sie damals nicht da gewesen, doch vermutlich hat er sie in der Ecke einfach übersehen. Er geht ohne Eile vor, mit größter Sorgfalt, schaltet die Taschenlampe nur ein, wenn unbedingt nötig, und vergewissert sich, dass man durch die Fenster ihr Licht nicht sehen kann. Diese erste Inspektion beschert ihm keinerlei Fund – von den eingesehenen Akten bezieht sich keine auf die ausländischen Niederlassungen, schon gar nicht auf die in Puebla, die ihn am meisten interessiert –, abgesehen von einem Notizbuch mit braunem Umschlag, in dem in winziger Handschrift eine Reihe Passwörter notiert ist, alle durchgestrichen außer dem letzten, woraus Melchor schließt, dass es das aktuelle ist.

Um das zu überprüfen, setzt er sich vor den Computer, ein neuer iMac, und schaltet ihn ein, indem er Albert Ferrers Karte in den seitlichen Schlitz einführt. Sofort erscheint auf dem Bildschirm die Startseite des Unternehmens, der Name in roten und schwarzen Lettern, im Vordergrund das Bild von zwei kleinen Kuchen, belegt mit Nüssen, Mandeln, Rosinen und kandierten Früchten, beide in braunen Pappkartons, der eine als Backform, der andere als Muffinförmchen. »Verpackungsservice der modernen Industrie« wirbt die Seite in großen Buchstaben. Oben befinden sich mehrere Reiter. Er klickt auf den mit Namen »Directory«, dann auf »Login«, und sofort erscheint in der Bildschirmmitte ein Rechteck für das Passwort. Melchor leuchtet mit der Handytaschenlampe auf das letzte Passwort im braunen Notizbuch, schreibt es in das Rechteck, und sogleich öffnet sich der Posteingang von Graus Mailprogramm.

Dort befinden sich fast tausend Nachrichten, die letzte ist nur wenige Stunden alt, die erste vier Monate. Im Zweifel, ob er in einer einzigen Nacht bewältigen kann, was er sich vorgenommen hat, wählt er alle Nachrichten aus, die aus Mexiko kommen, das heißt, die auf *mx* enden, zu seiner Erleichterung nur sechsundvierzig. Er beginnt mit der letzten, hat aber noch nicht einmal fünf Nachrichten gelesen, als er ein Geräusch zu hören glaubt. Er hält inne, verharrt reglos, lauscht. Nachdem mehrere Sekunden lang nichts zu hören ist oder nur die Stille, macht er sich wieder ans Lesen, überzeugt, dass er sich das Geräusch bloß eingebildet hat. Es sind vor allem Nachrichten vom Geschäftsführer und vom Verwalter der Fabrik in Puebla, obwohl es auch einige vom Personalchef gibt und von den Abteilungsleitern, meist protokollarische, belanglose Nachrichten oder Antworten auf konkrete Fragen Graus. Manche liest er vollständig, manche überfliegt er nur, andere sieht er kaum an und verwirft sie sofort.

Ihm bleiben noch eine Menge Nachrichten zu lesen, als er wieder ein Geräusch zu hören glaubt, diesmal deutlicher, ein Geräusch wie von einer schlecht geölten Türangel oder wie das tiefe Knarren von Holz oder von Knochen. Melchor unterbricht die Lektüre, hält den Atem an und lauscht, doch sofort ist er sich sicher, dass ihm die Einbildung erneut einen Streich gespielt hat, und wieder macht er sich ans Lesen. Minuten später ist er mit der letzten Nachricht fertig, schaltet den Computer aus und zieht die Karte aus dem Schlitz. Er will gerade aufstehen, als plötzlich die Bürotür aufgeht und ihn fast gleichzeitig mehrere Deckenleuchten von oben ins Visier nehmen, als würden Scheinwerfer auf ihn zielen. Die Türöffnung umrahmt nicht Josep Grau, sondern Albert Ferrer.

»Was machst du hier?«, fragt er.

2

Zwei Wochen nach den islamistischen Anschlägen von Barcelona und Cambrils traf Melchor auf dem Revier von Terra Alta ein, nachdem er zuerst die Mittelmeerautobahn genommen hatte, dann die Nationalstraße, die sich zwischen Bergen und Wäldern schlängelt, und am Ende eine Landstraße, die zum Ebro hinabführt, den Fluss bei Móra d'Ebre überquert und weiter nach Terra Alta vordringt, zwischen felsigen Hügeln, tiefen Schluchten, kahlen Steilhängen und Feldern mit Weinreben, Mandel- und Olivenbäumen, Pinien und Obstbäumen. Er stieß zum ersten Mal in diese Gegend vor, kaum zweieinhalb Stunden Fahrt von Barcelona entfernt, doch dieses schroffe, öde, unwirtliche Terrain, wild und abgelegen, das sich im Süden Kataloniens an der Grenze zu Aragón erstreckt und von dem er wenig mehr wusste, als dass es achtzig Jahre zuvor, gegen Ende des Bürgerkriegs, der Schauplatz der blutigsten Schlacht in der spanischen Geschichte gewesen war, kam ihm vor wie das Ende der Welt. Dennoch bereute er seine Entscheidung nicht. Obwohl von jeher ein Stadtmensch, allergisch gegen das Land, hatte er Lust darauf, die Stadt hinter sich zu lassen, bis sich der Sturm nach seinem Auftreten bei den Terroranschlägen gelegt hatte, und eine Zeit fern von Barcelona schien ihm angebracht zu sein, vielleicht nicht unbedingt für seine persönliche Sicherheit (wie alle Welt zu glauben schien), jedoch für seine geistige. Seitdem er die vier Terroristen auf Cambrils Strandpromenade getötet hatte, wiederholte ihm sein Gehirn immer wieder denselben Satz aus *Die Elenden*: »Das ist ein Mann, der das Gute mit der Flinte tut.«

Das Reviergebäude war ein zweistöckiger Kubus, brandneu und mit grauen Mauern, die von Fensterfronten unterbrochen wurden, und erhob sich auf einem freien Feld, bereits außerhalb von Gandesa. Der diensthabende Polizist musterte Melchor neugierig hinter dem Panzerglas am Empfang und fragte ihn, ob er der Neue sei. Er nickte.

»Sie erwarten dich.«

Den Anweisungen des Kollegen folgend, nahm er einen holzgetäfelten Gang, bis die linke Wand zu einer offenen Fensterfront wurde, die auf einen Innenhof blickte, der das ganze Gebäude taghell zu erleuchten schien. Am Ende des Gangs ging er eine Treppe hinauf, klopfte an eine Tür, wartete. Zu seiner Rechten führte eine weitere Tür in einen kleinen Raum, kaum größer als eine Sprechzelle, zu seiner Linken befand sich ein viel größeres Büro, in dem sich zwei Männer und eine Frau aufhielten. Dort herrschten ungewöhnliche Stille und Ruhe, zumindest ungewöhnlich für Melchor, der an den lärmenden Trubel des Reviers von Nou Barris gewöhnt war. An der Wand hing ein Schild mit der Aufschrift: »Sgt. Blai. Leiter der Ermittlungseinheit«. Er klopfte wieder, und diesmal hörte er:

»Herein!«

Sargento Blai machte nicht einmal Anstalten aufzustehen, als Melchor die Tür öffnete. Irritiert hob er nur die Brauen, ohne sein Missfallen zu verbergen, als Melchor sich vorstellte. Bis es dem Polizeibeamten auf einmal dämmerte.

»Mensch!«, rief er und sprang auf. »Melchor Marín sagst du? Verdammt, natürlich, komm rein, komm rein.«

Sargento Blai drückte ihm kräftig die Hand, bot ihm einen Stuhl an und setzte sich wieder, schob die chaotischen Papierstapel auf dem Tisch zur Seite und griff zu einem orangefarbenen Pappbecher, halbvoll mit Kaffee.

»Entschuldige«, sagte er. »Comisario Fuster hat mich vorgestern angerufen und gesagt, dass du heute Vormittag kommst, aber es ist mir völlig entfallen.« Nachdem der erste Moment der Verwirrung vorüber war, reckte sich der Sargento auf seinem Stuhl, entblößte beim Lächeln ein gesundes Gebiss und sagte, fast als wären Melchor und er alte Kollegen: »Na, dann erzähl mal, wie fühlt es sich an, ein Held zu sein?«

Melchor starrte ihn immer noch an und wusste nichts zu sagen.

»Na komm schon, Kleiner«, ermunterte ihn Blai. »Nur keine Bescheidenheit. Wir sind hier alle stolz auf dich, und ich frage mich immer noch, wie du vier Kerle mit einem Streich erledigt hast. Und was für vier ... Weißt du, wie viele Leben du gerettet hast?«

Der Sargento ließ sich weiter über das aus, was er als Melchors Ruhmestat bezeichnete. Sobald Melchor einhaken konnte, fragte er, wie viele auf dem Revier Bescheid wüssten, wer er sei und warum man ihn hierher versetzt habe.

»Bloß Subinspector Barrera und ich«, beruhigte ihn Blai. »Der Subinspector ist der Chef. Laut Fuster sollte eigentlich nur er Bescheid wissen, aber da der Chef auf Urlaub ist, hat er es auch mir erzählt. Niemand sonst erfährt davon, keine Sorge. Deinen Kollegen habe ich nur gesagt, dass du für ein paar Monate als Verstärkung hier bist, wegen der Sache mit der Unabhängigkeit und so. Du kommst aus dem Revier von Nou Barris, nicht wahr?«

Melchor nickte.

»Dann lass dir lieber gesagt sein, Terra Alta und Nou Barris gleichen sich wie Tag und Nacht. Hier ist es natürlich tausendmal besser, angefangen bei den Frauen. Du bist nicht verheiratet, stimmt's? Sehr gut. Ich bin als Junggeselle hergekommen und habe hier geheiratet, mehr muss ich nicht sagen. Wie schade, dass du nicht verraten darfst, wer du bist, denn dann wären sie alle verrückt nach dir.«

Die Sonne flutete durch eine Fensterfront, die auf ein unbebautes Grundstück blickte, wo das Dorf aufhörte, dahinter zeichneten sich vor makellosem Vormittagshimmel die Berge von Pàndols ab, gespickt mit weißen Windrädern, deren Flügel sich drehten. Links vom Sargento steckten an einer Korkwand Notizen, Merkzettel und Anzeigen; in einer Ecke verkündete gut sichtbar ein Aufkleber mit der Fahne der katalanischen Unabhängigkeitsbewegung »Catalonia is not Spain«. Sargento Blai verstummte, drehte sich zu dem Aufkleber und dann wieder zu Melchor.

»Was siehst du dir an?«, fragte er mit verschmitztem Lächeln. »Die Fahne?«

Melchor antwortete nicht. Die Stimme des Sargento färbte sich mit Ironie.

»Du bist doch wohl kein Sauspanier, oder?«

Diesmal sah sich Melchor zu einer Antwort gezwungen.

»Ich verstehe nichts von Politik«, sagte er.

»Natürlich«, entgegnete Sargento Blai mit leichtem Sarkasmus. »Ich habe eine Theorie, weißt du? Ich glaube, wer behauptet, er ist weder für die Unabhängigkeit noch für Spanien, der ist für Spanien. Und wer sagt, er versteht nichts von Politik, der ist ein verdammter Sauspanier. Was sagst du dazu?«

Melchor zuckte mit den Schultern. Blai musterte ihn, immer noch lächelnd, und nachdem er sich mit der Hand über den rasierten Schädel gefahren war, klopfte er mit den Fingerknöcheln auf den Tisch und trank seinen Kaffee aus.

»Komm mit«, sagte er und stand auf. »Ich stelle dir die Bande vor.«

Die beiden Männer gingen ins Nachbarbüro. Dort waren noch immer die drei Personen, die Melchor vor der Bürotür des Sargento vom Gang aus gesehen hatte. Der übernahm das Vorstellen: Melchor sei ein neues Mitglied des Teams, Feliu und Corominas Kriminaltechniker.

»Obwohl hier jeder alles macht«, erläuterte Blai. »Wie gesagt, das hier ist nicht Nou Barris.«

»Du kommst von Nou Barris?«, schaltete sich der Dritte ein.

»Da warst du auch mal, nicht wahr?«, fragte Sargento Blai.

»Vor einer Ewigkeit«, lautete die Antwort. »Da gibt es sicher niemanden mehr aus meiner Zeit.«

Er nannte ein paar Namen, die Melchor noch nie gehört hatte, und Sargento Blai nahm ihn bei der Schulter.

»Das hier ist Ernest Salom«, sagte er. »Dein Caporal. Er wird dir erzählen, wie wir hier funktionieren. Zu unserem Team gehören noch zwei andere, Martínez und Sirvent. Dann gibt es ein weiteres Team ... Hör mal, Salom, warum erzählst du ihm das nicht alles und zeigst ihm gleich das Revier?«

Das war ein als Frage getarnter Befehl. Bevor der Caporal antworten konnte, schob Sargento Blai einen Termin vor und verabschiedete sich:

»Willkommen in Terra Alta, Kleiner.«

»Er hat geschlafen?«, fragte Feliu, kaum hatte der Sargento das Büro verlassen.

»Keine Sorge«, antwortete Corominas. »Blai verpennt hier immer die Vormittage.«

»Und vervögelt die Nächte«, sagte Feliu.

»Sobald wir morgens mit der Frühbesprechung durch sind, erwischt es ihn. Völlig platt vom vielen Vögeln.«

»Aber aufgepasst«, stellte Feliu klar. »Er vögelt nur mit seiner Frau.«

»Bah!«, rief Corominas, das Gesicht von Ekel verzerrt. »Dass der sich nicht schämt! Ist Inzest ein Verbrechen? Jemand sollte sich die beiden wegen Inzest vorknöpfen.«

»Hör nicht auf die Trottel«, schaltete sich Salom ein. »Blai ist ein Klassepolizist und ein fabelhafter Kerl.«

»Wie du siehst, ist unser lieber Caporal ein Arschkriecher«, sagte Corominas. »Aber in einem hat er recht: Blai ist ein feiner Kerl. Nicht so wie wir.«

»Das ist das Vernünftigste, was ich in dem Jahr von dir gehört habe«, sagte Salom. »Und solltet ihr beiden nicht längst bei der Genossenschaft sein?«

Salom, Feliu und Corominas sprachen noch kurz über eine Winzergenossenschaft in El Pinell de Brai, die Anzeige erstattet hatte. Bevor Corominas ging, empfahl er Melchor, sich eine Wohnung in Gandesa zu suchen.

»Hör auf Coro«, pflichtete Feliu ihm bei. »Wenn ich könnte, würde ich noch heute umziehen. Ich hab die Schnauze voll, jeden Tag von Tortosa aus zu pendeln.«

»Sie haben recht«, sagte Salom, als er mit Melchor allein war. »Ich weiß nicht, wie lange du bleibst, aber von Gandesa aus ist alles bequemer. Weißt du schon, wo du heute Nacht schläfst? Wenn du willst, bei mir zu Hause ist Platz. Ich lebe allein.«

»Danke«, antwortete Melchor. »Ich habe ein Zimmer im Hotel Piqué reserviert.«

»Wie du meinst.« Der Caporal notierte etwas auf einem Zettel und reichte ihn Melchor. »Das ist die Adresse einer Immobilienfirma. Sag ihnen, du kommst von mir, sie kennen mich.«

Salom erzählte, dass er in Gandesa geboren und aufgewachsen war und seine ganze Familie von dort stammte, dann erklärte er ein paar Einzelheiten, die Melchor schon bekannt waren, weil Comisario Fuster sie ihm bereits mitgeteilt hatte: dass ihr Revier nicht nur über Terra Alta wachte, sondern auch über die Region Ribera d'Ebre, dass ein Polizeiposten in Móra d'Ebre dazugehörte und sie wiederum dem regionalen Revier mit Sitz in Tortosa unterstanden. Aber Salom erzählte auch Dinge, die ihm neu waren: dass sich das Personal der Ermittlungseinheit unter Sargento Blai auf elf Leute belief und in zwei Teams teilte, jedes unter dem Befehl eines Caporal.

»Wir wechseln wöchentlich die Schicht«, sagte er. »In dieser Woche haben wir Frühschicht, von sieben bis drei. Nächste Woche Spätschicht, von drei bis elf. Dann gibt es natürlich noch die Nachtwachen.«

Melchor stellte ein paar knappe Fragen. Salom beantwortete sie ebenso knapp. Dann wies er ihm einen Tisch im Büro zu und sagte, er müsse ihn mit einem Kollegen teilen, den Computer ebenso.

»Ich weiß nicht, wie es jetzt in Nou Barris läuft, aber hier sind wir arm wie Kirchenmäuse«, klagte er. »Auf dem Revier und draußen. Vor allem draußen. Na ja, machen wir einen Rundgang. Ich zeige dir alles.«

Salom führte ihn durch die Räume und Büros im oberen Stock und stellte ihm die Kollegen vor, die Chefs und Büroangestellten, die ihnen begegneten. Im Erdgeschoss zeigte er ihm das Sitzungszimmer, den Umkleideraum, die Waffenkammer, und als sie in der Cafeteria waren – ein Raum mit mehreren Tischen und Automaten, zwei Kühlschränken, einem Spülbecken und einer Mikrowelle –, warnte er ihn:

»Das ist hier nicht Barcelona, gewöhn dich dran. Mit wie vielen Ermittlern hast du in Nou Barris gearbeitet? Fünfzig, sechzig?«

»So ungefähr«, entgegnete Melchor.

»So viele arbeiten hier im ganzen Revier. Sag mal, wie viele habt ihr an einem Wochenende verhaftet? Fünfzehn, zwanzig?«

»In etwa«, entgegnete Melchor.

»Nun, so viele verhaften wir hier in einem Jahr. Und bestimmt hattet ihr in Nou Barris täglich zehn, zwölf bewaffnete Raubüberfälle oder mehr noch, während wir hier nicht mal in einem schlechten Jahr so viele zusammenbekommen. Wetten, du rätst nicht, wie viele Vorbestrafte in ganz Terra Alta registriert sind?« Melchor schwieg. »Nicht einmal hundert. Wie viele hattet ihr dort? Zweitausend?« Salom nahm die Führung wieder auf. »Na ja, ein Luftkurort ist das hier auch nicht gerade, obwohl es manchmal fast den Anschein hat, um ehrlich zu sein. Wir haben natürlich auch weit weniger Ressourcen als anderswo, aber ...«

Die entgegensetzende Konjunktion blieb in der Luft hängen, hallte auf ihrem Weg in den Keller im Treppenauge wider.

»Die Wahrheit ist, dass wir hier recht gut leben«, fuhr der Caporal fort. »Sogar vom Lohn bleibt ein bisschen mehr übrig. Natürlich ändert das nichts an der Armut, vor allem wenn es dir wie mir geht, mit zwei Töchtern auf der Universität. Da wird dir bewusst, was es bedeutet, Polizist in unserm Land zu sein. Wie schlecht wir behandelt und wie sehr wir in die Mangel genommen werden. Ja, natürlich, sobald es brenzlig wird, schreit man nach uns, wir sollen sie beschützen und unsern Hals für sie riskieren. Aber sonst sind wir Abschaum für sie, sie zahlen uns einen Hungerlohn, demütigen uns und würden uns am liebsten irgendwo verstecken, weil sie sich wegen uns schämen. Herrgott, das ist zum Kotzen. Wenn ich dran denke, vergeht mir jede Lust, Polizist zu sein, ganz ehrlich. Aber gut, hier in Terra Alta lebst du wenigstens eine Spur besser als in Barcelona, vor allem wenn du allein bist.«

Sie warfen einen Blick in die Asservatenkammer, wo auch die Antiterrorausrüstung aufbewahrt wurde, und gingen in die Garage, in der gerade kein Streifenwagen zu sehen war.

»Sag«, fragte Salom und öffnete eine Eisentür, »wo hast du schon mal ein Revier gesehen, das selbst in den Zellen Tageslicht hat?«

Es waren fünf an der Zahl – eine für Minderjährige und Frauen, vier für Männer –, und sie hatten tatsächlich Tageslicht, ebenso der Durchsuchungsraum, wo die Inhaftierten gefilzt und ihre Personalien aufgenommen wurden (»Sag bloß, das ist kein verdammtes Luxushotel, verglichen mit Nou Barris«, sagte Salom). Weder in den Zellen noch im Durchsuchungsbereich war ein einziger Gefangener, und es roch nach Desinfektionsmittel.

Sie gingen wieder hinauf ins Erdgeschoss.

»Nimm dir ein paar Tage Zeit, um Fuß zu fassen«, sagte Salom. »Und wenn du Lust hast, lade ich dich zum Abendessen nach Hause ein. Ich bin ein guter Koch.«

Während er Melchor zum Ausgang begleitete, erwähnte

der Caporal seine beiden Stationen nach Nou Barris – Palamós, La Seu d'Urgell – und erzählte, dass er jahrelang als Kriminaltechniker gearbeitet hatte. Schließlich sprach er wieder über Terra Alta.

»Blai hat uns gesagt, du bist hier nur auf Durchreise«, sagte er zum Abschied an der Tür und reichte Melchor die Hand. »Aber auch so wirst du hier Zeit genug haben, dich zu langweilen, glaub mir. Hier passiert niemals etwas.«

In der ersten Nacht in seinem Zimmer im Hotel Piqué fand Melchor keine Minute Schlaf. Auch in der nächsten Nacht nicht, bereits in seiner Mietwohnung außerhalb von Gandesa, an der Landstraße nach Bot. Während er sich wütend im Bett wälzte, weil er die zweite schlaflose Morgendämmerung in Folge erlebte, wurde ihm klar, dass ihn ebendas am Schlafen hinderte, was ihn auch bei Carmen Lucas in El Llano de Molina nicht hatte schlafen lassen: die Stille, die völlige Abwesenheit von Lärm. Außer in stürmischen Nächten, wenn der Nordwind die Gegend peitschte und diese übernatürliche Ruhe linderte (und ihm zu schlafen erlaubte), kämpfte Melchor in den folgenden Wochen mit schweren Schlafmitteln dagegen an, die ihn manchmal in einen katatonischen Zustand versetzten, noch verschärft von einem Gefühl des Unwirklichen. Kein Wunder, denn letztlich war in Terra Alta alles neu und seltsam für ihn. Es störte ihn nicht, oder vielleicht doch, aber er wusste, das Unbehagen würde vorübergehen, und so versuchte er, es auszukosten.

An manches konnte er sich nur mit Mühe gewöhnen.

In Barcelona wusste keiner seiner Nachbarn, dass er Polizist war, und mit den wenigsten von ihnen grüßte er sich. In Terra Alta dagegen hatte er sich kaum niedergelassen, und schon fing alle Welt an, ihm einen guten Morgen, einen guten Tag und einen guten Abend zu wünschen, und nach zwei Wochen wusste jeder seiner Nachbarn, was sein Beruf war. In Barcelona hatte er immer die vorgeschriebene Pistole unter der Achsel bei sich, eine Walther P99, 9 mm; in Terra Alta schien die Pistole überflüssig zu sein, und er merkte sofort, dass er mit ihr zwangsläufig auffiel, sosehr er sie auch zu verstecken versuchte, weshalb er es seinen Kollegen schließlich gleichtat und die Pistole nur im Dienst trug. Natürlich fühlte er sich ohne den permanenten Schutz von Anonymität und Waffe beobachtet, unsicher und verwundbar, aber sobald er sich daran gewöhnt hatte, auf beides zu verzichten, begriff er, dass diese Zeit fern von Barcelona nicht bloß der Urlaub war, den er sich vorgestellt hatte, sondern auch ein Urlaub von sich selbst, und er glaubte, das flüchtige Glück Jean Valjeans zu verstehen, als er zu Beginn von *Die Elenden* den Wohnort wechselt, seine schändliche Vergangenheit hinter sich lässt und ein neues Leben beginnt, als neuer Mensch mit neuer Identität: Monsieur Madeleine. Im Übrigen hielt er nur Kontakt mit zwei Menschen aus seinem früheren Leben: Domingo Vivales, der ihn manchmal anrief, um ihn zu fragen, ob alles unter Kontrolle sei, und Carmen Lucas, die ihm Mails über seine Mutter schrieb und über ihren Alltag mit Pepe in El Llano de Molina.

In Terra Alta wandelte sich sein Leben jedoch vor allem

dadurch, dass er nie zuvor so viel Zeit für sich selbst gehabt hatte. Er arbeitete nur nachmittags oder nur vormittags, und da er die freien Stunden nicht mehr mit Ermittlungen über den Mord an seiner Mutter verbrachte, hatte er den restlichen Tag ganz zu seiner Verfügung. Es bereitete ihm keinerlei Mühe, diese klaffende Leere der alltäglichen Muße zu füllen. Wenn er Spätdienst hatte, stand er früh auf und ging in der Morgendämmerung joggen, nahm einen Pfad, der im sanften Zickzack einen Berghang hinaufstieg, hier und da ein Landhaus, Fichten- und Eichenwäldchen, Rosmarin- und Lavendelbüsche hinter sich ließ, bis er einen Gipfel erklomm, von dem aus man Gandesa mit seinen Häusern überblickte, dicht an dicht um den Kirchturm gereiht, im Hintergrund das gezackte Profil der Gebirgskette von Pàndols, mit Windrädern getüpfelt. An der Stelle drehte er um und lief auf demselben Weg zurück. Zu Hause duschte er, frühstückte und warf sich zum Lesen auf das Sofa im Esszimmer. Dort blieb er gewöhnlich bis Mittag. Dann ging er zum Dorfplatz und setzte sich vor eine Bar, bestellte eine Cola und las beim Trinken weiter – immer ein Buch, niemals eine Zeitung: Zeitungen interessierten ihn nicht. Um eins oder halb zwei bestellte er noch eine Cola und etwas zu essen, meist einen Salat und ein Steak, und nachdem er zwei Kaffee hintereinander getrunken hatte, zahlte er und ging zum Revier, wo er sich immer pünktlich um drei einfand.

Das war seine Vormittagsroutine bei Nachmittagsschicht; hatte er Vormittagsschicht, behielt er diese Routine bei, wenn auch mit leichten Änderungen. Da er nicht im Morgengrauen joggen konnte, ging er in der Abenddämmerung laufen (doch der Weg blieb sich immer gleich); da er nicht in der Bar am Platz zu Mittag essen konnte, aß er dort zu Abend (doch die Speisekarte blieb sich ebenfalls immer gleich); da er vormittags nicht lesen konnte, las er nachmittags (doch die Lektüre änderte sich nicht: die Romane, die er aus Barcelona mitgebracht hatte). Ebenfalls ohne Mühe fügte Melchor sich in die Routine des Reviers ein, die sich letztlich kaum von der anderer Reviere unterschied: die tägliche Frühbesprechung, die Teamsitzungen, das Schreiben von Berichten, das Patrouillieren im Wagen. Letzteres mit seinem Hin und Her durch die umliegenden Dörfchen – von Arnes nach Vilalba dels Arcs, von Bot nach Prat de Comte, von Corbera d'Ebre nach Horta de Sant Joan – machte ihn mit der Geografie von Terra Alta vertraut, ebenso mit den Informanten, Dieben, Dealern und Betrügern, die sie bevölkerten.

Was seine Kollegen anging, hatte er sofort das Gefühl, dass man hier fester zusammenhielt als in Nou Barris, wo jeder meist seine eigenen Wege ging. Dieses Gefühl bestätigte sich, denn selbst an den Tagen vor und nach dem Unabhängigkeitsreferendum vom 1. Oktober, kurz nach seiner Ankunft in Terra Alta, wurde der Teamgeist nur wenig erschüttert, als das Verfassungsgericht die Befragung untersagte, die Richter den Mossos d'Esquadra befahlen, die Abstimmung zu verhindern, und die Polizeichefs, gedrängt von den Unabhängigkeitspolitikern, die zu der illegalen Volksbefragung aufgerufen hatten, ihren Leuten unter der Hand, doch deutlich genug Anweisungen gaben, den

Richtern nicht zu gehorchen, zumindest nicht auf ganzer Linie, am besten gar nicht. Diese Diskrepanz zwischen dem ausdrücklichen richterlichen Befehl und dem nicht ausdrücklichen Befehl der Chefs führte in fast allen Revieren zu Irritationen, auch in Terra Alta. Am meisten litt in der Ermittlungseinheit Sargento Blai, es kam zu mehreren Wortwechseln mit seinen Kollegen von der Städtischen Sicherheit, die die Durchführung des Referendums ermöglichen oder es zumindest nicht verhindern wollten. Melchor und Salom waren Zeugen einer dieser Auseinandersetzungen eines Morgens beim Kaffeetrinken in der Cafeteria des Reviers. Als sie wieder zu dritt waren, wollte der Caporal den Sargento beschwichtigen und dem Streit den Stachel nehmen, indem er über seine Haltung als Unabhängigkeitsanhänger scherzte. Das brachte Blai endgültig zum Platzen:

»Scheiß drauf, Salom«, sagte er und packte den Caporal beim Hemdkragen. »Ich bin für die Unabhängigkeit, seit ich aus dem Mutterleib kam, nicht wie diese Bande Neubekehrter, die uns regiert und im Stich lassen wird, sobald sie nur können. Aber ich bin nun mal zuerst Polizist, und wir Polizisten sind dazu da, das Gesetz zu befolgen, also das zu tun, was die Richter sagen, nicht das, was mir in den Kram passt. Und wenn die Scheißrichter mir befehlen, dass ich die Schulen schließen soll, dann gehe ich in Habachtstellung, stecke mir die Unabhängigkeit in den Arsch, schließe die Schulen und Schluss. Ist das klar?«

Salom öffnete die Hände als Zeichen der Zustimmung. Damit nicht zufrieden, wandte sich Blai an Melchor.

»Ist das klar oder nicht?«, fragte er.

Melchor zog eine gleichgültige Grimasse. Der Sargento ließ Salom los und schien sich, immer noch wütend, jetzt auf Melchor stürzen zu wollen; er tat es nicht. Ohne den Blick von ihm zu wenden, wurde sein Atem allmählich ruhiger, er wiegte den Kopf, dann lächelte er, als gäbe er sich geschlagen. Bevor er ging, stieß er noch aus:

»Leck mich am Arsch, Sauspanier.«

Das war Ende September gewesen. In den vier Wochen, die Melchor nun an seinem neuen Bestimmungsort war, hatte sich zwischen ihm und Salom eine enge, asymmetrische Vertraulichkeit eingestellt. Acht Stunden am Tag waren sie fast ununterbrochen zusammen, doch immer oder fast immer – wenn sie im Gemeinschaftsbüro arbeiteten, über die Landstraßen fuhren, im *Terra Alta* frühstückten, Kaffee tranken, zu Mittag oder zu Abend aßen – war es Salom, der redete, und Melchor, der zuhörte oder so tat. Diese sprachliche Enthaltsamkeit unterschied sich nicht wesentlich von der, die vor Jahren sein Verhältnis zu Vicente Bigara bestimmt hatte, doch anders als der alte Guardia Civil, der hocherfreut über Melchors fast permanentes Schweigen gewesen war, hatte Salom weniger Geduld dafür übrig, vor allem zu Anfang. Als er schließlich begriff, dass die Stummheit seines neuen Kollegen nichts mit Geringschätzung zu tun hatte, sondern allenfalls Teil seines Temperaments war, lernte er, diesem Schweigen mit Monologen zu begegnen, und störte sich schließlich auch nicht mehr daran, dass Melchor sich taub stellte oder ihn hinhielt, wenn er ihn wieder einmal zum Abendessen zu sich einlud, oder dass er gar nicht oder nur vage antwortete, wenn er ihn fragte, ob er tatsächlich, wie Sargento Blai erklärt und niemand geglaubt habe, aus politischen Gründen nach Terra Alta versetzt worden sei.

Die Themen von Saloms Wortschwall waren vielfältig, mündeten jedoch immer in dieselben zwei: Familie und Geld (oder vielmehr der Mangel an Geld). So erfuhr Melchor, dass Salom seit fünf Jahren Witwer war, seine Frau, wie er aus Gandesa gebürtig, war Lehrerin gewesen und nach langem Kampf an Brustkrebs gestorben; er erfuhr, dass er zwei Töchter hatte, Claudia und Mireia, die beide in Barcelona lebten und nur in den Ferien nach Gandesa kamen, dass Claudia Physik im zweiten Jahr studierte und Mireia im ersten Luft- und Raumfahrttechnik; und er erfuhr, wie schwer es war, eine Familie vom Lohn eines Caporal zu ernähren und zwei Töchter in Barcelona zu unterhalten. Und Melchor begriff schnell, dass Salom keineswegs übertrieben hatte mit seiner Vorhersage, er werde in Terra Alta Zeit genug haben, sich zu langweilen, weil dort niemals etwas passiere.

Zumindest während des ersten Monats war das so. Für ihn und Salom gab es in dieser Zeit gerade einmal zwei förmliche Strafanzeigen, bei denen ermittelt wurde: eine wegen Juwelendiebstahls in einem Landhaus bei La Fatarella, die andere, weil ein Mann nach einem wirren Handgemenge vor einem Club zusammengeschlagen worden war. Den Diebstahl bei La Fatarella klärten sie in weniger als einer Woche auf, da Salom die Opfer kannte und sofort begriff, dass für den Raub der Jüngste ihrer vier Söhne verantwortlich war, ein Kokainsüchtiger, der den größten

Teil des Jahres in Reus lebte und bei seinen Eltern nur auftauchte, um sie anzupumpen. Mehr Zeit nahm die Aufklärung der Körperverletzung vor dem Club in Anspruch, ein alter Bauernhof, der in ein hypermodernes Lokal umgewandelt worden war, das auf einer Wiese zwischen Corbera und Móra d'Ebre stand und Nachtschwärmer aus der ganzen Provinz anlockte. Dennoch kamen sie nach einigen Ermittlungen und der Vernehmung des Opfers und mehrerer Beteiligter und Zeugen zu dem Schluss, dass für den tätlichen Angriff nur ein zwanzigjähriger Mann ohne Vorstrafen verantwortlich sein konnte, den sie bereits vernommen hatten und der bei einem Paketdienst im Industriegebiet Riu Clar in Amposta arbeitete. Sie vernahmen ihn noch einmal, diesmal auf dem Revier, das heißt, Salom setzte ihm fast drei Stunden lang vergebens mit Fragen zu. Entmutigt verließ der Caporal den Vernehmungsraum zusammen mit Melchor.

»Unglaublich«, schnaubte er und versuchte Dampf abzulassen. »Der Scheißkerl ist aus Eisen. Wenn das so weitergeht, entwischt er uns.«

»Er entwischt uns nicht«, sagte Melchor. »Der ist ein guter Junge. Der will gestehen.«

Salom hielt inne und sah ihn an. Melchor wiederholte, was er gesagt hatte.

»Das Problem ist nur, er weiß nicht, wie«, fügte er hinzu.

Außer ihnen war niemand im Gang des ersten Stocks. Es war nach elf Uhr nachts, und auf dem Revier herrschte feierabendliche Stille.

»Lass es mich probieren«, bat Melchor. »Dreh eine

Runde im Dorf, iss etwas und komm wieder. Eine Stunde reicht mir.«

Als Salom nach einer Stunde wiederkam, wartete Melchor im Gemeinschaftsbüro auf ihn, den Kopf gesenkt, das Handy in der Hand.

»Ich habe doch gesagt, der ist aus Eisen«, stellte der Caporal fest, der die Haltung seines Kollegen für Enttäuschung nahm. »Wo ist unser kleiner Freund?«

Melchor steckte das Handy weg und griff zu einem Blatt Papier, das der Drucker gerade ausgespuckt hatte.

»Der schläft in der Zelle.« Er reichte Salom das Papier. »Da hast du sein Geständnis.«

Der Caporal begann, das Dokument zu lesen.

»Wie hast du das geschafft?«, fragte er verblüfft. »Du hast ihn doch nicht geschlagen.«

Mit einer leichten Kopfbewegung Richtung Keller sagte Melchor:

»Geh hinunter und sieh nach, wenn du willst.«

»Also?«

»Ich habe dir doch gesagt, dass er gestehen wollte. Bloß ... Gut, ich glaube, er hat sich geschämt, vor dir zu gestehen, was er getan hat. Und warum er es getan hat.«

»Und warum hat er es getan?«

Melchor zeigte auf das Papier:

»Lies weiter.«

Salom las zu Ende und blickte auf.

»Er hat den Kerl fast umgebracht, weil der den Abend über frauenfeindliche Witze erzählt hat?«, fragte er.

»Scheint so«, entgegnete Melchor.

Salom setzte sich auf einen Stuhl, kratzte sich den Bart.

»Und warum hat er sich nicht geschämt, es dir zu erzählen?«

Melchor zuckte mit den Schultern.

»Ich weiß es nicht«, sagte er. »Vielleicht, weil ich ihn davon überzeugt habe, dass ich an seiner Stelle das Gleiche getan hätte.«

Salom hörte auf, sich den Bart zu kratzen, und nickte zweifelnd. Beide blickten sich ein paar Sekunden lang an, und Melchor sah, wie ein unruhiger Schatten die Augen des Caporal verdunkelte.

»Du hast ihn hinters Licht geführt, nicht wahr?«

Melchor lächelte nichtssagend.

»Was denkst du?« Er seufzte. »Gut, jetzt bin ich mit dem Essen dran. Übernimmst du den Papierkram?«

Mitte Oktober, eineinhalb Monate nach seiner Ankunft in Terra Alta, hatte Melchor alle Romane zu Ende gelesen, die er aus Barcelona mitgebracht hatte. Eines Tages ging er in Gandesas einzige Buchhandlung. Sie war klein und schlecht sortiert, auch nach längerem Stöbern fand er kein Buch, das er gern gelesen hätte, und er konnte sich nicht entschließen, den Buchhändler um Rat zu fragen. Kurz darauf hörte er, dass Terra Altas beste Buchhandlung außerhalb Terra Altas lag, in einem Dorf mit Namen Valderrobres oder Vall-de-roures, jenseits der Grenze zu Aragón, aber er raffte sich nicht auf hinzufahren, weil es fast eine Stunde von Gandesa entfernt war.

Eines Morgens beschloss er, die Leihbücherei aufzusuchen. Es war noch nicht halb zehn, und er fand sie geschlossen. Er trank einen Kaffee in der Konditorei Pujol und ging kurz nach zehn wieder hin. Diesmal war sie offen, wenn auch leer. Da kam eine Bibliothekarin aus einer Tür, bemerkte ihn im Eingang und winkte ihn herein. Die Bibliothek bestand aus einem großen, hellen Raum mit Ziegelwänden, hoher Decke und einer Glasfassade, die die Herbstsonne hereinließ. Melchor ging durch die Regalreihen und blieb bei den Romanen stehen. Nach einer Weile kam er mit leeren Händen zurück und wollte schon gehen, beschloss aber doch, an die Theke zur Bibliothekarin zu treten.

»Kann ich dir helfen?«, fragte sie.

»Ja«, sagte Melchor. »Ich suche ein Buch.«

»Welches denn?«

»Ich weiß nicht.«

Die Bibliothekarin hob den Blick von dem Buch, das sie gerade in die Kartei aufnahm, und musterte ihn über den Rand ihrer Lesebrille hinweg.

»Du weißt nicht, welches Buch du suchst?«

»Nein«, entgegnete Melchor. »Aber ich mag Romane.«

»Welche Art Romane?«

»Die aus dem neunzehnten Jahrhundert. Du hast nicht viele hier. Und die habe ich schon alle gelesen.«

Die Bibliothekarin nahm die Brille ab. Sie war dunkelhaarig, sehr schlank, hatte ein anziehendes Gesicht und dunkle Augen, unter denen sich Ringe der Traurigkeit oder Erschöpfung angesammelt hatten; ihr Haar war hochgesteckt, und sie trug ein weißes Top, unter dem sich kleine Brüste abzeichneten. Melchor hatte den Eindruck, dass sie wusste, wer er war.

»Du liest nur Romane aus dem neunzehnten Jahrhundert?«

»Ja«, antwortete Melchor. »Ein Freund hat mir gesagt, die später geschrieben wurden, sind nicht der Mühe wert.«

Die Bibliothekarin runzelte die Stirn, als fürchtete sie, Melchor mache sich über sie lustig. Als sie begriff, dass das nicht der Fall war, sagte sie:

»Warte.«

Mit kurzen, raschen Schritten, die Melchor an einen Vogel oder ein kleines Mädchen erinnerten, ging sie zu den Regalen und kam mit einem Buch zurück.

»Ziemlich schmal«, sagte Melchor, als er es in der Hand hielt.

»Schmal, aber gut«, gab sie zurück. »Mal sehen, ob es dir gefällt.«

Melchor las den Titel: *Der Fremde.*

»Ist das eine versteckte Anspielung?«, fragte er.

Die Bibliothekarin lächelte. Sie hatte volle, wohlgeformte Lippen, und beim Lächeln bildete sich ein feines Faltennetz um die Mundwinkel. Melchor wusste nicht, welches Alter er ihr geben sollte.

»Nein«, entgegnete sie. »Obwohl ich weiß, dass du neu hier bist. Ich habe dich in der Bar auf dem Platz lesen sehen. Du arbeitest mit Ernest Salom, nicht wahr?«

»Kennst du ihn?«

»Hier kennt jeder jeden. Seine Frau war eine Freundin von mir.«

Melchor nickte, während er im Buch blätterte. »Heute ist Mama gestorben«, lautete der erste Satz. Er gefiel ihm nicht, doch er sagte:

»Der Anfang gefällt mir.«

Den restlichen Vormittag verbrachte er lesend in einer Ecke der Bibliothek, neben einem großen Fenster, das auf einen mit Kies bestreuten Hof hinausging. Kurz nach Mittag gab er der Bibliothekarin das Buch zurück.

»Wie hast du es gefunden?«, fragte sie.

»Das ist das Buch, das mir bisher am zweitbesten gefallen hat«, log er.

Die Bibliothekarin lächelte wieder.

»Und welches ist das beste?«

»*Die Elenden*. Hast du es gelesen?«

»Nein«, sagte die Bibliothekarin. »Aber ich habe viel darüber gehört.«

Melchor fragte, was sie darüber gehört habe, und die Bibliothekarin erzählte ihm eine Anekdote. Anscheinend war Victor Hugo im belgischen Exil gewesen, als *Die Elenden* veröffentlicht wurde, und begierig, zu erfahren, wie der Roman aufgenommen worden war, schrieb er einen Brief an den Verleger, der aus einem einzigen Zeichen bestand: dem Fragezeichen. Der Verleger antwortete postwendend, und sein Brief bestand ebenfalls aus einem einzigen Zeichen: dem Ausrufezeichen. Der Roman war ein triumphaler Erfolg. Melchor lachte, zum ersten Mal seit dem Tod seiner Mutter.

»Es heißt, das sei der kürzeste Briefwechsel der Geschichte«, fügte die Bibliothekarin hinzu.

Auf ihre Empfehlung nahm Melchor *Doktor Schiwago* von Boris Pasternak mit nach Hause, und als er am Nachmittag mit Salom die Landstraße zwischen Prat de Comte und El Pinell de Brai abfuhr, erzählte er dem Caporal, er habe eine Freundin seiner Frau getroffen.

»Welche Freundin?«, fragte Salom.

»Ich weiß nicht, wie sie heißt«, antwortete Melchor. »Sie arbeitet in der Leihbücherei.«

»Ah, das ist Olga Ribera«, sagte Salom. »Das stimmt, Helena war mit ihr befreundet.«

Anstatt weiterzufragen, wandte Melchor bloß den Blick zum Fenster und tat so, als gäbe er sich mit diesem knappen Dialog zufrieden. Es wurde dunkel. Die untergehende Sonne überzog die traubenschweren Weinstöcke und die Ruine eines Landhauses mit blassem Rot, dahinter begann ein schattiges Wäldchen, dem sich ein steiler Hang anschloss, auf dessen Gipfel Windräder kreisten. Melchor vertraute darauf, dass Salom, der sich unterwegs zum Monologisieren verdonnert sah, mehr über die Bibliothekarin erzählen würde, sobald er sicher war, dass Melchor sich in seiner Lakonik verschloss. Und er täuschte sich nicht.

»Sehr gut befreundet«, fuhr der Caporal fort, die Hände am Lenkrad, den Blick auf der Landstraße. »Sie waren Schulfreundinnen. Dann sind ihre Wege auseinandergegangen, weil meine Frau in Tarragona studiert hat und Olga in Barcelona. Bibliothekswissenschaft oder wie man das nennt, was Bibliothekare studieren. Dann haben wir geheiratet und jahrelang auswärts gelebt. Olga hat ebenfalls geheiratet, sich aber kurz danach wieder getrennt. Sie hat dann mal mit dem einen, mal mit dem anderen zusammengelebt. Der letzte hieß Barón. Luciano Barón. Sie haben in Tortosa gewohnt. Wir waren drei, vier Mal bei ihnen. Das war vielleicht ein Aas. Der Kerl, meine ich. Keinen Finger hat der gerührt, er hat von ihrem Gehalt gelebt. Hat sie geschlagen. Riesige blaue Flecken hatte sie. Meine Frau hat Olga immer wieder gesagt, dass sie ihn anzeigen soll, ich ebenfalls, aber sie hat nicht auf uns gehört. Ein Klassiker, was? Dieser Barón war ein Mistkerl, der sie völlig deprimiert hat. Zum Glück hat er sie für eine andere sitzen lassen, denn sie hätte es nicht geschafft, ihn zu verlassen.«

Salom verstummte. Melchor blickte weiter aus dem Fenster. Der Himmel von Terra Alta protzte mit einem jungfräulichen Blau ohne eine einzige Wolke. Sie fuhren sehr langsam. Ab und an kam ihnen ein Auto entgegen, ab und an überholte sie ein Auto. Melchor wandte sich zum Caporal, der seinen Blick bemerkte und die Erzählung wieder aufnahm:

»Sie ist dann nach Gandesa zurückgezogen, ungefähr zu der Zeit, als meine Frau krank wurde. Sie hat bei ihrem Vater gelebt und ist jeden Tag nach Tortosa gependelt, bis zum Glück die Leihbücherei hier aufgemacht hat. Ihr Vater ist dann bald gestorben. Und meine Frau auch. Jetzt habe ich sie schon eine Weile nicht mehr gesehen, ich weiß nicht, wie es ihr geht.«

Melchor antwortete nicht auf die Frage, falls es denn eine Frage gewesen war, und beide schwiegen eine Weile. Als sie El Pinell de Brai hinter sich ließen, senkte sich die

Nacht herab, und die Scheinwerfer des Opel Corsa gingen automatisch an.

»Wie sagst du, hieß der Kerl?«, fragte Melchor.

»Welcher Kerl?«, entgegnete Salom.

»Der mit deiner Freundin, der Bibliothekarin, gelebt hat«, sagte Melchor. »Der sie geschlagen hat.«

»Barón«, antwortete der Caporal. »Luciano Barón. Wieso fragst du?«

»Nur so.«

Er ging erst wieder in die Bibliothek, nachdem er *Doktor Schiwago* zu Ende gelesen hatte. Olga saß hinter der Theke. Er sprach sie mit ihrem Namen an, gab ihr das Buch zurück und sagte, es habe ihm sehr gefallen.

»Wie ein Roman aus dem neunzehnten Jahrhundert, geschrieben im zwanzigsten«, sagte er.

»Woher weißt du, dass ich Olga heiße?«, fragte sie.

»Ich bin Polizist, weißt du noch? Außerdem haben wir gemeinsame Freunde. Ich würde gern noch mehr Romane von Pasternak lesen.«

»Das wird schwierig sein«, sagte Olga. »Er hat nur einen geschrieben, und den hast du gerade gelesen.«

»Wirklich?«

»Wirklich.«

Melchor setzte eine enttäuschte Miene auf.

»So etwas kam im neunzehnten Jahrhundert nicht vor«, sagte er.

Olga lächelte, und Melchor achtete auf das Fältchennetz, das neben den Lippen hervorspross. Wie in der Woche zuvor hatte die Bibliothek gerade aufgemacht, wie die Woche zuvor waren sie allein.

»Pasternak war Dichter«, sagte Olga. »Magst du Gedichte?«

»Nicht besonders«, bekannte Melchor, der kaum Gedichte gelesen hatte. »Die Dichter kommen mir vor wie faule Romanciers.«

Olga wurde nachdenklich.

»Mag sein«, sagte sie. »Obwohl mir fast alle Romanciers wie Dichter vorkommen, die zu viel schreiben.«

Sie redeten eine Weile über Pasternaks Roman. Melchor wurde bewusst, dass er, abgesehen von den telegrammartigen Unterhaltungen mit dem Franzosen in der Gefängnisbibliothek von Quatre Camins, zum ersten Mal mit jemandem über seine Lektüren sprach. An dem Morgen trug Olga eine blaue Bluse und das Haar offen, die dunklen Augenringe waren verschwunden oder unter unsichtbarer Schminke verborgen. Während sie sprachen, überfiel Melchor die Gewissheit, dass er gern mit ihr schlafen würde, und als er fürchtete, das Gespräch könnte zum Erliegen kommen, erwähnte er eine Verfilmung von *Doktor Schiwago,* von der er irgendwo gehört hatte.

»Da ist sie«, sagte Olga und zeigte auf ein Regal mit DVDs. »Aber sieh sie dir besser nicht an.«

»Magst du keine Filme?«, fragte Melchor, der kaum je ins Kino ging.

»Sehr sogar. Aber ich sehe nicht gern Verfilmungen von Romanen, die ich gelesen habe.« Sie klopfte sich mit dem

Zeigefinger an die Stirn und erklärte: »Wozu, wenn ich mir den Film schon selbst zusammengeschnitten habe.«

»Das hat ein Freund von mir immer gesagt«, gab er zurück. »Dass die Hälfte eines Romans von dem kommt, der ihn schreibt, die andere Hälfte von dem, der ihn liest.«

»Das war nun wirklich ein intelligenter Freund«, sagte Olga. »Nicht der, der gesagt hat, dass nach dem neunzehnten Jahrhundert keine guten Romane mehr geschrieben wurden.«

»Bingo, es waren zwei unterschiedliche Freunde«, log Melchor wieder. »Du bist eine Hellseherin.«

»Von wegen«, lachte Olga. »Wenn ich hellsehen könnte, wüsste ich, wie du heißt. Sicher hat man dir gesagt, dass sich im Dorf sofort alles herumspricht, aber wie du siehst, stimmt das nicht.«

Melchor nannte seinen Namen.

»Gut, Melchor«, sagte Olga, kam hinter der Theke hervor und ging zu den Regalen. »Ich gebe dir noch ein Buch, das dir gefallen wird.«

Sie kam mit einem Buch mit blauem Umschlag zurück.

»Da, nimm«, sagte sie. »Noch ein Roman des neunzehnten Jahrhunderts, geschrieben im zwanzigsten.«

Melchor las den Titel und den Autor: *Der Leopard* von Giuseppe Tomasi di Lampedusa.

»Auch der einzige Roman, den der Mensch geschrieben hat?«

»Genau.«

»So eine Bande.«

Olga lachte wieder. Melchor überkam eine wahnsinnige

Lust, sie zu küssen, und er wollte sie gerade fragen, wann sie Feierabend hatte, um sie auf einen Aperitif einzuladen, als Olga ihm die Neuigkeit überbrachte:

»Übrigens«, sagte sie. »Gestern habe ich angefangen, *Die Elenden* zu lesen.«

Melchor beschloss, die Einladung aufzuschieben, aber von diesem Morgen an sah er fast täglich in der Bibliothek vorbei.

»Wie findest du *Die Elenden*?«, fragte er.

»Gib mir etwas Zeit«, antwortete Olga. »Es ist sehr dick.«

»Mir kommt es immer zu kurz vor«, sagte Melchor. »Wo bist du gerade?«

Olga erzählte es ihm, und Melchor fragte wieder ängstlich, ob es ihr gefalle.

»Ja«, sagte sie. »Aber es ist merkwürdig.«

»Merkwürdig?« Melchor wurde noch unruhiger oder tat zumindest so.

»Lass es mich zu Ende lesen, dann reden wir.«

Es war nachts kurz nach halb elf, als er vor dem dreistöckigen Mietshaus am Stadtrand von Tortosa parkte. Jenseits der schlecht beleuchteten Straße floss hinter einer Reihe gespenstischer Bäume reißend der Ebro dahin, vom Mondlicht versilbert.

Er stieg aus dem Wagen, ging zur Tür und drückte auf die Gegensprechanlage. Niemand antwortete. Er klingelte wieder, blickte sich nach beiden Seiten um. Die Straße war nicht nur schlecht beleuchtet, sondern auch verlassen. Er ging zum Wagen zurück, stellte das Radio an, suchte einen

Musiksender, hörte ein paar Sekunden zu und schaltete das Radio aus. Er machte es sich auf dem Sitz bequem und wartete.

Auf dem anderen Flussufer funkelten die Lichter der Stadt. Die Stille war tief, fast vollkommen. Nach einer Weile kam ein Mann mit Hund an der Leine vorbei, einem alten Labrador. Nach ein paar Metern hielt das Tier inne, schmiegte sich an einen Baum, beschnüffelte Stamm und Umgebung, senkte den Hintern und schiss. Dann gingen Hund und Mann weiter. Gleich darauf kamen zwei Autos, eines hinter dem anderen; sie fuhren in Höchstgeschwindigkeit, die beiden Scheinwerferpaare erleuchteten beim Vorbeifahren das Innere seines Wagens, blendeten Melchor für einen Moment. Dann kehrten Stille und Halbdunkel zurück. Bis auf einmal, wie aus dem Nichts oder emporgetaucht vom Grund der Nacht, ein Mann erschien und auf die Haustür zusteuerte.

Melchor sprang aus dem Wagen, ging auf ihn zu und sagte:

»He, Luciano.«

Der Mann drehte sich um und sah Melchor an, der fragte:

»Bist du Luciano Barón?«

Der Mann konnte gerade noch bejahen, bevor er einen Tritt in die Eier bekam und schmerzgekrümmt zu Boden ging. Stöhnend wand er sich wie ein Wurm:

»Was soll das, Mann? Bist du völlig ausgerastet?«

Ein Knie auf den Boden gestützt, versetzte Melchor ihm drei Ohrfeigen und zog ihn dann auf die Beine.

»Schrei nicht«, sagte er, sein Gesicht einen Zentimeter vor der Nase des andern. »Wenn du noch einmal schreist, bring ich dich um.«

Barón beschirmte sich mit beiden Händen die schmerzenden Hoden.

»Ich weiß nicht, wer du bist, Mann«, sagte er, die Stimme dünn vor Schreck. »Das ist eine Verwechslung. Ich habe nichts getan.«

Melchor packte ihn mit der Linken beim Kragen und versetzte ihm mit der Rechten einen Faustschlag in den Magen. Als Barón reflexartig versuchte, auch diesen Bereich des Körpers mit den Händen zu schützen, trat er ihm erneut in die Eier, noch stärker als beim ersten Mal. Der andere wand sich wieder auf dem Boden, stöhnte wieder vor Schmerz. Da packte ihn Melchor mit einer Hand beim Hemd, mit der anderen beim Haar, schleifte ihn fünfzehn Meter über den Gehweg, und warf ihn dann auf ein offenes Gelände. Dort trat er ihm wieder in Eier, Magen, Gesicht. Als er es müde war, ihn zu schlagen, sah Barón aus wie ein Bündel zuckenden Fleisches. Wieder packte Melchor ihn vor der Brust am Hemd, zog ihn empor und lehnte ihn mit dem Rücken an eine Schuppenwand, eine dieser Baracken, in denen Bauarbeiter ihre Werkzeuge aufbewahren. Er ging vor ihm in die Hocke. Der Typ keuchte und schluchzte, ein Auge war angeschwollen, halb geschlossen, und er blutete an Braue, Nase und Unterlippe.

»Hör zu, du Drecksack«, sagte er. Er gab ihm noch eine Ohrfeige und drehte sein Gesicht zu sich. »Sieh mich gut an, du Stück Scheiße. Hörst du mich?«

Barón nickte, kraftlos, eine kleine Speichelblase spross aus seinem Mund und platzte sofort.

»Weißt du, warum dir das hier passiert?«, fragte Melchor. Er wartete die Antwort nicht ab. »Weil du ein Scheißfeigling bist und gern Frauen schlägst. Stimmt's? Stimmt's, dass es dich aufgeilt, Frauen zu schlagen?«

Im Dunkel vermischten sich auf Baróns Gesicht Tränen mit Blut. Bevor er sprach, wühlte er mit der Zunge im Mund und spuckte etwas aus, einen Fleischfetzen oder einen Zahn.

»Ich habe nichts getan«, schluchzte er.

Melchor näherte wieder sein Gesicht, bis es das des andern fast berührte.

»Lüg mich nicht an«, flüsterte er. »Wenn du mich wieder anlügst, regnet es Schläge. Sag, geilt es dich auf, Frauen zu schlagen, ja oder nein?«

Ohne mit dem Wimmern aufzuhören, nickte Barón wieder.

»So gefällt es mir«, sagte Melchor. »Ehrlich währt am längsten. Und jetzt hör noch mal gut zu, denn ich werde es nicht wiederholen: Wenn ich wieder erfahre, dass du Hand an eine Frau legst, dann wird dir das hier heute wie ein Spaß vorkommen. Ist das klar?«

Barón nickte wieder.

»Fein«, sagte Melchor. »Noch eine Frage?«

Barón schüttelte den Kopf. Melchor tätschelte ihm die Wange und stand auf.

»Hervorragend«, sagte er. Während er sich den Staub von den Hosen schüttelte, fügte er hinzu: »Übrigens, das bleibt besser unter uns, soll ja nicht die Runde machen. Das verstehst du doch, oder?«

Barón nickte zum letzten Mal. Melchor verließ das Gelände, ging zu seinem Wagen und fuhr ab.

Am nächsten Morgen, als Melchor zu Hause gerade *Der Leopard* las, rief Sargento Blai an, eine alte Frau habe Anzeige wegen Betrug erstattet, er gab ihm die Adresse in Corbera und sagte, am Nachmittag solle er mit Sirvent ihre Aussage aufnehmen. Melchor rief Sirvent an, und sie verabredeten sich um vier im *Terra Alta*, um gemeinsam hinzufahren.

Melchor stellte sich pünktlich in der Bar ein, bestellte einen Kaffee und setzte sich neben eine Gruppe von Rentnern, die Domino spielten. Der Mittagstrubel war bereits abgeflaut, im Speisesaal saß nur noch ein Pärchen beim Kaffee. Er hatte seinen schon ausgetrunken, als eine Nachricht von Sirvent auf dem Handy ankam: Es gebe Probleme mit seinem Sohn, er werde sich etwas verspäten. Er antwortete und bestellte noch einen Kaffee. Die Rentner beendeten ihre Partie und unterhielten sich, während einer von ihnen die Steine mischte, um von neuem zu beginnen. Jemand erwähnte einen Mann, der gerade mit über hundert in El Pinell de Brai gestorben war. Einige der Rentner hatten ihn gekannt, anscheinend war er Pastor gewesen; zwei von ihnen rühmten besonders, wie gut er die Berge von Pàndols gekannt hatte.

»So gut, dass er in der Ebroschlacht Verbindungsmann von Líster war«, bemerkte der Rentner, der die Steine mischte. Als wäre ihm etwas eingefallen, hörte er mit dem Mischen auf. Er hatte tiefblaue Augen und sonnengegerbte Haut und schien der Älteste der Gruppe zu sein oder der, der über die meiste Autorität verfügte, denn alle verstummten, sobald er das Wort ergriff: »Einmal bin ich mit ihm in der Wallfahrtskirche von Santa Magdalena gewesen, und da habe ich eine Geschichte von ihm gehört.«

Der Rentner sagte, alles habe damals bei Lísters Kommandoposten im Dorf Miravet begonnen, mitten in der Ebroschlacht. Der Mann habe erzählt, dass der republikanische General, der damals das Fünfte Regiment führte, seinem Verbindungsmann am Abend befohlen hatte, hinauf zur Wallfahrtskapelle von Santa Magdalena del Pinell zu steigen, wo eine seiner Kompanien seit dem Morgengrauen eine Befestigung in der Nähe verteidigte. »Finde heraus, was geschehen ist«, befahl Líster seinem Soldaten. »Wenn sie die Stellung verloren haben, sag dem Offizier, er soll sie zurückerobern, um jeden Preis.« Und damit ein Irrtum ausgeschlossen war, übergab der General ihm ein Blatt Papier, auf dem er den Befehl eigenhändig niedergeschrieben hatte. Der Verbindungssoldat gehorchte, ging den Berg hinauf, erreichte die Wallfahrtskapelle. Dort bot sich ihm ein verheerendes Schauspiel: Am Stamm einer Zypresse lehnte keuchend ein republikanischer Hauptmann mit rußverschmiertem Gesicht und zerfetzter Uniform, befleckt von Staub und Blut. Um ihn herum hatten fünfzehn, zwanzig Soldaten, nach der Schlacht in desolatem Zustand, hier und da überlebt, versteckt zwischen den Bäumen. Lísters Verbindungssoldat fragte den Hauptmann, wo der Rest der Einheit sei, und der gab ihm zu verstehen, dass sie alle tot oder verschwunden waren, dennoch gab der Soldat Lísters Befehl weiter und reichte ihm das Papier mit der Niederschrift des Generals. Der Hauptmann las den Befehl. Danach war er ein paar Sekunden lang wie weggetreten, wie abwesend, und schüttelte schließlich den Kopf, als weigerte er sich schweigend, ihn zu befolgen, oder als würde er gleich den Verstand verlieren. Nach einer Weile, ob Minuten oder Sekunden, wusste der Verbindungsmann nicht zu sagen, stand der Hauptmann auf und wankte wie ein Schlafwandler zu den restlichen Männern, rief sie zusammen und sagte: »Eben habe ich den Befehl erhalten, die Stellung zurückzuerobern.« Ungläubiges Schweigen war die Antwort auf diese Nachricht. Der Hauptmann machte eine Pause, damit die Soldaten sie verarbeiten konnten, vielleicht auch, um sie selbst richtig zu verarbeiten, bis er schließlich hinzufügte: »Ich werde ihn ausführen. Wer mir folgen will, der folge mir. Wer nicht, der soll in der Gegend verschwinden.« Nach den Worten des Rentners (oder nach dem, was der Verbindungsmann dem Rentner erzählt hatte) begleitete der Hauptmann Letzteres mit einer gleichgültigen Geste, die die ganzen Berge zu umfassen schien, und nachdem er das ausgesprochen hatte, zog er die Pistole und ging den Berg hinauf, der von den Franquisten besetzten Stellung entgegen, ohne sich umzublicken oder dabei vorzusehen, ohne zu wissen, ob er allein hinaufging oder ob einer seiner Soldaten hinter ihm ging. Da sah der Verbindungsmann, wie diese Handvoll erschöpfter, hungriger und staubiger Soldaten aufstand und ihrem Hauptmann folgte, sah, dass alle sich über die ungeschützte Seite des Hanges verteilten und inmitten eines tödlichen Schweigens dem Gipfel entgegenstrebten wie ein Gefolge von Gespenstern, das in der Abenddämmerung über den Hang irrt, in der Überzeugung, dass sie ein leichtes Ziel boten und alle sterben würden. Und in dem Moment geschah ein Wunder oder etwas, was der Verbindungsmann, vor Schreck erstarrt zwischen den Zypressen der Wallfahrtskapelle und am ganzen Leib zitternd, doch unfähig, die Augen von dem Gemetzel abzuwenden, das er gleich mit ansehen würde, nur als ein Wunder interpretieren konnte, denn die Franquisten in der Befestigung schossen nicht auf diesen Haufen Zerlumpter, mit denen sie seit Sonnenaufgang auf Leben und Tod gekämpft hatten, sie massakrierten sie nicht nach Lust und Laune, sondern zogen sich zurück, ohne Widerstand zu leisten, als ergäben sie sich diesem kollektiven Selbstmord oder als hätten sie die Nase ebenso voll vom Krieg wie ihre Feinde und keinen Elan mehr weiterzutöten.

»Also haben die fünfzehn, zwanzig republikanischen Soldaten die Stellung wieder eingenommen, ohne einen einzigen Schuss abzufeuern«, schloss der Rentner seine Erzählung.

Das Ende der Geschichte wurde mit ein paar knappen, melancholischen Kommentaren bedacht, und Melchor nutzte den Moment, um Sirvent eine Nachricht zu schreiben. Der antwortete, er sei gleich da, er solle vor der Tür des *Terra Alta* auf ihn warten. Während die Rentner zu ihrem Dominospiel zurückkehrten, bezahlte er die beiden

Kaffee und setzte sich vor der Bar auf einen Stuhl am Straßenrand, bis Sirvents Wagen vor ihm hielt.

»Tut mir leid, Mann«, entschuldigte sich sein Kollege. »Mein Sohn hat sich beim Handball einen Finger gebrochen.«

»Keine Sorge«, beruhigte ihn Melchor und legte den Sicherheitsgurt an. »Ich habe mich gut unterhalten mit den Geschichten der alten Leute drinnen.«

»Ich wette hundert zu eins, sie haben vom Krieg gesprochen.«

Melchor wandte sich zu ihm.

»Woher weißt du das?«

»Na hör mal«, sagte Sirvent. »Weil die Alten hier von nichts anderem sprechen. Es scheint, in Terra Alta ist in den letzten achtzig Jahren nichts weiter passiert. Gut, wo geht's hin?«

3

»Ist Ihnen klar, was Sie getan haben?«, fragt Subinspector Barrera. »Wir hätten ein Disziplinarverfahren eröffnen können. Sie hätten die Stelle verlieren, ihre Karriere ruinieren, man hätte Sie wegen Hausfriedensbruch anzeigen können. Darf man wissen, was Sie da geritten hat?«

Melchor schweigt auch zu dieser Frage, wie die erste nicht dazu gedacht, beantwortet zu werden, sondern als das in der Luft zu hängen, was sie ist: ein Vorwurf.

Sie befinden sich im Büro des Subinspector, stehen einander gegenüber, Barrera blickt ihn von unten herauf an, und Melchor sieht ins Leere, über den fast kahlen Schädel seines Vorgesetzten hinweg. Ebenfalls stehend wohnen mit betretener Miene Sargento Blai und Caporal Salom der Szene bei. Subinspector Barrera trägt als einziger der vier Uniform, wegen seiner Gewichtsprobleme etwas eng geworden.

»Sie haben wirklich Glück mit Ihren Vorgesetzten«, fährt er fort, ohne Blai und Salom beim Namen zu nennen. »Die haben Sie bis zum Letzten verteidigt, haben sogar erreicht, dass die Familie Adell keine Anzeige erstattet. Sogar Comisario Fuster hat von der Zentrale aus angerufen, jemand muss ihn benachrichtigt haben, anscheinend zählen Sie immer noch etwas bei der Polizei ... Nun gut, es gefällt mir gar nicht, was Sie getan haben, aber diesmal werde ich ein Auge zudrücken. Unter der Bedingung allerdings, dass Sie nicht wieder auf eigene Faust handeln. Und dass Sie die Adells vergessen. Bis auf Widerruf ist dieser Fall geschlossen, und zwar gründlich. Verstanden?«

»Seien Sie unbesorgt, Subinspector«, versichert Blai rasch. »Diesmal hat Marín seine Lektion gelernt.«

»Das würde ich lieber von ihm selbst hören«, entgegnet der Subinspector.

Barrera fixiert Melchor, der erst nach ein paar Sekunden antwortet.

»Verstanden.«

Offensichtlich befriedigt zieht Barrera die Hände hinter dem Rücken hervor und zeigt die Handteller, als hätte er gerade ein Zauberkunststück vollbracht und müsste beweisen, dass er nichts versteckt hält.

»Sehr gut«, damit beendet er die Angelegenheit. »Sie können gehen. Das war alles, was ich Ihnen zu sagen hatte.«

Barrera wendet sich von ihnen ab und umrundet den Schreibtisch, während Sargento Blai, Caporal Salom und Melchor zur Tür gehen. Sie sind noch nicht draußen, als der Subinspector noch einmal das Wort ergreift.

»Marín«, sagt er.

Die drei Männer drehen sich wieder um. Barrera hat sich gesetzt, auf dem Tisch vor ihm der Computer und Stapel von Akten und Papieren. Er streicht sich den Schnurrbart.

»Wissen Sie, seit wann ich Polizist bin?«, fragt er. »Seit

vierzig Jahren. Und wissen Sie, was ich in dieser Zeit gelernt habe?« Er blickt zu Melchor auf, ein gealterter, fast trauriger Blick. »Sehen Sie, für Gerechtigkeit sorgen ist gut. Deshalb sind wir Polizisten geworden. Aber wenn man das Gute zu weit treibt, wird es schlecht. Das habe ich in diesen Jahren gelernt. Und noch etwas. Dass es bei der Gerechtigkeit nicht allein ums Grundlegende geht. Es geht vor allem um die Form. Und wenn man bei der Gerechtigkeit die Form missachtet, dann missachtet man auch die Gerechtigkeit. Das verstehen Sie, nicht wahr?« Melchor schweigt. Der Subinspector deutet ein duldsames Lächeln an. »Na ja, Sie werden es noch verstehen. Aber denken Sie an meine Worte, Marín: Die vollkommenste Gerechtigkeit kann zur vollkommensten aller Ungerechtigkeiten werden.«

»Da muss man durch bei Barrera«, knurrt Sargento Blai, sobald sie sich weit genug vom Büro entfernt haben. »Jetzt entpuppt er sich noch als Philosoph.«

»Barrera hat recht«, sagt Salom, an Melchor gewandt. »Du hast ein Wahnsinnsglück gehabt.«

»Das will ich meinen«, unterstützt ihn Blai. »Manch einer hat für weit Geringeres ein Verfahren an den Hals bekommen. Mal sehen, ob du endlich was dazulernst, verflixter Sauspanier. Na, einen Kaffee?«

In den folgenden Wochen, während Olga ihm abends noch einmal *Die Elenden* vorliest, wie sie es Jahre zuvor getan hatte, als sie mit Cosette schwanger war, versucht Melchor, den Fall Adell zu vergessen. Zu seinem Erstaunen gelingt es ihm, teils, weil er aus den Gesprächen in Terra Alta und aus den Medien im ganzen Land verschwunden ist, vor allem aber, weil ein neuer Fall sie ganz in Anspruch nimmt.

Kurz nach dem Vorfall bei Gráficas Adell ermitteln Melchor und Salom wegen eines Raubdelikts in einem Haus in La Pobla de Massaluca. Zwei Tage später kommt eine ähnliche Anzeige herein, diesmal von einem alten Landhaus bei Arnes, und Melchor und Salom bringen die Einbrüche schnell miteinander in Verbindung, sowohl wegen der Vorgehensweise der Verbrecher, die nachts die Türen aufgebrochen haben, als auch wegen ihres Ziels: Beide Häuser gehören Sommerurlaubern oder Wochenendbesuchern, und beide standen leer, als sie ausgeraubt wurden. Ihre Vermutung scheint sich noch in derselben Woche zu bestätigen, als vom Polizeiposten in Móra d'Ebre die Nachricht hereinkommt, dass ein ähnlicher Einbruch vor kurzem in Flix begangen wurde, im Norden von Ribera d'Ebre, und während der nächsten Tage erhalten sie vergleichbare Anzeigen aus Prat de Comte und Vinebre. Inzwischen schrillen alle Alarmglocken auf dem Revier, Sargento Blai hat fünf seiner Leute auf den Fall angesetzt und persönlich die Leitung der Ermittlung übernommen, eine Ermittlung, die bald schon abgeschlossen wird, als sie durch den Hinweis eines Kellners in einem Bordell bei Ascó eine Gruppe blutjunger Georgier in einer Wohnung in der Nähe von Móra d'Ebre festnehmen, drei Männer und eine Frau.

Die georgische Bande sitzt noch in den Zellen des Reviers, damit man ihre bislang begangenen Delikte aufklären kann, bevor sie dem Richter vorgeführt werden, als Melchor wieder auf den Fall Adell gestoßen wird.

Es geschieht an einem Sonntagmorgen in der Konditorei Pujol, auf der Plaza de la Farola, im Zentrum von Gandesa. Melchor steht vor der Theke und sucht sich zusammen mit Cosette einen Nachtisch für das Mittagessen aus, als neben ihm Daniel Silva auftaucht, der kaufmännische Leiter von Gráficas Adell. Er ist dreiundvierzig und damit die jüngste Führungskraft des Unternehmens, außerdem ein gutaussehender Mann, verheiratet und mit drei Kindern, er lebt auf dem Land bei Bot und hat sein ganzes Arbeitsleben bei Gráficas Adell verbracht. Sie sind sich vorher nur an dem Morgen begegnet, an dem Melchor Grau und die anderen Manager in ihren Büros befragt hatte, darunter Silva, doch sie erkennen einander und grüßen sich. Dann geht der Mann in die Hocke und spricht mit Cosette, die sich hinter den Beinen ihres Vaters versteckt und den Unbekannten mit einer Mischung aus Scham, Neugier und Koketterie beäugt. Während Melchor einen Hefekranz mit Sahnefüllung bestellt und die Verkäuferin ihn einpackt, richtet sich Silva wieder auf und fragt, ob es Neues im Fall Adell gebe.

»Nicht das Geringste«, antwortet Melchor. »Und im Unternehmen?«

»Ebenso wenig«, sagt Silva. »Zumindest bis jetzt.«

Melchor zieht die Brauen fragend hoch. Silva lächelt entspannt. Er hat ein blendend weißes Gebiss, eine gebräunte Haut und kleidet sich mit eleganter Sonntagslässigkeit, die die Erleichterung verrät, den unter der Woche obligatorischen Anzug mit Krawatte los zu sein.

»Na ja, du weißt, wie das ist«, erklärt er und verdreht ironisch-boshaft die Augen. »Der König ist fort, und der Krieg wird erklärt.«

»Der Krieg?«

»Zwischen Grau und Ferrer«, erläutert Silva. »Niemand glaubt, dass Ferrer sich damit abfindet, im Unternehmen nichts darzustellen, und niemand glaubt, dass Grau sich so einfach aus dem Weg räumen lässt. Ihre Gelegenheit ist gekommen, früher als sie erwartet hatten, und keiner von beiden wird sie sich entgehen lassen. Aber erst muss die Trauerzeit vorüber sein und Rosa Adell wieder Lebenszeichen von sich geben, bevor die Feindseligkeiten beginnen. Das wird ein interessanter Herbst.«

Die Verkäuferin reicht Melchor seinen Sahnekranz, eingeschlagen in ein Papier mit dem Namen der Konditorei, zusammengeschnürt mit einer blauen Kordel. Melchor bezahlt, Silva verabschiedet sich und nimmt rasch seinen Platz an der Theke ein.

Vater und Tochter verlassen den Laden und machen sich auf den Nachhauseweg, doch sie haben die Plaza de la Farola noch nicht hinter sich gelassen, als Melchor dem Mädchen sagt, er habe etwas vergessen, und sie kehren um und erreichen gerade die Tür der Konditorei, als Silva herauskommt.

»Entschuldigung«, sagt Melchor. »Hast du kurz Zeit?«

Silvas Miene wechselt in einer Sekunde von Überraschung zu dem Wunsch, sich gefällig zu zeigen.

»Natürlich«, sagt er.

Sie treten etwas zur Seite, um nicht den Eingang der Konditorei zu versperren. Melchor hält in der einen Hand den Kuchen, in der anderen Cosettes Hand. Silva hat auch keine Hand frei: Eine trägt ein in Papier eingeschlagenes Kuchentablett, die andere eine Plastiktüte, aus der ein Baguette herausragt. Bleiern fällt die Spätsommersonne auf den Platz, und rund um den Kreisverkehr von La Farola funkeln die Karosserien.

»Als du das letzte Mal mit Adell zusammen warst«, fängt Melchor an und weiß nicht recht, wie beginnen. »Ich meine das Abendessen bei ihm zu Hause. Ich habe gehört, dass ihr über die Filiale in Mexiko geredet habt.«

»Das stimmt«, sagt Silva. Vielleicht sieht er eine längere Unterhaltung voraus, denn er steckt die Brottüte zwischen die Beine und nimmt das Tablett in die andere Hand. »In der letzten Zeit hatten wir viel darüber geredet.«

»Ich habe auch gehört, dass der alte Adell die Filiale schließen wollte«, fährt Melchor fort. »Und Grau und Ferrer waren dagegen, doch hat Ferrer an dem Abend seine Meinung geändert.« Silva nickt. »Hat euch dieser Sinneswandel überrascht?«

»Natürlich.«

»Papa, gehen wir?«, fragt die Kleine und zieht an der Hand des Vaters.

»Augenblick noch, Cosette«, sagt Melchor.

»Wie sollte uns das nicht überrascht haben?«, sagt Silva, ohne auf das Mädchen zu achten. »Ferrer hatte Grau seit Monaten in dieser Sache unterstützt, seit Adell mit dem

Plan gekommen war, die Fabrik zu schließen. Und auf einmal, nach seiner letzten Mexikoreise, aus heiterem Himmel, zack, Schluss damit. Natürlich war das überraschend. Vor allem, da für Ferrer die Fabrik in Puebla nicht bloß die Fabrik in Puebla ist.«

»Was meinst du damit?«

»Ferrer hatte noch andere Projekte in Mexiko, seit langem schon sagt er, man müsse die Investitionen streuen, wer nicht wachse, schrumpfe, und Mexiko sei das ideale Land fürs Wachstum. Mehrmals hat er vorgeschlagen, wir sollten ins Mediengeschäft einsteigen. Anscheinend hat er Freunde beim mexikanischen Radio und Fernsehen.«

»Und was hat Adell zu all dem gesagt?«

»Das kannst du dir denken«, sagt Silva. »Er wollte nichts davon wissen, er hielt das für eine der schwachsinnigen Ideen seines Schwiegersohns. Und dann macht Ferrer aus heiterem Himmel einen Rückzieher und stellt sich auf die Seite des Chefs. Wie hätte uns das nicht wundern sollen?«

»Und worauf habt ihr diesen Wandel zurückgeführt?«

»Ich weiß nicht. Womöglich wollte er Grau eins auswischen. Womöglich hat er gemerkt, dass sein Schwiegervater recht hat, oder er war es leid, gegen ihn anzurennen, denn der war stur wie ein Maulesel. Wer weiß?«

»Man hat mir gesagt, Ferrer sei damals nervös gewesen.«

»Ferrer ist immer nervös. Der Mensch ist nervös auf die Welt gekommen und wird nervös sterben. Aber ja, vielleicht war er damals nervöser als üblich.«

»Du glaubst, das hat mit dieser Sache zu tun gehabt?«

»Kann sein. Schließlich war Mexiko wichtig für ihn.

Dort hatte er weit mehr Freiheit als hier und hat sich bestimmt wie eine Art Vizekönig gefühlt. Wir werden sehen, was nun passiert.«

Cosette zieht wieder an Melchors Hand.

»Ja, wir gehen gleich«, beruhigt Silva sie, zaust ihr ein wenig durchs Haar und greift wieder zu seiner Brottüte. »Ich muss auch gehen, sie warten zu Hause auf mich.« An Melchor gewandt fügt er hinzu: »Wenn du willst, reden wir ein andermal darüber.«

»Nur eines noch«, Melchor hält ihn zurück. »Warum hast du mir das nicht erzählt, als wir damals in deinem Büro geredet haben?«

Obwohl sie im Schatten stehen, blinzelt Silva mehrmals, als blendete ihn die Sonne.

»Weil du mich nicht danach gefragt hast«, sagt er.

Am nächsten Tag geht Melchor heimlich die Ermittlungsakten des Falls Adell durch, das heißt, er liest noch einmal all die Aussagen derer, die an dem Abend vor dem Mord im Landhaus eingeladen waren oder sich dort aufgehalten hatten. Er ruft auch Botet an, den Personalchef von Gráficas Adell, und verabredet sich mit ihm für die nächste Woche im Gasthaus *Can Lluís* in El Pinell de Brai. Es ist noch ein paar Tage hin bis zu dem Treffen, als ihn eines Morgens auf dem Revier Salom beim Kaffeetrinken in der Cafeteria warnt, er solle aufpassen, was er tue. Die beiden Männer sehen sich an, und Melchor weiß, dass es sinnlos wäre, den Unwissenden zu spielen, und fragt, wie er davon erfahren habe.

»Das ist Terra Alta, Kleiner«, sagt Salom wie nebenbei,

fast im Scherz, obwohl Melchor ihn gut genug kennt und weiß, dass er wirklich verärgert ist. »Du wirst nie begreifen, dass man hier am Ende alles erfährt. Und hast du vergessen, dass du jedes Mal digitale Spuren hinterlässt, wenn du die Ermittlung öffnest? Sorg dafür, dass es niemand merkt, vor allem nicht Barrera, damit du Blai und mich nicht auch noch ruinierst.«

»Mach dir keine Sorgen.«

»Wenn ich mir keine Sorgen machen soll, lass die Scheißsache endlich ruhen«, fällt ihm Salom ins Wort, kippt den Kaffee hinunter, wirft den Becher wütend in den Papierkorb und verlässt vor sich hin schimpfend die Cafeteria: »Verdammt, du zwingst mich am Ende noch, zu tun, was ich nicht tun will.«

Saloms Warnung tut ihre Wirkung. Überzeugt, dass der Caporal von Silva erfahren hat, dass er wieder auf eigene Faust im Fall Adell ermittelt, sagt Melchor telefonisch sein Treffen mit Botet ab und versucht ein paar Tage lang, die Sache wieder zu vergessen. Es gelingt ihm nur halbherzig. Als er eines Abends Cosette bei ihrer Kindergartenfreundin Elisa Climent abholen will, erhält er einen Anruf vom Revier, Olga habe einen Unfall gehabt.

»Was ist passiert?«, fragt Melchor.

»Ich weiß nicht, man hat mich eben angerufen«, sagt der wachhabende Polizist am Eingang. »Anscheinend ist sie angefahren worden. Ein Krankenwagen bringt sie gerade ins Krankenhaus von Móra d'Ebre. Besser, du fährst hin.«

Während Melchor in Höchstgeschwindigkeit dorthin rast, die Beine weich, das Herz wie eine Kröte im Hals klopfend, ruft er Elisa Climents Mutter an, erklärt, was geschehen ist, und bittet sie, seine Tochter bei sich zu behalten, bis er sie abholt. Die Frau sagt, er solle sich um Cosette nicht sorgen, und fünfzehn Minuten später parkt Melchor vor dem Krankenhaus.

Am Eingang warten zwei Streifenpolizisten und berichten, Olga sei von der Notaufnahme in die Chirurgie gebracht worden, und während sie einen langen Gang nehmen und zwei Treppen hinauf, erzählen sie ihm, was sie in Erfahrung gebracht haben: Um acht, kurz nachdem Olga die Bibliothek geschlossen hat, ist sie auf dem Nachhauseweg auf der Avinguda de Catalunya von einem Wagen angefahren worden, der Unbekannte beging Fahrerflucht. Es gibt vier Zeugen des Zusammenstoßes: ein Gymnasiastenpärchen, der Fahrer eines Lieferwagens und eine alte Frau; alle erzählen, dass der Wagen auf den Gehweg hinaufgefahren ist und schwarz war, doch keiner der vier hat sich Marke oder Nummernschild gemerkt.

Als sie die Chirurgie erreichen, öffnet eine Krankenschwester die Tür und kommt heraus, Melchor sagt, wer er ist, und sie teilt ihnen mit, dass Olga notoperiert wird.

»Warum, was hat sie, was macht man mit ihr?«, fragt er.

»Warten sie kurz«, entgegnet die Krankenschwester. »Gleich erklärt es ihnen der Arzt.«

Der Arzt kommt ein paar Minuten später. Er ist ein junger Mann, stämmig und mit dunkler Haut, der Körper mit einem grünen Kittel versehen, der Kopf mit einer Haube, ebenfalls grün, die Hände mit weißen Handschuhen, er spricht mit kolumbianischem Akzent und erklärt Melchor, Olga sei bewusstlos eingeliefert worden und habe das Bewusstsein seitdem nicht wiedererlangt, sie habe einen Schädelbruch und man müsse sofort operieren, denn ihr Zustand sei kritisch.

»Sie meinen, sie wird sterben?«

»Ich meine, was ich gesagt habe«, entgegnet der Arzt.

Melchor starrt den Mann an, als stieße die Erde gleich mit der Sonne zusammen und er als Einziger im Universum könnte die Katastrophe verhindern.

»Retten Sie sie, Doktor«, fleht er.

»Ich werde tun, was ich kann.«

Melchor verbringt die folgenden Stunden im Wartesaal der Chirurgie neben den Milchglastüren, durch die Ärzte und Krankenpfleger ein und aus gehen. Hinter ihm blicken breite Fenster auf einen Innenhof mit Zimmerpflanzen, beleuchtet von einem harten Kunstlicht. Ab und an kommen Kollegen vorbei, als Erste Salom und Blai. Gegen halb zwölf, als Melchor bereits über zwei Stunden dort sitzt und auf den Ausgang der Operation wartet, taucht Subinspector Barrera auf, begrüßt ihn mit Schulterklopfen und fragt, wie es seiner Frau gehe und was geschehen sei. Da Melchor mit der Antwort zögert (die Anwesenheit des Subinspector ist kaum bis zu ihm vorgedrungen, zum Gruß ist er nicht aufgestanden, hat ihn nicht einmal angesehen), antwortet Sargento Blai für ihn.

»Es war kein Unfall«, unterbricht ihn Melchor, als der Sargento das Geschehen als solchen bezeichnet.

Barrera hat ihn sehr wohl verstanden, fragt jedoch:

»Was?«

»Es war kein Unfall«, wiederholt er, blickt auf, sieht dem Subinspector in die Augen und erhebt sich. »Der Wagen hat sie gezielt auf dem Gehweg überfahren, darin sind sich die vier Zeugen einig. Das ist kein Unfall. Wir beide wissen das.«

In dem Moment befinden sich fünf Personen im Wartesaal, alle Kollegen von Melchor, doch die Stille, die auf seine Worte folgt, ist so dicht wie ein Block Stahl.

»Sie sind nervös, Marín«, sagt der Subinspector schließlich und müht sich, seiner Stimme Wärme zu geben. »Und müde. Ich verstehe, was Sie fühlen. Aber Sie müssen sich keine Sorgen machen. Ihre Frau hat nur einen Stoß abbekommen, alles wird gutgehen. Ob es ein Unfall war oder nicht, wir finden den Täter, und er wird dafür bezahlen. Das garantiere ich Ihnen. Ich kümmere mich persönlich darum.«

Melchor schüttelt den Kopf.

»Nein«, sagt er. »Ich kümmere mich darum.«

»Das überlassen Sie besser uns«, beharrt Subinspector Barrera sanft. »Gerade weil es Ihre Frau ist.« Er verstummt, macht einen Schritt auf ihn zu und nimmt seinen Arm. »Sie sollten hinaus, an die frische Luft. Hier können Sie nichts tun. Gehen wir, ich begleite Sie.«

»Fassen Sie mich nicht an.«

»Ruhig, Melchor«, greift Salom ein und stellt sich zwischen ihn und Barrera.

Erst da merkt Melchor, dass der Arzt aus dem OP gekommen ist und ihm gegenübersteht, hinter der Mauer, die seine Kollegen bilden. Wie auch die Krankenschwester, die ihn begleitet, trägt er weder grüne Haube noch Handschuhe, nur den Kittel. Melchor weiß nicht, wie lange er schon dort steht (weiß nicht, ob er eben erst aus dem Saal gekommen ist oder seinen letzten Wortwechsel mit Subinspector Barrera gehört hat), doch er weiß, was er ihm sagen wird, als die Mauer sich öffnet, der Mann auf ihn zutritt und er ihm von nahem in die Augen blicken kann.

»Es tut mir so leid«, sagt der Arzt. »Wir haben nichts mehr tun können.«

Melchor hört seine Erklärungen, doch sosehr er sich bemüht, er ist nicht in der Lage, sie zu verstehen. Er versteht jedes einzelne Wort, aber nicht den Zusammenhang, als hätte er die Fähigkeit verloren, die Wörter zu kombinieren. Dann hört er gar nichts mehr, denn seinen Kopf füllt nur noch Olgas Stimme, die ihm vor ein paar Tagen erst einen Ausschnitt aus *Die Elenden* vorgelesen hatte: »Ihr ist alles widerfahren, was ihr widerfahren kann. Sie hat alles verspürt, alles ertragen, alles empfunden, alles erlitten, alles verloren, alles beweint. Doch es ist ein Irrtum, zu glauben, man könne sein Schicksal ausschöpfen und bei irgendetwas, was es auch sein mag, auf den Grund gelangen. Er, der das weiß, sieht die ganze Finsternis.« Aber in dem Moment sieht Melchor gar nichts.

Die Stunden nach Olgas Tod sind wirr, zumindest in Melchors Erinnerung. Noch in derselben Nacht wird er um fünf Uhr morgens in einem Bordell bei Móra d'Ebre festgenommen. Er ist völlig betrunken, hat Mobiliar in dem Lokal zerstört, sich mit mehreren Kunden angelegt, mit zwei Angestellten und den Streifenpolizisten, die ihn festnehmen, ohne zu wissen, wer er ist, und ihn beim Polizeiposten im Dorf in eine Zelle stecken, wo ihn am nächsten Morgen Salom abholt, ihn kommentarlos nach Hause bringt, unter die Dusche stellt, ihm frische Kleider heraussucht und ihn in die Leichenhalle von Gandesa begleitet.

Von dem Moment an verliert Melchor nicht mehr die Kontrolle und kümmert sich mit absoluter Selbstbeherrschung um die Details von Beerdigung und Trauerfeier, die am selben Nachmittag stattfindet und bei der Nachbarn wie Kollegen den Eindruck teilen, dass er den Schicksalsschlag mit bewundernswerter Gelassenheit und Standhaftigkeit wegsteckt. Nachdem Olga begraben ist, ruft Melchor Domingo Vivales an, erzählt, was geschehen ist, und fragt, ob Cosette eine Zeitlang bei ihm bleiben kann.

»Klar«, antwortet Vivales. »Bring mir die Kleine, wann immer du willst.«

Melchor sagt, am besten übergebe er sie ihm auf halbem Weg nach Barcelona. Vivales ist einverstanden, und sie verabreden sich für den nächsten Mittag an einer Raststätte der Mittelmeerautobahn, El Mèdol, kurz vor der Abzweigung nach Terra Alta. In dieser Nacht schläft Melchor kaum, doch er trinkt viel, versucht einen Schmerz zu betäuben, der jeden Schmerz übersteigt, eine Schuld, die jede Schuld übersteigt, und am nächsten Morgen holt er Cosette bei Elisa Climent ab. Er sieht seine Tochter zum ersten Mal seit Olgas Tod, und nachdem er sie hinten in ihren Sitz gesetzt, angeschnallt hat und in Richtung Barcelona losgefahren ist, sagt er fast als Erstes zu ihr, dass ihre Mutter tot ist. Cosette blickt ihn im Rückspiegel an. Melchor versucht, ihr die Bedeutung seiner Worte zu erklären.

»Dann sehen wir Mama jetzt nicht?«, fragt das Mädchen.
»Nein«, antwortet Melchor. »Von jetzt an gibt es nur noch dich und mich.«

Unruhig und verwundert, doch ohne zu weinen, beginnt Cosette, Fragen zu stellen, und Melchor beantwortet sie während der Fahrt oder bemüht sich nach Kräften.

Als sie eintreffen, hat Vivales die Raststätte noch nicht erreicht, so dass sie in die Cafeteria gehen, Melchor bestellt einen Kakao und einen Whisky mit Eis, und während er bezahlt, entdeckt das Mädchen eine Kinderecke. Dort gibt es einen Tisch mit Spielen und zwei Plastikrutschen. Cosette klettert immer wieder hinauf und rutscht. Melchor hat von einem nahen Tisch aus ein Auge auf sie, trinkt in kleinen Schlucken den Whisky und versucht, seine ganze Aufmerksamkeit auf die Bewegungen der Tochter zu lenken, die manchmal an den Tisch kommt und von ihrem Kakao trinkt, dann wieder zu den Rutschen zurückkehrt, die Lippen schokoladenverschmiert. Kurz darauf erscheint Vivales. Als Cosette ihn sieht, springt sie von der Rutsche und wirft sich ihm in die Arme. Das Mädchen und der Anwalt reden miteinander, das heißt, der Anwalt fragt, und das Mädchen antwortet. Bis sie es müde wird, einen Schluck Kakao trinkt und wieder zum Spielen läuft.

»Weiß sie es?«, fragt Vivales Melchor, als Cosette fort ist.
»Natürlich«, antwortet Melchor.

Der Anwalt setzt sich an den Tisch, ihm gegenüber. Er wirkt niedergeschlagen, hat sich weder rasiert noch gekämmt, trägt jedoch ein sauberes Hemd und einen Anzug ohne Flecken. Wie üblich ist die Krawatte nur lose gebunden, fast offen. Aus der Distanz bemerkt Melchor den Geruch nach ranzigem Schweiß, wie ein Hauch von schlechtem Atem, und er fragt sich, ob Vivales geduscht, ob auch er in dieser Nacht nicht geschlafen hat. Die beiden Männer schweigen eine Weile.

»Ich weiß nicht, was ich sagen soll«, gesteht Vivales.

»Sag nichts«, sagt Melchor. »Was willst du trinken?«

»Nichts«, sagt der Anwalt, als sein Blick auf Melchors Whisky fällt. »Weiß man schon mehr?«

Melchor schüttelt den Kopf und nimmt einen großen Schluck Whisky.

»Ich glaube nicht, dass Trinken hilft«, murmelt Vivales. »Ich spreche aus Erfahrung.«

»Bist du hier, um mir zu helfen oder um mir Predigten zu halten?«

Der andere schreckt hoch, als wäre er plötzlich aufgewacht. Dann schüttelt er mit finsterem Blick den Kopf und verkündet, während er aufsteht:

»Ich glaube, ich kippe mir auch einen hinter die Binde.«

Von der Theke kommt er mit einer Tasse Kaffee und einem kleinen Glas Whisky zurück, und nun reden beide über Cosette. Melchor gibt Vivales ein paar Anweisungen, und Vivales stellt Melchor ein paar Fragen.

»Gut«, sagt der Anwalt, als sie sich über das Mädchen ausgetauscht haben, »und was willst du jetzt tun?«

Sie haben noch zwei Whisky bestellt, einmal in einem großen Glas mit Eis, einmal in einem kleinen ohne Eis. Melchor leert in einem Zug das halbe Glas, muss aber nicht über die Antwort nachdenken. Er sagt:

»Nach Terra Alta zurückkehren und Olgas Mörder finden.«

»Bist du dir sicher, dass man sie umgebracht hat?«
»Absolut.«
»Was meinen deine Kollegen?«
»Nichts.«
»Nichts?«
»Ist mir egal, was sie meinen.«

Nun nickt Vivales, lässt den Whisky auf der Zunge zergehen und verzieht den breiten Mund zu einer ungläubigen Grimasse. Eine Weile blicken sie gemeinsam durch das große Fenster auf den Parkplatz, auf dem sie ihre Wagen abgestellt haben, dahinter die Autobahntankstelle mit den roten Zapfsäulen, dem roten Dach mit grauen Pfeilern und dem rot-weißen Schild CEPSA, alles ins gräuliche Licht eines bewölkten, windlosen Mittags gehüllt.

»Wenn du das wirklich tun willst, wirst du Hilfe brauchen«, sagt der Anwalt und dreht sich zu Melchor. »Ich mache dir einen Vorschlag. Wir fahren alle drei nach Barcelona und bringen das Mädchen zu Freunden. Das sind absolut zuverlässige Leute. Sie werden dir gefallen. Dann fahren wir zurück und suchen Olgas Mörder. Zusammen finden wir sie.«

»Du verstehst nicht«, sagt Melchor. »Diese Leute sind gefährlich.«

»Egal«, sagt Vivales. »Ich habe eine Waffe. Ich kann schießen.«

Melchor blickt Vivales fassungslos an. Zum x-ten Mal fragt er sich, ob dieser zynische, ungepflegte, ungeschlachte Kerl sein Vater ist. Zum ersten Mal hat er Lust, ihn zu umarmen.

»Ach ja?«, hört er sich sagen. »Wo hast du das denn gelernt? Am Jahrmarktsstand?«

Der Sarkasmus lindert einen Moment lang seinen Schmerz, und die beiden Männer mustern sich ein paar ewige Sekunden lang. Melchor unterdrückt eine Entschuldigung, hasst sich dafür.

»Besser, du bleibst bei Cosette«, sagt er. »Das Mädchen ist sicherer bei dir. Und ich bin ruhiger.«

Vivales erhebt keinen Einspruch gegen Melchors Argument. Dann zieht er einen Schlüssel aus der Hosentasche und reicht ihn hinüber.

»Das ist mein Hausschlüssel«, sagt er. »Für alle Fälle. Brauchst du Geld?«

»Momentan nicht. Aber wenn ich welches brauche, melde ich mich.« Er trinkt den Whisky aus und sagt: »Gut, jetzt muss ich gehen.«

Zurück in Terra Alta räumt Melchor als Erstes seine Wohnung, lagert die Habseligkeiten seiner Familie ein, behält nur das unbedingt Notwendige. Am nächsten Morgen mietet er etwas in Vilalba dels Arcs, ein billiges, möbliertes Appartement mit einem Tisch, zwei Klappstühlen, einer Mikrowelle und einer Matratze, und während der nächsten

Tage stellt er rund um die Uhr Nachforschungen über Olgas Tod an. Er trägt wieder überall sein Holster mit Pistole, wie bei seinem Eintreffen in Terra Alta, geht jedoch nicht aufs Revier und beantwortet auch nicht Saloms und Blais Anrufe. Im Übrigen ist er sich vollkommen sicher, dass Olgas Tod mit dem Fall Adell zu tun hat, das heißt, mit seinem Beharren darauf, im Fall Adell zu ermitteln, doch zunächst konzentriert er sich auf Ersteres und verschiebt das andere auf später, überzeugt, dass in der Lösung des ersten Falls auch die des zweiten liegt.

Er befragt die vier Zeugen des Zusammenstoßes, keiner von ihnen erinnert sich an mehr als das, was er bei der ersten Befragung ausgesagt hat, das heißt, dass der Wagen in der Avinguda de Catalunya auf den Gehweg gefahren ist, auf dem Olga gerade nach Hause ging, und dass er schwarz war. Melchor geht in die Bars, Läden, ja Wohnungen und Häuser im Umkreis, fragt überall herum, in der Hoffnung, mehr Zeugen zu finden, jemanden, der sich an ein aufschlussreiches Detail erinnert, an etwas Außergewöhnliches, an einen Wagen, der zu schnell fuhr oder einen seltsamen Schlenker gemacht hat, an irgendetwas. Er ist noch nicht fündig geworden, als er eines Abends nach Hause kommt und im gelblichen Licht einer Laterne Salom vor der Tür stehen sieht. Melchor beobachtet ihn ein paar Sekunden lang von weitem, dann tritt er näher und fragt, ohne zu grüßen:

»Was willst du hier?«

Der Caporal beantwortet die Frage mit einer weiteren: »Können wir eine Minute reden«?

Melchor blickt den Caporal misstrauisch an, zieht die Schlüssel heraus, und während er aufschließt, sagt er:

»Besser, wir verschieben das.«

Salom hält Melchor am Arm zurück und flüstert ihm fast ins Ohr:

»Darf man erfahren, was mit dir los ist?«

»Los ist, dass meine Frau umgebracht wurde«, entgegnet Melchor. »Das ist los.«

Salom hält ihn noch immer gepackt. Nur der Lichtkreis der Laterne trennt die beiden Männer, die sich gegenseitig atmen hören. Das Dorf um sie herum liegt fast im Dunkeln, im Schweigen.

»Auch ich hatte Olga ins Herz geschlossen«, ruft ihm Salom in Erinnerung. »Und auch ich will ihre Mörder finden. Lass mich helfen.«

»Wenn du mir helfen willst, hau endlich ab, und lass mich in Frieden.«

»Sei nicht so stur«, beharrt Salom. »Allein wirst du nichts ausrichten können.«

Melchor schiebt die Hand seines Kollegen fort, stößt etwas zwischen den Zähnen hervor (»Werden wir ja sehen.«) und öffnet die Tür. Bevor er sie hinter sich schließt, nennt ihn der Caporal beim Namen. Melchor dreht sich um.

»Es gibt Neuigkeiten«, verkündet Salom.

Melchor tritt in die Wohnung, hinter ihm der Caporal, drückt auf den Lichtschalter, und eine einsame Glühbirne an der Decke wirft ihr spärliches Licht auf ein Rechteck mit nackten Wänden und einem Fenster hinaus auf die Nacht, der Boden ein Meer von Pizzaschachteln, Bierdosen und leeren oder halbleeren Whiskyflaschen. In einer Ecke, ebenfalls auf dem Boden, eine Matratze ohne Bettzeug, um sie herum Kleiderhaufen, und in der anderen ein Tisch mit einem Computer, einer Schreibtischlampe und zwei Stühlen. Es riecht feucht, nach Essensresten und abgestandener Luft.

Melchor setzt sich an den Tisch, schaltet die Lampe ein, den Computer ebenfalls, und während er wartet, bis er hochfährt, leert er in einem Zug eine offene Bierdose, wirft sie dann auf den Boden. Inmitten dieser dreckigen Trostlosigkeit fragt Salom im Stehen:

»Und Cosette?«

»Irgendwo. An einem sicheren Ort.«

»Du vertraust auch mir nicht?«

Melchor öffnet sein Mailprogramm, findet mehrere Rundmails aus dem Revier, aber keine von den Personen, die er zu Olgas Tod befragt und denen er seine Mailadresse gegeben hat, falls ihnen noch etwas einfallen sollte. Ungeöffnet löscht er die Nachrichten aus dem Revier, wendet sich zu Salom, und ohne ihm einen Stuhl anzubieten, sagt er:

»Also, was sind die Neuigkeiten?«

Der Caporal streicht sich den Bart, blickt sich um und sieht, was er bereits gesehen hat, oder eher soll Melchor seinem Blick folgen, und wieder antwortet er mit einer Frage:

»Solltest du nicht ein wenig sauber machen?«

»Ist nicht deine Angelegenheit.«

Salom setzt eine Miene auf, als hätte Melchor ganz

recht, doch gleich nimmt er sich einen Stuhl und setzt sich ihm gegenüber.

»Du bist wütend auf die Welt«, sagt er. »Genau wie damals, als du hergekommen bist. Ich verstehe das, du hast allen Grund dazu. Aber, wenn man es recht bedenkt, haben wir den nicht alle? Außerdem bringt es nichts. Nicht die Welt hat dir Olga genommen. Es war der Wagen, der sie überfahren hat. Und das Pech, dass sie mit dem Kopf auf den Bordstein aufgeschlagen ist und sich den Schädel gebrochen hat.«

»Das hat nichts mit Pech zu tun«, sagt Melchor.

»Das hat alles mit Pech zu tun«, sagt Salom. »Aber egal. Wir versuchen herauszufinden, wer sie überfahren hat, und du auch. Glaubst du nicht, wir hätten mehr Chancen, ihn zu finden, wenn wir zusammenarbeiten?«

Melchor sieht Salom wütend an, bevor er sich abwendet und ins gelbliche Dunkel des Fensters blickt. Dann steht er ohne ein weiteres Wort auf, verlässt den Raum und kehrt zwei Sekunden später mit einer Whiskyflasche und zwei Pappbechern zurück. Er füllt sie, reicht Salom einen, setzt sich wieder ihm gegenüber, trinkt einen Schluck und fragt:

»Was habt ihr herausgefunden?«

Salom riecht am Whisky, nimmt einen kleinen Schluck und stellt ihn auf den Tisch neben den Computer, auf dem die Startseite von Melchors Mailprogramm geöffnet ist.

»Dass du vielleicht recht hast«, antwortet der Caporal. »Vielleicht war es kein Unfall.«

»Das weiß ich bereits.«

»Ja, aber du weißt nicht, dass es mit den Islamisten zu tun haben könnte.«

Melchor reißt die Augen auf.

»Was?«

»Sicher sind wir uns nicht«, schwächt Salom ab. »Es ist nur eine Hypothese. Aber eine vernünftige. Viele wissen, dass du es warst, der die Terroristen in Cambrils getötet hat, das hat weite Kreise gezogen. Zu weite. Und hinter der Sache mit Olga muss keine ganze Zelle stecken, nicht mal jemand, den sie trainiert haben. Es reicht, wenn es Sympathisanten sind, Leute, die wissen, was du getan hast, ein paar Jungs, die nicht den Mumm haben, eine Zelle zu gründen und ein Attentat zu organisieren, für solche Sachen aber schon.«

»Dann hätten sie doch mich im Visier gehabt.«

»Haben sie auch, Melchor. Wenn sie dich im Visier haben, dann das, was du liebst. Und wenn es nicht ausgebildete, radikalisierte Leute sind, hatten sie vielleicht Angst, dich direkt anzugreifen. Sie wissen ja, was du für einer bist. Womöglich wollten sie Olga auch gar nicht töten, sondern dir nur eine Botschaft schicken, dir zu verstehen geben, dass sie wissen, wo du bist, dir Angst machen. Bloß ist die Sache eben anders ausgegangen.«

Mit dem Whiskybecher in der Hand versucht Melchor rasch, Saloms Worte zu verarbeiten. Er nimmt noch einen Schluck und sagt:

»Halte ich für wenig glaubhaft.«

»Doch, das ist es. Seit ein paar Tagen sind wir da dran, wir haben mit Comisario Fuster gesprochen und mit seinen Leuten und ...«

»Als ich das letzte Mal mit Fuster geredet habe, hat er gesagt, die Gefahr sei vorbei.«

»Ja, zunächst haben sie es für seltsam gehalten, aber nicht für unmöglich. Jetzt finden sie es nicht einmal mehr seltsam. Hast du das Gefühl, dass du überwacht wirst?«

»Nein.«

»Vielleicht überwachen sie dich auch nicht. Vielleicht doch. Womöglich sind sie erschrocken über den Vorfall und untergetaucht, in der Hoffnung, dass wir die Sache vergessen. Ich weiß nicht, ich sagte ja, es ist nur eine Möglichkeit. Aber besser, du bist wachsam.«

Salom steht auf. Melchor bleibt sitzen, immer noch überrumpelt.

»Barrera hat gesagt, du sollst dir so viele Tage freinehmen, wie du brauchst«, fährt der Caporal fort. »Du musst dich nicht beeilen, ins Revier zurückzukehren. Und wenn du Terra Alta verlassen willst, sag einfach Bescheid. Sie suchen dir dann einen anderen Ort.«

Melchor blickt Salom noch immer an, macht eine zustimmende Geste und leert in einem Zug seinen Becher. Da fällt ihm Vivales ein, und sofort weiß er, warum, ihm wird plötzlich bewusst, mit was für einem selbstzerstörerischen Zorn er denen zusetzt, die es am besten mit ihm meinen: dem Anwalt, der ihn seit dem Tod seiner Mutter oder früher noch rückhaltlos unterstützt hat, und dem Caporal, der nicht nur sein Mentor, sein großzügigster, treuster Kollege in Terra Alta gewesen ist, sondern auch – ihm scheint, das versteht er erst jetzt – der beste Freund, den er je gehabt hat. Versunken in der stinkenden Grube des Selbstmitleids fragt er sich für einen Moment, ob er Olga einmal so schlecht behandelt hat, wie er nun die beiden behandelt.

»Darf ich dich um einen Gefallen bitten?«, fragt der Caporal.

Melchor antwortet nicht, aber er stellt den leeren Becher auf den Tisch und steht auf. »Wenn du etwas herausbekommst, sag es uns. Glaub mir, wir tun das Menschenmögliche, um den Fall aufzuklären. Nicht für dich, für uns.«

Melchor hält die Tränen zurück und nickt wieder.

»Auf dem Revier warten alle auf dich«, fügt Salom hinzu, bevor er geht. »Komm bald zurück.«

In diesen frühen Morgenstunden schläft Melchor wenig und schlecht, wie immer seit Olgas Tod, und als der Tag anbricht, erwacht er zusammengerollt auf der Matratze, nackt, frierend, mit Kopfschmerzen, und eine rhetorische Frage nagt an ihm, die sich Jean Valjean zu Beginn von *Die Elenden* stellt und die er sich ständig wiederholt, seit Olga gestorben ist – »Kann also das Schicksal böse sein wie ein vernunftbegabtes Wesen und abscheulich werden wie das Menschenherz?« –, und ihm kommt der gleiche Gedanke wie seitdem an jedem Morgen, wenn er aufwacht: dass er die Mörder seiner Mutter nicht gefunden hat, aber die seiner Frau finden wird.

Ein knochenbleicher Lichtkegel fällt durchs Fenster und breitet seinen blassen Schein über den Raum: über die schmutzige Wäsche auf dem Boden, die Überreste von

Essen und Getränken, die beiden Stühle, den Tisch und den eingeschalteten Computer darauf. Melchor rollt sich noch mehr ein, umfasst mit den Händen die angezogenen Knie, bleibt eine Weile so liegen, in sich selbst gefaltet wie eine Raupe, und ihm kommt das Gespräch mit Salom am Vorabend in den Sinn. Wieder denkt er, dass er dem Caporal gegenüber undankbar war. Denkt, dass Salom recht hat. Denkt, dass all sein Handeln seit Olgas Tod keinen Sinn hat. Keinen Sinn hat die irrationale Überzeugung, dass Olgas Tod mit dem Fall Adell verknüpft ist oder mit seinem Beharren, im Fall Adell weiter zu ermitteln, es hat keinen Sinn, Olgas Tod auf eigene Faust zu untersuchen, ohne die Hilfe seiner Kollegen, die ihm so gern helfen wollen, es hat keinen Sinn, dass er seine Wohnung aufgegeben hat und in dieses Appartement gezogen ist, das immer mehr einer Müllhalde gleicht, dass er Cosette aus Terra Alta fortgeschafft hat, im Glauben, sie sei hier in Gefahr. Nichts davon hat irgendeinen Sinn, zumindest kommt es ihm da auf dem Boden plötzlich so vor, auf der Matratze zu einem Knäuel gerollt, als wäre all das, was er seit Olgas Tod getan hat, nur eine Bestrafung seiner selbst und aller, die um ihn herum leben, als wären sie schuld an dem Geschehenen.

Melchor entrollt sich, setzt sich auf die Matratze, reibt sich Augen, Nase, Stirn. Dann steht er auf, zieht T-Shirt und Unterhose an, geht zum Waschbecken. Vor dem Wandspiegel, der an den Rändern schon angelaufen ist, erkennt er sich selbst kaum wieder in dem verwüsteten, verzerrten Gesicht, das ihn aus dem Spiegelglas mustert – hervorstechende Wangenknochen, gerötete Augen, Wochenbart –, und fragt sich, ob der Caporal auch darin recht hat, dass Olga von den Islamisten umgebracht wurde. Kann sein, denkt er. Er hat nicht das Gefühl, dass ihm jemand gefolgt ist, weder vor noch nach Olgas Tod, aber es kann sein. Und mag er es für noch so unwahrscheinlich halten, er kann auch nicht ausschließen, dass der Zusammenprall ein Unfall gewesen ist. Jedenfalls sollte er noch an diesem Vormittag ins Revier zurückkehren, sich darüber informieren, was die Kollegen herausbekommen haben, sich der Ermittlung anschließen. Das denkt er. Als er sich dann duscht und rasiert, kommt er davon ab, vielleicht sollte er die Ermittlung besser in der Hand der Kollegen lassen, sollte am Ende, nachdem er all die Jahre vergebens die Mörder seiner Mutter gesucht hat, seinen Lehrern auf der Polizeischule darin recht geben, dass die Angehörigen eines Opfers ebenfalls Opfer sind und nicht über den kühlen Kopf, die nötige Objektivität und Distanz verfügen, um die Mörder zu verfolgen. Außerdem hat er die beiden Frauen in seinem Leben verloren, doch bleibt ihm noch eine dritte. Vielleicht sollte er so schnell wie möglich alles vergessen, denkt er, das Angebot von Subinspector Barrera annehmen, sich versetzen lassen und mit Cosette fortziehen. Vielleicht hat es keinen Sinn, in Terra Alta zu bleiben, denkt er weiter, sich an diesen ärmlichen Ort zu klammern, abgelegen und unwirtlich. Dank Olga war Terra Alta für ihn ein Zuhause geworden, aber jetzt, da Olga nicht mehr ist, bedeutet Terra Alta nichts für ihn. Man muss nach vorn blicken, denkt er und betrachtet sich im Spiegel, frisch geduscht und rasiert, erkennt sich wieder. Man muss von neuem beginnen, denkt er außerdem.

Und kaum denkt er das, da spürt er den Stich des Hungers im Magen, der ihm in Erinnerung ruft, dass er seit fast vierundzwanzig Stunden nichts gegessen hat. Er will die Wohnung gerade verlassen und ordentlich frühstücken, vorher aber noch den Computer ausschalten, da sieht er, dass zwei neue Mails hereingekommen sind. Der Titel der einen lässt ihn sofort aufmerken: »Die Antwort«. Noch mehr aufmerken lässt ihn der Inhalt, der aus einem einzigen Satz besteht: »Die Antwort auf Ihre Frage liegt in der Ermittlung.«

Ein Schauer läuft ihm das Rückgrat entlang. Wer hat das geschrieben? Und warum? Ist es ernst gemeint oder ein Scherz? Die Mail ist nicht unterschrieben und wurde von einer Hotmail-Adresse gesendet, die ihm nichts sagt. Melchor geht davon aus, dass die erwähnte Frage mit Olgas Tod zu tun hat; ebenso, dass die Antwort auf diese Frage in der Ermittlung zum Fall Adell liegt. Auf welche andere Ermittlung sollte sie anspielen? Und wenn die Antwort in dieser Ermittlung liegt, wo ist sie zu suchen? Wo in den aberhundert, abertausend Unterlagen, die sie umfasst? Melchor sagt sich, dass er dem Schreiber antworten, weitere Erklärungen verlangen, herausfinden sollte, ob diese unverhoffte Spur, die unverhofft Olgas Tod wieder mit dem Fall Adell verknüpft, tatsächlich eine Spur ist; aber er tut es nicht, ahnt vielleicht, dass der Schreiber der Mail nicht mehr Erklärungen geben will, und er der

Spur, ob verlässlich oder nicht, selbst bis zum Ende folgen muss.

In einem ersten Reflex will er Salom anrufen, doch stattdessen ruft er Sargento Blai an, und sie verabreden sich um elf in der Bar *Trinos* in Vilalba dels Arcs.

Als er zwei Stunden später in die Bar tritt, wartet der Sargento bereits in einer Ecke vor einer Tasse Kaffee. Melchor bestellt an der Theke ebenfalls Kaffee und setzt sich Blai gegenüber.

»Wie geht es dir?«, fragt der Sargento.

»Gut«, lügt Melchor.

Blai fragt noch ein paar Minuten, und er antwortet, nicht immer mit Lügen. Der Inhaber bringt ihm den Kaffee, und als Melchor ihn ausgetrunken hat, sagt er:

»Ich muss dich um zwei Gefallen bitten.« Sargento Blai öffnet die Arme in einer Geste, die bedeutet: Schieß los. »Ich will noch einmal die Akten zum Fall Adell durchgehen.« Der Körper des Sargento wird steif, sein Gesicht verdüstert sich; bevor er Einspruch erheben kann, fährt Melchor fort: »Keine Sorge. Ich habe nicht den Verstand verloren. Ich glaube, in dieser Ermittlung liegt der Schlüssel zu Olgas Tod.«

»In der zum Fall Adell?«, wundert sich der Sargento.

»Ja. Und wenn ich den Schlüssel finde, habe ich auch den Schlüssel zu den Adell-Morden.«

»Woher weißt du das?«

»Ich weiß es nicht. Ich vermute es. Um das herauszufinden, muss ich mich eben in die Ermittlungsakten vertiefen.«

Blai schüttelt den rasierten Kopf, wie poliert vom sanften Morgenlicht, das durch ein Milchglasfenster in ihre Ecke fällt.

»Du wirst dich wieder in die Nesseln setzen«, warnt er und streckt sich auf dem Stuhl.

»Nicht, wenn du mir zur Hand gehst«, sagt Melchor.

Blai richtet sich auf, sein Körper wird wieder steif, sein Blick misstrauisch.

»Mit meinem Passwort kann ich die Akten nicht wieder einsehen«, erklärt Melchor. »Sie haben mich schon einmal dabei erwischt, im Fall Adell zu stochern, als ich nicht sollte; außerdem hat man mir sicher den Zugang gesperrt. Aber Gomà hat nach dem vorläufigen Schließen des Falls die Ermittlung für dich geöffnet, oder?«

»Hab ich's dir nicht gesagt?«, ruft Sargento Blai, entspannt sich wieder und lächelt sarkastisch. »Genau das hat er, der Schweinehund. Das war seine Art, sich die Leiche vom Hals zu schaffen und mir aufzuladen, seine Art, mir zu sagen: Da hast du alle Unterlagen, nimm doch den Fall wieder auf, wenn du den Mumm dazu hast, mal sehen, ob du Großmaul in der Lage bist ...« Er unterbricht sich, das Lächeln ist von seinen Lippen verschwunden. »Hör mal, du denkst doch nicht etwa, mit meinem Passwort hineinzukommen?«

»Wie soll ich sonst hineinkommen?«

»Komm mir nicht damit, Sauspanier.«

»Keine Angst, sie finden es nicht heraus. Wenn jemand die digitalen Spuren entdeckt, die ich hinterlasse, wird er denken, dass du deine Nase in die Ermittlung gesteckt hast, wozu du ja berechtigt bist. Niemand muss erfahren, dass ich es gewesen bin, niemand muss auch nur wissen, dass ich auf dem Revier war. Am besten hilfst du mir dabei, ohne dass mich jemand sieht, und je schneller, desto besser, zum Beispiel am Wochenende, wenn du Nachtwache hast. Wir gehen am späten Abend durch die Garage hinein und verschwinden wieder früh am Morgen. Niemand wird erfahren, dass ich dort war, nicht einmal die Wache am Eingang.«

Sargento Blai lässt den Blick zwischen Melchor und zwei Stammgästen wandern, die mit dem Inhaber an der Theke schwätzen, und zögert.

»Vertrau mir«, bittet Melchor. »Denk dran, wenn wir den Fall Adell lösen, kannst du das Gomà schön unter die Nase reiben.«

Blai nickt, nicht sehr überzeugt. Die beiden Stammgäste an der Theke bezahlen ihre Getränke und gehen.

»Was ist der zweite Gefallen?«, fragt der Sargento.

Melchor zieht ein zusammengefaltetes Papier hervor und reicht es Blai, der es öffnet: Es enthält die Adresse der Mail, die er am Morgen erhalten hat, der Text ist gelöscht.

»Finde heraus, wem diese Mailadresse gehört«, sagt Melchor. »Oder von wo aus man mir die Mail geschickt hat. Was auch immer.«

Der Sargento faltet das Blatt wieder zusammen und steckt es ein.

»Das kann etwas dauern«, sagt er.

»Und das andere?«, fragt Melchor. »Kann ich auf dich zählen?«

»Warum fragst du nicht Salom?«

»Weil ich ihm schon allzu viele Gefallen schulde. Und weil du mir einen schuldig bist, einen gewaltigen.« Melchor macht eine Pause und wirft Blai einen flüchtigen Blick zu. »Weißt du noch? Eine Hand wäscht die andere.«

Wie geplant fährt Melchor am Freitag um zehn Uhr abends mit Sargento Blai in die Reviergarage, unbemerkt, da er sich auf den Rücksitz gelegt hat. Dann gehen beide in den ersten Stock hinauf, Melchor schließt sich in seinem Büro ein und vertieft sich die Nacht über in die Adell-Akten, während der Sargento im Büro nebenan überfällige Berichte schreibt, vor sich hin döst, ins Erdgeschoss hinuntergeht und für beide Kaffee aus der Maschine zieht, zweimal das Revier verlässt, das erste Mal, um zwei Streifenpolizisten zu helfen, mit einem Besoffenen fertigzuwerden, das zweite Mal fast schon im Morgengrauen, um Luft zu schnappen.

Melchor weiß nicht genau, was er in den Akten sucht, doch ein unbegründeter Optimismus gibt ihm die Gewissheit, dass er es finden wird. Nachdem er stundenlang durch einen Ozean von Berichten und Indizien gesurft ist, an die er sich mal weniger genau, mal genauer erinnert (schließlich hat er einige davon selbst erbracht oder niedergeschrieben), bleibt ihm jedoch nichts anderes übrig, als sich geschlagen zu geben. Das geschieht gegen halb sieben Uhr morgens. Sargento Blai ist wieder hinausgegangen, wird aber jeden Augenblick zurückkommen, da die Nachtschicht um sieben zu Ende ist und sie gehen müssen. Mit der Vermutung, dass er sich wieder einmal von einer Ahnung in die Irre hat leiten lassen, wirft Melchor entmutigt und unschlüssig einen Blick in seine Mails, in der Hoffnung, eine weitere Nachricht des anonymen Informanten zu finden. Es gibt keine, und da überfällt ihn ein Verdacht, der ihn schon mehrmals in der Nacht beschlichen hat: dass die Ermittlung, die er sich vornehmen soll, gar nicht der Fall Adell ist. Also öffnet er noch einmal die Mail des Informanten und schreibt: »Die Ermittlung, in der die Antwort liegt, ist der Fall Adell?« Er liest den Text mehrmals durch, schickt ihn ab, und während er auf eine neue Mail wartet, kommt Sargento Blai ins Büro.

»Hast du etwas gefunden?«

Melchor schüttelt den Kopf.

»Das habe ich befürchtet«, sagt Blai, der ein Gähnen unterdrückt und hinzufügt: »Gut, mach den Computer aus, wir gehen schlafen.«

Als Melchor nach Hause kommt, sieht er sich wieder seine Mails an: nichts. Schlaflos kontrolliert er den ganzen Vormittag über zwanghaft den Maileingang, surft im Internet und telefoniert mit Cosette und Vivales. Gegen drei Uhr nachmittags geht er zum Mittagessen, und als er zurückkehrt, schläft er vor dem Computer ein, den Kopf auf den Unterarmen. Als er aufwacht, wird es schon dunkel, und fast als Erstes sieht er die Antwort des Informanten auf seine morgendliche Mail. Auch sie ist knapp. Sie sagt nur: »Achten Sie auf die Fingerabdrücke.« Ohne eine Minute zu verlieren, ruft Melchor Blai an und überredet ihn, den Schachzug vom Vorabend zu wiederholen (»Das ist das letzte Mal«, sagt er, »versprochen.«), doch diesmal beschränkt er seine Suche auf die Fingerabdrücke, die im Landhaus der Adells in den Stunden nach dem Mord gefunden wurden. Er geht die fotografischen Vergrößerungen durch und sieht, dass alle identifizierten Abdrücke zu den vier Personen gehören, von denen man weiß, dass sie am Abend vor den Verbrechen im Landhaus waren: das Ehepaar Adell, die rumänische Hausangestellte, Jenica Arba, und María Fernanda Zambrano, ihre ecuadorianische Köchin. Dann nimmt er sich auch die Vergrößerungen der nicht zugeordneten Abdrücke vor, doch alle erweisen sich tatsächlich als nicht identifizierbar, sind zu undeutlich. Aus purer Verzweiflung kommt ihm in den Sinn, auch noch die Originale der Fotos anzusehen, obwohl er weiß, dass es fast unmöglich ist, auf einem nicht vergrößerten Originalfoto einen Abdruck zu erkennen. Er geht eines nach dem anderen durch, vergleicht Original mit Vergrößerung, bis ihm plötzlich eine Abweichung auffällt, denn einen Abdruck im Zimmer der Alarmanlagen scheint man auf dem Original besser zu erkennen als auf der Vergrößerung.

Verwundert beschließt er, das Original im Labor noch einmal zu vergrößern. Das dauert eine Weile, doch nun ist die Vergrößerung um so viel besser als die erste, dass die schlechte Qualität unmöglich einer Ungeschicklichkeit oder dem Zufall zuzuschreiben ist. Jedenfalls kann man dank der neuen Vergrößerung den Abdruck jetzt sehr wohl identifizieren, und fast im Laufschritt, mit dem Gefühl, das Gesuchte gefunden zu haben oder zumindest den Faden, der ihn dorthin führt, kehrt Melchor zum Computer zurück, vergleicht den Abdruck mit denen aus den Akten und stellt fest, dass er weder den Adells gehört noch der rumänischen Hausangestellten oder der ecuadorianischen Köchin. Dann vergleicht er ihn mit denen der leitenden Angestellten von Gráficas Adell. Botet, Silva und Arjona scheiden aus, aber sein Herz stockt, als er zu Albert Ferrers Fingerabdrücken gelangt, denn nach eingehender Untersuchung kommt er zu dem Ergebnis, dass einer von ihnen mit dem gefundenen übereinstimmt.

Er versucht, die Euphorie zu bezähmen, steht auf, geht durchs Büro, denkt nach. Sein Fund beweist, dass Ferrer einige Stunden oder Tage vor den Morden im Zimmer mit den Alarmanlagen war und sehr wohl das Sicherheitssystem des Landhauses ausgeschaltet haben kann, was dann Stunden oder Tage später den Mördern das Eindringen ermöglichte. Das bedeutet, dass Ferrer gelogen oder diese Tatsache zumindest verschwiegen hat und folglich so gut wie sicher in den Mord an den Adells verwickelt ist. Auch in Olgas Tod? Womöglich, denkt er. Doch vollkommen sicher ist, wie er ebenfalls denkt, dass jemand im Ermittlungsteam versucht hat, diesen entscheidenden Beweis unbrauchbar zu machen. Nein: Die miserable Qualität des vergrößerten Fingerabdrucks kann nicht von Ungeschicklichkeit oder Zufall herrühren, kann nur schuldige Absicht von jemandem gewesen sein, der nicht wollte, dass der Abdruck identifiziert wird. Derjenige wusste zweifellos, dass er einen bereits aufgenommenen Beweis nicht unterschlagen kann, denn damit hätte er sich selbst verraten, und so hat er beschlossen, ihn hinter einer verschwommenen Vergrößerung zu verstecken, auf der Ferrers Fingerabdrücke nicht mehr wiederzuerkennen sind, in der Hoffnung, dass niemand auf den Gedanken kommt, noch einmal das Original heranzuziehen. Sofort begreift er auch, dass derlei nur in den Stunden unmittelbar nach dem Dreifachmord möglich gewesen ist und am leichtesten von dem – und vielleicht nur von dem – bewerkstelligt werden konnte, der die Beweisaufnahme im Landhaus der Adells gebündelt hat. Sirvent, denkt er.

Überwältigt von dem, was ihm da gerade bewusst geworden ist, schaltet Melchor den Computer aus, verlässt eilig das Revier und ruft auf dem Weg zu seinem Wagen Sirvent an, der zwar gerade ins Bett gegangen ist, sich aber dennoch zu einem Treffen überreden lässt.

»Was ist los?«, fragt er beunruhigt.

»Gib mir zwanzig Minuten, und ich erzähle es dir«, entgegnet Melchor.

Zwanzig Minuten später parkt Melchor vor einem Reihenhaus am Rand von Móra d'Ebre. Sirvent erwartet ihn auf der niedrigen Gartenmauer neben einem eisernen Tor, er trägt Jogginghosen, einen grauen Pullover und Pantoffeln. Es ist eine klare Novembernacht, fast Vollmond, der Himmel übersät von Sternen. Eine Lampe hängt im Eingang und beleuchtet die Haustür.

Sirvent springt von der Mauer und geht auf Melchor zu, aber bevor er ihn begrüßen kann, hat der ihn schon am Hals gepackt.

»Du hast die Vergrößerung verwischt, nicht wahr, du Scheißkerl?«

Sirvent setzt zu einem Protest an, den Melchor erstickt, indem er ihm von seinem Fund erzählt. Ohne seinen Kollegen loszulassen, sagt Melchor ihm auf den Kopf zu, kurz vor der Nacht, in der die beiden Alten und ihre Hausangestellte ermordet wurden, sei Albert Ferrer bei den Adells im Zimmer mit den Alarmanlagen gewesen und in den Akten gebe es einen Fingerabdruck, der das beweise, dieser verräterische Abdruck, der Ferrer in den Mord verwickelt, sei durch eine absichtlich verwischte Vergrößerung verschleiert worden, damit niemand ihn bemerke, und die Vergrößerung könne nur er gemacht haben, der Kriminaltechniker, der alle Beweise sammeln und sie Sargento Pires schicken sollte, damit sie in die Ermittlung aufgenommen werden.

»Das war ich nicht«, stöhnt Sirvent, nachdem er diese Neuigkeiten so rasch wie möglich verarbeitet hat, während Melchor ihn immer noch am Hals gepackt hält. »Das war Salom.«

Melchor sieht ihn an, als verstünde er nicht.

»Was?«

»Ich sage dir, es war Salom, verdammt«, stöhnt Sirvent und ringt nach Luft. »Nur er kann es gewesen sein.«

Verblüfft lässt Melchor seinen Kollegen los, der sich hustend vornüberbeugt und dann wieder aufrichtet. Melchor verlangt eine Erklärung.

»Es kann nur Salom gewesen sein«, wiederholt Sirvent und reibt sich noch immer den Hals. »Subinspector Gomà hat mir aufgetragen, die Beweisaufnahme zu bündeln, das stimmt. Aber erinnere dich an den Tag, es gab Spuren überall, die Arbeit ist uns über den Kopf gewachsen, und Salom hat sich angeboten, uns zu helfen. Er hat Erfahrung als Kriminaltechniker, war Teil des Ermittlungsteams, ist Caporal ... Außerdem hat er gesagt, Gomà habe ihm aufgetragen, uns zu helfen, was vermutlich stimmt, und du kannst dir denken, dass ich nicht nachgehakt habe. Er war den ganzen Sonntagabend mit uns im Landhaus.«

»Ja, genau«, sagt Melchor eher zu sich als zu Sirvent, während er verwundert sein Gedächtnis anstrengt. »Er hat sich angeboten, euch zu helfen, und Gomà hat eingewilligt. Ich wiederum habe mich angeboten, ihm zu helfen, aber er hat abgelehnt, er wollte wohl nicht, dass ihm jemand auf die Finger sieht. An dem Abend war er bis spätnachts im Revier, hat die Beweise bearbeitet, die ihr geschickt habt. Und am nächsten Morgen ...«

»Natürlich«, bekräftigt Sirvent. »An dem Sonntag war Salom dafür zuständig, die Beweise zu sammeln und Pires zu schicken. Und am nächsten Tag hat er ebenfalls alles überwacht. Da er nun mal damit angefangen hatte, wollte er es auch zu Ende führen. Ich war dafür zuständig, die Beweise im Haus der Adells aufzunehmen, aber Salom hat sie auf dem Revier zusammengestellt und Pires geschickt. Nur er. Ich sage dir, er ist der Einzige, der diese Vergrößerung machen konnte.«

Melchor versucht noch immer, die Worte seines Kollegen zu verstehen, ihre Tragweite zu begreifen, als das Klingeln seines Handys die nächtliche Stille der Vorortstraße stört, durch die seit seinem Eintreffen kein einziges Auto gefahren ist. Benommen, noch unfähig, diese Entdeckung zu glauben, lässt er das Handy mehrmals klingeln, bis er sieht, dass der Sargento anruft, und antwortet.

»Darf man erfahren, wo du steckst?«, fragt Blai. »Sie haben mir gerade gesagt, dass du aus dem Revier geschossen bist wie die Feuerwehr. Hatten wir nicht vereinbart, niemand soll erfahren, dass du hier warst?«

»Entschuldige«, sagt Melchor und kann den Blick noch immer nicht von seinem Kollegen wenden. »Ich bin in Móra d'Ebre, bei Sirvent.«

»Bei wem?«

»Bei Sirvent«, wiederholt Melchor. »Erzähl ich dir später.«

»Hast du etwas herausgefunden?«

»Ich glaube ...«, Melchor zögert, blinzelt, beendet den Satz: »Ich glaube, ja. Mir scheint, ich weiß, wer die Adells umgebracht hat.« Nach einer Pause fügt er hinzu: »Und Olga.«

»Erzähl keinen Scheiß, Sauspanier.«

»Bleib auf dem Revier«, bittet ihn Melchor. »Gleich bringe ich dir den Ersten.«

Melchor verabschiedet sich von Sirvent, ohne sich zu entschuldigen, steigt in den Wagen, und während der Rückfahrt nach Gandesa brodelt es in seinem Gehirn, als er die Ereignisse zu rekonstruieren versucht, seit man ihm vor fünf Monaten im Morgengrauen eines Sonntags wie diesem mitgeteilt hatte, es gebe mehrere Tote im Landhaus der Adells, und als er vor Saloms Haus parkt, ist er sich bereits sicher, dass er nun fast alle Puzzleteile des Adell-Falls gefunden hat und sie fast alle zusammenpassen.

Die Wohnung befindet sich in einem modernen, dreistöckigen Gebäude in der Nähe des Amtsgerichts. Melchor klingelt an der Gegensprechanlage, Salom antwortet erst nach einer Weile, doch als sein Kollege bittet, ihn hereinzulassen, öffnet er, ohne Fragen zu stellen, und kurz darauf sieht Melchor ihn in Pyjama und Morgenrock im Türrahmen stehen.

»Mann, du bist mir einer«, begrüßt ihn Salom lächelnd mit schläfrigem Gesicht, als er sich in den Gang hinausbeugt. »Seit vier Jahren lehnst du meine Einladungen ab, und dann kommst du unangekündigt mitten in der Nacht. Weißt du, wie spät es ist?«

Als Antwort versetzt ihm Melchor einen Faustschlag, der ihn gegen ein Tischchen in der Diele schleudert, begleitet von krachendem Metall und Holz und splitterndem Glas.

»Scheiße, was ...?«, murmelt Salom ungläubig, schlaff auf dem Boden. »Sag mal, bist du besoffen?«

Melchor schließt die Tür hinter sich, versetzt dem Caporal einen Tritt in den Magen und noch einen ins Gesicht, schleift ihn ins Esszimmer und wirft ihn aufs Sofa.

»Weißt du, was?«, fragt er mit künstlicher Neugier. »Als ich dich das letzte Mal gesehen habe, dachte ich, du bist der beste Freund, den ich je hatte, und jetzt denke ich, du bist der größte Scheißkerl, der mir je untergekommen ist. Was sagst du dazu, he?«

Salom krümmt sich auf dem Sofa, stöhnt und versucht,

sich aufzurichten, hält sich den Magen, als würde er sich sonst auf den Teppich ergießen. Keine Spur von Schläfrigkeit ist mehr in seinem Gesicht, auch kein Lächeln, er hat die Brille verloren, und Blut aus der Nase befleckt ihm den Vollbart.

»Ich weiß nicht, wovon du redest, Melchor«, bringt er schließlich hervor.

»Ich rede von Olga, Scheißkerl. Hast du den Wagen gesteuert, der sie umgebracht hat? Oder war es dein Freund Ferrer?«

»Ich sage dir doch, ich weiß nicht, wovon du redest«, bekräftigt Salom. »Bitte beruhige dich. Wie soll ich denn Olga umgebracht haben?«

Melchor versetzt ihm zwei weitere Faustschläge, diesmal in die Rippen. Der Caporal scheint sich mit der Züchtigung abgefunden zu haben oder kann ihr nicht mehr ausweichen.

»Wenn du hier weiter den Dummen spielst, schlag ich dich tot«, droht Melchor. Dann nimmt er einen Stuhl, schiebt ihn zu Salom und setzt sich verkehrt herum darauf, die Arme auf der Rückenlehne. »Weißt du, wovon ich rede, wenn ich dir sage, dass ich eben in den Adell-Akten die Vergrößerung der Fingerabdrücke gefunden habe, die Ferrer im Zimmer mit den Alarmanlagen im Landhaus hinterlassen hat? Du konntest sie nicht beseitigen, weil die Spurensicherung sie bereits aufgenommen hatte, hast sie aber verwischt, damit niemand sie identifizieren kann, im Vertrauen, dass keiner auf die Idee kommt, die Vergrößerung mit dem Originalfoto zu vergleichen, erinnerst du dich? Klingelt da etwas? He, klingelt da etwas? Zuerst dachte ich, es wäre Sirvent gewesen, aber ich habe eben mit ihm gesprochen, und er kann es natürlich nicht gewesen sein. Die Spuren sammeln und an Pires schicken, dafür warst du an dem Tag zuständig. Deshalb hast du Gomà und den Kriminaltechnikern deine Hilfe angeboten, damit du deinen Busenfreund schützen, die Fehler auswetzen kannst, die er womöglich begangen hat, und deshalb wolltest du nicht, dass ich dir helfe, das wolltest du natürlich allein tun, ohne Zeugen. Deshalb hast du die Familie auch vor den Journalisten vertreten, damit alle Informationen über dich laufen und dir nichts entgeht. Und bestimmt hast du auch Ferrer benachrichtigt, als wir sein Telefon angezapft haben, stimmt's? Damit er nicht irgendein unvorsichtiges Gespräch führt oder eine Dummheit sagt. Ach ja, und wie nett das von dir war, dass du mir die Schlüssel zu Gráficas Adell besorgt hast, du bist immer ein großzügiger Freund gewesen, immer bereit, mir beizuspringen und aus der Klemme zu helfen, nicht wahr? Wetten, dass du Ferrer überredet hast, dir die Schlüssel zu Gráficas Adell zu geben, damit er mich in Graus Büro ertappen kann? Das war die Chance, mich endgültig vom Fall fernzuhalten, oder? Aber ich habe mich nicht ferngehalten, und dann musstet ihr auf die Sache mit Olga zurückgreifen, etwa nicht, du Scheißdreckskerl?«

Während Melchor wie von Sinnen seine ganze Batterie vernichtender Beweise und vernünftiger Vermutungen auf ihn niederprasseln lässt, gelingt es Salom, sich auf dem Sofa aufzusetzen und ein wenig zu sich zu kommen. Abgesehen von der Brille hat er die Hausschuhe und den Gürtel des Morgenmantels verloren, ein paar Pyjamaknöpfe sind abgesprungen und geben den Blick frei auf ein Stück Brust und Bauch, sein malträtierter Körper ist reglos, das Gesicht hat einen verzerrten, erschöpften Ausdruck.

»Glaubst du wirklich, du kommst da noch raus?«, fragt Melchor und deutet mit anklagendem Finger auf ihn. »Merkst du nicht, dass du bis zum Hals in der Scheiße steckst? Du hast den Beweis unterschlagen, dass Ferrer zumindest Komplize der Adell-Morde ist, wie willst du das erklären? Siehst du nicht, dass diese falsche Vergrößerung auf dich deutet? Siehst du nicht, dass es keinen Ausweg mehr gibt?«

Salom schweigt weiter, den Blick finster auf die Fliesen gerichtet. Immer noch stöhnt er und scheint nachzudenken, vernichtet.

»Muss ich dich weiter schlagen?«, fährt Melchor fort. »Meinst du nicht, ich habe die Wahrheit verdient, nach allem, was geschehen ist. Gestehen wirst du ohnehin müssen ...«

»Mit Olgas Tod hatte ich nichts zu tun«, flüstert Salom endlich.

Einige endlose Sekunden lang fixieren sich die beiden Männer wortlos und wie gebannt, dann wendet der Caporal den Blick ab, und Melchor mustert ihn weiter, sucht in dem nicht wiederzuerkennenden Gesicht – das zerwühlte Haar, der blutbefleckte Bart, die blanken, verlorenen Augen – den Kollegen, mit dem er seit vier Jahren Tag für Tag verbracht hat, seinen Mentor in Terra Alta, seinen engsten

Freund. Salom zeigt auf den Eingang und sagt mit ersterbender Stimme:

»Bring mir bitte die Brille.«

Melchor bringt sie ihm und bleibt nun vor ihm stehen, anstatt sich wieder zu setzen. Im Esszimmer ist jetzt nur noch Saloms schwerer Atem zu hören und das unerschütterliche Ticken einer Uhr.

»Ich hatte nichts mit Olgas Tod zu tun«, wiederholt der Caporal lustlos, während er versucht, Brust und Bauch mit Pyjamahemd und Morgenrock zu bedecken. »Als Albert erfahren hat, dass du weiterermittelst, ist er hysterisch geworden, er hat Angst bekommen, du könntest etwas finden, man müsse dich stoppen, wie auch immer. Ich habe versucht, ihn zu beruhigen, aber es ist mir nicht gelungen. Albert wollte dich eigentlich nur erschrecken, dir eine Warnung schicken, aber am Ende ist alles schiefgelaufen.«

»Wer hat es getan?«

»Er hat ein paar Kerle bezahlt. Das hat er mir erzählt.«

»Dieselben, die die Adells umgebracht haben?«

»Nein, das glaube ich nicht, das waren echte Profis. Aber ich weiß es nicht. Ich habe bloß versucht, einem Freund zu helfen. Weiter nichts. Ich hätte das Gleiche für dich getan.«

»Sag mal, bist du wahnsinnig? Du hast ihm geholfen, drei Menschen umzubringen.«

»Das stimmt nicht, ich wollte nur einen Freund vor dem Gefängnis retten. Er war entschlossen, seinen Schwiegervater umzubringen. Er hätte ihn auf jeden Fall umgebracht.«

»Warum?«

»Warum was?«

»Warum war er entschlossen, seinen Schwiegervater umzubringen?«

»Warum wohl? Weil Adell ihn seit zwanzig Jahren schikaniert, ihm das Leben versaut hat, wie jedem um ihn herum. Und weil er zu allem Überfluss noch beschlossen hatte, die Hälfte seines Vermögens dem Opus zu hinterlassen.«

»Was?«

»Du hast richtig gehört. Adell hat es geheim gehalten, nicht einmal seine Tochter wusste Bescheid, aber er war im Begriff, das zu tun. Natürlich weiß man davon auch im Opus, aber erwarte nicht, dass sie es zugeben. Die sind auf solche Tricks spezialisiert ... Das hat Albert endgültig überzeugt. Der Alte hatte sein ganzes Leben lang die Familie schikaniert, und jetzt, kurz vor seinem Tod, würde er es ihnen vollends versauen. Ein fieses Aas.«

»Und da er ein fieses Aas war, hast du Ferrer geholfen, ihn umzubringen.«

»Ich sagte doch, ich habe nicht geholfen, ihn umzubringen. Ich habe nur geholfen, dass man Ferrer nicht erwischt. Oder habe es versucht.«

»Fahr zur Hölle.«

Voller Überdruss wendet Melchor den Blick von Salom ab, kämpft mit Ekel und Zorn, und ihm fällt ein, dass der Caporal in einem nicht gelogen hat: Er ist zum ersten Mal bei ihm zu Hause. Er blickt sich in dem unpersönlichen Esszimmer um, eingerichtet ohne Geschmack oder Gestaltungswillen: das typische Kunstledersofa, ein vulgärer Tisch, banale Stühle und eine langweilige Anrichte, ein paar zusammengewürfelte Bücher, ein alter Fernseher und ein alter Wecker. Der einzige intime, freundliche Tupfer im faden Grau sind die Fotos von seiner Frau und seinen Töchtern auf einem Sims ihm gegenüber. Eines von ihnen erregt Melchors Aufmerksamkeit. Es ist ein Familienfoto, von einer Glasscheibe und einem Silberrahmen geschützt, ohne Zweifel ein Urlaubsfoto: Salom in der Bildmitte, umgeben von seinen drei Frauen. Die Gruppe scheint vom Strand zu kommen, alle haben Badekleidung an, T-Shirt und Schlappen, vor ihnen Strandtaschen, Campingstühle, ein Sonnenschirm. Salom, jung und ohne Bart, doch bereits mit der ewig gleichen altmodischen Brille, hält mit der Rechten Claudias Hand, die nicht älter als sechs oder sieben sein kann, und hat die Linke um die Schulter seiner Frau gelegt, die er auf die Wange küsst, und sie hält Mireia bei der Hand und lacht strahlend in die Kamera. Unwillkürlich fragt sich Melchor, wie viel Zeit Saloms Frau auf dem Foto noch zu leben bleibt, ob der Krebs bereits an ihr nagt; und ganz bewusst fragt er sich, wie es möglich ist, dass Salom in dieser Wohnung am Stadtrand lebt, als käme er gerade aus irgendeinem Dorf und wäre nicht schon immer in Gandesa zu Hause, er fragt sich, wo die Möbel und die Erinnerungen an seine Frau, seine Familie sind, was Salom mit seinem faden, stillen Leben des einsamen Witwers angestellt hat, wie er überlebt hat in dieser Wohnung eines einsamen Mannes, der die Einsamkeit hasst, während er mit Olga und Cosette die glücklichste Zeit seines Lebens verbrachte. Er wendet den Blick von dem Foto ab und trifft auf die Augen des Caporal, der ihn beobachtet.

»Ich verstehe nicht, wie du so was tun konntest«, ergreift Melchor wieder das Wort. »Wie konntest du nur ...?«

Er verstummt, gelähmt von dem, was er gerade in Saloms Blick gesehen hat, und ihn überkommt ein Augenblick der Klarheit, als er an ein Gespräch mit dem Caporal und seinen beiden Töchtern denken muss, am Tag seiner Hochzeit mit Olga – ein Gespräch, das ihm jetzt nur ein Glied in einer Kette von Gesprächen zu sein scheint oder eine Wiederholung, ein Echo vieler anderer Gespräche –, und er glaubt nun, alles zu verstehen, als stünde es in den Augen des Caporal geschrieben, mit stiller, doch unendlicher Beredsamkeit, und er spürt, wie ihn eine Woge von Kummer mitreißt, die Zorn und Ekel nicht auflöst, sondern sich zu ihnen gesellt. Er will gerade fragen: »Wie viel hat dein Freund dafür gezahlt?« Doch Salom kommt ihm zuvor:

»Willst du mich wirklich ans Messer liefern?«

Das Fragezeichen schwebt zwischen ihnen.

»Was hast du davon, abgesehen davon, dass du mein Leben ruinierst?«, fragt der Caporal. »Willst du den Journalisten einen Köder hinwerfen, damit sie den Leuten weiterhin einreden können, dass wir Polizisten eine Bande von Schurken sind und man recht daran tut, uns einen Hungerlohn zu bezahlen und wie Hunde zu behandeln? Oder willst du mich anzeigen, damit einem alten Scheißkerl Gerechtigkeit widerfährt, den alle Welt gehasst und der bereits mehr als genug gelebt hat?«

»Du vergisst seine Frau und die Hausangestellte«, ruft ihm Melchor in Erinnerung und klammert sich an die letzte Frage. »Und du vergisst Olga.«

»Ich sage dir noch mal, damit hatte ich nichts zu tun«, entgegnet der Caporal. »Olga war meine Freundin, ich hätte alles getan, um zu verhindern, was geschehen ist. Nicht einmal das mit den anderen beiden Frauen hatte mit mir zu tun, ich wusste nicht, dass man sie auch umbringen würde, und ich versichere dir, ich hatte keine Ahnung, dass man die beiden Alten auf diese Weise foltern würde. Als ich es gesehen habe, war ich so entsetzt wie du. Albert sagt, das ging allein aufs Konto der Kerle, die er angeheuert hatte, er hatte in der Nacht bloß für eine offene Tür gesorgt ... Ich weiß es nicht. Ich weiß nicht, wer die Kerle waren, ich hatte nichts mit ihnen zu tun. Aber ich weiß, auch wenn du mich anzeigst, nichts wird dir Olga zurückbringen, meine Töchter werden jedoch ihren Vater verlieren, nachdem sie bereits die Mutter verloren haben, und du wirst deinen besten Freund verlieren, den Einzigen, der sich rückhaltlos für dich eingesetzt hat, wenn du ihn gebraucht hast. Etwa nicht?«

Melchor starrt Salom an, weiß nicht, was antworten. Diese Unfähigkeit fügt zu dem Ekel, dem Zorn und dem Kummer noch Entmutigung hinzu.

»Genug geredet«, sagt er und versucht, sich zusammenzureißen. »Zieh dich an. Wir müssen los.«

»Wohin?«

»Aufs Revier. Blai erwartet dich. Du sollst ihm erzählen, was du mir gerade erzählt hast. Er wird wissen, was er mit dir und Ferrer tut.«

Nach einem Moment der Fassungslosigkeit oder des Zweifels lässt Salom den Kopf sinken, bis sein Doppelkinn auf der Brust ruht, und einige Sekunden lang verharren die beiden Männer im Schweigen, hören nur das Ticken der Uhr. Erst jetzt fällt Melchor auf, dass sich auf dem Kopf des Caporal ein kahler Kreis öffnet, wie eine Tonsur. Zu seiner Überraschung deutet sich, als Salom wieder aufblickt, ein leichtes Lächeln auf seinen Lippen an, halb spöttisch, halb sarkastisch.

»Holst du dir jetzt nicht Albert?«, fragt er. Die Pause scheint ihn wieder belebt, ihm die Selbstbeherrschung wiedergegeben zu haben. »Willst du dir die Gelegenheit entgehen lassen, ihn zu verprügeln, wie du es mit mir gemacht hast? Du könntest ihn natürlich auch töten. Darin bist du ebenfalls gut.«

Melchor weiß wieder nicht, was sagen, und wieder kommt ihm der Gedanke, dass er in den letzten vier Jahren zwar jeden Tag mit dem Caporal verbracht hat, ihn jedoch kaum kennt. Da überfällt ihn eine tiefe Erschöpfung, als wäre die Wut in ihm erloschen und als stürzte nun die ganze Traurigkeit, Trostlosigkeit und Müdigkeit der letzten Tage über ihn herein.

»Du hältst dich für besser als mich, stimmt's?«, fährt Salom fort und bleibt bei dem angedeuteten Lächeln, dem rachsüchtigen, leicht herausfordernden Ton. »Nun, das bist du nicht. Ich habe vielleicht einen Fehler begangen, aber du bist eine andere Kategorie, Melchor. Willst du wissen, was du bist?«

Melchor will es nicht wissen, will nicht, dass der Caporal ihm sagt, was er zu wissen glaubt, doch er fühlt sich immer noch außerstande, auf seine Fragen zu antworten.

»Du bist ein Mörder«, antwortet Salom sich selbst. »Ebendas bist du. Es steht dir im Gesicht geschrieben, in den Augen. Ich habe es bemerkt, sobald ich dich gesehen hatte. Sag mir eines: Du hast es genossen, die Jungen zu töten, oder? Die vier Terroristen in Cambrils, meine ich. Wetten, dass es dir gefallen hat? Sag die Wahrheit, los. Mir kannst du es ruhig sagen. Hast du es genossen oder nicht?« Er macht eine Pause. Seine Stimme ist heimtückisch, warm, vertraulich geworden. »Genau das bist du, mach dir nichts vor. So bist du auf die Welt gekommen, und so wirst du sterben. Die Menschen ändern sich nicht. Du auch nicht. Deshalb willst du Ferrer nicht holen: Weil du weißt, dass du ihn töten würdest. Stimmt's?« Das Lächeln bahnt sich nun vollends seinen Weg im Gesicht des Caporal. Jetzt ist es offen, fast aggressiv, schamlos. »Nein, Melchor, du bist nicht besser als ich, auch wenn es dir jetzt so vorkommt. Du bist schlimmer. Viel schlimmer. Und das weißt du, nicht wahr?«

Melchor nickt, als wüsste er es tatsächlich, und fragt sich, ob Salom recht hat. Dann hat er Lust, ihn zu schlagen. Dann hat er Lust zu weinen, zum zweiten Mal in den letzten Tagen. Dann sagt er:

»Zieh dich bitte endlich an.«

Salom sträubt sich noch einen Moment lang, doch schließlich steht er langsam widerwillig auf, geht in sein Zimmer und zieht sich an. Minuten später steigen die beiden in Melchors Wagen und legen schweigend den Weg zwischen Saloms Wohnung und dem Revier zurück.

Obwohl es Samstagnacht ist, sind Gandesas Straßen fast

menschenleer, ihnen begegnen nicht mehr als zwei Wagen auf der Avinguda de Catalunya. Melchor bemüht sich, an nichts zu denken, doch es gelingt ihm nicht. Er denkt daran, was Salom vorhin gesagt hat, denkt an Saloms Töchter, an Cosette, an die vier Jahre, die er in Terra Alta ist, denkt an Javert.

Als er vor dem Revier parkt, denkt er noch immer an den Inspektor aus *Die Elenden*, da sieht er am Eingang Sargento Blai hinter der Scheibe, ein glänzendes, rechteckiges Prisma, ein leuchtender Teich in der Nacht, von allen im Revier Goldfischglas genannt. Als Sargento Blai den Wagen auf der Straße sieht, macht er Anstalten hinauszugehen, bleibt dann aber doch drinnen und beobachtet sie. Melchor deutet auf den Sargento und sagt:

»Er erwartet dich.«

Salom dreht sich zu ihm. Im schwachen Licht des Armaturenbretts sieht Melchor das getrocknete Blut in den verklebten Bartlocken, sieht aber vor allem, dass der selbstsichere Ausdruck von vorhin verschwunden ist, verschlungen von einer verängstigten Hilflosigkeit, einer erstickenden Beklemmung, dem Versiegen der Hoffnung.

»Können wir das wirklich nicht anders regeln, Melchor?«, fragt er. »Noch ist Zeit. Wir können Blai sagen, dass alles ein Scherz war oder ein Missverständnis. Wir können ihm sagen, dass wir uns gestritten haben. Irgendwas.«

Melchor schüttelt den Kopf.

»Er würde es nicht glauben«, sagt er. »Außerdem weiß es auch Sirvent. Ich habe dir doch gesagt, dass ich vorhin mit ihm geredet habe.«

»Natürlich würde er das glauben«, beharrt Salom. »Und Sirvent auch.« Er macht eine Pause und fleht dann: »Bitte. Um unserer Freundschaft willen. Um unserer Töchter willen.«

Melchor seufzt. Ein paar Sekunden lang, den Blick starr in das Dunkel des offenen Feldes vor ihnen gerichtet, gelingt es ihm, an nichts zu denken oder nur daran, dass er an nichts denkt. Dann deutet er fast unmerklich mit dem Kopf auf den Eingang und sagt ohne Zorn, ohne Ekel und ohne Kummer:

»Steig aus.«

Salom bittet kein zweites Mal, protestiert auch nicht, obwohl er sich beim Aussteigen Zeit nimmt. Melchor hört, wie er den Wagen verlässt, sieht ihn jedoch nicht, sieht auch nicht, wie er die wenigen Meter zurücklegt, die ihn vom Revier trennen, wie er durch die Tür geht, die ihm Sargento Blai öffnet, sieht nicht einmal, wie er im Kunstlicht des Eingangs mit dem Sargento redet. Als er wieder zum Revier blickt, sieht er nur noch Blai hinter der Scheibe, der sich zu ihm wendet und in einer fragenden Geste die Arme öffnet. Da gibt er Gas und fährt los.

4

Jahre später, wenn Melchor an die ersten Monate in Terra Alta zurückdachte, sollten sie ihm immer als die glücklichste Zeit seines Lebens erscheinen.

An dem Tag, an dem er *Die Blechtrommel* von Günter Grass in der Bibliothek zurückgab, erwartete Olga ihn hinter der Theke mit einem verschwörerischen Lächeln.

»Fertig«, verkündete sie ohne Gruß. »Ich habe es zu Ende gelesen.«

Sie musste nicht erklären, dass sie *Die Elenden* meinte. Die Bibliothek hatte gerade erst geöffnet, und durch die Glasfassade drang in einem Schwall das blendende Licht eines windigen Morgens herein. Ungestört sprachen sie einen Moment lang über den Roman, fielen sich immer wieder ins Wort, Olga hinter der Theke sitzend, Melchor mit den Ellbogen darauf gestützt, neben sich das Buch von Grass. Sie sprachen über Jean Valjean und Monsieur Madeleine, über Javert, Fantine, über Cosette und Marius, über Monsieur und Madame Thénardier, über Gavroche, Fauchelevent und die jungen Revolutionäre, angeführt von Enjolras, vom Schlachtfeld bei Waterloo und den Barrikaden von Paris. Dann sagte Olga wieder, was sie Melchor in den letzten Wochen immer auf die Frage geantwortet hatte, ob sie den Roman schon zu Ende gelesen habe: Er sei merkwürdig. Melchor fragte erneut nach dem Grund.

»Er ist sentimental, melodramatisch, moralistisch«, zählte Olga auf. »Das heißt, alles, was ich hasse. Aber ich konnte nicht mit dem Lesen aufhören. Das ist das Merkwürdige. Dass er, mehr als die Romane, die mir gefallen, der Wirklichkeit gleicht, die mir eben nicht gefällt.«

»Er gleicht auch in etwas anderem der Wirklichkeit«, bekräftigte Melchor. »Er ist allumfassend. Zumindest habe ich bei jedem Lesen diesen Eindruck. Dass alles drinsteckt.« Er machte eine Pause und fügte, wie ihm schien, mit einer Art maßlosem Hochmut hinzu: »Aber vor allem habe ich den Eindruck, dass er von mir handelt.«

»Alle Romane handeln von uns«, gab sie zurück. »War es nicht das, was dein Freund gemeint hat?«

»Welcher Freund?«

»Der gesagt hat, dass die Hälfte eines Romans der Autor beisteuert, die andere wir.«

»Ja, aber bei *Die Elenden* ist es anders.«

Melchor versuchte zu erklären, warum es anders war, doch er scheiterte. Die ersten Bibliotheksnutzer erlösten ihn von seinem Scheitern, ein altes Paar, das ein Buch und eine DVD zurückgab und sich für die Buchpräsentation interessierte, die am Nachmittag im Veranstaltungssaal stattfinden sollte.

»Ich wusste nicht, dass du auch Buchvorstellungen organisierst«, sagte Melchor, als sie wieder allein waren.

»Weniger, als mir lieb wäre«, klagte Olga. »Ich organisiere auch Leseclubs. Du solltest dich für einen anmelden. Das würde dir gefallen. Das ist wie das, was wir eben getan haben, man spricht mit Leuten über Bücher ...«

»Danke«, unterbrach sie Melchor. »Ich spreche lieber mit dir.«

Olga lächelte wieder, diesmal, als hätte sie einen Halbwüchsigen vor sich, der sie verführen möchte und nicht die geringste Chance hat. Mit melancholischer Zärtlichkeit sagte sie:

»Na ja. Bloß werde ich dafür bezahlt, die Bibliothek zu führen, nicht, über Bücher zu reden.« Sie seufzte, nahm *Die Blechtrommel* und fragte: »Willst du das zurückgeben?«

»Der Roman hat mir auch gefallen«, sagte er. »Aber jetzt möchte ich, dass du mir einen aus dem zwanzigsten Jahrhundert empfiehlst, der keinem aus dem neunzehnten gleicht.«

Als fühlte sich Olga von Melchor auf die Probe gestellt (oder als hätte sie seit Wochen auf diese Herausforderung gewartet), ging sie, ohne überlegen zu müssen, mit ihren Schrittchen eines Vogels oder eines kleinen Mädchens geradewegs zu den hinteren Regalen und kam gleich darauf mit einem Buch von Georges Perec zurück: *Das Leben. Gebrauchsanweisung.*

»Es ist zehnmal länger als *Der Fremde*«, stellte Melchor fast verblüfft fest.

»Ja«, sagte Olga befriedigt. »Fast so dick wie *Die Elenden.*«

»Etwas Respekt bitte«, gab Melchor zurück. »*Die Elenden* ist doppelt so dick.«

Olga entfuhr ein Lachen. Melchor sah begierig auf das Fältchennetz, das um die Mundwinkel spross, nahm das Buch und setzte sich ans Fenster zum Kieshof.

Dort verbrachte er den Vormittag, las in Perecs Roman, und um halb zwei, kurz bevor die Bibliothek schloss, schlug er Olga vor, einen Aperitif in einer Bar auf dem Platz zu nehmen.

»Danke, aber ich habe keine Zeit«, antwortete Olga. »Doch ich wohne in der Nähe, ich gehe nach Hause. Du auch, nicht wahr?«

Sie verließen gemeinsam die Bibliothek und gingen in Richtung Altstadt. In Terra Alta stand der Winter vor der Tür, ein kalter Wind fegte durch Gandesas Straßen und wischte die Wolken vom glänzend blauen Himmel. Sie sprachen wieder über *Die Elenden*, doch als sie den Kreisverkehr La Farola, in dessen Mitte der Nordwind wütend an den Zweigen der Palme rüttelte, in Richtung Dorfplatz überquerten, konnte Melchor das Gespräch auf Olgas Arbeit lenken. Sie erzählte, ihre Bibliothek sei die größte in Terra Alta, sie führe sie zusammen mit einer anderen Bibliothekarin, Llúcia, die immer nachmittags arbeite (sie selbst immer vormittags), und obwohl sich Llúcia theoretisch um den Publikumsverkehr kümmere und sie sich um die Verwaltung, teilten sie sich in der Praxis die Arbeit, so gut es gehe, und ihre liebste Beschäftigung sei, sah man von den Buchvorstellungen, Lyrikworkshops und Leseclubs ab, das Bücherbestellen und der Besuch von Buchmessen, wo sie die Bücher einkaufte.

Sie hatten den schützenden Platz erreicht, wo der Wind

weniger streng pfiff. Melchor fragte, warum sie Bibliothekarin geworden sei. Sie blieb stehen und sah ihn an, als hätte ihr bisher noch niemand diese Frage gestellt. Den Mantel eng um sich geschlagen, hielt sie mit einer Hand das wehende Haar zurück.

»Ich weiß nicht«, gestand sie. »Ich glaube, weil ich die Ordnung liebe. Und du, warum bist du Polizist geworden?«

Melchor musste über die Antwort nicht nachdenken.

»Wegen *Die Elenden*.«

»Aber in *Die Elenden* ist doch der Polizist der Böse!«, rief Olga aus.

»Das stimmt nicht«, entgegnete Melchor mit all seiner Überzeugungskraft. »Javert ist ein falscher Böser.«

Einige Minuten lang versuchte er, auch Olga davon zu überzeugen, dass Javert nicht der war, der er zu sein schien. Olga hörte zu, ohne zu widersprechen.

»Er ist ein falscher Böser«, wiederholte Melchor mit Nachdruck. »Siehst du das nicht? Und die falschen Bösen sind die echten Guten.«

»Demnach muss es also auch falsche Gute geben«, folgerte Olga.

»Natürlich«, sagte Melchor. »Das sind die echten Bösen.«

Sie setzten sich auf eine Steinbank unter einen Maulbeerbaum, dessen Zweige der Herbst geplündert hatte, die Blätter wirbelten gelb über die Platzmitte, vom Nordwind getrieben. Ihnen gegenüber, vor der Bar, in der Melchor vormittags oft las und gewöhnlich zu Mittag und zu Abend aß, war nur ein Tisch mit zwei Stammgästen besetzt, die genau wie sie im kalten Wind die laue Sonne suchten.

Olga hatte unterwegs mehrere Leute gegrüßt, nun auch eine Frau, die an der Bank vorüberging. Sie sprachen über Terra Alta. Dann fragte Melchor sie nach ihren Jahren in Barcelona.

»Woher weißt du, dass ich in Barcelona gelebt habe?«, fragte Olga.

»Salom hat es mir erzählt.«

»Was hat dir Salom sonst noch erzählt?«

»Nichts.«

»Weißt du, dass du ein lausiger Lügner bist? Erst recht für einen Polizisten.«

Melchor versuchte, sich zu rechtfertigen, halb im Spaß, halb im Ernst, aber Olga ließ ihn nicht gewähren, und wieder hatte er den Eindruck, dass sie ihn wie einen Halbwüchsigen behandelte, aber es störte ihn nicht. Olga sprach über Salom, über Saloms Frau und seine Töchter. Dabei fuhr sie zerstreut mit dem Finger über eine Kerbe am rauen Rand der Bank, ein glatter, tiefer Riss wie eine Narbe im Stein. Schließlich antwortete sie doch noch auf Melchors Frage, sprach über ihre Jahre in Barcelona und fragte, ob er die Stadt vermisse. Melchor beeilte sich, das zu verneinen.

»Gut«, räumte er ein. »Außer einer Sache.«

»Was denn?«

»Den Lärm.«

Olga sah ihn wieder an. Melchor dachte, dass sie die schönste Frau war, die er je kennengelernt hatte.

»Ich meine es ernst«, sagte er. »Ohne Lärm kann ich nicht schlafen, anfangs habe ich kein Auge zugetan. Zum

Glück habe ich die Schlafmittel entdeckt. Aber manchmal weckt mich nachts immer noch die Stille.«

»Sch...«, flüsterte Olga, legte den linken Zeigefinger an die Lippen und nahm mit der Rechten Melchors Hand.

Eben da, als sie in die Stille horchten, schien sich der Platz mit Lärm zu füllen: der Lärm der Wagen im Kreisverkehr hinter ihnen, das Stöhnen des Windes in den kahlen Zweigen des Maulbeerbaums, das Rascheln des wirbelnden Laubs, das der Wind auf dem Platz vor ihnen auseinandertrieb, wo gerade eine Gruppe von Mädchen aufgetaucht war, die schreiend um den Brunnen liefen. Olga und Melchor stellten ihr Scheitern fest und lachten. Sie ließ seine Hand los und blickte auf die glatte Steinnarbe, die am Rand der Bank klaffte, und streichelte sie wieder. Ein paar Sekunden lang schwiegen sie. Unwillkürlich musste Melchor an seine Mutter denken.

»Weißt du, was das ist?«, fragte Olga, deutete auf die Kerbe und blickte zu Melchor. »Im Krieg haben die Moros von Franco ihre Bajonette hier geschärft. Mein Vater hat es gesehen.«

Melchors Gedanken wanderten von seiner Mutter zu der Gruppe Rentner, die im *Terra Alta* Domino spielten, dann zu einer Handvoll republikanischer Soldaten, die vor achtzig Jahren bei der Wallfahrtskirche von Santa Magdalena del Pinell wie durch ein Wunder den eigenen selbstmörderischen Mut überlebt hatten.

»Dein Vater war im Krieg?«, fragte er.

»Nein«, entgegnete Olga. »Er war damals noch ein Kind. Aber im Alter hat er mir viel davon erzählt.«

Melchor deutete ein Lächeln an.

»In Terra Alta reden die alten Leute tatsächlich nur vom Krieg«, bemerkte er. »Das hat mir ein Kollege neulich gesagt, als wären achtzig Jahre vergangen.«

»Das stimmt womöglich«, sagte Olga. »Hier erklärt sich alles, ob früher oder später, durch den Krieg.« Sie sah einen Augenblick den Mädchen zu, die jetzt Verstecken spielten. Der Wind hatte nachgelassen oder drang kaum mehr bis zum Platz vor, der mit welken Maulbeerblättern ausgelegt war. »Aber wenn du genau hinhörst, sprechen die Leute in Wirklichkeit gar nicht über den Krieg. Sie sprechen über die Ebroschlacht. Das sind zwei verschiedene Dinge. Die Schlacht hat vier Monate gedauert, der Krieg drei Jahre. Die Schlacht war grauenvoll, aber sie besaß eine Art Würde, es waren Leute aus aller Welt daran beteiligt, sie steht in den Geschichtsbüchern und hat ihre Gedenktage. Aber der restliche Krieg war bloß grauenvoll, ein Schrecken ohne Betäubung. Und wirklich geprägt hat uns der Krieg, nicht die Ebroschlacht.« Sie senkte den Blick wieder, ohne die Finger von der Kerbe zu nehmen, die das alte Eisen der Bajonette gegraben hatte: als läsen die Finger ihre Worte im abgewetzten Stein. »Die Schlacht hat nur sichtbare Wunden hinterlassen«, fuhr sie fort, als spräche sie nicht mehr zu Melchor, sondern zu sich selbst. »Die Schützengräben, die Ruinen, die Hänge voller Granatsplitter, all die Dinge, die den Touristen so gefallen. Aber die wahren Wunden sind andere. Die niemand sieht. Die die Leute im Geheimen tragen. Und die erklären alles, nur spricht niemand von ihnen. Und wer weiß, womöglich ist es gut so.«

Eine Böe zerzauste ihr wieder das Haar. Vor der Bar saß nun niemand mehr, doch die Mädchen spielten immer noch Verstecken.

»Gut«, seufzte Olga und stand auf. »Ich muss los. Diese Woche ist Llúcia nicht da, und ich öffne nachmittags die Bibliothek.«

Melchor stand ebenfalls auf.

»Treffen wir uns morgen?«

Sie sah ihn wieder an wie einen Halbwüchsigen.

»Morgen kann ich nicht«, sagte sie.

Melchor blieb hartnäckig. Er schlug den Mittwoch vor, den Donnerstag. Olga brachte oder schob eine Entschuldigung nach der anderen vor, doch am Ende gab sie nach.

»Also gut, treffen wir uns am Freitag.« Sie deutete auf die Tische vor der Bar auf der anderen Seite des Platzes. »Dort um acht?«

Als er um acht bei der Bar eintraf, war der Dorfplatz von Gandesa ein einziges Gewimmel von Leuten, die aus ganz Terra Alta gekommen waren, um den Beginn des Wochenendes zu feiern. Es war schon seit einer Weile dunkel, und die schmiedeeisernen Laternen erleuchteten hier und da den Platz mit ihrem diffusen Licht, doch die Temperatur war angenehm. Eine feierwütige Kundschaft verstopfte sowohl das Innere der Bar wie die Terrasse davor, und die Kellner, schwitzend und geschäftig, liefen mit hoch erhobenen Tabletts zwischen ihnen umher und versuchten vergebens, die dringenden Bedürfnisse aller zu erfüllen.

Melchor besetzte den ersten freien Tisch. Er hatte neue Kleidung eingeweiht – Hose, Jacke und Hemd hatte er am Vorabend in Móra d'Ebre in einem Laden gekauft, den ihm ein Kollege empfohlen hatte –, und er trug eine Krawatte. Auch wenn er mit Olga nicht zum Abendessen verabredet war, wollte er sie doch dazu einladen. Der Kellner, der ihn bediente, kannte ihn und scherzte über seine Aufmachung. Melchor lächelte höflich, bestellte eine Cola, und der Kellner brachte sie unverhofft schnell. Motorräder fuhren mit knatterndem Auspuff kreuz und quer über den Platz, und vor der Bar drang aus einem Ford-Sportwagen, den junge Leute umringten, stürmische Discomusik. In den Grüppchen um Melchor herum sprachen die Leute, schrien, lachten, hüpften und tanzten im zuckenden Rhythmus der Musik, in den Händen Bierflaschen und Zigaretten. Ab und an warf jemand einen Blick auf Melchor, der mitten im Trubel allein vor seiner Cola saß, man musterte ihn, lächelte oder stieß den Nebenmann mit dem Ellbogen an. Melchor lächelte stets zurück, genoss die Frühlingsnacht mitten im Herbst, die Menge und die Musik, und wartete ohne Ungeduld.

Olga kam kurz vor neun, als Melchor seine zweite Cola bestellt hatte und einige der Gruppen den Platz allmählich verließen.

»Entschuldige die Verspätung«, sagte sie. »Ich musste eine Bücherliste abschicken, heute war der letzte Termin für die Zuschüsse.«

Melchor bemerkte, dass sie sich für die Verabredung nicht umgezogen hatte.

»Keine Sorge«, sagte er und verbarg seine Enttäuschung. »Ich bin gerade gekommen.«

Olga musterte Melchor von Kopf bis Fuß und rief:

»Du liebe Zeit. Du bist ja wie aus dem Ei gepellt.«

Er nahm es als Kompliment und bot ihr einen Stuhl an. Sie wirkte müde, blickte sich kurz um, musterte wenig begeistert den Trubel, der immer noch vor der Bar herrschte.

»Wenn du willst, gehen wir woandershin«, schlug er vor.

Olga packte als Antwort den Kellner beim Arm, der gerade vorbeikam, und bestellte einen Wodka Orange.

»Wozu?«, sagte sie und setzte sich neben Melchor. »In einer halben Stunde ist hier niemand mehr.«

Noch vor zehn Uhr war der Platz tatsächlich fast leer, in der Bar und davor sah man nur noch die letzten Reste der ausgelassenen Menge: mal ein spärliches Grüppchen, mal ein Pärchen, mal die Stammkunden, die fernsahen, Bier tranken oder Tapas aßen. Olga und Melchor hatten bereits Zeit gehabt, über dies und jenes zu sprechen, hatten über *Die Elenden* geredet und über *Das Leben. Gebrauchsanweisung* (»Du hattest recht«, sagte Melchor, »das ist kein Roman aus dem neunzehnten, geschrieben im zwanzigsten Jahrhundert. Das ist, als hätte man einen ganzen Haufen Romane aus dem neunzehnten in einen aus dem zwanzigsten gesteckt.«), über Olgas Familie, zu der sie nach dem Tod ihres Vaters anscheinend den Kontakt verloren hatte, und über Melchors Familie, über die er sie belog; ebenso belog er sie über die Gründe, aus denen es ihn nach Terra Alta verschlagen hatte, wenn auch nicht über die Tatsache, dass sein Aufenthalt in der Gegend erst einmal vorübergehend war.

Olga trank bereits ihren zweiten Wodka Orange und Melchor seine dritte Cola.

»Trinkst du niemals Alkohol?«, fragte sie.

»Nein.«

»Ich dachte, ihr Polizisten trinkt alle.«

»Was das Trinken angeht, habe ich mein Soll im Leben schon erfüllt.«

Beim dritten Wodka Orange merkte er, dass Olga ziemlich angetrunken war. Sie war inzwischen bei ihrer zweiten Zigarette – um die eine hatte sie den Kellner gebeten, um die andere einen Gast – und begann, Melchor Fragen über sein Liebesleben zu stellen. Er fühlte sich gedrängt, die Frage auch an sie zu richten.

»Bestimmt hat dir Salom schon alles erzählt«, sagte Olga. Melchor bestritt das.

»Du lügst immer noch miserabel, mein Lieber.«

Sie lachte, verschluckte sich am Rauch, hustete. Dann trank sie wieder vom Wodka Orange und blickte mit halb gesenkten Lidern über den leeren Platz, vom Laternenlicht erhellt.

»Sag mal, Melchor«, fragte sie. »Gefällt dir Terra Alta?«

»Und wie«, antwortete er.

Olga nahm die Antwort mit skeptischer Miene und einem weiteren Zug an der Zigarette auf. Melchor dachte schon, sie würde ihn erneut der Lüge beschuldigen.

»Ich habe es früher gehasst«, sagte sie jedoch. »Jetzt gefällt es mir nicht gerade, ich weiß nur nicht, ob ich anderswo leben könnte.« Sie verstummte, den Blick immer noch auf den Platz gerichtet; der Rauch der Zigarette stieg senkrecht gen Himmel. Wie abwesend wiegte sie den Kopf und murmelte nach ein paar Sekunden: »Männer.« Dann wandte sie sich an Melchor, lächelte vage und sagte eine Spur herausfordernd: »Soll ich dir wirklich von meinem Liebesleben erzählen?«

Melchor schwieg.

»Lachhaft, es so zu nennen«, sagte Olga. »Mein Liebesleben. Willst du die Wahrheit wissen? Die Wahrheit ist, ich hatte ein paar Männer, aber die sind mir immer zu Fröschen geworden. Alle ein Reinfall. Sie haben mich nicht geliebt. Ich habe ihnen alles gegeben, was ich hatte, und sie mir nichts. Null Komma nichts. Nicht einmal ein Kind haben sie mir geben können.« Sie rauchte, stieß den Rauch aus, ohne zu inhalieren. »Wie findest du das? Du musst es nicht aussprechen. Eine Katastrophe. Das ist die Wahrheit. Eine Scheißkatastrophe. Sag schon, wie findest du das?«

Melchor wandte den Blick nicht von ihr, antwortete jedoch nicht sofort.

»Ich werde dich nicht verlassen«, sagte er schließlich.

Olga riss die Augen auf. Einen Moment lang dachte Melchor, dass sie gleich loslachen würde. Gleich darauf dachte er das Gegenteil: dass sie ihn nicht mehr wie einen Halbwüchsigen ansah, sondern zum ersten Mal wie einen Mann. Mit vom Alkohol belegter Stimme, fast wütend, sagte Olga:

»Du bist nicht mein Liebster, Bulle.«

»Nein«, gab Melchor zurück. »Aber mach dich drauf gefasst, der werde ich sein.«

Er lud Olga nicht zum Abendessen ein. Gegen halb elf musste er sie nach Hause bringen, wo er ihr half, sich im Bad zu übergeben, den Pyjama anzuziehen und sich ins Bett zu legen. Er blieb bei ihr, bis sie eingeschlafen war, dann ging er. Olga rief ihn Samstagmittag an. Salom habe ihr seine Nummer gegeben und sie habe einen entsetzlichen Kater. Sie entschuldigte sich für den Auftritt vom Vorabend. So nannte sie es: Auftritt.

»Tut mir leid«, entschuldigte sie sich noch einmal. »Ich bin es nicht gewohnt zu trinken.«

Zum Ausgleich und als Dank für seine Geduld lud Olga ihm am nächsten Tag zum Mittagessen ein. Melchor nahm an. Jahre später, immer wenn er an die ersten glücklichen Monate in Terra Alta dachte, versuchte er sich zu erinnern, was genau bei dem Essen geschehen war. Nie gelang es ihm. Er erinnerte sich nur, dass sie beide, noch bevor sie zu Ende gegessen hatten, im Bett lagen. Dort verbrachten sie den Nachmittag und die Nacht und trennten sich erst, als Melchor am Montag in aller Frühe aufstand und zur Arbeit aufs Revier ging.

Von dem Moment an drehte sich sein Leben ausschließlich um Olga. Wenn er nachmittags arbeitete, verbrachte er den Vormittag mit Olga in der Bibliothek; wenn er vormittags arbeitete, verbrachte er den Nachmittag bei Olga zu Hause (wenn sie nicht arbeiten musste) oder in der Bibliothek (wenn sie arbeiten musste). Die restliche Zeit verbrachte er ebenfalls mit Olga: Wenn möglich, frühstückte er mit Olga, aß mit ihr zu Mittag und zu Abend, ging mit Olga einkaufen und schlief mit Olga. Er las auch mit Olga, die ihn das Vergnügen lehrte, laut zu lesen und sich vorlesen zu lassen.

Sie lasen gemeinsam *Das Leben. Gebrauchsanweisung* zu Ende, dann beschlossen sie einvernehmlich, die Lektüre von Romanen aus dem neunzehnten Jahrhundert – eingeschlossen der im zwanzigsten Jahrhundert geschriebenen – mit Romanen aus dem zwanzigsten Jahrhundert abzuwechseln – eingeschlossen jener, die in sich Romane aus dem neunzehnten Jahrhundert enthielten. Während der ersten beiden Wochenenden verließen sie Olgas Wohnung kaum. Sie vögelten vormittags, nachmittags und nachts, schliefen, aßen und lasen sich gegenseitig Perecs Roman vor. Am dritten Wochenende nahmen sie den Wagen und fuhren nach Valderrobres (oder Vall-de-roures), aßen dort zu Mittag und schlenderten am Nachmittag durch die Altstadt des Dorfes und stöberten in der Buchhandlung Serret, wo sie mehrere Bücher kauften. Nachts fuhren sie nach Gandesa zurück und hatten gerade Calaceite hinter sich gelassen, als Melchor ihr vorschlug, zusammenzuziehen. Olga, die beim Fahren eine Brille trug, drehte sich kurz im Halbdunkel das Wagens zu ihm, und ihre Augen sandten ein doppeldeutiges Blitzen aus.

»Du hast sie nicht mehr alle, Bulle«, entgegnete sie. »Willst du, dass mich deine Kollegen wegen Verführung Minderjähriger einlochen?«

»Ich meine es ernst.«

»Ich auch.«

»Das ganze Dorf weiß, dass wir zusammen sind.«

»Ich pfeif drauf, was das Dorf weiß, aber zusammen zu

sein, ist eines, etwas ganz anderes, zusammen zu leben. Kommt nicht in Frage.« Olga blieb hart. »Das mit uns ist alles sehr schön, aber es wird nicht von Dauer sein. Weißt du, wie alt ich bin?«

»Nein«, log er. »Ist mir auch egal.«

»Nun, mir nicht. Ich könnte deine Mutter sein, begreifst du das nicht? In vier Tagen hast du mich satt und ...«

»Nie werde ich dich satthaben.«

»Natürlich. Du wirst mich satthaben und dir ein Mädchen in deinem Alter suchen, was du von Anfang an hättest tun sollen, anstatt dich mit einer Alten einzulassen. Komm, Melchor, hör auf mich, machen wir uns nicht das Leben schwer, genießen wir es, solange es dauert, und Schwamm drüber. Einverstanden? Bis dahin, jeder für sich, Gott für uns alle, wie mein Vater immer gesagt hat. Also bitte, fang nie wieder damit an.«

Er fing nicht wieder damit an. Und obwohl tatsächlich alle im Dorf wussten, dass Olga und er zusammen waren, weil man sie überall gemeinsam sah (auf der Straße, in den Läden, in den Cafés, in der Bibliothek, vor allem in der Bibliothek), taten alle so, als wüssten sie es nicht oder als spielte es keine Rolle. Der Einzige, der kein Unwissen vorschützen konnte, war Salom, der Melchor manchmal vor der Bibliothek absetzte und ihn dort abholte. Nachdem die drei eines Nachmittags in der Bar am Platz Kaffee getrunken hatten, sagte der Caporal zu Melchor, als die beiden Polizisten allein zum Wagen gingen:

»Was hast du mit Olga angestellt? Ich habe sie noch nie so gesehen.«

»Wie denn?«

»So glücklich.«

Melchor lachte innerlich, sagte aber nur:

»Ich dachte, du würdest mit mir schimpfen.«

»Schimpfen, warum?«

»Weil ich mit einer Frau ausgehe, die fünfzehn Jahre älter ist als ich.«

Salom lachte offen heraus.

»Ich bin nicht dein Vater, Kleiner«, sagte er. »Und selbst wenn ich es wäre, ich würde nicht mit dir schimpfen. Im Gegenteil.«

Der Wagen stand vor dem Rathaus. Sie stiegen ein, und als der Caporal losfahren wollte, schien er zu zögern.

»Darf ich dir etwas sagen?«, fragte er. »Über Olga.«

Es war eine blitzartige Eingebung: Sein Instinkt warnte ihn, was auch immer Salom über sie sagen würde, es konnte sein Glück nur stören. Wer war außerdem der Caporal, dass er sich in seine Angelegenheiten mischte. Also sagte er:

»Sag lieber nichts. Über Olga weiß ich schon genug.«

Doch Jahre später, wenn er oft an die ersten Monate in Terra Alta als die glücklichste Zeit seines Lebens zurückdachte, wunderte sich Melchor nicht nur, dass an dem Nachmittag die Vorsicht stärker gewesen war als die Neugier. Er fragte sich vor allem, ob ihn sein Instinkt nicht getäuscht hatte und es falsch gewesen war, sich von der Furcht leiten zu lassen, Olga zu verlieren, ob Salom ihm nicht besser hätte sagen sollen, was er zu sagen hatte, und er ihm besser zugehört hätte.

An einem Donnerstagnachmittag, er kaufte gerade mit Olga im Supermarkt Covirán in der Avinguda d'Aragó ein, erhielt Melchor einen Anruf von Subinspector Barrera, am nächsten Tag komme ihn Comisario Fuster von der Antiterrorabteilung besuchen, und er bestellte ihn für Mittag in sein Büro.

»Wer war das?«, fragte Olga, als er auflegte.

»Niemand«, sagte Melchor, der erriet, warum Fuster mit ihm reden wollte. »Hat mit der Arbeit zu tun.«

Er hatte sich nicht getäuscht. Als er am nächsten Mittag das Büro des Subinspector betrat, erwarteten ihn die beiden Chefs bereits. Melchor hatte Fuster seit dem Tag nicht mehr gesehen, an dem ihm der Comisario in der Polizeibehörde der Mossos d'Esquadra in Sabadell den Plan vorgestellt hatte, ihn nach seiner Rolle beim Attentat in Cambrils vor möglichen Vergeltungsakten der Islamisten zu schützen. Jetzt interessierte sich der Comisario, ungezwungener und lebhafter, als er ihn in Erinnerung hatte, für seine Monate in Terra Alta, und nachdem er mehrere einsilbige Antworten Melchors eingesteckt hatte, kam er zur Sache, nicht ohne sich vorher in eine wirre Vorrede darüber zu verstricken, welche Bedeutung Melchor weiterhin für die Polizei habe, wie stolz man auf ihn sei und wie sehr ihnen seine persönliche Sicherheit am Herzen liege, all das durchsetzt mit Entschuldigungen, warum er sich all die Monate nicht mit ihm in Verbindung gesetzt hatte.

Neben Fuster sitzend, in seine enge Uniform gestopft, tat Barrera nichts weiter, als dem Comisario zuzuhören, die Arme über seinem Schmerbauch eines Sechzigjährigen zu verschränken, sich den Schnurrbart zu streichen und ab und an zu nicken. Fuster rief Melchor in Erinnerung, dass neun Monate seit dem Attentat von Cambrils vergangen waren, und versicherte ihm, sie hätten während dieser Zeit aufmerksamer denn je die Bewegungen möglicher Terrorzellen verfolgt, ebenso die Ein- und Ausreise möglicher Verdächtiger, immer in Zusammenarbeit mit der Policía Nacional und der Guardia Civil. Sie seien zu dem Schluss gekommen, die Terrorzelle der Attentate in Barcelona und Cambrils, von einem Imam in Ripoll zusammengestellt und ausgebildet, der kurz vor den Angriffen in einem Haus in Alcanar beim Hantieren mit Sprengstoff umgekommen war, sei eine isolierte Organisation gewesen, ohne Verbindungen zu anderen Terroristen. Das wüssten sie, weil sie mehrere Reisen des Imam nach Vilvoorde untersucht hätten, einer der islamistischen Hochburgen in Belgien, wo er sich vergebens um Arbeit in einer Moschee bemüht hatte, und drei Reisen einiger der Terroristen nach Paris, wo sie Kontakt zu den Mitgliedern des Islamischen Staates gesucht hatten, ebenfalls vergebens; ebenso ergebnislos seien die Verhaftungen von Angehörigen und Freunden der Islamisten durch die marokkanische Polizei verlaufen. Es gebe nicht das geringste Anzeichen, dass der Imam oder einer seiner Anhänger von anderen Terroristen angeleitet worden sei oder Kontakt zu ihnen gehabt habe. Schließlich erklärte Fuster, er habe sich nun auf ausdrücklichen Wunsch des leitenden Comisario hierher begeben, um ihm persönlich diese gute Nachricht zu überbringen.

»Wir glauben, Sie können zurückkehren«, verkündete der Comisario, während seine Fingerkuppen gegen den Rand des Tisches trommelten, um den sie saßen. »Es versteht sich von selbst, dass wir nicht hundertprozentig für Ihre Sicherheit garantieren können, Sie wissen, das ist unmöglich. Doch wir sind uns ziemlich sicher, dass Ihre Identität nicht über Polizeikreise hinaus bekannt geworden ist, dass niemand Sie sucht und Sie, zumindest momentan, nicht in Gefahr sind.«

Fuster harrte erwartungsvoll Melchors Reaktion, doch die kam nicht. Leicht verblüfft drehte er sich zu Subinspector Barrera. Die beiden Chefs blickten sich kurz an, dann wieder Melchor.

»Es ist vorbei«, setzte Fuster nach, nahm die Hände vom Tisch, breitete die Arme aus, als hätte Melchor seine Worte nicht verstanden und er müsste sie in Gesten übersetzen. »Die Gefahr ist vorüber. Lebewohl Terra Alta. Sie können zurückkehren. Die Zivilisation erwartet Sie.«

Melchor reagierte noch immer nicht.

»Die Nachricht scheint Sie nicht gerade zu begeistern«, sagte der Comisario.

»Ich hätte nicht gedacht, dass sie so schnell kommen würde«, sagte Melchor.

»Was hatten Sie denn erwartet?«, fragte Fuster lächelnd und strich sich das Ziegenbärtchen. »Dass wir Sie für Ihre Taten damit belohnen, Sie am Arsch der Welt versauern zu lassen? Glauben Sie, so zeigen wir uns unseren Helden erkenntlich? Ist das die Meinung, die Sie von der Polizei haben?« Er drehte sich wieder zu Subinspector Barrera und erklärte: »Bevor wir ihn hergeschickt haben, hatten wir ihm versprochen, dass es nicht für länger sein würde als unbedingt nötig und dass ...« Auf einmal verstummte er, als wäre ihm eine Entgleisung im Gesicht des Subinspector aufgefallen. »Verstehen Sie mich nicht falsch, Barrera, ich wollte nicht sagen, dass Terra Alta ein schlechter Dienstort ist. Im Gegenteil, wenn man hier geboren ist, Familie hat und Ruhe sucht, ist es eine hervorragende Stelle. Ich wollte nur sagen, es scheint nicht die passendste Stelle für einen jungen Mann wie ihn zu sein, mit seinem Lebenslauf und der Zukunft, die er vor sich hat.«

»Sie müssen sich nicht entschuldigen«, beruhigte ihn der Subinspector. »Die Dinge sind, wie sie sind, und das hier ist der Arsch der Welt. Glauben Sie mir, ich bin hier schon mein halbes Leben lang. Aber mir bleiben nur noch vier Jahre. Sobald ich pensioniert bin, haue ich ab.«

»Habe ich die Wahl?«, schaltete sich Melchor ein.

»Die Wahl?«, fragte Fuster. »Sie meinen, ob Sie sich für eine andere Stelle als Ihre frühere entscheiden können? Aber natürlich, man hat mich sogar autorisiert, Ihnen vorzuschlagen ...«

»Ich meine, ob ich hierbleiben kann«, unterbrach er ihn.

»Hier? In Terra Alta?«

Melchor nickte. Fuster traute seinen Ohren nicht. Er drehte sich wieder zum Subinspector, dessen Schnurrbart sich in einer abfälligen Grimasse wölbte.

»Von mir aus gibt es keine Einwände«, sagte er. »Vier Jahre, wie gesagt. Solang ich noch die Klostersuppe löffeln muss ...«

Barrera ließ den Satz in der Luft schweben. Fuster blinzelte ein-, zwei-, dreimal, dann blickte er wieder Melchor an.

»Sind Sie sicher?«

»Nein«, gestand Melchor. »Aber ich hätte gern Zeit, es mir zu überlegen.«

Dieser Bitte folgte Schweigen, und Fusters Finger trommelten wieder gegen den Tischrand.

»In Ordnung«, entschied der Comisario und beschloss sein Getrommel mit einem resoluten Schlag auf den Tisch. »Nehmen Sie sich die Zeit, die Sie brauchen.« Er stand auf und reichte ihm die Hand. »Wenn Sie sich entschieden haben, sagen Sie uns Bescheid.«

»Das musste ja früher oder später passieren«, sagte Olga an dem Abend, kaum hatte Melchor begonnen, ihr von der Unterredung mit Fuster und Barrera zu erzählen. Sie waren in der Küche, sie hatte die Vorbereitungen fürs Abendessen unterbrochen, die Schürze abgenommen und war auf einen Stuhl gesunken. »Und wann gehst du nach Barcelona zurück?«

Melchor stand vor ihr, er war gerade hereingekommen, hatte noch nicht einmal das Sakko ausgezogen.

»Ich habe nicht gesagt, dass ich zurückgehe«, stellte er richtig. »Ich habe gesagt, sie haben es mir vorgeschlagen. Das ist etwas anderes. Außerdem könnte ich bestimmt einen anderen Ort wählen.«

»Gehst du nun zurück oder nicht?«, beharrte Olga, ohne ihn anzusehen. Ihre Miene war versteinert, die Lippen verkrampft.

»Ich weiß es nicht. Das hängt davon ab. Ich habe sie um Bedenkzeit gebeten.«

»Wovon hängt es ab?«

»Soll ich dir die Wahrheit sagen?«

»Natürlich.«

»Es hängt von dir ab.«

»Was soll das heißen?«

»Das heißt, wenn du mit mir kommen willst, gehen wir. Wenn nicht, bleibe ich.«

»Red kein dummes Zeug.«

»Ich rede kein dummes Zeug. Und ich will nicht streiten.«

»Doch redest du dummes Zeug. Du musst dir ein Leben aufbauen. Du bist ein kleiner Junge, kannst nicht von einer Frau in meinem Alter abhängen. Ich habe es dir gesagt: Das hier war nur vorübergehend. Wir haben beide gewusst, niemand ...«

Melchor verstand den Rest des Satzes nicht. Olgas Miene wurde weich, ihre Gesichtszüge gerieten außer Kontrolle, die Lippen verzerrten sich. Melchor wollte ihre Wange berühren, aber sie stieß ihn weg.

»Ich will mir ein Leben aufbauen«, sagte Melchor. »Aber mit dir zusammen.«

»Du lügst immer noch erbärmlich«, sagte Olga. »Und redest weiter dummes Zeug. Ich habe hier meine Arbeit. Ich denke nicht daran umzuziehen. Das habe ich dir auch gesagt.«

»Dann bleibe ich.«

»Wenn du bleibst, wirst du es bereuen.«

»Ich werde es nicht bereuen.«

»Natürlich wirst du es bereuen. Über kurz oder lang wirst du es bereuen. Und wirst mir die Schuld geben, dass du geblieben bist. Dann wird alles zum Teufel gehen.«

»Ich werde es nicht bereuen. Und wein bitte nicht.«

Melchor streichelte ihre nasse Wange, ein Ohr, das Haar. Diesmal widersetzte sich Olga nicht. Sie rang nur die Hände im Schoß.

»Nicht weinen«, wiederholte Melchor. »Alles ist gut. Nichts wird passieren.«

»Natürlich passiert etwas. Es passiert das Gleiche wie immer. Es passiert, dass alles zum Teufel geht.«

»Nichts passiert. Glaub mir.«

Melchor bat sie wieder, nicht zu weinen, versicherte ihr, dass er sie liebte, mit ihr zusammenleben wollte, versprach, dass sie sich nicht trennen würden. Olga hatte die Augen immer noch starr zu Boden gerichtet, als könnte sie Melchor nicht ins Gesicht blicken, dicke Tränen rollten ihr über die Wangen, den Hals hinab, verloren sich unter der Bluse.

»Du verstehst es nicht, Melchor«, schluchzte sie. »Ich bin vierzig. Mein Leben war ein einziger Mist, eine Achterbahn aus Hoffnungen und Enttäuschungen. Bis ich mich nach dem Tod meines Vaters endlich damit abgefunden hatte. Ich war allein, hatte nichts, hatte aber ein Gleichgewicht gefunden, habe gut gelebt auf meine Art. Und dann bist du aufgetaucht und ... Scheiße. Ich bin eine Idiotin. Wieder habe ich mir Hoffnungen gemacht. Ich wusste, es würde schlecht ausgehen, es konnte gar nicht anders ausgehen, aber ich habe nichts getan, um das zu verhindern.« Olga blickte zu Melchor auf, ihre Augen schwammen in Tränen. »Verhindere du es bitte«, flehte sie ihn an. »Machen wir die Sache nicht noch schlimmer. Ruf in Barcelona an und sag ihnen, dass du zurückkehrst. Bitte.«

Am nächsten Morgen rief Melchor Comisario Fuster an und sagte ihm, er bleibe in Terra Alta.

Zwei Tage später gab er seine Wohnung an der Straße nach Bot auf und zog zu Olga in die Altstadt, ganz in der Nähe des Kirchplatzes. Er sagte es niemandem, nicht einmal Salom, auch nicht Vivales, der immer noch ab und an aus Barcelona anrief (»Alles unter Kontrolle, Kleiner?«), auch nicht Carmen Lucas, die ihm immer noch Mails aus El Llano de Molina schickte. Es gab keinen Grund dafür. Tatsächlich brachte der Umzug scheinbar keine wichtigen Veränderungen in Melchors Leben mit sich, außer dass ihn das Zusammenwohnen noch mehr an Olgas Arbeit band, so dass man ihn in den folgenden Monaten sogar mit einem Bibliothekar verwechselte. Und das war kein Wunder: Er hatte die Bibliothek geöffnet oder geschlossen, wenn Olga verhindert gewesen war, einmal war er für sie eingesprungen, weil sie zu einer Buchmesse in Barcelona hatte reisen müssen, und obwohl er sich zwar nie für einen von Olgas Leseclubs anheuern ließ, weil sein einziger Leseclub ihre Gesellschaft war, half er ihr dabei, manche Buchvorstellung in der Bibliothek zu verbessern oder erst zu ermöglichen. Als im Juni die Schulferien begannen, kümmerte er sich um das Biblioschwimmbad und brachte während der folgenden Wochen vormittags von zwölf bis zwei oder nachmittags von drei bis sechs, je nach seinem Dienst auf dem Revier, einen Bücherkarren zum städtischen Schwimmbad, damit die Kinder und Jugendlichen im Dorf dort lesen konnten. Es dauerte nicht lange, bis er an allen Buchvorstellungen mitarbeitete, ja die gesamte Organisation übernahm: Er reservierte einen Tisch im Restaurant, in das Olga ihre Gäste nach der Veranstaltung zum Abendessen einlud, kaufte Wein, Limonade, Chips und Nüsse, stellte die Klappstühle im Veranstaltungssaal auf, drapierte die Erfrischungen auf den Tischen und half nach der Veranstaltung beim Servieren, was ihm, als die Nachricht das Revier erreichte, für ein paar Wochen den Spitznamen »Kellner« einhandelte.

Scheinbar hatte sich Melchors Leben also nicht geändert, doch in Wirklichkeit sehr wohl. Der Wandel hatte vor einiger Zeit begonnen, nach und nach erst wurde er sich dessen bewusst. Das erste Symptom dieser radikalen Wende oder zumindest das erste, das er als solches erkannte, war das Verschwinden der chronischen Schlaflosigkeit. Kurz nach seinem Umzug zu Olga merkte Melchor plötzlich, dass ihn Terra Altas nächtliche Stille nicht mehr um den Schlaf brachte, er setzte die Tabletten ab und schlief wie nie zuvor, sechs, sieben, sogar acht Stunden am Stück, tief und fest. Dass er nicht mehr derselbe war wie im Vorjahr, bei seiner Ankunft in Terra Alta, wurde ihm jedoch erst dann unmissverständlich klar, als Olga begann, ihm *Die Elenden* vorzulesen.

Es war zu Beginn des Sommers, und sie hatten es sich bereits zur Gewohnheit gemacht, einander mehrere Stunden am Abend vorzulesen, bevor sie ins Bett gingen (manchmal auch am Tag). Als Melchor *Die Elenden* die ersten Male gelesen hatte, war er fast noch ein Halbwüchsiger gewesen, er hatte im Gefängnis Quatre Camins gesessen und wie Monseigneur Myriel das Universum als eine gewaltige Krankheit empfunden, doch im Unterschied zu dem gütigen Bischof, der aus Jean Valjean Monsieur Madeleine macht und diese Krankheit für heilbar hält, heilbar durch die Gottesliebe, hatte Melchor die Gewissheit gehabt, dass er in einer Welt ohne Gott lebte und die Krankheit des Universums unheilbar war. Jetzt dagegen, als Olga ihm so viele Jahre später in Terra Altas Nächten den Beginn des Romans vorlas, im Schneidersitz auf dem gemeinsamen Bett, die Brille auf der Nase, glaubte Melchor zu begreifen, dass die Wut, die Einsamkeit und der Schmerz des Halbwüchsigen ihn in die Irre geführt hatten, dass zumindest für ihn die Krankheit des Universums heilbar war und diese Heilung in Olgas Liebe bestand. Bei seinen ersten Lektüren von *Die Elenden*, vor allem nach dem Tod seiner Mutter, hatten der Groll und die Trostlosigkeit der Verwaisung den Roman in ein lebensnotwendiges oder philosophisches Vademecum verwandelt, in ein Weisheits- oder Orakelbuch oder in ein Denkobjekt, das man hin und her wenden konnte wie ein Kaleidoskop. Melchor hatte vor allen anderen Helden, die ihn bevölkerten, Javert bewundert – seine Unbestechlichkeit, seine Verachtung für das Böse, seinen Gerechtigkeitssinn –, hatte aber ebenso wie Jean Valjean sein Leben als Krieg empfunden und dass er in diesem Krieg der Besiegte war und keine andere Waffe hatte als den Hass, keinen anderen Treibstoff, von dem er zehren konnte. Jetzt, nach so vielen Jahren, nachdem er unermüdlich die Mörder seiner Mutter gesucht und sich damit hatte abfinden müssen, dass dieses Verbrechen nicht gesühnt werden würde, bewunderte er Javert immer noch, glaubte immer noch an das, woran Javert glaubte, und fühlte immer noch, dass er der geheime Held von *Die Elenden* war, doch kaum hatte Olga begonnen, ihm den Roman erneut vorzulesen, da begriff er, dass er sich nicht mehr mit Jean Valjean identifizierte und nicht mehr im Krieg mit der Welt stand, sondern dank Olgas Liebe Frieden mit ihr geschlossen hatte, nicht länger ein Besiegter war. Und was den Hass anging, unterbrach Melchor Olga eines Nachts, als sie zu der Stelle kam, an der ganz zu Anfang des Romans der elende Jean Valjean unter der Maske des wohlhabenden Monsieur Madeleine erscheint, verwandelt in den Wohltäter von Montreuil-sur-Mer (und sehr bald schon sein Bürgermeister). Während Olga ihn über den Brillenrand hinweg ansah, gestand er ihr, Monsieur Madeleine sei ihm immer unglaubwürdig vorgekommen und er halte es für unwahrscheinlich, dass er die nicht hasse, die ihn so ungerecht eingesperrt und seine Jugend, sein ganzes Leben zerstört hatten, er glaube nicht, dass er nicht einmal Javert hasse, den gerechtigkeitsliebenden Polizisten, der ihn bis zum Ende verfolgt, auf Gedeih und Verderb.

»Nun, ich finde ihn glaubwürdig«, sagte Olga, nachdem sie kurz nachgedacht hatte. Sie setzte die Brille ab und legte das offene Buch auf das Laken. »Weißt du, warum?«

»Warum?«

»Weil sich Jean Valjean und Monsieur Madeleine nicht darin unterscheiden, dass der eine böse und der andere gut ist, sondern dass Jean Valjean ein junger Dummkopf ist und Monsieur Madeleine ein intelligenter Alter. Und zu hassen ist nicht sehr intelligent, findest du nicht?«

Das Argument überraschte Melchor, und er hielt es für schwach, auch wenn er nur ein anderes dagegen vorbringen konnte, das ihm, kaum hatte er es in Worte gefasst, noch schwächer vorkam:

»Ich halte den Hass für ein achtenswertes Gefühl.«

»Ich nicht«, sagte Olga. »Jemanden hassen, das ist so, als würdest du einen Becher Gift trinken, im Glauben, dass du den tötest, den du hasst.«

Jahre später, als er an die ersten Monate in Terra Alta als die glücklichste Zeit seines Lebens zurückdachte, sollte sich Melchor oft an dieses Gespräch erinnern. An das Gespräch und an etwas, was am nächsten Morgen geschah und ihm ebenfalls oft in den Sinn kommen sollte, wenn er an jene glücklichen Monate dachte. Nach einer der üblichen Besprechungen in Sargento Blais Büro sah er auf seinem Handy drei verpasste Anrufe von Olga. Er rief zurück und fragte, ob etwas passiert sei. Olga antwortete in dringlichem, ersticktem Ton: Ja, sie sei zu Hause und er solle gleich kommen. Das wiederholte sie: »Bitte, Melchor, komm sofort.«

Niemals hatte er den knappen Kilometer zwischen Arbeitsplatz und Wohnung in weniger Zeit zurückgelegt. Während er die Treppe hinabsprang, durch die Gänge des Reviers flog, über das offene Feld davor und durch die verwinkelten Straßen des Dorfes, bestürmte seinen Kopf ein Schwarm düsterer Gedanken, doch als er die Wohnungstür öffnete, hielt ihn nur noch ein Vor- und Nachname besetzt: Luciano Barón. Olga saß am Küchentisch vor einem Kräutertee, unversehrt. Die Ruhe des Anblicks beruhigte ihn nicht. Schwitzend und keuchend fragte er, was geschehen sei. Sie stand auf, wirkte blass, allzu ernst. Er wiederholte die Frage.

»Ich bin schwanger«, verkündete sie.

Melchor stand der Mund offen. Er war auf alles vorbereitet gewesen, nur darauf nicht. Er brachte nur hervor:

»Woher weißt du das?«

Olga erklärte, dass ihre Regel zwar schon mehrere Wochen ausgeblieben sei, sie habe ihn aber nicht beunruhigen wollen, am Morgen sei sie jedoch in die Apotheke gegangen, habe einen Schwangerschaftstest gemacht, mit positivem Ergebnis. Dann sei sie in Gandesas Gesundheitszentrum gegangen, wo ein Arzt sie untersucht habe.

»Ich bin im zweiten Monat«, fügte sie hinzu.

Melchor stand vor ihr, noch immer gelähmt von einer Mischung aus Erleichterung und Überraschung. Er hatte einen Knoten in der Kehle, wusste aber nicht, dass es Freude war.

»Willst du nichts sagen?«, fragte Olga.

Melchor wusste nicht, was sagen.

»Sag, dass du mich liebst«, schlug Olga vor. »Sag, dass du das Baby haben willst.«

»Ich liebe dich«, wiederholte Melchor. »Ich will das Baby haben.«

Schweigen trat ein.

»Wirklich?«, fragte sie.

Melchor hörte sich etwas sagen, was er noch nie gesagt hatte:

»Ich schwöre es bei meiner Mutter.«

Olga lächelte nicht, legte den Ernst nicht ab. Sie machte zwei Schritte auf ihn zu und schlang die Arme um seinen Hals.

»Komm her, Bulle«, sagte sie. »Ich werde dich zu Tode vögeln.«

Noch in derselben Nacht schlug Melchor vor, sie sollten heiraten. Olga weigerte sich. Es sei gut so, wie es sei, wer sich liebe, brauche kein Papier zu unterschreiben, um zusammenzuleben. Da er nicht mit ihr streiten wollte, sagte ihr Melchor nicht seine Meinung über diese Argumente, er bestand einfach auf der Heirat, führte an, sie wisse besser über Bücher Bescheid, er jedoch über Gesetze, bewies ihr, dass dem Gesetz nach eine Heirat ratsam sei, für das Baby, für sie und vor allem für ihn, versicherte ihr, ihm wäre sehr viel wohler, wenn sie heirateten. Olgas Widerstand überlebte das Frühstück nicht.

Die Hochzeit fand zwei Wochen später statt, Ende Juli, als sie gerade erfahren hatten, dass es ein Mädchen sein würde.

»Sie wird Cosette heißen«, sagte Olga, als sie es erfuhr. »Wie Jean Valjeans Tochter.«

Die Hochzeitsvorbereitungen nahmen sie so in Anspruch, dass sie die Lektüre von *Die Elenden* unterbrechen mussten. Die Eheschließung in Gandesas Rathaus zelebrierte ein Stadtrat, Trauzeugen waren Salom und Carmen Lucas, die am Vorabend mit Pepe aus El Llano de Molina gekommen war; ebenfalls anwesend bei der Zeremonie waren Vivales und Saloms Töchter, die den Sommer über in einer Winzergenossenschaft in Batea arbeiteten. Der Anwalt heulte während der Zeremonie Rotz und Wasser – »Was soll ich machen, Pepe«, entschuldigte sich Vivales bei Carmen Lucas' Mann, den er am Vorabend kennengelernt hatte und der ihn zu trösten versuchte, »da kommt meine sentimentale Seite raus« –, und anschließend luden Olga und Melchor sie zum Mittagessen ins Hotel Piqué ein.

An das Bankett sollte sich Melchor ebenfalls viele Jahre später erinnern, als er nicht mehr so glücklich war wie in jenen ersten Monaten in Terra Alta, obwohl ihm nur drei Dinge deutlich in Erinnerung geblieben waren.

Zum einen, dass Carmen Lucas unaufgefordert und von sich aus Olga beim Essen über seine Mutter oder über ihre Beziehung zu seiner Mutter belog, indem sie eine alternative Biographie erfand, in der sich Wirkliches mit Fiktivem mischte. Pepe überhäufte unterdessen Vivales mit Fragen über seine Arbeit als Strafrechtler und bat ihn, die katalanischen Sätze oder Wörter der Kellner und der anderen Gäste zu übersetzen oder zu erläutern.

Zum anderen, dass beim Nachtisch auf einmal Melchors Kollegen im Restaurant auftauchten, alle außer Feliu, die an dem Wochenende Dienst hatte.

»Glückwunsch, Sauspanier!« Sargento Blai zerdrückte ihn in seinen Armen, den Tränen nahe. »Ich habe dir doch gesagt, die Mädels in Terra Alta sind eine Wucht.«

»Mein herzliches Beileid.« Martínez umarmte ihn. »Mein Vater hat immer gesagt, die Ehe ist wie eine belagerte Burg: Die draußen wollen rein, die drinnen wollen raus.«

»Herrgott, Melchor!«, rief Sirvent entsetzt. »Kannst du nicht mal auf deiner Hochzeit etwas anderes trinken als Cola?«

»Sirvent hat auch von nichts eine Ahnung«, spottete Corominas und klopfte Melchor auf den Rücken. »Immer die Ruhe, Mann: Cola ist gut für die *titola*.«

»*Titola?*«, fragte Pepe und wandte sich zu Vivales.

»Der Kolben, lieber Pepe«, entgegnete der Winkeladvokat, rot wie eine Tomate, legte seinem neuen Freund eine Hand um die Schulter, in der anderen hielt er ein Stielglas mit Jameson Black Barrel. »Der verflixte Schwanz.«

Aber vor allem sollte sich Melchor Jahre später an ein Gespräch erinnern, das er zu Beginn des Essens mit Claudia und Mireia führte, Saloms Töchtern, die er bisher nur flüchtig kennengelernt hatte. Beide erzählten ihm auf seine Fragen hin von ihrem Studium in Barcelona und ihrem Ferienjob in Bateas Winzergenossenschaft, und Claudia, die Ältere, erwähnte, dass sie für das nächste Semester einen Teilzeitjob suche.

»So ein Quatsch«, schaltete sich Salom unerwartet schroff ein, und Melchor begriff, dass Vater und Tochter nicht zum ersten Mal darüber stritten. »Es ist schon schwer genug, das Semester abzuschließen, wenn man sich nur dem Studium widmet, wie erst, wenn man studiert und zugleich arbeitet.«

Er fühlte sich verpflichtet, seinen Freund zu unterstützen. Mireia unterstützte Claudia.

»Du hast recht«, sagte sie zu Melchor, obwohl er wusste, dass Mireia eigentlich zu ihrem Vater sprach. »Aber weißt du, wie viel es uns beide kostet, in Barcelona zu leben?«

Die Schwestern begannen, die Ausgaben aufzuzählen, unterbrachen und korrigierten einander, bis Salom, unzufrieden über den Verlauf des Gesprächs, sie bremste.

»Natürlich«, sagte er, nun in einem anderen Ton, halb scherzend, halb sarkastisch, doch ebenfalls an Melchor gewandt, »und dann wollen die beiden noch den Master machen und promovieren und all diese Dinge, die die jungen Leute heute tun, zu allem Überfluss auch noch in Boston oder sonst wo. Was sagst du dazu? Aber kein Grund zur Sorge. Wenn es so weit ist, wird man uns Polizisten hierzulande endlich das bezahlen, was wir dafür verdient haben, dass wir ihnen ständig den Karren aus dem Dreck ziehen, und dann kann ich den beiden Streberinnen geben, was sie verdienen, nicht wahr, Melchor? Tja, Kleiner, mach dich auf was gefasst, wenn du noch mehr Kinder bekommst ...«

»Auf was?«, unterbrach ihn Olga und deutete auf Saloms Töchter, während sie Melchor etwas ins Ohr flüsterte. Sie hatte kaum Alkohol getrunken, aber ihre Augen glänzten, als wäre sie betrunken. »Sieh dich ja vor den beiden Schönen hier vor. Wenn eine von euch meinen Bräutigam anrührt, schlag ich sie tot. Genug hat es mich gekostet, ihn mir zu angeln.«

Sie fuhren nicht auf Hochzeitsreise. Vor der Trauung hatten sie es in Erwägung gezogen, aber dann beschlossen, sich mit gut gefülltem Kühlschrank in die Wohnung zurückzuziehen und nichts weiter zu tun, als zu spüren, wie ihre Tochter in Olgas Bauch wuchs, zu vögeln und *Die Elenden* zu lesen. Sie nahmen den Roman dort auf, wo sie aufgehört hatten, kurz vor Ende des ersten Bandes, und die Worte, die Olga gleich eingangs vorlas, hielt Melchor einen Moment lang für erfunden, denn er erinnerte sich nicht daran, sie je gelesen zu haben: »Das Schicksal verband und verknüpfte mit seiner unbezwingbaren Macht diese beiden entwurzelten Leben, dem Alter nach so verschieden, dem Kummer nach so ähnlich. Das eine ergänzte das andere. Einander begegnen hieß, einander finden.« Er sagte nichts, doch als Olga am nächsten Tag den Anfang des zweiten Bandes vorlas, überfiel ihn ein ähnliches Gefühl: »Hätte man ihn gefragt: Soll es dir besser gehen?, hätte er geantwortet: Nein. Hätte Gott ihn gefragt: Willst du den Himmel?, hätte er geantwortet: Es wäre ein schlechter Tausch.« Melchor unterbrach Olga und bat sie, die Stelle noch einmal vorzulesen. Sie hatten sich gerade geliebt, jegliches Zeitgefühl verloren und saßen nackt im Flur auf dem Boden einander gegenüber, den Rücken an der Wand.

»Siehst du?«, sagte Melchor, als Olga die Passage zu Ende gelesen hatte. »Dieses Buch handelt von mir.«

Sie nahm die Brille ab und schüttelte langsam den Kopf.

»Nicht mehr, Bulle«, sagte sie. »Jetzt erzählt es von uns.«

5

Saloms und Ferrers Vernehmungen finden im Revier von Tortosa statt und ziehen sich die drei zulässigen Tage hin. Melchor nimmt nicht daran teil. Subinspector Gomà vernimmt sie persönlich, unterstützt von Sargento Pires und Sargento Blai, der offiziell den Fall gelöst hat, auf die Spur der fehlerhaften Vergrößerung von Ferrers Fingerabdruck gekommen ist, als er die Akte Adell wegen eines anderen Falls durchging, worauf er mit Hilfe von Melchor und Sirvent Salom entlarvt hat.

»Gomà macht eine Scheißfigur«, erzählt Blai Melchor, den er zuverlässig über die Vernehmungen informiert. »Mit dem Mut der Verzweiflung versucht er, die Sache einzurenken, aber die Sauerei ist nicht mehr einzurenken. Und weißt du was, Sauspanier? Du hattest in allem recht.«

Bei der Vernehmung gesteht Ferrer, dass er den Mord an Francisco Adell geplant hat. Er habe sich dazu entschlossen, nachdem er erfahren habe, dass sein Schwiegervater die Familie um die Hälfte des Vermögens bringen und es dem Opus Dei vermachen wollte (eine Entscheidung, die man beim Opus auf Subinspector Gomàs Anfrage hin nicht kennen will oder kategorisch bestreitet). Dass er für den Mord mexikanische Killer in Puebla angeheuert habe, zwei Profis, die kaum länger als vierundzwanzig Stunden in Spanien geblieben und nach Erfüllung des Auftrags in ihr Land zurückgekehrt seien. Dass er Caporal Salom um Hilfe gebeten und ihm als Gegenleistung eine Summe von vierhunderttausend Euro versprochen habe. Dass Salom den Plan entworfen habe und teils für die Ausführung zuständig gewesen sei, sie beaufsichtigt oder mit Rat begleitet und den passenden Tag gewählt habe, dass dieser ihm gesagt habe, er müsse am Vorabend beim wöchentlichen Abendessen mit den leitenden Angestellten die Überwachungskameras im Landhaus ausschalten, auch wie und wann er das tun solle. Er, Ferrer, habe in der Mordnacht mit den beiden jüngeren Töchtern und seiner Frau zu Abend gegessen, ein wenig mit ihr ferngesehen, schließlich vorgegeben, wie jeden Samstag spätnachts in seinem Studio Musik hören zu wollen, und dann das Haus verlassen und sei zu dem der Schwiegereltern gefahren, habe den Killern die Tür geöffnet und sie eingelassen, damit sie ihre Arbeit machten, und sei nach höchstens einer Stunde wieder in seinem Studio gewesen. Er habe nicht gewusst, dass die Killer seine Schwiegereltern foltern würden. Diese Grausamkeit sei nicht Teil der Verabredung gewesen, das gehe ebenso wie die Ermordung seiner Schwiegermutter und der rumänischen Hausangestellten auf das Konto der Mexikaner und er wisse nicht, warum sie das getan hätten, obwohl er vermute, sie hätten keine Zeugen hinterlassen wollen. Dagegen sei geplant gewesen (geplant von ihm und Salom, von dem die Idee stamme), dass er in der Nacht mit dem Wagen seiner Frau, ein Auto mit Continental-Reifen wie das von Josep Grau, dem Geschäftsführer von Gráficas Adell, zum Haus der Schwiegereltern fahren und Spuren vor der Tür und im Garten hinterlassen solle, denn Salom sei der Ansicht gewesen, dass Grau der perfekte Verdächtige sei, auf den sich die Ermittlung konzentrieren könne, was er dann auch fleißig betrieben habe. Ebenso habe ihn Salom kontinuierlich über die Ermittlungen auf dem Laufenden gehalten und den einzigen Fehler verschleiert, den er begangen habe – am Freitag vor dem Mord beim Ausschalten der Alarmanlagen einen Fingerabdruck zu hinterlassen –, und er habe ihn auch gewarnt, dass die Polizei sein Telefon abhöre und dass Melchor bei Gráficas Adell einbrechen werde, so dass er ihn in den Räumen der Firma überraschen konnte. Ferrer habe jemanden angeheuert, um Olga zu erschrecken, so dass Melchor endgültig vom Fall Adell ablasse, aber aus dem Erschrecken sei ein Zusammenprall geworden und habe ihren Tod zur Folge gehabt, ein Geständnis, das Ferrer kurz darauf ganz oder teilweise widerrufen muss, als Sargento Blai zufällig entdeckt, dass Ferrer am Tag nach Olgas Tod einen schwarzen Volkswagen, am Vorabend in Tortosa gemietet, zur Reparatur einer Delle in eine Werkstatt in Amposta gebracht hat.

Salom bestätigt Ferrers Geständnis im Großen und Ganzen, korrigiert jedoch einige Punkte. So sagt er zum Beispiel aus, er habe mit allen Mitteln versucht, ihn von dem Vorhaben abzubringen, den Schwiegervater töten zu lassen, doch als es ihm nicht gelungen sei, habe er beschlossen, den Freund zu beraten und zu beschützen, damit er nicht entlarvt werde. Er leugnet daher, den Plan entworfen, nicht jedoch, ihn dirigiert und mit Rat begleitet zu haben. Ebenso leugnet er, auch nur den geringsten Kontakt zu den von Ferrer engagierten Killern gehabt zu haben oder irgendeine Kenntnis davon, dass man die Adells foltern würde, eine Tatsache, von der wohl auch sein Freund nichts gewusst habe und die er sich nicht erklären könne. Ebenso sagt er aus, er habe alles in seinen Kräften stehende getan, um Ferrers Unruhe über Melchors hartnäckige Ermittlungen zu dämpfen, und habe entsetzt von dem Vorfall mit Olga erfahren, nachdem er geschehen sei.

So lauten im Wesentlichen Saloms und Ferrers Aussagen, die für Subinspector Gomà ebenso wie für Pires und Blai nur noch wenige Fragen offenlassen, die der Richter womöglich bei der Hauptverhandlung klären wird, wenn auch kaum die beiden Hauptfragen: Wer die von Ferrer engagierten Killer waren, wie oder durch wen er sie engagiert hatte (Fragen, auf die Salom keine Antwort hat, Ferrer nur eine vage, allgemeine oder wenig glaubwürdige) und warum sie ihre Wut an den Adells ausgelassen haben.

Ferrers und Saloms Verhaftung erweckt den Fall Adell in den Medien wieder zum Leben, sie schlachten ihn tüchtig aus und küren Sargento Blai zum Helden der Stunde. Als die Nachricht veröffentlicht wird, ruft Vivales Melchor an, bespricht mit ihm das Vorgefallene und fragt, ob die Gefahr vorüber sei.

»Alles unter Kontrolle?«

»Ich bin mir nicht sicher«, entgegnet Melchor. »Kannst du Cosette noch ein paar Tage länger behalten?«

»So lange wie nötig«, versichert ihm der Anwalt. »Nur keine Eile. Die Kleine wird hier auf Händen getragen.«

Ein paar Tage später bittet Melchor um eine Unterredung mit Subinspector Barrera, der ihn noch am selben Nachmittag im Büro empfängt, als wären sie beide niemals aneinandergeraten. Sie reden über die Aufklärung des Adell-Falls (auch wenn sie Saloms Verhaftung nur antippen), Barrera erkundigt sich nach Melchors persönlichen Umständen und verspricht, sich für ihn um eine Stelle in einem anderen Revier zu bemühen.

»Haben Sie eine bestimmte Vorliebe?«, fragt er aufmerksam.

»Nein, keine. Ich will bloß so schnell wie möglich fort von hier.«

Das stimmt. Seit Olgas Tod hat er das Gefühl, dass Terra Alta sein Zuhause war, aber nicht mehr ist. Und obwohl er nach Saloms Festnahme die Arbeit im Revier wieder aufgenommen und versucht hat, sich in die unterbrochene Routine zu finden, begreift er schnell, dass es unmöglich ist, denn das Verhältnis zu seinen Kollegen kann nicht mehr das gleiche sein: Olga ist tot, Salom wartet in der Untersuchungshaft auf den Prozess, Sargento Blai ist ebenfalls nicht da, nach der Wiederbelebung des Adell-Falls ganz von Gericht und Medien in Anspruch genommen, und so steht Melchor wieder im Mittelpunkt des allgemeinen Interesses, fast so wie im Revier Nou Barris nach dem islamistischen Anschlag von Cambrils, nur schlimmer noch, denn jetzt ist er nicht der Held, sondern entweder Bösewicht oder Opfer, er ist dem stillen Vorwurf ausgesetzt, einen

Kollegen denunziert zu haben, und mitleidigen Blicken, weil er seine Frau verloren hat. Dass er mit dem Trinken aufhört, macht die Sache nicht besser; sie wird nur besser durch die Aussicht, Terra Alta zu verlassen und anderswo zu leben, mit Cosette. Zudem ist sich Melchor gewiss (eine aufwühlende Gewissheit, die er jedoch mit niemandem teilt), dass der Fall Adell noch gar nicht abgeschlossen ist oder nur zum Schein. Eine Woche nach Saloms und Ferrers Verhaftung kehrt Sargento Blai aufs Revier zurück, und nachdem er vor den Mitarbeitern mit seinen Medienauftritten geprahlt hat (»Das mit dem Ruhm ist lästiger, als man denkt.«), bittet er Melchor in sein Büro.

»Du ahnst nicht, was ich eben erfahren habe«, verkündet er.

»Was?«, fragt Melchor.

»Gomà hat seine Frau verlassen und ist zu Pires gezogen. Hab ich dir nicht gesagt, die beiden haben was miteinander? Ich habe nur nicht gewusst, dass er das Schoßhündchen war, nicht sie. Neuerdings fallen wir von einer Überraschung in die nächste, was?«

»Ich dachte schon, es geht um den zweiten Gefallen, um den ich dich gebeten hatte.«

»Was für einen Gefallen?«, fragt Sargento Blai.

Melchor ruft ihm die Mailadresse in Erinnerung, die er ihm gegeben hat, damit er den Absender herausfindet.

»Mist, stimmt ja!«, ruft Sargento Blai und fasst sich mit den Händen an die Glatze. »Bei all dem Fernsehen und dem ganzen Dreck habe ich das völlig vergessen. Ich habe die Adresse an die Zentrale geschickt, und die hat gesagt, es lässt sich unmöglich herausfinden, wer das Mailkonto angelegt hat, aber sie sind sich sicher, dass die Nachricht von einer Adresse in Mexiko-Stadt kommt. Bringt dir die Information was?«

Die Information bringt ihm gar nichts, außer dass sie sein Unbehagen noch verstärkt. Als er eines Tages an dem unbefestigten Weg vorbeikommt, der zu Rosa Adells Haus führt, von Gandesa aus kurz vor Corbera d'Ebre, gibt Melchor der Versuchung nach und biegt ab. Als er bereits den Eingang erreicht hat und klingeln will, erscheint es ihm doch zu früh zu sein, mit der Tochter der Adells zu sprechen, die Frau muss noch immer unter Schock stehen wegen der Verhaftung ihres Mannes, des Mordes an ihren Eltern angeklagt, also dreht er um. An einem anderen Tag ist er drauf und dran, Josep Grau anzurufen, um mit ihm über die Niederlassung von Gráficas Adell in Mexiko zu reden, doch im letzten Moment sieht er auch davon ab. Noch in derselben Nacht ändert sich alles. Kurz nach elf, seine Schicht im Revier ist gerade zu Ende, und er hat eben den Wagen vor seiner Wohnung in Vilalba dels Arcs geparkt, den Haustürschlüssel hervorgezogen, da bemerkt Melchor eine rasche Bewegung hinter sich, und bevor er sich umdrehen und zu seiner Waffe greifen kann, spürt er einen dumpfen Schlag auf den Kopf und einen Stich in den Hals.

Eine halbe Stunde später kommt er wieder zu sich, befindet sich auf dem Rücksitz eines Wagens mit getönten Scheiben, der mit hoher Geschwindigkeit über eine Autobahn gleitet. Er hat einen säuerlichen Geschmack im

Mund, sein Kopf schmerzt, und Hände und Beine sind mit Stricken gefesselt, Handy und Pistole hat man ihm abgenommen. Mit ihm fahren schweigend vier Männer, zwei davon sitzen neben ihm, die anderen beiden vorne, alle in Anzug und Krawatte. Melchor tauscht über den Rückspiegel einen Blick mit dem Fahrer und begreift, dass es sinnlos ist, zu fragen, wer sie sind und wohin sie ihn bringen, doch als er ein paar Minuten später ein Schild sieht, das die Ausfahrt Vilafranca del Penedès ankündigt, weiß er, dass sie Richtung Barcelona fahren. Überwältigt von dem süßsauren Gefühl der Niederlage und der Schwermut, sagt er sich, dass er Cosette nicht wiedersehen, sondern nun seinem Schicksal begegnen und endlich die Wahrheit erfahren wird, und mit unverhoffter Freude (denn er weiß, dass Cosette in Sicherheit ist und Vivales sich um sie kümmern wird) bereitet er sich auf den Tod vor.

Sie lassen Sant Sadurní d'Anoia hinter sich, Sant Andreu de la Barca, Pallejà, Sant Boi de Llobregat, und kurz nach El Prat del Llobregat fahren sie auf der Ronda del Litoral in Barcelona ein. Die Stadt blendet ihn mit ihrer nächtlichen Festbeleuchtung, er erkennt die verstopften Straßen wieder, die von Menschen wimmelnden Gehwege, und wundert sich, dass nur vier Jahre fast ausschließlich in Terra Alta gereicht haben, um ihn in etwas zu verwandeln, was er nie für möglich gehalten hätte: einen Mann vom Land. Sie fahren parallel zum Meer, dessen tiefes Dunkel sich hier und da von der dunklen Nacht abhebt, sie kommen am Friedhof von Montjuïc vorbei und nehmen kurz darauf die Ausfahrt 22 Richtung Puerto Olímpico. Da löst der Mann links neben ihm seine Fesseln (zuerst an den Knöcheln, dann an den Handgelenken), während der zu seiner Rechten ihm den Schalldämpfer einer Pistole in die Rippen bohrt, und als das Auto vor dem Eingang des Hotels Arts inmitten von Taxis, Privatwagen und Limousinen parkt, sagt er den einzigen Satz der ganzen Fahrt:

»Jetzt wirst du ein braver Junge sein, und alles läuft glatt. Verstanden?«

Umringt von den vier Männern und von zwei Pistolen angetrieben, betritt er die Empfangshalle des Hotels, wartet auf den Fahrstuhl, geht hinein und fährt hinauf in den einundzwanzigsten Stock. Dort tritt die Gruppe in den menschenleeren Gang und geht zu einem Zimmer. Es ist weniger ein Zimmer als eine Suite oder eher ein Appartement, das Melchor zunächst leer zu sein scheint, bis er einen Raum durchquert, in dem ein Pfleger gleichgültig fernsieht. Dann geht er durch ein dunkles Schlafzimmer und einen Gang entlang, der in ein weiteres Zimmer mündet, das im Halbdunkel liegt. Er hat es noch nicht betreten, da hört er die Stimme eines Mannes:

»Herein, Señor Marín. Entschuldigen Sie bitte, wenn ich nicht aufstehe. Die Beschwerden des Alters, Sie verstehen?«

Der Mann liegt auf einer Ottomane, bis zur Hüfte in eine Decke gehüllt, hinter der Fensterfront in seinem Rücken die erleuchtete Stadt. Neben ihm eine Krankenschwester, rechts von ihm ein Tischchen, weiter hinten ein Sessel und noch weiter hinten eine Stehlampe, die ein weiches, ockerfarbenes Licht verstreut; zu seiner Linken auf dem Boden befindet sich ein Bücherstapel. Mit Mühe richtet sich der Mann ein wenig auf und deutet auf den Sessel, während die Krankenschwester ihm hilft, ein Kissen hinter die Nieren zu schieben.

»Setzen Sie sich bitte«, sagt der Mann. »Machen Sie es sich bequem. Was darf ich Ihnen anbieten?«, fragt er und deutet auf ein Tischchen, auf dem Melchor neben einer Fernbedienung eine Schüssel mit Obst sieht, einen Teller mit Keksen, eine Teekanne, zwei Tassen, eine Wasserflasche und Gläser. »Bedienen Sie sich. Wenn Sie etwas anderes möchten, sagen Sie es. Sie sollen sich wohl fühlen. Sie wissen ja nicht, wie sehr ich es bedauere, dass ich Sie auf diese Weise habe herbringen müssen, aber mir schien, es gab keinen anderen Weg. Ich hoffe, Sie können mir vergeben. Haben meine Männer Sie gut behandelt?«

Während er mit Melchor spricht, macht der Unbekannte der Krankenschwester und den Leibwächtern ein Zeichen, dass sie sich zurückziehen sollen. Alle gehorchen, nur einer der Leibwächter bleibt auf der Schwelle stehen, fast verborgen in der Dunkelheit des Gangs. Melchor setzt sich in den Sessel und mustert den Mann. Er muss über achtzig sein, spricht mit mexikanischem Akzent und gestikuliert mit arthritischen Händen, die aus einem grauen Hemd oder Nachthemd ragen. Im gedämpften Lampenlicht wirkt er klein und gedrungen, auch vornehm, mit hellen Augen, wächserner Haut und kahlem Schädel, übersät von Altersflecken.

»Sie werden sich fragen, wer ich bin und warum ich sie habe herkommen lassen«, sagt der alte Mann, die Hände unter der gewölbten Brust verschränkt, die sich im mühsamen Rhythmus seines Atems hebt und senkt. »Darf ich Sie übrigens Melchor nennen? Ein seltsamer Name. Wer hat Ihnen den gegeben?«

»Meine Mutter.«

»Und wissen Sie, warum?«

»Sie hat gesagt, als sie mich zum ersten Mal gesehen hat, bin ich ihr wie einer der Heiligen Drei Könige vorgekommen.«

Der Alte lacht ein tiefes, schepperndes Lachen. Das Lachen eines Mörders oder eines Kranken, denkt Melchor.

»Nett, Ihre Mutter.« Der Alte hört auf, am Kissen im Rücken zu ziehen. »Essen Sie denn gar nichts? Sie haben sicher nicht zu Abend gegessen, Sie müssen Hunger haben. Na los, essen Sie etwas.« Vielleicht um seinem Gast mit gutem Beispiel voranzugehen, pflückt er eine Traube vom Büschel und steckt sie in den Mund: ein Mund mit faltigen, leicht eingesunkenen Lippen. »Wo waren wir?«, fragt er, während er lustlos kaut. »Ach ja. Ich sagte, Sie fragen sich sicher, wer ich bin und warum ich Sie habe herbringen lassen. Obwohl Sie es bestimmt schon ahnen.«

»So ungefähr«, sagt Melchor.

Mit angewiderter Miene holt sich der Alte einen Brei aus Traubenkernen und -haut aus dem Mund, legt ihn auf einen Teller und wischt sich die Finger mit einer Leinenserviette ab.

»Na, was haben Sie denn geahnt?«

»Dass Sie mit dem Fall Adell zu tun haben«, sagt Melchor.

»Und was noch?«

»Dass die Mails, mit deren Hilfe ich ihn gelöst habe, von Ihnen kommen.«

»Sehr gut!«, sagt der Alte erfreut, legt die Serviette auf das Tischchen und klatscht Melchor mit lauem Lächeln lautlos Beifall. »Ich wusste ja, Sie sind ein schlauer Bursche.«

Melchor hört sich hinzufügen:

»Und dass Sie mich umbringen wollen.«

»O je, nein, ich bitte Sie, werden Sie nicht melodramatisch, wie kommen Sie darauf?«, klagt der Alte und hört mit dem Klatschen auf, das laue Lächeln verschwindet. »Ich bin kein gewalttätiger Mensch. Tatsächlich hasse ich Gewalt. Wenn Sie mich kennen würden, wüssten Sie das. Und da wir vom Kennen sprechen, will ich Ihnen eine Frage stellen, diesmal ein Fünkchen schwerer, vor allem für einen Spanier. Wissen Sie, wer Daniel Armengol ist?«

Melchor kommt der Name irgendwie bekannt vor, doch nach ein paar Sekunden muss er gestehen:

»Nein.«

»Sehen Sie?« Der Alte schnalzt mit der Zunge. »So sind die Spanier. Nie haben sie sich um das geschert, was in Mexiko geschieht, als wäre mein Land bloß ein Häufchen Scheiße, obwohl es in Wirklichkeit weitaus besser ist als das Ihre, mit Verlaub.« Er macht eine Pause, bevor er verkündet: »Daniel Armengol bin ich. Und glauben Sie mir, in Mexiko hat jeder Knirps von mir gehört. Was, unter uns gesagt, eine Katastrophe ist für einen Mann in meiner Position: der Mächtige, je unbekannter, desto besser. Und ich zähle, zumindest in Mexiko, zu den Mächtigen. Den allzu Mächtigen, wenn es nach meinen Feinden geht, die mir die Fähigkeit zuschreiben, Präsidenten zu berufen und abzuberufen. Das ist natürlich übertrieben. Sie wissen ja, die Feinde überschätzen einen immer, deshalb darf man nicht allzu viel auf sie geben, nur so viel, dass man sie erledigen kann, sobald sich die Gelegenheit bietet. Aber zu uns, ich will Ihnen erzählen, was ich mit dem Fall Adell zu tun habe. Sitzen Sie bequem? Wollen Sie wirklich nichts essen? Die Geschichte ist ein wenig lang. Erlauben Sie mir wenigstens, Ihnen etwas Tee einzuschenken.«

Bevor Armengol sich rühren kann, kommt der Leibwächter aus dem Gang, nimmt die Teekanne, füllt seine Tasse und dann Melchors. Der Alte lässt ihn gewähren und nutzt den Moment, um nach einem Keks zu greifen und nachdenklich daran zu knabbern. Melchor ist inzwischen etwas ruhiger oder weniger unruhig. Der Empfang, den ihm Armengol bereitet hat, der aufrichtige Ton in seinen Worten, haben ihm Vertrauen eingeflößt, er fühlt sich nicht mehr in Gefahr, zumindest nicht in Gegenwart seines Gastgebers. Nun beherrscht ihn nicht mehr, wie noch im Auto, dieser resignierte Fatalismus, auch kein misstrauisches Befremden wie zu Anfang in diesem Zimmer, sondern die Neugier. Der Schlag, den ihm die Leibwächter auf den Kopf versetzt haben, schmerzt nicht mehr, die einschläfernde Wirkung der Spritze ist vorüber, und seine Augen haben sich an das Halbdunkel gewöhnt, das nur die Lampe und die leuchtende Stadt im Fenster erhellen.

»Ich habe Albert Ferrer vor circa vier, fünf Jahren kennengelernt, auf einem Empfang von Präsident Peña Nieto im Palacio Nacional«, fängt Armengol schließlich an und nimmt einen zittrigen Schluck Tee. Er spricht mit heiserer, getragener Stimme, ans Befehlen gewöhnt, sein Blick ist starr auf den dunklen Bildschirm eines Fernsehers an der Wand gegenüber gerichtet. Nach dem Servieren hat sich der Leibwächter wieder in den Gang zurückgezogen, wo Melchor nur die runden Kappen seiner Schuhe auf dem Teppich beben sieht, als wären es zwei lackierte Tierchen. »Peña Nieto ist ein Schwachkopf, aber als er an der Macht war, hat er mich unentwegt um Gefallen gebeten, und ich konnte sie ihm einfach nicht abschlagen. Das ist einer der vielen Nachteile, wenn man Patriot ist, wissen Sie? Jedenfalls hatte mich der Präsident damals zu einem Empfang für spanische Unternehmer gebeten, die an Mexiko interessiert sind, größtenteils Leute, die bereits im Land investiert hatten und die man zu weiteren Investitionen und zur Zusammenarbeit mit mexikanischen Unternehmen verführen wollte. Irgendwas in der Art. Ich weiß nicht, wer mir Ferrer vorgestellt hat, aber ich weiß noch sehr gut, dass er mir als Vorstandschef von Gráficas Adell vorgestellt wurde, ein wichtiges katalanisches Unternehmen für Papierverarbeitung, das eine Niederlassung in Puebla gegründet habe. So hieß es. ›Ah‹, habe ich Ferrer gesagt und ihm die Hand gedrückt. ›Ich habe vor langer Zeit einen Adell in Spanien gekannt.‹ ›Tatsächlich?‹, hat Ferrer entgegnet. ›Ja‹, habe ich gesagt. ›Er war Katalane, aus Terra Alta an der Grenze zu Aragón, ich weiß nicht, ob Sie die Gegend kennen.‹ Ferrer hat geantwortet, wie nicht, er sei von dort, Gráficas Adell sei dort gegründet worden und dort befinde sich auch noch der Hauptsitz, und es wundere ihn nicht, dass ich jemanden aus Terra Alta mit Namen Adell kennen würde, denn der Name sei in der Gegend recht häufig. Dann haben wir eins und eins zusammengerechnet, und am Ende stellte sich heraus, dass der Adell, den ich kenne, sein Schwiegervater war, der Eigentümer von Gráficas Adell.«

»Und woher kannten Sie ihn?«

»Ebendie Frage hat mir Ferrer gestellt, und wissen Sie, wie ich ihm gern geantwortet hätte?« Armengol lässt Melchor durch eine Pause Raum für eine Antwort, die jedoch nicht kommt. »Mit einem Lachen. Einem schallenden, einem Lachen, das wie ein Donner durch den Palacio hallt und nach dem sich alle umdrehen, im Zweifel, ob sie eine empörte oder beifällige Miene aufsetzen sollen ... Glauben Sie mir, allzu gern hätte ich so reagiert. Aber nein, ich habe es nicht über mich gebracht, konnte nur so etwas antworten wie ›Ah, das ist eine lange Geschichte, die erzähle ich Ihnen ein andermal.‹ Etwas in der Art. Dann haben wir uns ein Weilchen über seine Firma unterhalten, über seine Projekte, alles kurz angeschnitten. Ferrer kannte mich, hatte zumindest von mir gehört, ich sagte ja, die Leute wissen, wer ich bin, sobald sie einen Fuß nach Mexiko setzen, und er war wohl beeindruckt, mich persönlich kennenzulernen. Was heißt hier ›wohl‹, wenn ich es mit Sicherheit weiß, ich wusste es schon, als er mir die Hand gab, Sie kennen ja Ferrer, ein leicht durchschaubarer Mensch, er versteht nicht zu täuschen, dieses Lächeln des Emporkömmlings verrät ihn, noch so ein Schwachkopf wie Präsident Peña Nieto, schlimmer als Peña Nieto, besser lässt sich keiner auf der Welt manipulieren, bei niemandem ist das leichter als bei einem Emporkömmling.« Armengol knabbert wieder an einem Keks, vielleicht am selben wie vorhin, greift wieder zur Teetasse und nimmt noch einen Schluck. »An dem Tag damals war das alles«, fährt er fort und stellt die Tasse auf das Tischchen. »Er hat mir seine Visitenkarte gegeben, jemand hat ihm meine gereicht, und ich habe ihm gesagt, er soll mich besuchen, wann immer er will. Ich habe ihn eindringlich gebeten, damit er versteht, dass es nicht bloß dahingesagt war, und einige Zeit später kam er dann auch. Später als erwartet, aber er kam. Andernfalls wäre natürlich ich zu ihm gekommen. Aber mir war es so herum lieber, er sollte auf keinen Fall Verdacht schöpfen.«

Armengol erzählt, während er auf Ferrers Anruf wartete, habe er Informationen über Francisco Adell, über Gráficas Adell, über Ferrer eingeholt und sei nach und nach zu dem Schluss gelangt, dass diese zufällige Begegnung mehr als ein kleines Wunder gewesen war: ein Wink des Schicksals. Erst da beschloss er, einen Plan durchzuführen, der ihn seit Jahrzehnten wie ein wiederkehrender Traum heimsuchte und von dem er nie gewusst hatte, ob er ihn würde verwirklichen können und ob er es tatsächlich tun wollte.

»Man könnte meinen, ich hätte darauf gewartet, dass der Zufall für mich entscheidet«, murmelte Armengol. »Nun ja, so eine Gelegenheit bietet sich nur einmal im Leben, und ich habe beschlossen, sie zu nutzen.«

Er macht eine Pause, seufzt – sein Atem ist immer noch beschwerlich – und lehnt sich ein wenig auf der Ottomane zurück. Melchor greift zur Tasse und nimmt einen Schluck. Der Tee ist lauwarm, tut ihm aber gut.

»Ich weiß nicht mehr, unter welchem Vorwand Ferrer mich um ein Treffen gebeten hat«, fährt Armengol fort, »aber ich erinnere mich, dass ich ihn zu mir in den Hauptstadtdistrikt, nach D. F., eingeladen habe, zum Mittagessen in mein Büro. Da habe ich dann begonnen, wie soll ich sagen, ihn einzuwickeln. Und ich will Ihnen nichts vormachen: Es war sehr einfach.« Armengol dreht sich zu Melchor, dem nun auffällt, dass seine hellen Augen grün sind, raubtierhaft. »Lieben sie Lyrik?«

Die Frage verwirrt Melchor, doch sofort muss er an Olga denken oder eher daran, dass er zum ersten Mal seit Olgas Tod einige Stunden lang nicht mehr an sie gedacht hat, und ihm wird bewusst, dass er ihr bereits untreu geworden ist, bereits begonnen hat, sie zu vergessen.

»Nein, natürlich nicht«, antwortet Armengol für ihn, als verbesserte er sich. »Sie ziehen Romane vor, nicht wahr? Das hat man mir erzählt. Mich dagegen langweilen Romane, wie ich zugeben muss. Nie habe ich verstanden, wozu ich von etwas lesen soll, was nicht geschehen ist, wenn ich von etwas lesen kann, was wirklich geschieht. Das ist Lyrik, ebendas, was wirklich geschieht. ›The last infirmity of a noble mind‹: die letzte Schwäche eines edlen Sinns. So nennt Milton die Eitelkeit. Wie finden Sie das? Selbst die besten Menschen haben ihr Quäntchen Eitelkeit. Das heißt, je schlechter ein Mensch ist, desto eitler, und die schlechtesten wie Ferrer bestehen nur aus Eitelkeit. Nun ja, an dieser Flanke habe ich ihn angegriffen.«

Er sei vorsichtig vorgegangen, sagt Armengol, habe sich Zeit genommen, denn er sei sich bewusst gewesen, dass ein Überstürzen die Beute verscheuchen und den Plan ruinieren könne. Zunächst trafen sie sich zweimal in seinem Büro in D. F., und er tat Ferrer einige Gefallen, nichts Wichtiges: Er half ihm bei bürokratischen Problemen, verschaffte ihm eine Werbekampagne zu vorteilhaften Bedingungen, brachte ihn in Kontakt mit einflussreichen Leuten. So gewann er sein Vertrauen und ließ ihn glauben, Armengol halte ihn für einen wertvollen Menschen, einen jungen Mann mit Zukunft, für jemanden, mit dem man gern engere Verbindungen eingeht und Geschäfte macht.

»Sie kennen Ferrer ein wenig.« Wieder lächelt Armengol, und seine Hände flattern kurz im Schoß auf, bevor sie sich wieder darauf niederlassen. »Sie können sich denken, wie er sich gefühlt hat. Niemand in seinem Unternehmen hat je auf ihn gehört, immer ist er bloß ein Hampelmann gewesen, der Schwiegersohn des Chefs, mit Vitamin B, wie man bei euch sagt. Und auf einmal ging da jemand wie ich auf ihn zu, freundete sich mit ihm an und überschüttete ihn mit Lob. *Hijo de la chingada,* der hat sich gespreizt wie ein Pfau.«

Immer wenn Ferrer in Mexiko war, aß Armengol nun mit ihm zu Mittag oder zu Abend, vor allem in D. F., einmal war der Alte sogar zu ihm nach Puebla gereist. Nach einiger Zeit wurde aus einer rein beruflichen Beziehung eine persönliche, zumindest ließ Armengol Ferrer in dem Glauben: eine Beziehung wie zwischen Vater und Sohn, Lehrer und Schüler. Erst dann legte sich Armengol richtig ins Zeug. Von Anfang an hatte er gewusst, dass Ferrers Verhältnis zu Adell mittelmäßig oder schlicht erbärmlich war, dass Adell ihn nicht respektierte, ja ihn verachtete und erniedrigte, und er goss noch Öl ins Feuer. Er erzählte ihm böse Geschichten über den Schwiegervater (echte und erfundene), sagte, er begreife nicht, dass Adell sein Talent nicht anerkennen wolle, vielleicht beneide er ihn, ließ durchblicken, dass sein Schwiegervater nicht nur ein herzloser Despot sei, sondern auch ein altmodischer, egozentrischer Unternehmer, der seine Karriere behindere, seine Erwartungen zunichtemache und ihn als Person zerstöre, er setzte ihm in den Kopf, dass Gráficas Adell für ihn nur ein Sprungbrett sein dürfe, er solle sich nicht an ein zwar verdientes, doch bescheidenes Unternehmen ohne Zukunftsperspektive binden, er müsse im großen Stil denken, und sie beide könnten gemeinsam gewaltige Projekte stemmen, und er eröffnete ihm, er habe Pläne, sein Geschäft nach Spanien auszuweiten, und an ihn gedacht als seinen Mann im Land.

»Nun ja«, schließt Armengol. »Ich habe ihn nicht nur gegen Adell aufgehetzt, sondern ihm auch den Kopf mit hochfliegenden Plänen gefüllt, ihn berauscht. Oder er hat sich von allein berauscht. Und ich hatte auch noch Glück: Trotz all der Gefallen, die ich ihm tat, ging es der Niederlassung in Puebla immer schlechter, sie machte Verluste, Adell dachte allmählich daran, sie zu schließen, und das brachte ihn noch mehr in Konflikt mit Ferrer.«

Armengol verstummt wieder, den Blick starr auf den schwarzen Fernsehbildschirm gerichtet, als hätte er den

Faden verloren. Sein Brustkorb hebt und senkt sich im erschöpften Rhythmus seines Atems.

»Davon hatte ich gehört«, wirft Melchor ein, um ihn zum Fortfahren zu ermuntern. »Anscheinend hatten sie in letzter Zeit oft über die Niederlassung in Puebla gestritten.«

»Natürlich«, fährt Armengol fort, zurück aus seiner Versunkenheit. »Ferrer wollte sie um nichts auf der Welt schließen, auch die anderen lateinamerikanischen Niederlassungen interessierten ihn, aber die hier war das Juwel in der Krone, und hier hat ihm niemand auf die Finger gesehen. Außerdem hatte ich ihn davon überzeugt, dass die Filiale ihm als Basis für weitere Geschäfte in Mexiko dienen sollte. All das hat ihn, wie gesagt, immer mehr gegen den Schwiegervater aufgebracht, und am Ende haben wir beim Mittagessen nur noch gegen ihn gewettert, manchmal habe ich ihn sogar verteidigt, damit Ferrer sich abreagieren und ihn noch schärfer attackieren konnte, diesen Trick habe ich mit den Jahren gelernt: Wenn du weißt, dass jemand einen Feind hat und du ihn noch mehr gegen ihn aufbringen willst, dann verteidige ihn ein wenig, rede gut über ihn. Das wirkt immer. Nun ja, während ich an Ferrer gezündelt habe wie an der Lunte einer Bombe, habe ich mir überlegt, wie ich ihn zur Explosion bringen kann. Wie Sie wissen, ist mir schnell etwas eingefallen.«

»Das Opus.«

»Genau«, sagt Armengol, dreht sich auf der Ottomane leicht zu ihm und klatscht wieder lautlos Beifall, diesmal mit einem breiten Lächeln. »Ihr Spanier seid ein entsetzliches Pack, da werden Sie mir beipflichten«, sagt er und nimmt wieder seine ursprüngliche Haltung ein. »Ihr verbringt euer Leben damit, Böses zu tun, einer schlimmer als der andere, und anstatt am Ende wie ein Mann zu euren Taten zu stehen, bekommt ihr Angst und ruft nach den Pfarrern, damit sie euch verzeihen und in den Himmel schicken. So eine Feigheit, *carajo,* so eine Frechheit! Da ich euch also gut kenne, hat es mich nicht gewundert, dass ein Unmensch wie Adell sich in einen bigotten Frömmler des Opus verwandelt hat. Davon zu erfahren, war ein Geschenk des Himmels, und als ich Ferrer so weit hatte, habe ich ihm gesagt, ich wisse aus sicherer Quelle, dass Adell die Hälfte seines Vermögens dem Opus vermachen wolle.«

»Und das war nicht so?«

»Nun, ich weiß es nicht. Unwahrscheinlich ist es nicht, oder? Manche haben so viel Angst vor dem Tod, dass sie jeden Blödsinn glauben, den man über ihn erzählt. Adell war so einer, kein Zweifel, und zu Recht, wenn ich getan hätte, was er getan hat, wäre ich jetzt starr vor Angst. Aber es spielt keine Rolle, ob es stimmt oder nicht, wichtig ist nur, dass Ferrer es geglaubt hat. Von da an war alles einfach.«

»Sie meinen, Sie haben ihn davon überzeugt, dass er seinen Schwiegervater umbringen soll?«

»Wieder ins Schwarze getroffen«, sagt Armengol, nun ohne Beifall, sogar ohne ein Lächeln. »Was blieb ihm übrig, wenn er nicht den halben Erbteil seiner Frau verlieren wollte? Aber schmälern Sie meine Leistung nicht, ich bitte Sie: Ich war es, der ihn überzeugt und zudem alles organisiert hat. Oder glauben Sie, ein Schwachkopf wie Ferrer wäre in der Lage gewesen, ganz allein zu tun, was er getan hat? Ich habe ihn angefeuert, ihm den Mumm geliehen, den er nicht hatte, habe ihn überzeugt, dass es sehr viel leichter sei, als er denke, den Schwiegervater umzubringen, dass er keinerlei Risiko eingehe und kaum einen Finger rühren müsse, denn das Wesentliche würde ich übernehmen.«

»Zum Beispiel, die Mörder anzuheuern.«

»Zum Beispiel. Zwei Spezialisten, die gute Arbeit machen und keine Spuren hinterlassen. In meinem Land haben wir da eine schöne Auswahl.«

»War es auch Ihre Idee, Salom mit hineinzuziehen?«

»Sie meinen Ihren Kollegen?«

»Ja.«

»Ah, nein, das kam von Ferrer. Und man muss zugeben, es war eine gute Idee, ein Wunder, dass sie ihm eingefallen ist. Als er sich bereits für den Mord am Schwiegervater entschieden hatte, kam er eines Tages damit an, er habe einen guten Freund bei der Polizei, der werde aller Wahrscheinlichkeit nach an der Ermittlung beteiligt sein, denn er sei aus Terra Alta und kenne die Familie und was weiß ich noch alles. Für ihn war das wohl so, als würde er sich eine Lebensversicherung kaufen, einen Airbag oder so etwas, falls wir einen Fehler begingen, und ich fand das nicht schlecht. Letzten Endes war ich ebenso daran interessiert wie er, dass alles gut lief und man ihn nicht erwischte. Und wären Sie nicht gewesen, wäre auch alles gut gelaufen. Als Ferrer und ich uns zum letzten Mal in D. F. gesehen haben, war die Ermittlung sogar abgeschlossen, und wir haben darauf angestoßen, wie leicht alles gewesen war und wie gut es ausgegangen ist. Damals hat Ferrer mir erzählt, dass sein Freund den einzigen Fehler ausgebügelt und die Vergrößerung des Fingerabdrucks manipuliert hat, den er im Haus der Schwiegereltern hinterlassen hatte. Sie ahnen ja nicht, wie er sich in die Brust geworfen hat, dass er von ganz allein darauf gekommen war, den Caporal hineinzuziehen, wie er damit geprahlt hat ... Also gut, jedenfalls haben Sie weiter gebohrt und gebohrt, Ferrer wurde nervös und hat alles zum Teufel geschickt.«

Da unterbricht sie die Krankenschwester, die bei Melchors Ankunft bei dem Alten gewesen war. »Es ist Zeit, Don Daniel«, verkündet sie. Armengol blickt sie an, doch als sie und der Leibwächter im Gang auf ihn zugehen, hält er sie mit einer Geste zurück. Dann schlägt er langsam die Decke zur Seite, die ihn bis zur Hüfte bedeckt hatte, und setzt sich mit einem Stöhnen auf.

Melchor sieht nun den ganzen Körper. Das Nachthemd verhüllt die Formen, doch es springt ins Auge, dass er sehr viel beleibter ist, als es im Liegen auf der Ottomane den Anschein hatte, und dass er sich unter dem Römerkopf und dem Doppelkinn eines Abtes eine mächtige Brust bewahrt hat, kräftige Arme und zupackende Hände. Von der Hüfte abwärts wirkt er dagegen wie ein zerbrechlicher, geschrumpfter Mann. Unter dem Nachthemd sehen bleiche, kränkliche und spitze Knie hervor und so kleine Füße, dass sie kaum in der Lage zu sein scheinen, das Knochengerüst zu tragen. Ein Plastikkatheter ragt unter dem Nachthemd hervor und mündet in einen Beutel zu seinen Füßen, prall gefüllt mit einer dunklen Flüssigkeit. Als Melchor ihn so sieht, massig und fragil zugleich, leicht keuchend, hat er zum ersten Mal die Gewissheit, dass der Mann schwer krank ist.

»Ich versichere Ihnen, ich bedauere den Tod Ihrer Frau zutiefst«, sagt Armengol. »Das war auch Ferrers Idee, nicht meine.«

Die beiden Männer mustern sich ein paar Sekunden lang, und Melchor bemerkt leichten Gestank in der Luft, einen Geruch nach Medikamenten und Fäulnis. Der Alte fragt:

»Sie glauben mir doch, nicht wahr?«

Melchor denkt nicht, dass der Alte ihn belügt, doch er sagt:

»Ich frage mich, weshalb Sie mir diese Mails geschickt haben. Warum Sie mir all das erzählen. Warum Sie so daran interessiert waren, Francisco Adell umzubringen.«

»Ah«, entgegnet Armengol, als hätte er Melchors Fragen erwartet. »Das ist der beste Teil meiner Geschichte, lieber Freund.« Vom Alten ermuntert, helfen Krankenschwester und Leibwächter nun beim Aufstehen und tragen ihn fast aus dem Zimmer, während er hinzufügt: »Seien Sie so nett und warten Sie ein paar Minütchen, Melchor. Bin gleich zurück.«

Allein mit sich – nicht einmal die lackierten Tierchen überwachen ihn vom Gangteppich aus – steht Melchor auf, streckt die Beine und lässt den Blick durchs Zimmer wandern. Neben dem Fernseher steht ein Schreibtisch, darauf eine Vase, aus der ein frischer Blumenstrauß ragt; in der Ecke, neben einem Stillleben mit kubistischem Anstrich, erhebt sich auf einem Stativ ein Teleskop, das auf das Fenster zeigt. Melchor sieht sich dadurch seine Stadt an, die sich wie eine schwarze Fläche vor ihm erstreckt, übersät von Glühwürmchen und vertrauten Dingen: rechts die Torre Gloriès mit ihrer Zäpfchenform und der leuchtenden blauroten Schuppenhaut; fast ihm gegenüber die offene Narbe der Carrer Marina, die auf die Sagrada Familia zuläuft; links der massige Schatten der Ciutadella; weiter hinten der der Serra de Collserola mit dem dunklen Vergnügungspark auf dem Gipfel des Tibidabo, wie das düstere Skelett eines riesigen Raumschiffs, gestrandet am Horizont. Melchor bleibt eine Weile dort stehen, entrückt von dem Anblick, und denkt, dass Cosette dort unten schläft, warm, winzig, weich, zuckend und behütet, denkt, dass er sie wiedersehen wird, dass ihm in dieser Nacht zwar sein Schicksal begegnen mag, jedoch nicht das von ihm vermutete, als er vor ein paar Stunden im Wagen hierherfuhr, in der Gewissheit, dass es das Ende war.

Armengol erscheint wieder, eskortiert von den zwei Pflegern und einem Leibwächter, ein Katheter und ein neuer Beutel ragen unter einem frischen Nachthemd hervor.

»Tut mir leid, dass ich Sie habe warten lassen«, sagt er so munter, als hätte man ihm eine Dosis Cortison verabreicht. »Haben Sie etwas getrunken? Sind Sie müde? Ich schlafe von jeher wenig, sehr wenig, aber seit einiger Zeit schlafe ich nur noch dann und wann. Ich hoffe, Sie sind wie ich, denn jetzt kommt der interessante Teil meiner Geschichte.«

Mit etwas Hilfe streckt Armengol sich wieder auf der Ottomane aus, schiebt sich ein Kissen in den Rücken und hüllt sich in die Decke. Melchor setzt sich in den Sessel neben ihn. Die Pfleger gehen, und Melchor fällt auf, dass der Leibwächter nun nicht mehr im Gang postiert ist. Hat der Alte sein Misstrauen abgelegt und Anweisung gegeben, sie nicht mehr zu überwachen? Oder will er nicht, dass jemand den folgenden Teil seines Berichts hört, nicht einmal ein Angestellter?

»Gut, nun ist der Moment gekommen, Ihnen die Wahrheit zu sagen«, kündigt Armengol an. »Die Wahrheit ist, ich bin kein Mexikaner. Ich bin Spanier. Missverstehen Sie mich bitte nicht. Ich will sagen, dass ich zwar im Herzen Mexikaner bin, meine Heimat Mexiko ist und das Land mir alles gegeben hat, ich jedoch in Spanien zur Welt gekommen bin. Raten Sie, wo. Sie erraten es nicht? Ich will es Ihnen sagen: in Terra Alta. In Bot, um genau zu sein. Daher kenne ich Francisco Adell, Francesc haben wir ihn im Dorf genannt, nach dem Krieg hat er seinen Namen in den spanischen umgewandelt. Er war auch aus Bot, unsere Familien kannten sich. Sein Vater war ein Tagelöhner, der für den reichsten Mann im Dorf gearbeitet hat, für den Eigentümer von Ca Paladella; mein Vater hatte einen Lebensmittelladen. Wir stammten beide aus bescheidenen Verhältnissen, und unsere Familien hatten sich, soweit ich weiß, immer gut vertragen. Bis der Krieg kam. Genau in dem Jahr bin ich geboren worden, sechsunddreißig, also habe ich keine direkten Erinnerungen daran, nur geliehene, etwa von meinem Onkel oder aus Büchern. Jedenfalls war der Kriegsbeginn entsetzlich. Obwohl man dort erst einmal die Revolution durchgemacht hat, nicht wahr? Erst die Revolution, dann den Krieg. Zwei Gräuel, als wäre eins nicht genug gewesen.«

Das erste Gräuel habe im Sommer begonnen, erzählt Armengol. Anfang September traf in Terra Alta ein Bus mit Anarchisten aus Barcelona ein. Er war schwarz, verziert mit weißen Totenköpfen, und die Insassen fingen an, massenweise Leute umzubringen. Binnen kurzem hatten sie in der ganzen Gegend Furcht und Schrecken gesät, nicht nur in der ihren, auch in Bajo Aragón, in Ribera d'Ebre, überall in der Region. Sie fielen in die Dörfer ein, sprachen mit den Anarchisten vor Ort, verlangten eine Liste mit den Namen der Rechten und brachten sie alle um.

»Damit Sie sich eine Vorstellung machen können«, sagt der Alte, »in Gandesa haben sie in einer einzigen Nacht neunundzwanzig umgebracht. Das war die berühmte spanische Revolution zu Beginn des Krieges: eine wahre Blutorgie. Hübsch, nicht wahr? Und da sagt man, wir Mexikaner wären gewalttätig. Im Vergleich zu euch sind wir ein friedliches, mitfühlendes Volk. Aber warten Sie, das Beste kommt noch. Wissen Sie, was man den Anarchisten aus Barcelona in Bot gesagt hat, als sie im Dorf die Liste aller Rechten verlangten? Man sagte ihnen, sie sollten sich nicht die Mühe machen, hier müsse ihnen niemand von außerhalb die Arbeit abnehmen, das hätten sie schon selbst erledigt, die Leute aus dem Dorf.«

Das sei nicht gelogen gewesen, fährt Armengol fort. Während der ersten Kriegstage hatten die ansässigen Republikaner zwölf, dreizehn Leute einen Kilometer vor Corbera d'Ebre erschossen, wo die Landstraße ein langes Stück gerade verläuft, Melchor sei gewiss tausendmal dort entlanggefahren, vermutet der Alte, und bis vor kurzem habe dort ein Kreuz an die Morde erinnert. Unter diesen zwölf, dreizehn Personen, Landsleute der Mörder, ihre Nachbarn, befand sich Francisco Adells Vater. Man wusste nicht genau, warum er umgebracht wurde. Vielleicht weil er seinem Herrn treu wie ein Hund ergeben war, und da sie seinen Herrn nicht fanden, brachten sie ihn um; vielleicht, weil er Katholik war und sonntags zur Messe ging; vielleicht, weil sich jemand an ihm rächen wollte.

»Manch einer vergisst, was dieser Krieg ebenfalls war«, bemerkt der Alte, »ein Ventil für den jahrelang angehäuften Hass, den Streit, den Groll.«

Armengol räuspert sich, streckt die Hand zum Tischchen aus, und sofort ist ein Leibwächter zur Stelle, der ihm Wasser einschenkt und dann auf Verlangen des Alten Teeservice, Obstschüssel und Kekteller abräumt. Als Armengol einen Schluck Wasser nimmt, fällt Melchor wieder auf, dass er zittert.

»Adell war zehn Jahre älter als ich, also muss er neun, zehn gewesen sein, als man seinen Vater umgebracht hat«, fährt der Alte fort, stellt das Glas auf den geräumten Tisch und verschränkt die Hände im Schoß. »Ich weiß nicht, ob er damals in Bot gelebt hat, aber sehr wohl weiß ich, dass er da war, als zwei Jahre später die Franquisten kamen, nachdem die Front in Aragón eingebrochen war, im Frühjahr achtunddreißig. Ich habe damals mit meiner Mutter immer noch im Dorf gelebt. Mein Vater war dagegen geflohen. Soweit ich weiß, hatte er nichts Schlimmes getan, er war ein ordnungsliebender Mensch und hatte sich nicht am Morden zu Kriegsanfang beteiligt, er war nur Mitglied bei der Esquerra Republicana und hatte sich zum Stadtrat ernennen lassen. Aber er hat gut daran getan fortzugehen, denn als er ins Dorf zurückkehrte, hatten die Rebellen inzwischen alle Republikaner, die im Rathaus tätig waren, für die Morde verantwortlich gemacht, obwohl sie sehr wohl wussten, dass die Entscheidung, wer getötet werden sollte und wer nicht, von den Parteikomitees getroffen worden war, nicht von den Stadträten. Bloß fanden sie niemanden, den sie zur Rechenschaft ziehen konnten, denn jeder, der politisch oder gewerkschaftlich mit der Republik zu tun gehabt hatte, war fortgegangen, wie auch mein Vater. Sie hatten Angst bekommen, glaubten, dass die Franquisten zurückkehren und sich rächen würden, und so war es auch.«

Armengol schweigt wieder. Als er erneut spricht, wird seine Erzählung noch langsamer, und Melchor hört ihm mit dem Gefühl zu, dass der Alte sie zum ersten Mal erzählt und deshalb jedes Wort behutsam wählen muss, als liefe er barfuß auf einem Boden voller Scherben:

»Mein Vater hat den Rest des Krieges in Barcelona verbracht, beim Bau der Luftschutzbunker geholfen, und als der Krieg zu Ende war, ist er nach Frankreich gegangen. Dort blieb er drei Jahre und schrieb uns ab und an, einige der Briefe kenne ich fast auswendig, meine Mutter hat mir mit ihnen das Lesen beigebracht. Bis er dann nach Hause kam. Das war ein fataler Fehler, ich werde nie erfahren, warum er ihn begangen hat. Meine Tante sagt, er habe nicht allein leben können, habe meine Mama und mich vermisst und sei umgekommen vor Verlangen, uns zu sehen. Mag sein, aber sicher war auch die franquistische Propaganda schuld, nach der die Republikaner, die kein Blut an den Händen hätten, angeblich nichts befürchten müssten und nach Hause zurückkehren könnten, niemand tue ihnen etwas. Mein Vater muss diese Lüge geglaubt haben, und das war sein Verderben.« Er macht wieder eine Pause, diesmal eine längere, er und Melchor verharren reglos. »Ich erinnere mich noch gut an den Tag, als er zurückkam, denn ich war schon sechs, und das war der glücklichste Tag meines Lebens ... Keine Angst, ich erzähle nicht davon, das Glück der anderen ist langweilig, und außerdem habe ich es mir selbst schon oft genug erzählt. Doch ich will Ihnen von einem anderen Tag erzählen, einem anderen Vorfall an einem anderen Tag, meine ich. Ich war nicht Zeuge davon, man hat es mir erzählt, oder ich habe es vielmehr anhand von Sätzen und Bemerkungen rekonstruiert, die man hier und da flüsternd fallenließ, nie habe ich es ganz genau erfahren, vielleicht, weil ich es jahrelang nicht genauer wissen wollte oder Angst davor hatte, und als ich es dann wollte, war es zu spät. Aber das Wesentliche weiß ich.«

Das Wesentliche, sagt der Alte mit einer noch immer heiseren Stimme, doch nun kalt, eiskalt bisweilen, sei das Folgende:

Eines Tages waren sein Vater und seine Mutter Arm in Arm über den Dorfplatz gegangen. Es war Sonntag und der Platz voller Menschen, sein Vater war gerade erst nach Bot zurückgekehrt, nach vier Jahren im Exil. Auf einmal rief jemand seinen Namen, und ein Junge bahnte sich einen Weg durch die Menge, oder die Menge machte ihm Platz. Als er vor dem Paar stand, hob der Junge eine Pistole, die er in der Hand hielt, sagte ein paar Worte, die niemand verstand oder die alle Welt sofort vergessen wollte, und feuerte auf den Kopf von Armengols Vater. Als der Körper neben ihm auf der Erde lag, erledigte er ihn mit zwei weiteren Schüssen. All das geschah vor den Augen des gesamten Dorfes, ohne dass jemand einen Finger gerührt hätte, um es zu verhindern, als wären alle gelähmt vor Furcht oder als wäre das kein Mord gewesen, sondern ein Ritual.

»Und ich frage Sie«, sagt Armengol und sucht im Halbdunkel nach Melchors Augen. »Wer war wohl der Junge, der meinen Vater umgebracht hat?«

Die Antwort ist so offensichtlich, dass Melchor sie nicht ausspricht.

»Natürlich, er war es«, antwortet der Alte selbst. »Und wissen Sie, warum Adell meinen Vater auf diese Weise getötet hat, wie ein Tier? Was sage ich, wie ein Tier? Viel schlimmer als ein Tier. Tiere behandelt man nicht mit solcher Bosheit. Wissen Sie, worin sein Vergehen bestand? Ich will es Ihnen sagen: Dass er als einziger republikanischer Stadtrat nach dem Krieg ins Dorf zurückgekehrt war. Wie finden Sie das?«

Armengol erzählt, der Leichnam seines Vaters habe stundenlang auf dem Platz gelegen, wie er gefallen war, mit zerschmettertem Kopf und inmitten einer Blutlache, die immer größer wurde. Niemand wagte es, sich zu nähern, bis ihn sein Onkel, nachdem er mit dem Bürgermeister gesprochen hatte, auf einen Karren lud, mitnahm und irgendwo auf freiem Feld verscharrte. An den Tag erinnert sich der Alte sehr wohl. Vor allem erinnert er sich an das Schweigen. Das Schweigen bei sich zu Hause. Das Schweigen im Dorf. Das Schweigen seiner Familie, die schweigend weinte, als hätte ein Angehöriger ein schreckliches Verbrechen begangen, ein Verbrechen, das sie für immer in Schuld und Schande stürzte.

»Das war mein Eindruck«, bekennt Armengol. »Alle weinten, doch sie weinten lautlos. Alle außer Mama, die wie weggetreten war, unentwegt den Namen meines Vaters flüsterte und meinen Kopf dabei streichelte ... Am nächsten Tag ist mein Onkel wieder zum Bürgermeister gegangen, dann zum Pfarrer, hat den Leichnam meines Vaters ausgegraben, und wir haben ihn auf dem Friedhof beerdigt, wir allein, mein Onkel und meine Tante, meine Cousins, meine Mutter und ich. Und zwei, drei Tage später, nachdem wir in aller Eile unser Haus, den Laden und das Haus von Onkel und Tante verkauft haben, sind wir in den Zug gestiegen und fortgefahren.«

Armengol macht wieder eine Pause, seufzt, und das Geräusch der Luft, die in seine Lungen fährt und wieder austritt, kratzt an der tiefen Ruhe im Raum. Melchor sagt sich, dass dem Alten, seit er vom Krieg, seinem Vater und seiner Mutter spricht, nicht ein einziges Mal die Stimme gezittert hat, und ihm fallen wieder Olgas Worte neben ihm auf der Bank ein, auf Gandesas Dorfplatz, als sie sich gerade erst kennengelernt hatten und sie vom Krieg sprach: »Aber die wahren Wunden sind andere. Die niemand sieht. Die die Leute im Geheimen tragen. Und die erklären alles.«

»Seit dem Tag bin ich nicht mehr nach Bot zurückgekehrt«, sagt Armengol. »Weder nach Bot noch nach Terra Alta. Das Übrige können Sie sich ungefähr denken.«

Kurz nach ihrer Flucht aus Terra Alta wurde seine Mutter in eine psychiatrische Klinik in Tarragona eingewiesen, und da Onkel und Tante ihn nicht durchfüttern konnten, kam er in ein Waisenhaus. Seine Mutter starb eineinhalb Jahre später an Tuberkulose. Damals bekam sein Onkel Post von einem Freund aus Frankreich, der Leiter der Werkstatt, in der er arbeite, könne ihm eine Stelle anbieten. Der Onkel überlegte nicht erst, sondern nahm das Angebot an, ging jedoch nicht allein mit seiner Familie, sondern holte ihn aus dem Waisenhaus und nahm ihn mit, wie ein drittes Kind. Sie lebten eine Zeitlang in Frankreich, und nach Ende des Weltkriegs schifften sie sich nach Mexiko ein.

»Ich war gerade zehn geworden, als ich im Hafen von Veracruz eintraf«, erinnert sich Armengol. »Und dort begann eine andere Geschichte. Können Sie jetzt nachempfinden, was ich an dem Tag gefühlt habe, als man mir Ferrer auf Präsident Peña Nietos Empfang vorgestellt hat und ich erfuhr, dass er Francisco Adells Schwiegersohn ist? Nein, das können Sie nicht. Niemand kann das. Obwohl

Sie es wohl eher können als andere, nicht wahr?« Melchor weiß oder ahnt, worauf der Alte anspielt, sagt jedoch nichts. »Sehen Sie, als ich Spanien verließ, war ich bloß eine Rotznase, aber ich hatte mir geschworen, nie wieder einen Fuß in dieses Land zu setzen, das meine Eltern umgebracht hatte. Mit all meiner Kraft habe ich Adell gehasst, habe Spanien gehasst. Und ich habe meinen Schwur gehalten, bin nicht nach Spanien zurückgekehrt, bis jetzt. Ich habe mich darauf konzentriert, dieses Land zu hassen, aber vor allem darauf, Adell zu hassen, bis ich ihn in etwas Abstraktes verwandelt hatte, kein Mensch aus Fleisch und Blut mehr, sondern die Verkörperung des Bösen. Wissen Sie, was es heißt, jemanden über siebzig Jahre lang auf diese Weise zu hassen?«

»Ich glaube schon«, sagt Melchor und denkt wieder an Olga. »Das ist ungefähr so, als würde man einen Becher Gift trinken, im Glauben, dass man den tötet, den man hasst.«

Der Alte dreht sich wieder zu Melchor, in seinen Augen ein triumphierender Glanz.

»Sehen Sie?«, sagt er. »Ich wusste, Sie verstehen mich. So ist es: Der Hass vergiftet einen bis ins Mark. Und deshalb habe ich versucht, nicht zu hassen. Mit dem Hassen aufzuhören. Glauben Sie mir, ich habe getan, was ich konnte. Alles vergessen und so tun, als wäre nichts geschehen, das habe ich versucht. Als hätte Adell nie existiert, hätte nie meinen Vater getötet, meine Mutter in den Wahnsinn getrieben und mein Leben zerstört. Als gäbe es weder ihn noch Terra Alta noch Spanien. Und wissen Sie was? Hin und wieder ist es mir gelungen. Es gab Tage, da bin ich nicht mit dem Gedanken an Adell oder Terra Alta aufgewacht, Tage, an denen ich mit wundersamer Unbeschwertheit aufgestanden bin und alles mit schmerzloser Leichtigkeit dahinfloss, als stünde ich unter Drogen, bis es mir plötzlich wieder einfiel und die ewige Last zurückkehrte, die ewige Beklemmung, der Schmerz. Es gab solche Tage, Stunden. Stunden ohne Hass. Wenige, aber es gab sie, immer öfter, je älter ich wurde und je weiter all das zurückzubleiben, sich in der Vergangenheit aufzulösen schien, wie sich die Träume im Wachen auflösen. Aber natürlich war es eine Illusion. Schließlich erschien Ferrer, und alles kehrte mit einem Schlag zurück, in seiner ganzen Wahrheit, so groß, als wäre es nie fort gewesen. Und da ich nun einmal nicht aufhören konnte, Adell zu hassen, das hatte ich plötzlich begriffen, war es das Beste, ihn auszulöschen, damit ich mich nicht weiter vergiftete. Mir wurde bewusst, dass ich mich nur so von ihm befreien und in Ruhe sterben konnte: Adell umzubringen und ihn dabei leiden zu lassen – denn so viel er auch leiden würde, es wäre nur ein winziger Bruchteil des Leids, das er mir zugefügt hatte –, meinen Vater zu rächen und meine Mutter, damit auch sie in Ruhe sterben können, so viele Jahre nach ihrem Tod.«

»Deshalb haben Sie Adell und seine Frau foltern lassen.«

»So ist es«, sagt Armengol mit sanftem, melodischem Nachdruck, mit Wärme, und Melchor erinnert sich an seinen ersten Gedanken beim Anblick der gefolterten Leichen, das Massaker als Ritual, und er sagt sich, dass er gar nicht so falsch damit gelegen hatte. »Er sollte wenigstens am Ende eine Vorstellung, eine winzige Ahnung davon haben, wie mein Leben ausgesehen hat. Das ist nur gerecht, finden Sie nicht? Oder was hätten Sie gemacht, wenn Sie die Mörder Ihrer Mutter gefunden hätten, nachdem Sie sie so lange gesucht haben?«

»Sie haben sich eingehend über mich informiert.«

»Besser, als Sie denken. Aber Sie haben meine Frage nicht beantwortet.«

»Sie vergessen, dass Sie nicht nur für den Tod von Schuldigen verantwortlich sind. Es sind Unschuldige dabei gestorben. Darunter auch meine Frau.«

»Das vergesse ich nicht. Aber damit hatte ich nichts zu tun. Ich sagte es bereits und wiederhole es. Im Grunde ist nicht einmal Ferrer in vollem Umfang verantwortlich, denn letztlich hat er es nicht absichtlich getan, es war keine Grausamkeit, keine Wut dabei, er wollte Ihre Frau und Sie nur erschrecken, es war die Idiotie dieses Idioten ... Ich versuche nicht, ihn zu entschuldigen, aber so ist es, und Sie wissen das. Deshalb haben Sie sich nicht an Ferrer gerächt, wie sie sich an den Mördern Ihrer Mutter gerächt hätten, deshalb haben Sie es vorgezogen, dass ihm der Prozess gemacht wird, ebenso wie seinem Freund, dem Caporal. Wie auch immer, was mit Ihrer Frau geschehen ist, war schlimm, keine Frage, und teils deswegen habe ich mit Ihnen sprechen wollen, denn ich fand es fatal und wollte es Ihnen sagen. Und dass ich es bedauere. Glauben Sie mir. Ich war auch verheiratet, wissen Sie? Zwei Kinder. Ich weiß, was es heißt, eine Familie zu haben. Jetzt sind sie alle tot, nur noch ich bin übrig, aber ich habe es nicht vergessen ... Und noch etwas will ich Ihnen sagen, ich bedauere ebenso das mit Adells Frau und ihrer Angestellten, ich bin kein gewalttätiger Mensch, auch das sagte ich schon, ich hasse Gewalt, aber Adells Frau musste leiden, das war unvermeidlich, damit Adell litt, damit er sie leiden sah und so begriff, was ich gelitten habe. Und die Hausangestellte ..., sagen wir, das war ein Kollateralschaden, wer Tortilla macht, schlägt Eier auf, nun ja, verzeihen Sie mir diese Binsenweisheiten, das viele Reden macht mich müde, ich werde allmählich schläfrig. Ich will nur sagen, dass ich Sie sehen wollte, um mich zu entschuldigen, denn ich hatte das Gefühl, dass Sie eine Erklärung verdient haben. Das ist alles. Und auch, weil ich dachte, dass Sie es verstehen. Ich habe mich nicht getäuscht, oder?«

Melchor ist sich gewiss, dass er den Alten verstanden hat, aber er will ihm nicht die Genugtuung geben, es von ihm selbst zu hören, vielleicht, weil er sich ihm in diesen frühen Morgenstunden allzu nah fühlt, und diese Nähe verstört ihn. Als hätte er bereits die erwartete Antwort oder als brauchte er sie im Grunde nicht, lehnt sich Armengol auf der Ottomane zurück und schiebt sich das Kissen vom Rücken in den Nacken.

»Wären Sie so nett und schalten das Licht aus?«, fragt er und deutet auf die Stehlampe. »Es ist zu hell, es stört mich etwas.«

Melchor schaltet die Lampe aus, und das Zimmer wird nur noch von der erleuchteten Nacht erhellt, die durch das Fenster hereinfällt, das Dunkel verschlingt den Körper des alten Mannes.

»Gut, das ist alles, was ich Ihnen erzählen wollte«, sagt er. »Ich hoffe, das hat Sie für die lästige Herfahrt entschädigt.«

Melchor verzichtet wieder auf eine Antwort, doch nach einigen Sekunden, in denen nur der immer mattere Atem seines Gesprächspartners zu hören ist, ergreift er doch das Wort:

»Sagen Sie mir eins, haben Sie nicht Angst, dass Ferrer Sie verrät? Das hätte er bereits tun können, aber er kann es ebenso gut beim Prozess tun.«

»Puh, der Prozess«, seufzt Armengol. »Wer so lang harrt, hat ausgeharrt. Sie kennen die spanische Justiz besser als ich. Mit etwas Glück gibt es mich bei Prozessbeginn nicht mehr, und Ferrer muss mich nicht verraten. Ganz abgesehen davon, dass er vielleicht keine große Lust dazu verspürt, nachdem er gesehen hat, was mit seinen Schwiegereltern geschehen ist. Womöglich hat er mich deshalb noch nicht verraten, meinen Sie nicht?«

»Mag sein«, sagt Melchor, der sich ausreichend Herr der Lage fühlt, um hinzuzufügen: »Natürlich kann auch ich Sie verraten, wenn Sie mich gehen lassen. Vergessen Sie nicht, ich bin Polizist.«

Melchors Einwurf malt im Dunkeln eine weiße Kerbe in Armengols Gesicht: ein Lächeln.

»Das vergesse ich nicht«, versichert er. »Sie haben selbstverständlich recht, doch dieses Risiko gehe ich ein. Aber was heißt, wenn ich Sie gehen lasse? Sie sind hier nicht unter Zwang, Melchor, ich sagte bereits, dass ich keinen anderen Weg gefunden habe, mit Ihnen zu sprechen, und habe mich für die Belästigung entschuldigt. Aber da Sie das Thema schon einmal angeschnitten haben, erlösen Sie mich von einem Zweifel. Sind Sie sicher, dass man Ihnen glauben wird, wenn Sie gehen und mich anzeigen? Überlegen Sie gut. Was haben Sie für Beweise? Wer wird gegen mich aussagen? Ferrer? Die Killer, die ich angeheuert habe? Wo sind diese Herrschaften? Und glauben Sie, es gibt noch jemanden in Bot oder irgendwo in Terra Alta, der sich daran erinnert, dass Adell meinen Vater umgebracht hat? Niemand hat ihn je festgenommen oder verurteilt! Dieses Verbrechen ist über siebzig Jahre her! Es gibt keine Spur mehr davon! Finden Sie auf einem Kenotaph oder in den Gedenkbüchern des Krieges in Terra Alta den Namen meines Vaters, dann reden wir weiter. Denken Sie wirklich, jemand würde Ihre Geschichte glauben?« Die weiße Kerbe ist aus dem Gesicht des Alten verschwunden, wieder ausgelöscht von der Dunkelheit. »Aber es ist Ihre Entscheidung. Allerdings rate ich Ihnen, schnell zu sein, nicht dass ich bei Ihrer Anzeige nicht mehr hier bin.«

»So schnell wollen Sie zurück nach Mexiko?«, fragt Melchor.

Armengol antwortet mit einem Knurren, das sofort erstirbt. Immer noch kratzt sein Atem an der Stille.

»Wissen Sie, was?«, sagt er, seine Stimme immer matter, immer schwerer. »Vor ein paar Tagen habe ich begriffen, dass Sie die Wahrheit verdienen, und habe beschlossen, Ihnen bei der Lösung des Adell-Falls zu helfen, und da kam mir in den Sinn, dass Spanien ein schlechter Ort zum Leben ist, aber ein guter Ort zum Sterben. Für mich der beste. Oder vielleicht der einzige. Also habe ich ebenfalls entschieden, dass es Zeit ist, den Schwur zu brechen, den ich bei meinem Fortgang geleistet hatte. Und da bin ich nun, nach all den Jahren. Gestern bin ich angekommen. Ich habe dieses Zimmer noch kaum verlassen, keinen Fuß nach Terra Alta gesetzt, ich wollte erst mit Ihnen reden. Aber wenn ich mich gut fühle, fahre ich morgen nach Bot. Wenn nicht, dann auch. Schließlich bin ich ohne Erlaubnis der Ärzte hergekommen. Verflixte Ärzte, dieses Pack will, dass wir länger leben, als uns zusteht ... Also kehre ich morgen nach Terra Alta zurück. Ich werde einen Gang durch mein Dorf machen. Mir alles ansehen, die Straßen, die Häuser, das Land, die Leute. Werde sehen, was von meinen Erinnerungen übrig ist. Werde den Laden meiner Eltern suchen, das Haus, in dem wir gewohnt haben, den Friedhof, wo die beiden liegen. Ich werde ein paar Tage bleiben, mal sehen, wie lange, ich habe ein Landgut gemietet. Es wird sich sonderbar anfühlen, aber ... Nach all dem werde auch ich in Frieden ruhen können, so wie mein Vater und meine Mutter, jetzt, da Adell gestorben ist, wie er sterben musste, jetzt, da Gerechtigkeit geübt wurde und der Hass endlich aufgehört hat. Ich weiß nicht, wie lange ich bleiben werde, gewiss nicht lange, deshalb habe ich gesagt, wenn Sie mich anzeigen wollen, tun Sie das so schnell wie möglich. Vielleicht ist es gerecht, dass ich für meine Tat bezahle. Ich weiß es nicht. Entscheiden Sie. Sie sind ein kluger Junge, was immer Sie entscheiden, soll mir recht sein, ich bin einfach zu müde, um eine Entscheidung wie diese zu treffen.«

Armengols Stimme erstirbt in einem unverständlichen Gemurmel. Kurz darauf hört Melchor:

»Darf ich Sie um einen letzten Gefallen bitten?«
Melchor bejaht.

»Leisten Sie mir noch etwas Gesellschaft, wenn es Sie nicht stört«, bittet der Alte. »Nur ein Weilchen. Wenn Sie nicht mehr mögen, gehen Sie. Es war ein Vergnügen, mit Ihnen zu reden. Jetzt bin ich müde, ich muss ausruhen.«

Armengols Stimme versinkt wieder in einem Geflüster, und kurz darauf verrät sein regelmäßiger Atem, dass er eingeschlafen ist. Melchor bleibt ruhig auf dem Sessel neben ihm sitzen, als wachte er nicht über den Schlaf eines greisen Mannes, den er kaum kennt, sondern über den eines kranken Kindes oder eines nahen Angehörigen, während die Worte des Alten in seinem Kopf widerhallen und Barcelonas Nacht jenseits des Fensters funkelt, und er spürt eine immer wohligere Schwere in den Lidern, eine immer tiefere Ruhe in den Gliedern und hat keine Lust, die Suite zu verlassen, in die er hinaufgestiegen ist wie aufs Schafott, sein Bewusstsein gerät in den Strudel eines herrlichen Dämmerns, der um die verschwommene Gewissheit kreist, dass er Cosette wiedersehen wird und dass zwar Olga nicht mehr da, sein Zuhause aber immer noch Terra Alta ist, dass dieses steinige Gelände der Verlierer, diese arme, unwirtliche Durchgangsregion das Zuhause ist, das Olga ihm hinterlassen hat, die einzige Heimat, die er kennt und die ihn kennt, und dass dies seine eigentliche Bestimmung ist.

Er schläft ein. Er wacht auf. Sofort (zumindest hat er diesen Eindruck), benommen und unruhig, weiß nicht, wo er ist, findet jedoch in die Wirklichkeit zurück, als er den alten Mann rücklings auf der Ottomane schlafen sieht, geräuschvoll ein- und ausatmend. Hinter dem Fenster überflutet allmählich der Morgen die Stadt mit einem aschgrauen Licht.

Melchor steht auf, blickt zum letzten Mal auf Armengol, als wollte er sich ein letztes Bild von ihm einprägen – der Senatorenschädel, die faltigen, versiegelten Lider, die dürren Wangen und Lippen, der verächtliche Mund, das Raubvogelprofil, die verschränkten Hände über der Brust, die sich im Rhythmus seiner Lungen hebt und senkt –, er geht durch den leeren Gang und durchquert ein verlassenes Schlafzimmer. Im nächsten Raum unterhalten sich zwei Pfleger und drei Leibwächter, nicht überrascht von seinem Erscheinen. Die Krankenschwester fragt ihn, ob Señor Armengol immer noch schlafe. Melchor bejaht und verlangt von den Leibwächtern sein Handy und seine Pistole, und einer von ihnen gibt ihm beides zurück. Einen Moment lang zögert er, ob er die Pfleger nach dem Gesundheitszustand des Alten fragen soll, nach seiner Krankheit und wie viel Zeit ihm noch zu leben bleibt; einen Moment lang zögert er, ob er ihm etwas ausrichten lassen soll.

Doch er tut weder das eine noch das andere. Er verlässt die Suite, fährt im Fahrstuhl in die Empfangshalle, tritt auf die Straße, und als er schon ein Taxi nehmen will, entscheidet er sich anders und geht in Richtung Hafen. Er muss einen klaren Kopf bekommen, seine Gedanken ordnen, muss entscheiden. Er schreitet rasch aus, atmet die frische Morgenluft ein, kühl und feucht, und bevor er hinunter zu den Kais geht, wendet er sich auf der Promenade nach rechts und geht parallel zum Strand weiter. Muss er entscheiden?, fragt er sich. Ist nicht schon alles entschieden? Der Alte, mit dem er gerade die Nacht verbracht hat, ist verantwortlich für mindestens drei Morde, er hat im Schatten den Fall Adell geplant und dirigiert, war das Gehirn der Operation im Hintergrund, hat Ferrer angestiftet, die Morde vorzubereiten, er hat die Mörder engagiert und kann sie identifizieren, er muss für diese Tode ebenso bezahlen wie Ferrer und Salom, mehr noch. In einem hat Armengol recht, denkt Melchor weiter: Er und sein ermordeter Vater hatten Gerechtigkeit verdient und nicht bekommen. Doch er hat die Gerechtigkeit in die eigene Hand genommen und sich so ins Unrecht gesetzt, denn bei der Gerechtigkeit geht es um die Form, wie Subinspector Barrera gesagt hat, und die hat er missachtet, und zudem, wie Barrera ebenfalls gesagt hat, kann die vollkommenste Gerechtigkeit zur vollkommensten aller Ungerechtigkeiten werden. Wenn es also aller Voraussicht nach nicht einfach sein wird, Armengols Verantwortung im Fall Adell zu beweisen, darf er es deswegen nicht unterlassen, ihn anzuzeigen und zu verfolgen. Was muss dann noch entschieden werden?, fragt er sich wieder. Liegt es nicht auf der Hand, dass man den Alten festnehmen muss? Nein, antwortet er sich. Denn Armengol ist nicht im Recht, doch recht hat er trotzdem: Es stimmt, dass er die Gerechtigkeit in die eigene Hand genommen hat, aber ebenso, dass es keinen anderen Weg dafür gab; es stimmt, dass er die Form der Gerechtigkeit missachtet hat, aber auch, dass er sie unmöglich hat achten und zugleich Gerechtigkeit üben können.

Reicht das, um ihn nicht zu bestrafen?, fragt er sich erneut. Und: Darf er sein Verbrechen aus diesem Grund ungesühnt lassen? Und: Hat Armengol ihm seine Geschichte nicht erzählt, um seine Nachsicht zu suchen, damit ihn jemand, der die Ereignisse verstehen kann, freispricht? Und: Würde ihn diese Begnadigung nicht zum Komplizen beim Fall Adell machen, ja sogar bei Olgas Tod?

Melchor verlässt die Promenade und geht hinunter zum Meer. Ein sanfter Wind bläst, und die Linie des Horizonts ist rötlich gefärbt. Ein vages Licht erhellt den leeren Strand, als er ihn in Richtung Wasser überquert. Er erreicht das Ufer, setzt sich in den Sand und bleibt dort eine Weile, lauscht gedankenverloren den Wellen, spürt die Brise im Gesicht und sieht, wie der Morgen am Himmel voranschreitet. Er hört ein Bellen und sieht in der Ferne einen Hund mit seinem Herrn. Dann noch einen Hund. Dann zieht er sich aus und geht ins Wasser. Um gegen die Kälte anzukämpfen, krault er wild gegen die Brandung an, taucht oft unter. Als er schon weit vom Ufer entfernt ist und die Wellen ruhiger geworden sind, dreht er sich auf den Rücken, spielt Toter Mann und lässt sich treiben, die Augen geschlossen, Leere im Kopf, und wieder spürt er die Schwere des Schlafs auf den Lidern, hört das tiefe Rauschen des Meeres, während er sich von den Wellen wiegen lässt. Dann taucht er wieder unter und schwimmt kräftig los, diesmal parallel zum Strand, und von einem Schwimmzug zum nächsten überfällt ihn auf einmal die Gewissheit, dass er zwischen zwei einander widersprechenden Wahrheiten entscheiden muss, zwischen zwei gleichermaßen gerechten Motiven, und diese unmögliche Entscheidung und das eiskalte Wasser rufen ihm eine Szene aus *Die Elenden* in Erinnerung, eigentlich eine der letzten, den Augenblick, in dem Javert in seiner Verblüffung, dass Jean Valjean ihn aus der Barrikade in der Chanvrerie befreit und auf seine Absicht verzichtet hat, ihn hinzurichten, nun seinerseits diesen Justizflüchtling entkommen lässt, den er so viele Jahre verfolgt hat, ihn einfach nicht festnehmen kann und so sein strenges Ideal verrät, das Rückgrat seines Lebens: Javert verzichtet darauf, seine Pflicht als Polizist zu erfüllen, indem er Jean Valjean laufen lässt, er stellt seine eigenen Regeln über die der Allgemeinheit, die innere Gerechtigkeit über die öffentliche, das Naturrecht über das formale Recht, das Recht Gottes über das Recht der Menschen, und diese unvorhergesehene Entscheidung, die seine beinharten Überzeugungen sprengt, lässt ihn verwirrt und wehrlos zurück, seiner Gewissheiten entblößt, in der Gewalt einer eisigen Verzweiflung, die ihn dazu treibt, sich in die trüben Wasser der Seine zu stürzen. Melchor weiß, dass er sich zwar ebenfalls wie Javert zwischen zwei entgegengesetzten Wahrheiten entscheiden muss, zwischen zwei gleichermaßen gültigen Motiven, ihn aber jetzt nicht nachahmen, nicht aufgeben wird, indem er das Wasser in sich eindringen lässt; in Terra Alta hat er Gewissheiten gefunden, von denen Javert nicht einmal geträumt hatte, die Gewissheit von Olgas Liebe und von Cosettes Liebe, die das ist, was von Olgas Liebe noch am Leben ist, und auf einmal, zum ersten Mal in seinem Leben, empfindet Melchor Javert als eine ferne, fremde Figur, sein Vorgehen als widersinnig, auf tragische Weise lächerlich. Und während er weiterschwimmt und die Wellen gegen seinen Leib schlagen, verspürt Melchor ein unergründliches Mitleid für Javert, ein unendliches Mitgefühl, als wäre er nicht in der Seine ertrunken, sondern stürbe hier vor ihm, in diesem Moment, in seinem Innern, als verschwände er im Wasser wie das Gespenst seines abwesenden Vaters. Da hört Melchor zu schwimmen auf und lässt sich reglos mitten im Meer treiben, keucht und blickt zum Strand, den bereits eine brandneue Morgensonne vergoldet und immer mehr Menschen bevölkern, bis er etwas Merkwürdiges spürt, als würde er innen zerschmelzen, und merkt, dass er weint, heiße, salzige Tränen rollen über seine Wangen und lösen sich im kalten, salzigen Meerwasser auf. Melchor weint, wie er an dem Tag nicht geweint hat, als er von dem Mord an seiner Mutter erfuhr, und nicht an dem Tag, an dem er von Olgas Tod erfuhr, er weint, als würde er für all die Male weinen, die er nicht geweint hat, oder als würde er gerade das Weinen erlernen, vor dem Strand seiner Stadt, an diesem frühen Morgen im Herbst, nach einer durchwachten Nacht neben einem alten Mann, der kurz vor dem Tod sein Schicksal erfüllen und zu seinem wirklichen Zuhause zurückkehren wird, seiner verlorenen Heimat, arm, unwirtlich, steinig und rau, zurück nach Terra Alta. Und als Melchor endlich zu weinen aufhört, so scheint ihm zumindest, taucht er wieder unter, ganz tief, als wollte er sich von den Tränen reinigen, und als er wieder auftaucht, schwimmt er parallel zum Ufer in die andere Richtung, bis zu der Stelle, an der er seine Kleider zurückgelassen hat, dort steigt er aus dem Wasser und setzt sich in den Sand, bis die Sonne und der Wind seinen Körper getrocknet haben. Dann zieht er sich an, überquert wieder den Sandstreifen und geht hinauf zur Promenade, nimmt ein Taxi und fährt fort.

Das Taxi setzt ihn ein paar Minuten später vor Domingo Vivales' Haus ab, ein altes Gebäude in der Carrer de Mallorca. Melchor schließt das eiserne Tor mit dem Schlüssel auf, den ihm der Anwalt anvertraut hat, fährt im hölzernen Fahrstuhl in den fünften Stock, und als er versucht, die Tür von Vivales' Wohnung zu öffnen, befiehlt jemand hinter ihm:

»Hände hoch, keine Bewegung.«

Melchor gehorcht. In der sonntäglichen Ruhe des Treppenhauses hört er leise Schritte herankommen und spürt, wie eine Hand seine Pistole aus dem Schulterhalfter zieht, ein Moment, den er dazu nutzt, dem Angreifer den Ellbogen ins Gesicht zu rammen, worauf dieser mit einem Schmerzensschrei zu Boden geht, der im ganzen Gebäude widerzuhallen scheint. Melchor packt den Mann am Kragen, hebt ihn in die Luft und will ihm gerade in die Hoden treten, als ihn Vivales' Stimme bremst.

»Halt, Melchor!«, schreit er. »Nicht schlagen!«

Melchor dreht sich um. Gemeinsam mit einem Dickwanst in Pyjamahose und Unterhemd ist Vivales aus der Wohnung getreten, in offenem Hemd und Unterhosen, die bis zu den Knien reichen. Der Anwalt hält eine Pistole in der Hand, der Dicke einen Baseballschläger.

»Alles unter Kontrolle, Manel«, sagt Vivales zu dem

Mann, den Melchor am Kragen gepackt hält. »Das ist der Vater des Mädchens.«

Melchor mustert sein Opfer verblüfft, das ihn aus noch immer schreckgeweiteten Augen ansieht, und als er endlich zu verstehen glaubt, lässt er ihn los. Der Mann fällt wie ein Sack zu Boden, der Dicke eilt ihm zu Hilfe.

»Geht's, Manel?«, fragt er.

»Darf ich erfahren, was hier los ist?«, fragt Melchor.

»Nichts weiter«, entgegnet Vivales. »Das sind zwei Freunde von mir. Gefährten vom Wehrdienst. Manel Puig und Chicho Campà. Ich habe sie gebeten, mir zu helfen, Cosette zu beschützen. Es gibt noch zwei weitere. Wir haben uns in diesen Tagen abgewechselt.«

»Wirst heute mit einem blauen Auge nach Hause kommen«, sagt Campà zu Puig, der immer noch auf dem Boden hockt. »Deine Frau wird denken, du hast's ordentlich krachen lassen.«

»Scheiße, hat der mir eine gelangt«, klagt Puig und hält sich das Auge.

Melchor setzt zu einer Entschuldigung an, doch Puig unterbricht ihn.

»Schon gut, Kleiner«, sagt er. »Berufsrisiko. Aber keine Sorge, solang ich hier bin, rührt keine Menschenseele die Kleine an.«

»Halt endlich dein verflixtes Maul, Rambo«, schimpft Campà und hilft ihm auf die Beine. »Eine Scheißwache war das. Hätte dich Leutnant Herruzo erwischt, es hätte eine saftige Strafe gesetzt.«

Da geht eine andere Tür im Treppenhaus auf, man

hört Schritte und eine Männerstimme, die mit der Polizei droht, und fast zur gleichen Zeit erscheint Cosette auf der Schwelle von Vivales' Wohnung, barfuß, im Nachthemd, und reibt sich mit dem Handrücken die Augen.

»Papa?«

Melchor nimmt seine Tochter auf den Arm und geht mit ihr in die Wohnung, hinter ihm Puig und Campà, während Vivales draußen bleibt und lauthals mit den Nachbarn streitet und ihnen droht, sie wegen öffentlichen Ärgernisses zu verklagen. Als es wieder ruhig im Treppenhaus geworden und der Anwalt hereingekommen ist, zieht Melchor Cosette in ihrem Zimmer an. Vater und Tochter sprechen über die Tage, die das Mädchen dort verbracht hat.

»Sie hat sich sehr gut betragen«, schaltet sich der Anwalt von der Tür aus ein.

Puig und Campà beugen sich hinter ihm ins Zimmer.

»Ein fabelhaftes Mädchen«, sagt Campà.

»Und mutig«, versichert Puig, einen Eisbeutel auf dem beschädigten Auge.

Vivales fragt Melchor, was er in Barcelona mache, ob in Terra Alta alles unter Kontrolle sei, und Melchor bejaht und fügt hinzu, er werde es ihm später erzählen. Als er Cosette fertig angezogen hat, packt er ihre restlichen Kleider in eine Reisetasche.

»Ihr geht?«, fragt Vivales. »Ihr frühstückt nicht einmal mit uns?«

Melchor verneint, sie hätten es eilig, den Bus zu bekommen.

»Wo fahrt ihr hin?«, fragt der Anwalt.

Melchor weiß besser denn je, wohin er fährt, doch er betrachtet den Anwalt erst einen Augenblick, das wirre Haar, das mürrische Gesicht, den massigen Leib eines Lastwagenfahrers, den Trinkerbauch und die blassen Beinchen, und auf einmal fallen ihm all die erfundenen oder gespenstischen Väter ein, die seine Kindheitsnächte aufgewühlt haben, in der Wohnung seiner Mutter im Viertel Sant Roc – der Mann, der mit Besitzerschritt durch den Gang stampfte, der, der auf Zehenspitzen ging, als wollte er nicht bemerkt werden, der, der hustete und Schleim auswarf wie ein Todkranker oder ein Kettenraucher, der, der trostlos hinter der Wand schluchzte, der, der Geschichten von Totengespenstern erzählte, und der, der im Morgengrauen ging, gehüllt in seine Lederjacke –, und obwohl er keinem dieser Unbekannten das Gesicht von Vivales aufsetzen kann, verspürt er zum zweiten Mal in seinem Leben den Drang, ihn zu umarmen. Doch er umarmt ihn nicht. Er verabschiedet sich nur von ihm und seinen beiden Freunden, während er mit der einen Hand die Hand der Tochter greift, mit der anderen die Reisetasche. Vivales fragt noch einmal, wohin sie fahren.

»Nach Hause«, antwortet Melchor endlich. »Nach Terra Alta.«

Anmerkung des Autors

Dank schulde ich für ihre Hilfe Juan Francisco Campo, María Deanta, Jaume Escudé, Jordi Gracia, Miguel Ángel Hernández, Carlos Sobrino, Cinta Roldán und David Trueba. Ebenso den Verantwortlichen bei den Mossos d'Esquadra von Terra Alta, ohne die dieses Buch nicht möglich gewesen wäre, denn sie haben mir nicht nur sperrangelweit die Türen zu ihrem Revier geöffnet, sondern sich stets hilfsbereit gezeigt; ganz besonders gilt mein Dank Subinspector Antoni Burgès, Sargento Jordi Escolà und Agente Antoni Jiménez, vor allem aber Sargento Jordi López und Caporal Joaquim Rípodas, die nicht nur geduldig alle meine Fragen beantwortet haben, sondern auch so nett waren, das Manuskript zu lesen und äußerst nützliche Anmerkungen zu machen. Dank schulde ich ebenso Antoni Cortés – einen besseren Botschafter für Terra Alta kann man sich nicht vorstellen –, der es nicht erträgt, wenn man ihm dankt.

LESEPROBE

JAVIER CERCAS

DIE ERPRESSUNG

(Terra Alta 2)

*Melchor Marín kehrt zurück.
Er kehrt zurück nach Barcelona, wo die Bürgermeisterin mit einem Sexvideo erpresst wird. Seine Ermittlungen führen ihn in die Hinterzimmer der Macht – und in die eigene Vergangenheit.*

Melchor platzte in das Lokal, bahnte sich einen Weg bis zur Bar, setzte sich auf einen Hocker und bestellte Whisky. Der Kellner starrte ihn an wie einen Außerirdischen.

»Was willst du denn hier?«, fragte er.

»Keine Angst«, entgegnete Melchor. »Ich bin nicht auf dem Kriegspfad.«

»Auf dem Kriegspfad?«

»Nein. Bekomm ich nun den Whisky?«

Der Kellner ließ sich Zeit mit der Antwort.

»Pur oder mit Eis?«

»Pur.«

Es war nach drei Uhr morgens, aber das Lokal noch gut besucht. Unter Garben von Stroboskoplicht tanzten ein paar Frauen nackt oder halb nackt auf einem erleuchteten Laufsteg, der den Hauptsaal durchquerte, während die Männer sie gierig taxierten. Hier und da warteten andere junge Frauen allein, paarweise oder in Gruppen auf die letzten Kunden. Oder auf das Ende der Nacht. Über die Lautsprecher erklang *Like a Virgin*, ein alter Madonna-Song.

»Das gibt's doch nicht«, hörte Melchor hinter seinem Rücken.

Während der Kellner ihm den Whisky eingoss, setzte sich der Mann, der da gesprochen hatte, neben den Polizisten. Es war ein dunkel gekleideter *mulato*, kahl und stämmig, mindestens zwei Meter groß. Melchor nahm einen großen Schluck, und der andere zeigte auf das Glas.

»Hast du die Cola aufgegeben?«

»Ja«, sagte Melchor. »Zur Feier des Tages.«

Der Mann zeigte zwei Reihen blitzend weißer Zähne.

»Sag bloß«, entgegnete er. »Und was feierst du? Dass der Richter uns recht gegeben hat und ihr mit nacktem Arsch dasteht?«

»Der Richter hat euch nicht recht gegeben, Idiot«, korrigierte Melchor. »Er hat bloß gesagt, es gibt keine Beweise gegen euch. Aber keine Sorge, ich finde welche. Noch einen Whisky.«

Der Kellner, der sich nicht entfernt hatte und die Flasche noch in der Hand hielt, goss nach. Ohne das Lächeln aufzugeben, drehte der andere den Hocker, bis er mit dem Rücken zur Theke saß, stützte die Ellbogen darauf und musterte die Tänzerinnen auf dem Laufsteg. Melchor nahm einen weiteren Schluck.

»Weißt du, warum ich diesen Ort so mag?«, fragte er.

Der Mann entgegnete nichts. Melchor führte wieder das Glas zum Mund.

»Weil er mich an meine Kindheit erinnert«, sagte er, nachdem er getrunken hatte. »Meine Mutter war Nutte, weißt du. Ich bin also an Orten wie dem hier aufgewachsen, umgeben von Nutten wie ihnen und von Zuhältern wie dir. Und das feiere ich: die Heimkehr.«

Der Madonna-Song ging zu Ende, und durch die wachsende Stille im Bordell dröhnte das Lachen des Mannes neben ihm. Madonna wurde rasch von Rosalía abgelöst, und zwei, drei Frauen machten sich auf, zwischen den Kunden und Kolleginnen zu tanzen. Der Mann legte seine Pranke auf Melchors Schulter.

»So hab ich's gern, Bulle«, sagte er. »Man muss verlieren können.« Er stand auf, zwinkerte dem Kellner zu und sagte, auf Melchor deutend: »Geht aufs Haus.«

Melchor trank weiter, ohne von seinem Glas aufzublicken, und obwohl alle Frauen ihn kannten, kam keine zu ihm. Als er den dritten Whisky bestellte, setzte sich doch eine neben ihn: Spanierin, braun gebrannt, schon älter und füllig, im schwarzen Bustier, aus dem die Brüste heraushingen. Sie legte ihm eine Hand in den Nacken und bestellte ein Glas Cava. Der Kellner warnte Melchor:

»Die Drinks der Mädchen gehen nicht aufs Haus.«

Melchor nickte, und der Kellner goss ihr Cava ein. Sie tranken und warteten ab, bis der Barmann sich entfernt hatte. Als er am anderen Ende der Theke bediente, fragte Melchor:

»Ziehen wir's durch?«

»Natürlich«, sagte sie.

»Sicher?«, fragte Melchor. »Wenn sie uns erwischen, sieht's übel für dich aus.«

Die Frau setzte eine gleichgültige Miene auf.

»Ich mach mir nicht ins Hemd, Kleiner.«

Melchor nickte, ohne sie anzusehen.

»In Ordnung«, sagte er. »Warten wir noch kurz. Wenn

ich auf dem Weg nach oben bin, gehst du zu ihnen. Du lässt die Tür offen und sagst, ich komme gleich.«

»Die haben ganz schön Schiss. Soll ich bleiben, bist du da bist?«

»Nein. Beruhige sie. Sag ihnen, es passiert schon nichts. Sag, ich bin gleich da. Und dann öffnest du die anderen beiden Türen, die zum Balkon, und gehst nach Hause oder kommst hierher zurück. Nein, geh besser nach Hause.« Er hielt kurz inne. »Alles klar?«

»Ja.«

Melchor nickte wieder, doch diesmal sah er sie an.

»Sei vorsichtig«, sagte sie.

»Du auch«, sagte Melchor.

Die Frau stand vom Hocker auf, ließ das halb volle Glas auf der Theke stehen und entfernte sich.

Melchor trank weiter, sprach mit niemandem außer dem Kellner, ging nicht einmal pinkeln. Als das Lokal schon fast halb leer war, tauchte der Mann von vorhin wieder auf und lächelte verärgert bei seinem Anblick.

»Immer noch hier?«, fragte er.

»Beim sechsten Whisky«, antwortete der Kellner für ihn. »Schade, dass es keine Cola war. Dann wär er jetzt tot.«

»Ich muss deinen Chef sehen«, verkündete Melchor.

Der andere runzelte die Stirn; sein Lächeln war mit einem Mal fort, verschlungen vom violetten Polster der Lippen.

»Der ist nicht da.«

Melchor schnalzte.

»Hältst du mich für blöd? Natürlich ist er da. Der geht

erst, wenn ihr schließt: Nicht, dass ihr mit der Kasse durchbrennt.«

Der Mann musterte ihn mit einer Mischung aus Neugier und Misstrauen.

»Wozu willst du den Chef sehen?«

»Geht dich nichts an.«

»Klar geht mich das an.«

»Er sagt, er ist nicht auf dem Kriegspfad«, schaltete sich der Kellner ein.

Der Blick des Mannes sprang vom Kellner zu Melchor und von Melchor zum Kellner, der schließlich mit den Schultern zuckte.

»Ich will mich bei ihm entschuldigen«, sagte Melchor. »Der Prozess. Der ganze Ärger. Du weißt schon.«

Der andere schien sich zu entspannen.

»Klar. Finde ich gut. Aber dafür musst du ihn nicht sehen. Ich sag's ihm. Bist entschuldigt.«

»Ich will ihm auch einen Vorschlag machen.«

Der andere wurde wieder misstrauisch.

»Was für einen Vorschlag?«

»Das werd ich dir nicht auf die Nase binden.«

»Dann vergiss das mit dem Chef.«

»Wie du willst. Aber es ist ein guter Vorschlag, er wird ihn interessieren.« Er blickte zum Kellner und fügte hinzu: »Er hört bestimmt nicht gern, dass du mich daran gehindert hast, ihm davon zu erzählen.«

Der Mann kam offensichtlich ins Grübeln; er warf wieder einen Blick zum Kellner, dann einen prüfenden auf Melchor, entfernte sich nach ein paar Sekunden, nur so weit, um telefonieren zu können, ohne gehört zu werden. Als er mit dem Anruf fertig war, winkte er widerwillig dem Polizisten, er solle ihm folgen.

Sie überquerten die verlassene Tanzfläche, gingen über eine enge Treppe zwei Stockwerke hinauf, dort öffnete er eine Tür und ließ Melchor zuerst hineingehen. Er befand sich im Büro des Chefs, der bei seinem Eintreten nicht aufstand, ihm auch nicht die Hand reichte. Er saß hinter einem klapprigen Tisch, beide Hände sichtbar, einen spöttischen Glanz in den Augen.

»Warum hast du mir nicht gesagt, dass du hier bist?«, fragte er und deutete auf einen Stuhl ihm gegenüber. »Ich wäre nach unten gegangen, um dich zu begrüßen.«

Melchor setzte sich nicht. Der Chef gab sich Mühe mit seinem Aussehen, er war um die fünfzig, mit Gel im Haar, gepflegtem Bart, grau durchwachsen, die Hände schwer von Ringen; er war hemdsärmelig, trug Hosenträger und über der Brust eine silberne Kette mit großem Goldmedaillon. Er hieß Eugenio Fernández, aber aus unerfindlichem Grund nannte ihn alle Welt Papa Moon.

»Ich höre, du willst dich entschuldigen«, fügte er hinzu. »Und ertränkst deinen Kummer im Whisky. Recht so. Ich hatte dich gewarnt, dass du dich auf Glatteis begibst. Das ist der Vorteil, wenn man in einer Demokratie lebt, Kleiner: Hier sind wir alle unschuldig, bis das Gegenteil bewiesen ist. Sogar ich, der ich keine Bücher lese wie du. Aber so weit reicht's noch. Willst du dich nicht setzen?«

Melchor antwortete nicht. Papa Moon warf einen fragenden Blick zu Melchors Begleiter, der hinter dem Polizisten stand und mit den Schultern zuckte. Hinter ihm befand sich eine angeschaltete Stehlampe und vor ihm auf dem Tisch eine Schreibtischlampe; beide tauchten das Zimmer in ein schwaches Licht. In die Rückwand, dem Schreibtisch gegenüber, war ein Plasmabildschirm eingelassen, der in leiser Lautstärke ein Basketballspiel der NBA zeigte.

»Du sagst gar nichts?«, fragte Papa Moon.

»Ich will dir etwas vorschlagen«, antwortete Melchor schließlich.

»Das hat mir Samuel erzählt«, sagte Papa Moon. Er drehte sich ein wenig auf dem Stuhl und öffnete freundlich die Arme. »Ich bin ganz Ohr.«

Melchor wandte sich kurz zu dem anderen um, dann wieder zum Chef.

»Keine Sorge.« Papa Moon wollte ihn beruhigen. »Du kannst offen reden: Samuel kann man vertrauen.«

Melchor wandte den Blick nicht von Papa Moon, der nach ein paar Sekunden seufzte und mit einer leichten Kopfbewegung den anderen anwies, zu verschwinden. Der zögerte einen Moment und durchsuchte Melchor dann, der ihn gewähren ließ. Er trug keine Waffe bei sich, hatte nur ein Paar Handschellen in der Tasche. Samuel fragte:

»Sind Sie sicher, Chef?«

Papa Moon nickte.

»Geh schließen«, befahl er. »Ich komme gleich runter.«

Widerwillig verließ der Schläger das Zimmer und schloss die Tür hinter sich.

»Gut.« Der Chef lehnte sich im Sessel zurück. »Schieß los.«

Melchor machte zwei Schritte vorwärts, stützte die Fingerknöchel auf den Schreibtisch und lehnte sich über die Tischplatte, kam Papa Moon sehr nahe, als wollte er ihm etwas zuflüstern.

»Es geht um die Kleinen«, sagte er.

Aus dem Spanischen von Susanne Lange

*Javier Cercas: »Die Erpressung. Terra Alta 2«,
S. Fischer Verlag, Frankfurt am Main*

Javier Cercas
Die Erpressung
Terra Alta 2
Roman

Aus der Abgeschiedenheit der Terra Alta kehrt Melchor Marín ins hitzige Leben Barcelonas zurück. Als die Bürgermeisterin der Metropole auf schamlose Weise erpresst wird, droht ein politischer Skandal. Melchor ermittelt mit seinem unbeugsamen Sinn für Gerechtigkeit gegen einen mysteriösen Täter, dessen Absicht unklar bleibt.
Seine Suche führt zu den Wortführern der katalanischen Unabhängigkeit, und völlig unerwartet sieht er sich mit der eigenen Vergangenheit konfrontiert.

»Der beste Javier Cercas. Ein großartiger Roman.« *Abc Cultural*

Aus dem Spanischen von Susanne Lange
432 Seiten, gebunden

Weitere Informationen finden Sie auf
www.fischerverlage.de

AZ 10-397119/1

Javier Cercas
Blaubarts Burg
Roman

Melchor Marín hat seinen Job als Polizist endgültig an den Nagel gehängt. Er arbeitet in der Terra Alta als Bibliothekar und kümmert sich um seine 17-jährige Tochter Cosette.
Als sie von einer Mallorca-Reise nicht mehr zurückkehrt, muss Melchor handeln. Mit Hilfe seiner ehemaligen Polizeikollegen gelingt es ihm, die Spur aufzunehmen. Sie führt in die Villa eines Oligarchen und mitten in die Korrpuption und Vetternwirtschaft auf der Urlaubsinsel.

Der fulminante Abschluss der Terra-Alta-Trilogie.

Aus dem Spanischen von Susanne Lange
432 Seiten, gebunden

Weitere Informationen finden Sie auf
www.fischerverlage.de

Javier Marías
Tomás Nevinson
Roman

Eigentlich hat Tomás Nevinson mit dem Geheimdienst abgeschlossen und ist zu seiner Frau Berta Isla nach Madrid zurückgekehrt. Doch sein ehemaliger Chef verführt ihn mit einem neuen Auftrag: Nevinson soll in einer spanischen Kleinstadt eine Terroristin, die sich an früheren Anschlägen der ETA und der IRA beteiligt hat, aufspüren und beseitigen. Als er mit einer Frau, die als Zielperson in Frage kommt, eine Beziehung eingeht, gerät er in Gewissenskonflikte.

»Vermutlich der beste Roman, den Javier Marías bisher geschrieben hat.« *El País*

Aus dem Spanischen von Susanne Lange
736 Seiten, gebunden

Weitere Informationen finden Sie auf
www.fischerverlage.de

AZ 10-397132/1